Zum Buch:

Richard von Thurau ist Deutschordensritter und das mit ganzem Herzen. Der Kampf für das Gute, für den Orden und für die Einhaltung der Regeln ist seine Lebensaufgabe. Als er den Auftrag der Verfolgung und Ergreifung einer diebischen Jüdin erhält, nimmt er ihn an, ohne zu zögern. Selbstverständlich muss die junge Frau für ihre Taten geradestehen und ihre gerechte Strafe erhalten. Er hat Glück. Schon bald trifft er auf die kleine Reisegruppe und kann sie in seine Gewalt bringen. Doch Richard hat nicht mit dem Temperament und Charisma der jungen Sara gerechnet, die ihn plötzlich so viele seiner Wahrheiten in Frage stellen lässt.

Zur Autorin:

Manuela Schörghofer ist durch und durch Rheinländerin und macht ihre Heimat deshalb gerne zum Schauplatz ihrer Geschichten. Ihre Passion ist schon seit Kindertagen das Schreiben von Erzählungen aus vergangenen Zeiten. Die Autorin freut sich immer über Besuche auf ihrer Homepage: https://www.schörghofer.de

Lieferbare Titel:

Die Klosterbraut
Die Sündenbraut

Manuela Schörghofer

Das Spiel der Ketzerin

Roman

HarperCollins

1. Auflage 2021
Originalausgabe
© 2021 by HarperCollins in der
Verlagsgruppe HarperCollins Deutschland GmbH, Hamburg
Vermittelt durch die Literaturagentur Kai Gathemann
Umschlaggestaltung außen von zero-media.net, München
Umschlagabbildung von Arcangel/Dorota Gorecka,
akg-images/Rabatti & Domingie, Niels Poulsen mus/Alamy,
Mihai Mihalache/Shuttestock
Umschlaggestaltung innen von Ralf Schörghofer
Gesetzt aus der Stempel Garamond
von GGP Media GmbH, Pößneck
Druck und Bindung von GGP Media GmbH, Pößneck
Printed in Germany
ISBN 978-3-7499-0148-7
www.harpercollins.de

Verzeichnis der Personen

Historische Persönlichkeiten sind mit einem * gekennzeichnet

Alfred von Bernau, Compan und rechte Hand Konrads von Westerburg

Alida von Erkenwald, eine Grafentochter, Deckname Sara bat Salomon

Bertram von Leiningen, Sarjantbruder und Richards Begleiter

Dankwart von Heymberg, Alidas Verlobter

David ben Meschullam, ein Jude aus Coellen

Eduard Graf von Erkenwald, Alidas Vater

*Friedrich II. von Hohenstaufen, Kaiser des Heiligen Römischen Reiches (1194–1250)

Hartwin von Kaltenstein, Herr von Burg Kaltenstein

*Heinrich (VII.) von Hohenstaufen, Deutscher König und ältester Sohn von Kaiser Friedrich (1211–1242)

*Hermann von Salza, Hochmeister des Deutschen Ordens († 1239)

*Isabella von England aus dem Hause Plantagenet,
Tochter von Johann Ohneland und Nichte von
Richard Löwenherz, dritte Ehefrau von Friedrich II.
(1214–1241)

Konrad von Westerburg, Komtur von Erkenwald

*Landolf von Hoheneck,
Bischof von Worms von 1234–1247

Mirjam bat Salomon, Tochter von Salomon ben Isaak

Moishe ben Nevi, ein Jude aus Worms

*Otto II.,
Herzog von Bayern und Pfalzgraf bei Rhein (1206–1253)

Richard von Thurau,
ein Ritter des Deutschen Ordens

Salomon ben Isaak,
jüdischer Kaufmann aus Coellen, Vater von Mirjam

Volkmar von Alpach,
Truchsess von Burg Erkenwald

Orts- und Flussbezeichnungen, damals und heute

Baiern	Bayern
Burg Rosenouwe	Burg Rosenau, heute Ruine bei Königswinter
Burg Thoron	Burg Thurant, Alken/Mosel
Cruczennach	Bad Kreuznach
Coblenz	Koblenz
Coellen	Köln
Hunefe	Bad Honnef
Lewinburg	Löwenburg, heute Ruine bei Bad Honnef
Meynce	Mainz
Mosea	Mosel
Ramersdorp	Ramersdorf, heute zu Bonn gehörend
Regomago	Remagen
Rhin	Rhein
Schonenberg	Schönburg
Swigger	wird heute Erms genannt, Nebenfluss des Neckars
Tolosa	Toulouse
Warmaisa (hebr.)	Worms
Weslia	Oberwesel
Wintere	Königswinter

Glossar »Das Spiel der Ketzerin«

Bima: erhöhter Platz in der Synagoge, wo aus der Tora gelesen wird

Blide: Tribok, zum Schleudern von Steinen

Bruoch: Eine Art Unterhose, an der die Beinlinge befestigt werden

Buhlin: Geliebte

Chuppa: Traubaldachin

Citole: Eine Form der Laute, die gezupft wurde, und besonders vom 13. bis Mitte des 14. Jahrhunderts verbreitet war

Coellener Pfennig: 0,91 Gramm reines Silber, was eher selten vorkam

Coellener Mark: 234,1 Gramm reines Silber, was eher selten vorkam. Der Marktwert richtet sich folglich nach dem aktuellen Silberpreis, wobei die Kaufkraft im Mittelalter etwa um das Dreifache höher war

Corvus: lat. Rabe

Cotte: eine Art Schlupfkleid, wird über dem Unterkleid und unter dem Surcot getragen

Dormitorium: Schlafsaal in einem Kloster

Fanfare: langes, trichterförmiges trompetenähnliches Blechblasinstrument ohne Ventile

Goj: jiddische Bezeichnung für Nichtjuden, Plural: Gojim

Gonfanon: Kriegsfahne

Gurde: Trinkbehälter aus einem Flaschenkürbis

Katharer: Anhänger*innen einer zwischen dem 12. und 14. Jahrhundert bestehenden Strömung des Christentums mit Hauptverbreitungsgebieten in Deutschland, Spanien, Italien und Südfrankreich

Katze: Belagerungsgerät, fahrbares Schutzhaus

Ketuba: Ehevertrag

Komtur: Leiter einer Komturei, dem Verwaltungsbezirk oder Ordenshaus eines geistlichen Ritterordens

Masel tov: im übertragenen Sinn: viel Glück, wörtlich: guter Stern

Mesusa: Schriftkapsel an fast jedem Türrahmen, die zwei Abschnitte aus dem jüdischen Glaubensbekenntnis, dem Schma Jisrael, enthält. Plural: Mesusot

Oberländer: Schiffstyp, der den oberen Rhein befuhr und bis Ende des 16. Jahrhunderts keine Segel hatte

Okzitanien: im Mittelalter hauptsächlich der Süden Frankreichs

Oheim: Onkel mütterlicherseits

Palas: Wohn- und Festsaal einer Burg

Parnas: Judenbischof, Vorsitzender des aus 12 Mitgliedern bestehenden Judenrates im mittelalterlichen Köln

Rebec: Vorläufer der Geige, in unterschiedlichen Ausführungen, Resonanzkörper und Hals sind jedoch aus einem Stück Holz gefertigt

Refektorium: Speisesaal

Reichsinsignien: Zeichen herrschaftlicher Würde im Heiligen Römischen Reich. Dazu gehören Krone, Zepter, Reichsapfel, Schwert und Heilige Lanze

Surcot, der: Ärmeltunika, die über der Cotte getragen wurde

Truchsess: Vorsteher der Hofverwaltung

Truffel: rheinisch für Maurerkelle

Vierpassfenster: Das Ornament besteht gewöhnlich aus vier Bögen mit gleichem Durchmesser, umgeben von einem Kreis

Waffenrock: auch Wappenrock, ärmelloses Gewand, das über der Rüstung getragen wurde

Wandelturm: Belagerungsturm, dessen oberste Plattform höher liegt als die anzugreifende Mauer

Historische Begebenheiten:

Falkenlied: überliefertes Lied aus der Feder von Der von Kürenberg

Laterankonzil 1215: Erstmalige Festlegung, dass Juden sich in ihrer Kleidung von Christen unterscheiden sollen

Inhaftierung Heinrich (VII.): Es war üblich, nach einer gewissen Zeit hochgestellte Gefangene zu begnadigen und wieder frei zu lassen, sofern wie hier keine Lösegeld- oder sonstige Forderung gestellt wurde.
 Kaiser Friedrich tat es nicht, hielt seinen Sohn auf verschiedenen Burgen in Süditalien gefangen. Bei einer abermaligen Verlegung stürzte dieser im Februar 1242 mitsamt seinem Pferd in einen Abgrund.
 Die tiefe Trauer des Kaisers über den Tod seines Sohnes ist überliefert. Umso verwunderlicher erscheint seine Gnadenlosigkeit, die auch bei Zeitgenossen auf Unverständnis stieß.
 Im Jahr 2000 wurde bei einer Untersuchung der sterblichen Überreste des Kaisersohns festgestellt, dass dieser unheilbar an Lepra erkrankt war. Dies begründet wahrscheinlich sowohl seinen vermeintlichen Selbstmord als auch die Unmöglichkeit der Begnadigung.
 Da Heinrich von Hohenstaufen nicht als eigenständiger Regent gilt, wird die Zahl Sieben hinter seinem Namen in Klammern gesetzt, um eine Verwechslung mit dem König und späteren Kaiser Heinrich VII. aus dem Hause der Luxemburger auszuschließen.

Kapitel 1

Juni 1235

Lieses Hände streichelten den saphirfarbenen Surcot. Die Magd seufzte leise. »Warum nur wollt Ihr das kostbare Linnen nicht tragen, Herrin? Nur für ein paar Augenblicke, ich werde es auch niemandem verraten.«

Alida strich eine ihrer braunen Locken hinters Ohr. »Aber Liese«, tadelte sie. »Ich hätte Gewissensbisse, und der Herr sieht ohnehin alles.« Sie deutete mit dem Zeigefinger an die Decke, um Liese deutlich zu machen, dass sie Gott meinte und nicht ihren Vater, den Grafen Eduard von Erkenwald.

»Wollt Ihr wirklich auf jegliche Farbe an Eurem Leib verzichten, solange der Graf fern der Burg weilt?«

»So lautet mein Versprechen. Ich will meinem Vater beweisen, dass ich wahrlich bemüht bin, eine folgsame Tochter zu werden, auf die er stolz sein kann.« Alida entging nicht das kurze Zucken um Lieses Mundwinkel, ehe sich die Magd wieder der Tunika zuwandte. »Was hast du?«, fragte sie scharf.

Liese seufzte hörbar auf und drehte sich erneut um. »Meine Meinung ist unwichtig, edles Fräulein. Sie sollte Euch nicht kümmern.«

»Du bist schon so lange in meinen Diensten und ich vertraue dir«, widersprach Alida. »Rede frei heraus.«

Dennoch zögerte Liese kurz, ehe sie antwortete: »Ihr könnt nichts dafür, dass Ihr so seid. In Euren Adern fließt das temperamentvolle Blut Eures Vaters. Da er nach dem Tode Eurer Mutter nie eine andere zur Gemahlin nahm, fehlte Euch die weibliche Hand der Führung und Anleitung.«

»Du vergisst meine Amme und meine strenge Tante«, rief Alida ihr ins Gedächtnis.

»Die beide schon vor Jahren von uns gegangen sind. Sie konnten ohnehin kaum Einfluss nehmen. Ihr habt lieber Euren Vater gebeten, Euch mit auf die Jagd zu nehmen, anstatt das Sticken zu erlernen.«

Alida von Erkenwald stemmte die Hände in die Hüften. »Dafür kann ich aber singen und musizieren. Außerdem ist meine zugegebenermaßen etwas freie Erziehung keine Entschuldigung. Sobald Vater vom König zurückkehrt, fangen wir mit den Hochzeitsvorbereitungen an. Ich werde bald Dankwarts Haushalt führen und will, dass er und seine Eltern sich meiner nicht schämen müssen.«

»Die guten Vorsätze ehren Euch. Zum Glück liebt Euch Herr Dankwart so, wie Ihr seid.«

Alida lächelte kurz, ehe ihr das immer ein wenig verbissen wirkende Gesicht von Dankwarts Mutter in den Sinn kam. Die Herrin von Heymberg war nicht erfreut über die Verbindung der beiden gräflichen Häuser. Doch Dankwarts und Alidas Väter hatten diese Vereinbarung schon vor sehr langer Zeit getroffen, als ihre Kinder noch im Hof Nachlaufen gespielt und die Mauernischen für Versteckspiele genutzt hatten.

Energisch wedelte Alida mit der Hand durch die Luft, um die Gedanken an ihre zukünftige Schwiegermutter zu vertreiben.

»Gerade fällt mir etwas ein, wie wir uns die Zeit bis zum Nachtmahl vertreiben können«, rief sie impulsiv. »Los, Liese, jetzt verwandeln wir dich für kurze Zeit in eine Grafentochter.«

Schwungvoll riss sie der überraschten Magd die Haube vom Kopf und setzte sie sich selbst auf. »Komm, zieh du das Kleid an.«

»Aber Fräulein Alida, das geht doch nicht!«

»Eine weitere Gelegenheit, solchen Stoff zu tragen, wirst du in deinem Leben vielleicht nicht mehr bekommen«, brachte Alida Lieses ohnehin schwachen Widerstand zum Schmelzen.

Vorsichtig, als wäre der Surcot zerbrechlich, hob Liese ihn aus der Truhe. Die Magd warf ihrer Herrin einen letzten fragenden Blick zu, ehe sie sich ihre Tunika aus dunkelbrauner Wolle über den Kopf zog.

Alida half Liese dabei, den blauen Stoff über ihr leicht angeschmutztes Untergewand zu streifen.

»Großartig«, freute sie sich und klatschte in die Hände, ehe sie ihr eigenes Übergewand auszog.

»Aber Herrin«, rief Liese entsetzt. »Was macht Ihr denn da?«

»Wenn du heute Nachmittag die Grafentochter bist, muss ich ja zwangsläufig deine Magd sein.«

Alida lächelte verschmitzt, als sie ihren grün gefärbten Surcot sorgsam in die Truhe legte und Lieses Tunika über ihre fein gewebte Cotte zog.

Sie drehte sich mit ausgebreiteten Armen einmal im Kreis. »Wie sehe ich aus?«

»Ungewohnt«, kicherte Liese. »Aber auf den ersten Blick schon überzeugend.«

»Und jetzt kümmere ich mich um dein Haar.«

Alida wies die verblüffte Magd an, sich auf den Faltstuhl zu setzen, der neben dem Kamin stand. Dann trat die Grafentochter an den kleinen Tisch in der Nähe der Bettstatt und öffnete das hölzerne Kästchen, in dem sie auch ihre Schmuckstücke aufbewahrte. Sie griff nach dem kunstvoll geschnitzten Kamm aus Hirschgeweih und trat hinter Liese.

Wie ihre Magd es schon so oft bei ihr getan hatte, öffnete sie zunächst den Zopf und kämmte sorgfältig die blonden Strähnen, die weit über Lieses Schultern reichten.

»Um deine Haarfarbe beneide ich dich«, murmelte Alida und dachte mit Bedauern an ihre eigenen dunkelbraunen Locken. »Der Surcot passt ausgezeichnet zu deinen blauen Augen, genau wie deine Tunika zu meinen.«

»Aber Herrin, mein Gewand hat die Farbe des Schlamms aus unserem Schweinestall. In Euren Augen hingegen brennt ein dunkles Feuer und sie leuchten wie die bronzene Handglocke in unserer Kapelle.«

»Meine Augen erwecken in dir also das Bild einer brennenden Kirchenglocke?« Alida wusste nicht, ob sie lachen oder sich ärgern sollte.

»Aber nein, Herrin, so habe ich das doch gar nicht gemeint«, verteidigte sich Liese schnell.

»Lass gut sein«, winkte Alida ab und teilte die goldblonden Haare in drei gleich dicke Strähnen. Für eine Weile schwieg sie, war ganz darauf bedacht, den Zopf gleichmäßig zu flechten. Sie band das Ende gerade zusammen, als das Klappern vieler Pferdehufe vom unebenen Kopfsteinpflaster des Vorhofs in ihre Kemenate heraufdrang. Sofort ließ sie den Zopf los und eilte zur Fensteröffnung.

Einige Männer waren in die Burg geritten. An ihren weißen Waffenröcken mit dem schwarzen Kreuz auf der Brust erkannte Alida sie als Ritter des Deutschen Ordens. Auch Männer mit grauen Mänteln befanden sich darunter.

Volkmar von Alpach, der Truchsess von Erkenwald, ging den Neuankömmlingen entgegen. Mit zusammengekniffenen Augen beobachtete Alida, wie der vorderste der Ritter ihm eine Pergamentrolle überreichte, während die Stallknechte dienstbeflissen herbeiliefen, um die Pferde zu versorgen.

Alida hatte den Eindruck, als würde der starke Volkmar ein wenig schwanken, als er dem Ritter das Pergament zurückgab. Ihr Herz begann schneller zu schlagen. Brachten die Männer Nachricht von ihrem Vater? Sie wusste, dass Kaiser Friedrich von Hohenstaufen dem Orden sehr zugetan war und dessen Hochmeister, Hermann von Salza, zu seinen engsten Beratern zählte. Es war also durchaus möglich, dass die Reiter im Auftrag des Staufers kamen.

Die Männer stiegen ab, übergaben den Knechten die Pferde und folgten dem Truchsess ins Hauptgebäude. Sicherlich würden sie im Palas bewirtet werden, und Alida hatte die Pflicht, sie als Gastgeberin zu begrüßen.

»Wir haben Besuch von einigen Deutschordensrittern bekommen«, klärte Alida ihre Magd auf. »Ich werde ihnen später meine Aufwartung machen müssen. Unser kleines Spiel findet sein Ende leider schneller als gedacht.«

Sorgenvoll ließ sie sich auf die Sitzbank in der Fensternische sinken. »Sie haben Volkmar eine Nachricht übergeben. Bestimmt betrifft sie meinen Vater. Wenn ihm nur nichts zugestoßen ist.«

Liese erhob sich und ging auf Alida zu. »Sorgt Euch nicht, Herrin. Wenn es wirklich schlimm wäre, würde Volkmar doch direkt hierherkommen.«

»Du hast recht«, gab sie zu und wollte gerade erleichtert aufatmen, als sie die schweren Schritte mehrerer Paar Stiefel vernahm. Sie näherten sich schnell über die steinernen Stufen, die zu ihrer Kemenate führten. Auch Liese hatte sie gehört und sah ihre Herrin verängstigt an. »Was machen wir denn jetzt?«

Alida sprang auf und stellte sich neben Liese. »Gar nichts. Uns bleibt keine Zeit mehr, die Kleider zu tauschen. Hör dir an, was die Männer zu sagen haben, lächle und sage bei allem, du müsstest noch darüber nachdenken und dich beraten«, stieß Alida hastig hervor.

Einen Wimpernschlag später wurde die Tür aufgerissen. Das durchdringende Quietschen gemahnte Alida an ihre vergessenen Pflichten, sie ölen zu lassen. Volkmar trat herein, gefolgt von zwei Deutschordensrittern. Der Truchsess stutzte merklich, als er die beiden Frauen sah, verneigte sich jedoch vor Liese. »Herrin, diese Ritter des Glaubens wünschen dringend mit Euch zu sprechen. Sie bringen Nachricht von Eurem Vater.«

»Ist ihm etwas zugestoßen?«, rief Alida, völlig vergessend, was sie Liese eben noch geraten hatte. Der ältere der beiden Ritter, ein hagerer Mann mit einem kleinen Kinnbart und einer kühn geschwungenen Nase, warf ihr einen scharfen Blick zu. Volkmar schüttelte warnend den Kopf.

»Das ist Konrad von Westerburg«, stellte er den Mann an Liese gewandt vor. »Er …«

Doch der Ritter gebot dem Truchsess mit erhobener

Hand zu schweigen. »Ich bin der neue Komtur von Erkenwald«, sagte er kalt.

»Aber ...«, entfuhr es Alida.

Die Halsschlagadern von Westerburgs schwollen an. »Von Alpach, schafft mir dieses vorlaute Weibsbild aus den Augen. Ich will mit Graf Erkenwalds Tochter allein sprechen.«

Der Truchsess packte Alida am Oberarm. »Du kommst jetzt besser mit mir«, beschwor er sie eindringlich.

So schwer es ihr auch in diesem Augenblick fiel, sie vertraute dem Mann, den sie schon ihr ganzes Leben lang kannte, vollkommen. Ohne Widerstand zu leisten, ließ sie sich von ihm nach draußen geleiten. Mit einem Blick über die Schulter nickte sie Liese noch einmal aufmunternd zu. Und sah dabei, wie Konrad von Westerburg ihr das Pergament überreichte, das Liese mit spitzen Fingern entgegennahm.

Das angehängte Siegel schaukelte leicht, als sie die Urkunde ratlos betrachtete. Da die Magd nicht lesen konnte, würde sie auch keine unbedachte Äußerung von sich geben.

Volkmar atmete hörbar auf, als er die Tür hinter ihnen schloss. Alida holte Luft, um etwas zu sagen, doch der Truchsess legte den Finger an die Lippen. »Euer Vater lebt, ist aber beim Kaiser in Ungnade gefallen. Auf dem Pergament bestätigt Seine Majestät, dass er Erkenwald dem Deutschen Orden überlässt, um hier eine Kommende einzurichten«, flüsterte er.

»Das kann der Kaiser doch nicht machen«, fuhr Alida auf, um sofort wieder ihre Stimme zu senken. »Vater ist Friedrich treu ergeben. Er ist doch nur zu König Heinrich gereist, um ihn zum Einlenken im Zerwürfnis mit seinem Vater, dem Kaiser, zu bewegen und ihn davon zu überzeugen, sich zu unterwerfen.«

Alida war es ein Rätsel, wie Graf Eduard beim Kaiser in Ungnade gefallen sein konnte. Jeder wusste, wie unzufrieden Friedrich mit dem schwankenden Regiment seines königlichen Sohnes war, dessen Entscheidungen und Anordnungen er teilweise sogar rückgängig gemacht hatte. Die Fürsten hatten dem Kaiser sogar geschworen, im Falle eines Bruchs zwischen Vater und Sohn ihre Treuebindung an den König für gelöst zu betrachten und Friedrich zu unterstützen.

Heinrich rebellierte nun offen gegen den Vater und Eduard von Erkenwald sah es als seine Pflicht an, den jungen König an seinen Gehorsamsschwur gegenüber dem kaiserlichen Vater zu erinnern. Niemals jedoch würde er Friedrich verraten und dessen Sohn unterstützen.

Entweder lag hier ein fürchterliches Missverständnis vor oder jemand trieb ein falsches Spiel. Vielleicht war das Siegel an dem Pergament, das der Komtur mitgebracht hatte, gefälscht. Doch Volkmar schüttelte den Kopf, als Alida ihre Vermutung äußerte.

»Es ist das kaiserliche Siegel«, antwortete er bestimmt. »Die Vorderseite zeigt ihn mit einigen Reichsinsignien auf dem Thron sitzend und die Rückseite einen Torturm. Ich habe keinen Zweifel an der Echtheit.«

»Es könnte auch sein, dass es Seiner Majestät für die Siegelung entwendet wurde«, vermutete Alida, während sie sich ein paar Schritte von der Tür entfernten.

»Und seine Unterschrift wurde auch gefälscht?«, fragte Volkmar zynisch. »Ich fürchte, Ihr müsst Euch damit abfinden, dass dieses Schreiben echt ist.«

»Ich werde diesem geiernasigen Rittermönch da drinnen bestimmt nicht kampflos den Besitz meines Vaters überlassen, und wenn ich dafür selbst zum Kaiser reisen muss.« Alida unterdrückte das Bedürfnis, zur Bekräftigung mit dem Fuß aufzustampfen.

Beschwörend umfasste Volkmar ihre Schultern. »Aber Mädchen«, begann er in dem versöhnlichen Tonfall ihrer Kindertage, wenn sie im Begriff gewesen war etwas anzustellen und er sie davon abbringen wollte. »Wartet erst einmal ab. Eine voreilige Entscheidung ist selten gut. Was soll überhaupt die Maskerade mit dem Kleidertausch? Konrad von Westerburg wird sich nicht wenig wundern, wenn Ihr ihn später offiziell hier willkommen heißt.«

»Ich habe nicht die Absicht das zu tun. Soll Liese ruhig die Rolle weiterspielen«, murrte Alida.

Der Schrei, der in diesem Augenblick aus der Kemenate drang und sofort wieder abbrach, enthob den Truchsess einer Antwort.

Alida stürzte zurück in den Raum. Liese sank gerade rücklings zu Boden, beide Hände auf die linke Brust gedrückt. Zwischen ihren Fingern rann Blut hervor und färbte den blauen Stoff des Surcots dunkelrot. Das Pergament mit dem Siegel des Kaisers lag neben ihr auf dem Boden.

»Mörder!«, schrie Alida und stürzte auf den Komtur zu, der das Messer immer noch in der rechten Hand hielt.

Der andere Deutschordensritter packte sie sofort und hielt sie fest umschlungen. Alida strampelte, trat nach hinten gegen seinen Stiefel und war versucht, in seinen Unterarm zu beißen. Doch durch die Glieder seines Kettenhemdes wäre das vollkommen aussichtslos gewesen.

Konrad von Westerburg beachtete sie nicht, sah sich jedoch genötigt, Volkmar gegenüber eine Erklärung abzugeben. »Sie hat sich selbst gerichtet, als sie las, dass ihr Vater die Gunst des Kaisers verloren hat«, behauptete er und bekreuzigte sich.

»Das ist gelogen!«, brüllte Alida außer sich vor Zorn und Schmerz. Hätte sie Liese nicht genötigt, die Kleider zu tauschen, würde die Magd noch leben.

Der Handrücken des Komturs traf mit voller Wucht Alidas Mund und Kinn. Sie fühlte, wie ihre Lippe aufplatzte, war jedoch klug genug, augenblicklich zu verstummen und ihn nur mit Blicken zu durchbohren. Mit einem Mal wurde ihr bewusst, dass der Komtur den Mord an der Grafentochter von Erkenwald geplant haben musste. Er war mit der Absicht hierhergeritten, sich den Besitz anzueignen und die Tochter des Hauses aus dem Weg zu räumen.

Alidas Tod würde ihren Vater brechen. Er würde seinen Lebensmut verlieren und im Kerker des Kaisers zugrunde gehen, sofern er überhaupt gefangen gehalten wurde. Vielleicht war er auch schon tot.

Nein, Alida glaubte zu spüren, dass ihr Vater noch lebte.

»Verzeiht der Magd, Herr«, mischte sich Volkmar ein und sah Alida eindringlich an. »Sie hängt sehr an ihrer Herrin und ist außer sich vor Kummer.«

»Ich will sie nicht mehr sehen. Schafft mir das Weibsstück aus den Augen«, befahl Konrad von Westerburg, derweil er nach einem kleinen Tuch auf dem Tisch griff, das

Liese einst liebevoll bestickt hatte, und die Klinge daran abwischte.

Mit einem letzten Blick auf die Tote ließ Alida sich widerstandslos von Volkmar aus der Kammer führen.

»Uns bleibt nicht viel Zeit«, drängte er auf dem Weg über die Stufen nach unten. »Ihr müsst die Burg sofort verlassen. Es wird nicht lange dauern und von Westerburg findet heraus, dass er nur Eure Magd ermordet hat.«

»Ich werde zu Dankwart reiten«, erwiderte Alida entschlossen.

»Auf keinen Fall«, widersprach Volkmar. Sie hatten das Ende der Wendeltreppe erreicht und wandten sich nach links. »Da wird von Westerburg zuerst nach Euch suchen lassen und er wird Euch auf dem Weg dorthin einholen. Ihr könnt kein Pferd nehmen. Die gehören nun dem Orden und Ihr wollt doch nicht, dass er Euch als Pferdediebin anklagt.« Nach einigen Schritten öffnete der Truchsess die Tür zum Privatgemach des Grafen. »Wartet hier. Es ist besser, wenn Euch niemand in dieser Aufmachung erkennt. Ich besorge einen Beutel mit Proviant, einen Umhang und etwas Geld.«

»Wohin soll ich denn gehen?«, fragte Alida verzweifelt.

»Nach Coellen, zu dem Kaufmann Salomon ben Isaak. Der Jude schuldet Eurem Vater noch einen Gefallen. Er soll Euch verstecken, bis ich Dankwart benachrichtigt habe und er Euch dort abholt.« Mit diesen Worten zog er die Tür hinter sich zu.

Alida lehnte sich an einen der Pfosten, die den dunkelgrünen Baldachin über dem Bett ihres Vaters stützten. Sie biss sich auf die Unterlippe, um nicht die Beherrschung zu verlieren und zuckte bei dem Schmerz zusammen, der sie durchfuhr.

Ihre Wut, die sie bei Lieses Anblick überwältigt hatte, wich der Trauer. Schuldgefühle brandeten in ihr hoch, als sie an Liese und ihr kleines Spiel dachte. Zugleich wurde ihr Herz von Furcht erfüllt. Die Angst um ihren Vater schnürte ihr die Kehle zu.

Sie musste die Wahrheit herausfinden und den Kaiser davon überzeugen, dass ihr Vater ihn niemals betrogen hatte. Aber wie sollte sie das anstellen? Würde Friedrich sie überhaupt empfangen? Kaum, wenn sie nicht ihre Herkunft nachweisen konnte.

Alida sah sich in der Kammer um. Ihr Blick fiel auf die schwere Truhe, die an der Wand stand. Dort bewahrte ihr Vater seine Siegel auf. Sie trat einen Schritt darauf zu, als sich auf der anderen Seite der Tür Stimmen näherten.

Es war unwahrscheinlich, dass jemand den Raum betreten würde, dennoch rollte Alida sich schnell unter das Bett. Der Staub stieg ihr sofort in die Nase. Rasch hielt Alida sie zu. Gerade als die Tür geöffnet wurde, entwich ihr dennoch ein leises Niesen, das sie nicht mehr unterdrücken konnte. Inständig hoffte sie, dass es sie nicht verraten hatte. Dann traten zwei Paar Lederstiefel in ihr Blickfeld.

»Sieh an, wenn das nicht das Gemach des ehemaligen Grafen ist«, sagte der eine. Alida legte sich die Hand über den Mund, um keinen unbedachten Laut auszustoßen. Das war eindeutig die Stimme Konrads von Westerburg. Das Herz schlug ihr bis zum Hals.

»Lass uns in der Truhe nachsehen, vielleicht finden wir dort sein Siegel.«

Tränen des Zorns schossen Alida in die Augen und sie biss sich in die Handfläche, während sie hilflos mitanhören musste, wie der schwere Deckel aufgeklappt wurde.

Nach wenigen Augenblicken stieß einer der Männer einen triumphalen Laut des Entzückens aus. Offenbar hatten sie das Kästchen mit den Siegeln gefunden.

»Ausgezeichnet«, brummte der Komtur zufrieden, während der Deckel wieder geschlossen wurde.

»Kann ich Euch behilflich sein?« Die barsche Stimme gehörte Volkmar.

Alida drehte den Kopf und sah dessen Stiefel im Eingang.

»Wir haben, was wir brauchen«, antwortete Konrad von Westerburg ohne eine Spur von Verlegenheit.

»Was wollt Ihr mit dem Siegelstempel des Grafen?«

»An diesem Ort ist er nicht sicher. Ich nehme ihn an mich, damit niemand ihn missbrauchen kann. Und was sucht Ihr hier, bepackt mit Bündel und Umhang?«

»Ich folge nur Eurem Befehl, die Magd vor die Tür zu setzen.«

»Sehr schön. Danach bereitet alles für die Grablegung der Grafentochter vor. Die Mägde sollen sie waschen und ihr ein sauberes Kleid anziehen.«

Der Komtur ging zwei Schritte auf Volkmar zu und senkte seine Stimme ein wenig. »Sorgt dafür, dass sie nicht über die Stichwunde reden. Offiziell ist die Tochter des Hauses vor Gram über das Unglück ihres Vaters gestorben. Wenn herauskommt, dass Alida von Erkenwald sich selbst gerichtet hat, wird ihr ein Begräbnis in geweihter Erde verwehrt. Das wollt Ihr doch sicherlich nicht gegenüber dem Grafen verantworten, solltet Ihr ihn jemals wiedersehen.

Und noch etwas: Lasst diesen Raum für mich herrichten. Hier werde ich künftig schlafen.«

Der Komtur und sein Begleiter verließen die Kammer. Volkmar schloss die Tür hinter ihnen.

»Fräulein Alida?«, wisperte er.

Die Erleichterung war ihm deutlich anzusehen, als sie unter dem Bett hervorkroch. Notdürftig klopfte sie ihre Tunika ab. »Diese Höllenhunde«, fluchte sie. »Möge der Blitz sie treffen. Das Siegel haben sie doch nur an sich genommen, um es nach eigenem Gutdünken einzusetzen.«

Verärgert wuchtete sie den Truhendeckel nach oben. Die Kleidung ihres Vaters war durchwühlt und obenauf lag das hölzerne Kästchen. Alida öffnete es. Zu ihrer Freude hatten sie wenigstens das Reitersiegel ihres Vaters darin belassen. Sie nahm es an sich. Es zeigte ihren gerüsteten Vater auf einem galoppierenden Ross. In der einen Hand hielt er sein Wappenschild, in der anderen das an der Lanze befestigte, zweizüngige Gonfanon, die Kriegsfahne. Die umlaufende Inschrift auf dem Stempel bezeugte den Namen des Siegelinhabers: Eduard von Erkenwald.

Alida entnahm der Truhe einen Gürtel samt Tasche. Darin verstaute sie das Siegel und schlang sich den Lederriemen um die Taille.

»Wollt Ihr etwa zum Kaiser und Euch damit bei ihm ausweisen?«, fragte Volkmar und reichte ihr den Umhang aus grober brauner Wolle.

»Ich muss meinen Vater retten und das hier geschehene Unrecht Seiner Majestät melden. Die Hochzeit mit Isabella von England wird nächsten Monat in Worms stattfinden. Dort werde ich ihn aufsuchen.«

»Alida, bitte, macht Euch nicht allein auf den Weg. Sucht zunächst den jüdischen Kaufmann auf. Sicherlich wird er Euch helfen und Unterkunft gewähren. Außerdem kann Dankwart Euch in Coellen leichter finden als irgendwo auf dem Weg nach Worms. Ihr erinnert Euch doch sicherlich noch an Salomon ben Isaak?«

Sie nickte. Vor einem Jahr hatte sie den hageren Juden mit dem silbernen Haar und dem langen Bart zuletzt gesehen. Mit dem seidenen, mit Gold durchwirkten Tuch aus Syrien, das er ihrem Vater zum Geschenk gemacht hatte, war der Saum ihrer besten Cotte verziert worden.

Obwohl sie ihn schon seit ihrer Kindheit kannte, wusste Alida kaum etwas über Salomon, außer dass er irgendwo in Coellen lebte. Er war ein stiller Mann in fortgeschrittenem Alter. Eine Frau oder Kinder hatte er bei seinen Aufenthalten auf der Burg nie erwähnt. Alida erinnerte sich daran, dass er ihr immer winzige Portionen unbekannter Köstlichkeiten mitgebracht hatte: kandierte Schleckereien aus Datteln oder Ingwer, Pinienkonfekt und Früchtegelees.

Zu Beginn hatte sie ihn Onkel gerufen, bis ihr Vater es verbot und erklärte, dass Salomon ben Isaak nicht an den Heiland glaubte. Ihr Umgang miteinander müsse sich auf das Geschäftliche beschränken, hatte er befohlen.

Alida hatte das zu Beginn nicht verstanden und versucht, Salomon zum christlichen Glauben zu bekehren. Sie wollte nicht, dass ihm die Verdammnis drohte. Doch er hatte sie immer nur angelächelt, von Gott gesprochen, den er Adonai nannte, und versichert, der Herr würde in die Herzen eines jeden Menschen sehen.

Aber was geschähe, wenn er dort nicht den Glauben an seinen Sohn fände?, hatte Alida gefragt.

Salomon ben Isaak hatte ihre kleinen Hände in die seinen genommen, ihr tief in die Augen geblickt und geantwortet: »Dann wird er in dem Herzen eines kleinen Mädchens genug Glauben für mich mit finden.«

Das hatte Alida fürs Erste beruhigt. Im Laufe der Jahre hatte sie erkannt, dass er zwar anders an Gott glaubte als sie, aber nicht weniger fest. Sie nannte Salomon mittlerweile beim Vornamen, auch wenn er im Herzen für sie ihr Onkel geblieben war.

»Wisst Ihr, wo ich Salomon ben Isaak finden kann?«

»In Coellen gibt es ein jüdisches Viertel, zwischen der Kirche Sankt Laurenz und dem alten Markt. Ich nehme an, dass er dort lebt.«

»Wohnen denn nicht alle Juden dort?«

Der Truchsess schüttelte den Kopf. »Die meisten sicherlich, aber sie dürfen sich auch anderswo in der Stadt niederlassen. Dennoch rate ich Euch, es zuerst dort zu versuchen.«

»Volkmar«, begann Alida, stockte und warf sich den kleinen Beutel über die Schulter. »Wenn sie herausfinden, dass ich ihnen entkommen bin, werden sie Euch befragen. Versprecht mir, es ihnen zu sagen, damit sie Euch nicht foltern. Ihr werdet gebraucht, vergesst das nicht. Ohne Euch sind die Menschen hier verloren und mein Vater wird kein Heim mehr vorfinden, wenn ich ihn zurückbringe.«

Der Truchsess deutete eine Verbeugung an. »Und Ihr versprecht mir, im Gegenzug keine Tollheiten zu begehen. Gehorcht ben Isaak und wartet, bis Dankwart Euch dort abholt.«

»Ihr kennt mich doch«, versuchte sie auszuweichen.

»Eben, nun gebt mir Euer Wort«, verlangte Volkmar hartnäckig.

»Ich verspreche, Eure Wünsche zu befolgen«, antwortete Alida feierlich, kreuzte jedoch hinter ihrem Rücken Zeige- und Mittelfinger miteinander. Wer konnte schon wissen, was sie in Coellen erwarten würde. Es war sicherer, sich mit dem Fingerkreuz zu vergewissern, dass sie im Falle des Schwurbruchs nicht in der Hölle landete.

Entgegen aller Gepflogenheit umarmte sie Volkmar kurz und verließ ungesehen die Burg.

Kapitel 2

Konrad von Westerburg starrte die Magd mit den verweinten Augen sprachlos an. Er wechselte einen Blick mit Alfred von Bernau. Sein Compan sah genauso erschrocken aus, wie er sich fühlte.

»Wiederhole es«, forderte er die Frau auf.

Sie wischte sich die Tränenspuren von den fahlen Wangen. Einst mochte sie recht hübsch gewesen sein, doch jetzt war ihr Haar ergraut und tiefe Trauer verzerrte ihre Züge, die bereits von Falten gezeichnet waren.

»Dort oben liegt nicht Alida von Erkenwald, sondern meine Tochter Liese.« Erneut begann sie zu schluchzen. »Ich verstehe das nicht. Fräulein Alida ist verschwunden und Liese wurde durch einen Stich ins Herz getötet. Was ist geschehen?«

»Ist das nicht offensichtlich?«, fragte Konrad verschlagen, der bereits überlegte, wie er die Neuigkeit zu seinem Vorteil nutzen konnte.

Auf dem Gesicht der Frau breitete sich Verwirrung aus. »Ich verstehe nicht, Herr. Alida war Liese immer sehr zugetan.«

Konrad nahm einen tiefen Atemzug. »Ich übergab deiner Tochter, die ich aufgrund des kostbaren Gewands für die Tochter des Grafen hielt, eine Schriftrolle. Darin bestätigt der Kaiser die Übernahme Burg Erkenwalds durch den

Deutschen Orden. Eduard von Erkenwald ist in Ungnade gefallen und enteignet worden. Über Alida von Erkenwald wurde verfügt, dass sie in ein Kloster einzutreten hat, damit der Familienstamm mit ihr erlischt. Mir war bewusst, welch eine Bedeutung diese Nachricht für Alida haben würde. Deshalb haben Bruder Alfred und ich die Kemenate kurz verlassen, damit der Truchsess und die Magd der Grafentochter helfen sollten, die Fassung wiederzuerlangen. Kurz darauf hörten wir einen Schrei und sind sofort zurück in den Raum geeilt. Leider war deiner Tochter nicht mehr zu helfen.«

»Bei allem Respekt, Herr, Fräulein Alida mag oft unbeherrscht sein, aber ich kann mir kaum vorstellen, dass sie Liese getötet hat.«

Der Komtur zwang sich zu einem mitleidigen Lächeln. »Es war der Truchsess. Er hat deine Tochter auf dem Gewissen. Mir gegenüber hat er sie als Alida von Erkenwald ausgegeben, die sich aus Gram über ihr Schicksal selbst gerichtet hat. Nur so konnte es der wahren Grafentochter mit seiner Hilfe gelingen, unentdeckt als Magd verkleidet von der Burg zu fliehen. Es war mein Fehler, ich habe mich täuschen lassen. Dieses Weib war so vorlaut, dass ich selbst es war, der den Truchsess damit beauftragte, sie mir aus den Augen zu schaffen.«

Er beobachtete die Magd genau. Sah, wie die Ungläubigkeit aus ihrem Blick wich und seine Lüge auf fruchtbaren Boden fiel. »Hast du eine Ahnung, wohin das Fräulein sich gewandt haben könnte?«

»Nach Heymberg«, antwortete sie prompt. »Fräulein Alida ist Dankwart von Heymberg, dem Sohn der Adelsfamilie, versprochen. Seine Burg liegt nur einen guten Tagesritt von hier entfernt.«

Dieses Mal war Konrads Lächeln echt, als er sich genau erklären ließ, wo das Anwesen zu finden war.

»Ich werde dafür sorgen, dass deiner Tochter Gerechtigkeit widerfährt. Ich erlaube dir, sie für die ewige Ruhe in Alidas kostbarstes Gewand zu kleiden. Nur verrate dem Truchsess nicht, dass du die Wahrheit kennst. Er soll noch nichts davon ahnen. Ich selbst werde ihn dafür zur Rechenschaft ziehen.«

Die Dankbarkeit auf dem Antlitz der Magd vermittelte ihm die Zuversicht, dass sein Plan gelingen würde. »Geh nun, und schicke mir den Truchsess. Aber bemühe dich, deinen Zorn zu bezähmen.« Zur Bekräftigung legte er den Zeigefinger über die Lippen.

Lieses Mutter knickste und huschte aus dem Raum.

Konrad ließ sich auf den Stuhl zurückfallen, aus dem er sich während des Gespräches vorgebeugt hatte. Sein Compan stieß zischend die Luft aus.

»Das ist ja nicht zu fassen«, schnaufte Alfred. »Haben wir das falsche Mädchen erwischt! Wenn die Grafentochter die ganze Nacht läuft, wovon auszugehen ist, weil sie die Umgebung gut kennt, wird sie ihr Ziel im Laufe des morgigen Tages erreichen.«

»Beauftrage zwei unserer Sarjantbrüder, morgen früh beim ersten Licht loszureiten«, befahl Konrad. »Sollten sie Alida auf ihrem Weg begegnen, werden sie das Fräulein festnehmen und hierher zurückbringen. Anderenfalls müssen sie herausfinden, ob dieses Miststück wirklich auf der Burg ihres Zukünftigen Zuflucht gefunden hat.«

Es klopfte und einen Augenblick später betrat Volkmar von Alpach das ehemalige Arbeitszimmer seines Herrn. Er wirkte gefasst, obwohl er sich denken musste, dass Konrad ihm auf die Schliche gekommen war. Ein winziger Hauch von Achtung stieg in dem Komtur auf. Er deutete mit der Hand auf den Stuhl vor dem Tisch. Der Truchsess rührte sich nicht.

Für einen Moment war Konrad versucht, den Befehl auszusprechen, sich zu setzen, unterließ es jedoch und kam gleich zum Punkt: »Wo versteckt sich Alida von Erkenwald?«

Volkmar zuckte nicht einmal mit der Wimper, was Konrad in seinem Verdacht bestätigte, dass der Truchsess mit dieser Frage gerechnet hatte. »Das weiß ich nicht.«

Der Komtur erhob sich, trat nah an Volkmar heran, der starr geradeaus sah. »Könnte es sein, dass sie zu Dankwart von Heymberg geflohen ist?«

Jetzt kam Bewegung in den Truchsess. Er riss weit die Augen auf und blickte ihm ins Gesicht. »Woher ... ich meine, wie kommt Ihr darauf?«

»Danke«, erwiderte Konrad ölig. »Das war alles, was ich wissen wollte. Gibt es im unteren Bereich des Turms ein Angstloch?«

»Nein, nur einen Kerker im Gewölbekeller.«

»Nun, das wird Euer künftiger Schlafplatz sein. Alfred, führe ihn dorthin und achte darauf, dass er ausreichend Wasser und Brot bekommt.«

Nachdem die beiden den Raum verlassen hatten, stand Konrad auf und strich hochzufrieden seinen Waffenrock glatt. »Schau nur, Eduard von Erkenwald. Deine Burg besitze ich schon und deine Tochter wird mir nicht entkommen. Bald wird nichts mehr an dein Geschlecht erinnern, auf das du so stolz bist.«

Gut gelaunt begab er sich zum Schlafgemach des Burgherrn. Immerhin war Volkmar von Alpach seinem Befehl gefolgt, den Raum für ihn herzurichten. Das Bett war frisch bezogen und die Strohunterlage erneuert worden, wie er aus den vereinzelten Halmen schloss, die auf dem steinernen Fußboden lagen. Ein wenig bedauerte er, dass Sommer war, sonst hätte er die Bediensteten angewiesen, auch noch ein Feuer im Kamin zu entfachen.

Er wusste nicht genau, was ihn bewog, von Erkenwalds Truhe erneut zu öffnen, doch nachdem er es getan hatte, fiel sein Blick sofort auf das Kästchen, dem er den Siegelstempel des Burgherrn entnommen hatte. Jetzt war es leer. Das Reitersiegel fehlte.

Einen Fluch ausstoßend ließ Konrad den Deckel fallen. Die Grafentochter hatte es gewiss an sich genommen. Was hatte sie damit vor? Sie wollte doch wohl nicht etwa zum Kaiser und für ihren Vater bitten?

Mit Daumen und Zeigefinger massierte Konrad seine Nasenwurzel. Er musste nachdenken. So wie er Alida nach den wenigen Augenblicken einschätzte, in denen er sie erlebt hatte, würde er ihr ein solches Wagnis durchaus zutrauen. Mit Sicherheit hatte sie das ungestüme und draufgängerische Wesen ihres Vaters geerbt. Und wenn diesem Dankwart etwas an ihr oder zumindest an ihrem Vermögen lag, dann konnte sie ihn womöglich dazu überreden, mit ihr zum Kaiser zu reisen. Das war nicht gut und konnte seinen wohl ausgetüftelten Racheplan zunichtemachen.

Zum Glück hatte er den Siegelstempel des Burgherrn zuvor an sich genommen. Nicht auszudenken, wenn Alida auch den in die Finger bekommen hätte.

Konrad brauchte ihn, um den angeblichen Verrat des Grafen dem Kaiser gegenüber zu untermauern. Er würde durch den gräflichen Schreiber ein Schriftstück an den kaiserlichen Sohn aufsetzen lassen, in dem Eduard ihm seine Treue bis in den Tod versicherte. Damit würde er im Zwist des Sohnes gegen seinen Vater eindeutig Stellung gegen den Kaiser beziehen.

Natürlich musste der Schreiber es zurückdatieren, denn es war schon eine Weile her, dass Konrad Eduard von Erkenwald in der Nähe des Königs gesehen hatte. Selbstverständlich würde das der letzte Brief des Schreibers werden, Konrad konnte keine unliebsamen Zeugen gebrauchen.

Wenn nur Alida ihm nicht entwischt wäre.

Verärgert warf sich Konrad auf die Bettstatt. Morgen würde er mehr wissen.

Kapitel 3

Zwei Tage später kehrten die ausgesandten Boten unverrichteter Dinge aus Heymberg zurück. Sie hatten Alida von Erkenwald weder auf ihrem Hin- noch auf dem Rückweg aufstöbern können. Auf der Burg war sie ebenfalls nicht aufgetaucht. Die Sarjantbrüder waren sogar zu Dankwarts Eltern vorgelassen worden. Dort hatten sie jedoch erfahren, dass der Sohn des Hauses derzeit nicht im Rheinland, sondern in der Wetterau weilte. Von Alida hatten die von Heymbergs nichts gehört.

Mit Erhalt dieser Nachrichten wurde Konrad bewusst, dass Volkmars offensichtliches Erschrecken bei der Erwähnung von Dankwarts Namen nur vorgetäuscht gewesen war. Der Truchsess hatte trotz seiner misslichen Lage im Kerker über ihn triumphiert und Alida ausreichend Zeit verschafft, ihrem Ziel näher zu kommen – wo auch immer das lag. Ob sie Dankwarts Aufenthaltsort kannte und dorthin eilte? Unwahrscheinlich.

Mittlerweile wussten alle Burgbewohner von Alidas Flucht. Die Bediensteten, die Konrad ausgehorcht hatte, waren einhellig der Meinung, dass sie nur nach Heymberg geflohen sein konnte. Bisher hatte der Komtur darauf verzichtet, dem Truchsess ein Geständnis abzupressen. Damit wartete er, bis er Lieses Grablegung hinter sich gebracht hatte, um zuvor keinen unnötigen Unmut zu schüren.

Ungeduldig trat er von einem Fuß auf den anderen, während er den Worten des Priesters lauschte, der die Seele der toten Magd Gott anbefahl. Lieses Mutter hatte ihn mit Worten des Dankes überschüttet und ihre Tochter tatsächlich in die kostbarsten Gewänder gekleidet, die Alidas Truhe zu bieten hatte. Die Cotte war am oberen Rand mit einem golddurchwirkten Tuch verziert worden, das den Komtur an die Stoffe aus Damaskus erinnerte. Für Eduard von Erkenwald war das Beste für seine Tochter offensichtlich gerade gut genug.

Nachdem Liese auf dem Gottesacker hinter der Dorfkirche zur letzten Ruhe gebettet worden war, fand auf der Burg ein großzügiges Mahl statt. Konrad wollte die Menschen zunächst auf seiner Seite wissen und der sicherste Weg dorthin führte seiner Ansicht nach über ein gemeinsames Essen, das – gemessen an der Bedeutung einer Magd – reichlich übertrieben war. Doch bekanntlich ließen sich mehr Fliegen mit Honig als mit Essig fangen.

So bemühte er sich, Lieses Mutter freundlich entgegenzublicken, als sie sich ihm am späten Abend näherte. Als sie jedoch seine Hände fassen wollte, zuckte er zurück.

»Bedenke, gute Frau, ich bin ein Mann Gottes«, stieß er hervor und griff schnell nach seinem Weinbecher.

Lieses Mutter wirkte beschämt. »Verzeiht, mein Herr. Ich wollte Euch nur nochmals dafür danken, was Ihr für meine Tochter getan habt.«

»Schon gut«, winkte Konrad ungeduldig ab. »Die Cotte war wirklich außergewöhnlich schön und ihrer durchaus angemessen.«

Die Magd brachte ein Lächeln zustande. »Das Tuch

stammt von weit her. Der Jude, der immer mal wieder hier vorbeikommt, hat es mitgebracht.«

Konrad merkte auf. »Kannst du mir mehr über ihn erzählen?«

»Nicht viel, Herr«, antwortete sie mit offensichtlichem Bedauern. »Er kommt aus Coellen und besucht den Grafen und seine Tochter einmal, manchmal auch zweimal im Jahr. Es heißt, Alidas Vater hätte ihm vor fast zwanzig Jahren bei einem Überfall das Leben gerettet. Seitdem glaubt er wohl, in dessen Schuld zu stehen, jedenfalls bringt er immer kostbare Geschenke aus weit entfernten Ländern mit.«

Im ersten Augenblick glaubte Konrad, sich verhört zu haben. Eine dunkle Ahnung, die er nicht greifen konnte, stieg in ihm auf. »Und das sagst du mir erst jetzt?«, brauste er auf, fing sich jedoch sogleich wieder und fuhr versöhnlicher fort: »Wie heißt der Mann?«

»Ich bin mir nicht sicher. Simeon ben Isis oder so ähnlich. Er hat nie mit unseresgleichen gesprochen, sich höchstens für eine kleine Gefälligkeit bedankt. Aber Volkmar weiß sicherlich mehr über ihn.«

Der letzte Satz klang ein wenig gehässig. Kurz erwog Konrad die Möglichkeit, dass Lieses Mutter den Namen des Juden sehr wohl kannte, ihn jedoch nicht nennen wollte, in der Hoffnung, dass der Komtur dem vermeintlichen Mörder ihrer Tochter das Geheimnis schmerzhaft entreißen würde.

Das kam ihm jedoch entgegen. »Ich werde den Truchsess befragen. Du hältst dich derweil bereit. Vielleicht brauche ich deine Hilfe.«

Lieses Mutter sah ihn fragend an, knickste jedoch dienstbeflissen und entfernte sich. Konrad beugte sich zu Alfred von Bernau hinüber. »So unwahrscheinlich es auch klingt, möglicherweise sucht Alida bei dem Juden Schutz. Gibt es im Kerker eine Möglichkeit, den Truchsess hochzuziehen?«

Alfred grinste. »In die Decke ist ein eiserner Ring eingelassen. Der dürfte das Gewicht des Mannes locker halten.«

Konrad lehnte sich zufrieden zurück. »Bereite alles vor und ziehe ihn aus, bis auf die Bruoch. Ich komme später nach.«

Als der Komtur bald darauf die nur angelehnte Eichentür aufstieß und den Kerker betrat, hatte sein Compan die Anordnungen wunschgemäß umgesetzt. Volkmar von Alpach waren die Hände auf den Rücken gebunden worden. Ein starkes Seil führte durch den Deckenring, sodass er mit nach hinten gezogenen Armen ein gutes Stück über dem mit muffigem Stroh bedeckten Boden schwebte. Da es an der Wand keine Befestigungsmöglichkeit gab, hielten zwei Sarjantbrüder das Seil straff gespannt.

Trotz der Schmerzen, die der Truchsess empfinden musste, gab er keinen Laut von sich. Konrad stellte sich vor ihn und musste notgedrungen den Kopf ein wenig in den Nacken legen. »Ich habe herausgefunden, dass Euer Schützling sich nicht in Heymberg aufhält. Aber das wusstet Ihr natürlich.«

Konrad betrachtete eingehend Volkmars Gesicht, als er seine Vermutung aussprach: »Sie ist in Coellen, bei diesem Juden.«

Der Muskel unter Volkmars linkem Auge zuckte kurz, ansonsten blieb er starr. »Dachte ich es mir doch«, triumphierte der Komtur. »Sagt mir seinen Namen.«

»Daniel ben Neri«, quetschte er nach einem winzigen Augenblick des Zögerns hervor.

Das klang nicht einmal annähernd nach dem Namen, den Lieses Mutter ihm genannt hatte, war demzufolge eine Lüge. Konrad tauschte mit Alfred einen Blick und trat zwei Schritte zurück. Sein Compan umschlang Volkmars Oberkörper und hängte sich mit seiner ganzen Last an ihn. Der Truchsess schrie und übertönte damit beinahe das knackende Geräusch in seinem Schultergelenk. Durch das plötzliche zusätzliche Gewicht wurden die beiden schmächtigen Sarjantbrüder in die Höhe gerissen. Das Seil gab nach und Volkmar krachte beinahe auf den Boden. Alfred ließ los. Der Gepeinigte stöhnte und wurde wieder hochgezogen.

»Ihr Tölpel!«, schrie Konrad seine Brüder an. »Lasst ihn sofort ab, er verliert das Bewusstsein. Tot nutzt er mir nichts.«

Nachdem sie seinem Befehl gehorcht hatten, lag Volkmar in gekrümmter Haltung auf dem Boden und regte sich nicht. Konrad stieß mit dem Fuß nach ihm, erreichte jedoch keine Reaktion. Wütend riss er eine der Pechfackeln aus der Halterung, die das Gewölbe in ein flackerndes Licht tauchten. Er senkte sie und drückte den brennenden Kopf kurz gegen Volkmars Seite. Der erneute Schmerz riss den Truchsess aus seinem Dämmerzustand.

»Du schuldest mir noch einen Namen«, fauchte Konrad.

»Daniel ben Neri«, bekam er undeutlich zu hören.

»Alfred, auf ein Wort.« Die Fackel noch immer in der Hand haltend, schritt Konrad vor die Tür. Sein Compan folgte ihm.

»Ich bin mir nicht sicher, wie lange Volkmar durchhalten kann, aber eins weiß ich, er würde eher sterben, als Alida von Erkenwald zu verraten. Ich muss anders vorgehen. Hole mir die Mutter der toten Magd her. Ich bin sicher, dass sie mir ihre Dankbarkeit gerne mit einem kleinen Gefallen erwidert. Sie hält den Truchsess für den Mörder ihrer Tochter und will ihn leiden sehen. Ich werde so tun, als wollte ich sie umbringen. Schärfe ihr ein, sie soll verängstigt aussehen und Volkmar anflehen, den Namen zu nennen. Wenn ich den Kerl richtig einschätze, dann wird er nicht wollen, dass ihr ein Leid geschieht.«

Alfred eilte davon und Konrad kehrte zurück in den Kerker. Er steckte die Fackel wieder in die Halterung und trat auf den Truchsess zu. Volkmar war sichtlich bemüht, sich die Schmerzen der ausgekugelten Schulter nicht anmerken zu lassen.

»Glaubt Ihr wirklich, Eure Herrin erwartet, dass Ihr Euch lieber umbringen lasst, als mir ihren Aufenthaltsort zu verraten?« Die Beteuerung, Erkenwalds Tochter nichts antun zu wollen, konnte er sich angesichts der bisherigen Geschehnisse sparen. Einen Sinneswandel würde Volkmar ihm ohnehin nicht glauben.

»Warum Fräulein Alida?«, brachte der gerade hervor.

»Warum ich den Tod der Grafentochter will?«

Volkmar brachte ein Nicken zustande.

»Das ist eine alte Geschichte zwischen ihrem Vater und mir. Sie begann auf der Kreuzfahrt nach Damiette und wird erst enden, wenn Eduard von Erkenwald für die Schmach büßt, die er mir angetan hat.«

»Oh, mein Gott!« Der Ausruf ließ Konrad herumfahren. Alfred stand im Eingang und schob Lieses Mutter in den

Kerker. Sie hatte die Augen voller Angst weit aufgerissen. Sein Compan knuffte sie in den Rücken, und die Magd stolperte zwei Schritte näher.

Auf Konrads Nicken hin zog Alfred das Messer an seinem Gürtel aus der Scheide, packte Lieses Mutter und drückte ihr die Klinge an die Kehle.

Mit einem boshaften Grinsen wandte sich Konrad an Volkmar. »Mal sehen, ob dies Eure Zunge löst. Ihr wollt doch sicher nicht, dass eine Unschuldige durch Euren Starrsinn stirbt. Ihr schuldet mir noch einen Namen.«

»Bitte«, flehte die Frau. »Lasst mich nicht sterben! Sagt ihm, wonach er verlangt. Ich habe ihm schon erzählt, dass der Name des Juden so ähnlich lautet wie Simeon.«

Volkmar zögerte. Erst als Alfred mit der Klingenspitze die Haut am Hals der Magd aufritzte, woraufhin die Frau einen spitzen Schrei ausstieß und ein Blutstropfen die Schneide hinunterrann, gab er auf und antwortete mit erstickter Stimme: »Salomon.«

»Und wie weiter?«

»Ben Isaak.«

Konrad erstarrte, als er den Namen erkannte. Der Truchsess sagte die Wahrheit, das wusste er. Jetzt, wo er ihn hörte, war er sich sicher, dass Salomon ben Isaak der Name des Juden war, wegen dem er mit Eduard von Erkenwald aneinandergeraten war. Das war kein Zufall, sondern Gottes Wille. Er gab ihm die Chance, seine Rache zu vollenden. Hochzufrieden gab Konrad Alfred einen Wink, der daraufhin die Klinge mit Stroh abwischte und das Messer einsteckte. »Du hast deine Sache sehr gut gemacht«, sagte er mit Blick auf Lieses Mutter.

»Es freut mich, wenn ich helfen konnte, Herr. Ich will den Mörder meiner Tochter leiden sehen.«

Volkmar keuchte. »Was hat er dir erzählt? Etwa, dass ich ...«

Konrad trat ihm rasch gegen die Schulter, sodass Volkmar gequält aufschrie.

»Schaff mir einen Bader oder einen sonstigen Heilkundigen herbei. Er soll das Gelenk wieder einrenken und die Arme abtasten, ob ein Knochen gebrochen ist. Vielleicht brauche ich den Verräter noch«, brummte der Komtur Lieses Mutter zu, die sich sofort auf den Weg machte.

Alfred schmunzelte. »Deine List ist aufgegangen. Du hast den richtigen Namen. Wie geht es nun weiter?«

Konrad von Westerburg warf den beiden Sarjantbrüdern einen abschätzenden Blick zu. Die beiden standen noch immer im Kerker und wickelten bedächtig das Seil auf, an dem sie Volkmar hochgezogen hatten. »Das erzähle ich dir nicht an diesem Ort. Hier gibt es mir zu viele neugierige Ohren.«

In den glattrasierten Mienen der grau gekleideten Brüder glaubte Konrad Enttäuschung aufblitzen zu sehen.

Als sie bald darauf auf den beiden Faltstühlen im Gemach des Burgherrn saßen, drehte der Komtur eine ganze Weile den Weinbecher in der Hand, ehe er sprach: »Es gibt viel zu tun, wenn wir aus diesem Ort eine Ordensburg machen und eine Kommende errichten wollen. Die Weiber müssen alle fort und am liebsten wäre es mir, wenn auch die übrigen Bediensteten verschwinden würden. Aber der Abschied muss ihnen entsprechend versüßt werden. Ich will keine Unzufriedenheit. Kümmere dich darum.«

»Was ist mit Volkmar von Alpach?«

»Der bleibt vorerst in meinem Gewahrsam. Sobald sich die Burg fest in meiner Hand befindet, werden wir uns seiner entledigen. Aber erst müssen wir Alida von Erkenwald finden und dingfest machen. Sie ist der Schlüssel für unsere Stellung hier. Sollte sie tatsächlich zum Kaiser gelangen, besteht die Gefahr, dass er ihr Glauben schenkt und ihren Vater rehabilitiert.«

Alfred runzelte die Stirn. »Kaiser Friedrich wird erst seinen eigenen Vorteil bei der Sache abwägen.«

»Soll er ruhig, dann wird er feststellen, dass eine Ordensburg ihm mehr Reputation einbringt als eine kleine Grafschaft. Außerdem wird er eine Nachricht empfangen mit dem Siegel des Grafen, die Eduards Verrat an der Krone beweist.«

Der Compan kratzte sich am Kinn und strich anschließend die Barthaare wieder glatt. »Und wen willst du losschicken, um die Kleine wieder einzufangen? Das Weibsstück scheint ziemlich furchtlos und gerissen zu sein. Es gehört schon etwas dazu, bei einem Juden Unterschlupf zu suchen, um unerkannt zum Kaiser zu reisen.«

Konrad von Westerburg trank einen Schluck, ehe er Alfred über den Becherrand hinweg scharf ansah. »Und genau das spielt mir in die Hände. Es gibt da jemanden, den ich auf eine diebische Jüdin ansetzen kann und der sie mir hierher schleift, ohne Fragen zu stellen. Jemanden, der so pflichtbewusst ist, dass er sein Leben opfern würde, um seinen Auftrag zu erfüllen und dem Orden zu dienen.«

Sein Compan dachte kurz nach und war im Begriff, ratlos mit den Schultern zu zucken, als er seinen Becher sinken ließ und nun seinerseits den Komtur anstarrte. »Du denkst doch nicht etwa an den Katharer?«

»Nenn ihn bloß nicht so, wenn du in seiner Nähe bist. Seine Mutter hat diesem Ketzerglauben abgeschworen und ist nun eine rechtgläubige Christin. Richard von Thurau ist ein sehr geschickter Ritterbruder und vehementer Verteidiger des Deutschen Ordens. Er hat sich bei den Kämpfen im Baltikum bewährt, ehe er dem Ruf des Ordens ins Rheinland folgte. Du erinnerst dich doch sicherlich noch, dass wir ihn in der Komturei von Coblenz getroffen haben.«

Konrad wartete Alfreds Nicken gar nicht erst ab, sondern fuhr fort: »Er war sehr daran interessiert, mir bei dem Aufbau einer neuen Kommende zu helfen. Allerdings war unser Plan damals noch nicht spruchreif. Jetzt gehört Erkenwald uns, und nun werde ich ihn um seine Hilfe bitten. Mittlerweile sollte er sich in der Kommende in Ramersdorp aufhalten. Sie liegt nur einen halben Tageritt entfernt. Ich werde dem dortigen Komtur schreiben. Sicherlich wird Bruder Richard schon bald hier eintreffen.«

»Und du hältst das wirklich für einen guten Einfall?«, zweifelte Alfred. »Die Wahrheit kannst du ihm nicht sagen und wenn er je dahinterkommen sollte, dass die falsche Jüdin in Wahrheit die Tochter des Grafen ist, dann möchte ich nicht in deiner Haut stecken.«

Konrad wischte den Einwand mit einer Handbewegung zur Seite. »Er vertraut mir und ich werde ihm eine Geschichte erzählen, die er glauben wird. Alida muss ihm gegenüber ihre Tarnung aufrechterhalten, wenn sie ihr Ziel erreichen will. Sie wird ohnehin denken, dass er mit uns gemeinsame Sache macht und sich ihm nicht anvertrauen.«

»Was ist mit diesem Ritter, der das Fräulein heiraten soll? Was, wenn er auftaucht und nach ihr sucht?«, gab Alfred zu bedenken.

»Das könnte in der Tat ein Problem darstellen. Wie ich Richard einschätze, würde er niemals die Hand gegen einen christlichen Ritter erheben – es sei denn, es wäre Notwehr.« Der Komtur trank einen weiteren Schluck.

»Wir brauchen jemanden an seiner Seite, der auf ihn aufpasst und seine Zweifel im Ansatz zerstreut, sobald welche aufkeimen. Zudem muss der Mann des Lesens und Schreibens mächtig sein. Richard ist es nämlich nicht.«

»Was dir natürlich sehr gelegen kommt, damit du dem Begleiter leichter Informationen zukommen lassen kannst.«

Konrad nickte. »Richard darf nicht merken, dass er an der Leine liegt und ich deren Ende in der Hand halte. Doch wer von den Sarjantbrüdern wäre am besten für diese Aufgabe geeignet?«

»Bertram von Leiningen«, antwortete Alfred prompt. »Er ist mir seit Jahren treu ergeben und für dieses Unterfangen stelle ich ihn dir gerne zur Verfügung.«

Konrad hob den Becher und prostete seinem Compan zu. »Auf die Ergreifung Alidas von Erkenwald. Mögen die Heiligen uns beistehen und Richard von Thurau Erfolg beschieden sein.«

Kapitel 4

Alida war die halbe Nacht gewandert, hatte sich nur wenige Pausen gegönnt. Im Laufe des Vormittags erreichte sie den Rhin, der das Gebirge im Süden mit dem Meer im Norden verband. Jetzt im Hochsommer führte er weniger Wasser und die Wiesen am Ufer waren nicht überschwemmt. Alida hatte das schon einmal gesehen. Im Frühjahr, wenn der Schnee schmolz, trat das Wasser über die Ufer und der Fluss wirkte beinahe wie ein weiter See. Doch auch jetzt war er breit und imposant. In der Flussmitte lagen Schiffsmühlen, die mithilfe der Strömung das Getreide für die Stadtbewohner mahlten.

Majestätisch erhob sich die bevölkerungsreichste Stadt nördlich der Alpen auf der gegenüberliegenden Seite. Der Dom aus der Zeit der Karolinger mit seinen beiden runden Türmen, die den Westchor flankierten, thronte auf einem Hügel und wachte über die Stadt. Alida wusste, dass ein goldener, kostbar verzierter Schrein im Inneren die Gebeine der Heiligen Drei Könige enthielt.

Pilger aus dem ganzen Reich strömten wegen dieser und zahlloser weiterer Reliquien hierher, die der Stadt den Beinamen ›Das Heilige Coellen‹ eingebracht hatten. Doch der Dom war nicht das einzige Gotteshaus. Die vielen Kirchtürme, von denen die meisten im letzten Jahrhundert errichtet worden waren, schienen Alida aufmunternd zuzuwinken, als sie auf dem Floß eines Fährmanns langsam auf die Stadt zu glitt. Ihr wurde ein wenig leichter ums Herz.

Hinter der trutzigen Stadtmauer mit den vielen wuchtigen Toren, an denen schon der Onkel des jetzigen Kaisers gescheitert war, würde Alida Schutz vor ihren Verfolgern finden. Denn dass Konrad von Westerburg nach ihr suchen würde, stand für Alida außer Frage.

Natürlich würde der Komtur ihretwegen wohl kaum mit einem Heer eintreffen, um die Stadt zu erobern. Sie war selbstkritisch genug, um sich nicht für so wichtig zu nehmen. Vielmehr würde er nur zwei oder drei Männer schicken, um ihrer habhaft zu werden, sodass sie sicherlich keinerlei weitere Schwierigkeiten haben würden, in die Stadt zu gelangen. Außerdem gab es auch in Coellen eine Kommende des Deutschen Ordens, soweit Alida wusste. Die Brüder dort würden dem Komtur sicher ihre Hilfe gewähren. Sie musste also weiterhin auf der Hut sein.

Als die Fähre sich dem gegenüberliegenden Ufer näherte, bestaunte Alida die eindrucksvolle Stadtbefestigung mit ihren Toren und Türmen, welche die Stadt zum Rhin hin sicherte. An vielen Stellen war das Bauwerk noch unvollendet und etliche Handwerker waren damit beschäftigt, Steine zu klopfen und zu vermauern.

Im sanft und doch zügig dahinströmenden Wasser lagen verschiedene Schiffsarten. Alida fielen sofort die Oberländer südlich des Salzgassentors ins Auge. Schiffe mit hochgezogenem Heck ohne Segel, aber einem Mast, an dem das Treidelseil befestigt war. Auf diesen Binnenschiffen wurden Lasten den Rhin hinauf- und hinuntertransportiert. Um gegen die Strömung anzukommen, wurden sie von der Mannschaft über Leinpfade entlang des Ufers flussaufwärts gezogen. Gesteuert wurden sie mit einem langen Ruder, das an der rechten Heckseite befestigt war.

Ihr Vater hatte Alida einst erklärt, dass diese Schiffe nur von den Bewohnern am Mittelrhin gebaut wurden. Mit den vielen Sand- und Kiesbänken sowie den Stromschnellen, die der Fluss dort aufwies, waren Schiffe mit wenig Tiefgang unumgänglich. Zumal sich die Bänke bei jedem Hochwasser verschoben und die Untiefen des Rhins an immer neuen Stellen erschienen.

Alida beobachtete, wie die Waren aus dem Süden auf Niederländer, flache Frachtschiffe mit Heckruder, umgeladen wurden, mit denen sie den Rhin hinuntertransportiert wurden. Je näher sie kam, desto lauter hörte sie die Rufe der Schiffer und Arbeiter im Hafen.

Ein Ruck ging durch die Fähre, als sie das Ufer erreichte, und Alida musste sich bemühen, ihr Gleichgewicht nicht zu verlieren. Sie schulterte ihr Bündel und hüpfte von Bord. Zügig schritt sie auf den nächstgelegenen Torturm zu. Daneben wurde an einem weiteren Stadttor gearbeitet.

Über ein nicht sehr vertrauenerweckend aussehendes Gerüst balancierte ein etwa vierzehnjähriger Junge mit hölzernen Eimern in beiden Händen. Ein Mann mit einer Truffel, der ein Stück höher auf dem obersten Mauerring saß, schrie ihn an, sich zu beeilen. Dabei fuchtelte er so wütend mit den Händen, dass die Kelle seinen Fingern entglitt und den Jungen bei ihrem Sturz nur knapp verfehlte.

Alida beeilte sich und wollte gerade auf den Mann mit dem Spieß zutreten, der den Eingang zur Stadt bewachte, als sich aus der dahinterliegenden Gasse eine Gruppe Schweine quiekend und grunzend durch das Tor drängte. Erschrocken sprang Alida zur Seite.

Ein Junge, noch nicht einmal im Pagenalter, schwang einen Stock, der länger war als er selbst, und trieb das Vieh hinunter zur Schwemme am Fluss, um es dort zu tränken. Einen Moment sah Alida den Tieren hinterher, bevor sie einen weiteren Versuch unternahm, in die Stadt zu gelangen. Ohne Zögern ließ der Wächter sie passieren und sofort raffte Alida den Saum ihrer Tunika.

Es hatte länger nicht geregnet. So wurden ihre Schuhe nur staubig und nicht schlammig, doch der Gestank, der Alida hinter der Mauer entgegenschlug, raubte ihr fast den Atem. Hier vermischten sich die Ausdünstungen von saurem Bier und Wein aus den Schänken mit aus den Garküchen herausziehenden Düften nach Gekochtem und Gebratenem sowie dem beißenden Geruch von Abfall und Hinterlassenschaften verschiedener Nutztiere.

Bei der nächsten Gelegenheit wandte Alida sich nach links und verließ die Trankgasse.

Sie war schon dreimal mit ihrem Vater in Coellen gewesen, zuletzt im Mai bei dem Festumzug anlässlich der Ankunft Isabellas von England, der Braut des Kaisers. Doch das Judenviertel hatten sie nie aufgesucht. Jetzt fiel ihr auf, dass ihr Vater Salomon immer nur auf Burg Erkenwald empfangen hatte. Ob der Jude möglicherweise immer auf Reisen gewesen war, wenn sie Coellen besucht hatten?

Ohne ihren Vater fühlte sich Alida in der Stadt ein wenig verloren. Sie drückte ihr Bündel fester an sich und machte den Menschen Platz, die ihr entgegenkamen. Zwischen dem

Alten Markt und der Pfarrkirche Sankt Laurenz sollte das Viertel liegen, in dem sie nach Salomon suchen sollte. So hatte Volkmar es ihr beschrieben.

Alida stieß einen Seufzer aus, der in dem Lärm um sie herum ungehört verhallte. Hoffentlich tat Konrad von Westerburg dem Truchsess nichts an. Sie schüttelte sich unwillkürlich und reckte das Kinn vor. Jetzt war sie hier und musste an die Zukunft denken und Salomon ben Isaak finden.

Sie näherte sich dem Turm von Sankt Brigiden, der von dem der dahinterliegenden Abteikirche überragt wurde, die dem Heiligen Martin von Tours gewidmet war. Alida blieb stehen. Wenn sie sich recht erinnerte, befand sich der Alte Markt westlich davon. Sie fasste sich ein Herz und trat auf eine Frau zu, die ihr mit einem geflochtenen Weidenkorb entgegenkam, in dem zwei Hühner gackerten. Höflich fragte Alida um Auskunft nach dem Weg zur Pfarrkirche Sankt Laurenz.

Die Frau lachte sie breit an und deutete mit der freien Hand nach rechts. »Am besten folgst du einfach diesem Durchgang und gehst bei der dritten Abzweigung nach links. Das ist die Gasse der Goldschmiede. Folge ihr und du kannst die Kirche gar nicht verfehlen.«

Alida bedankte sich höflich und setzte ihren Weg fort. Wenig später stand sie zögernd vor einem Gässchen, das nach links abging. Hatte die Frau dieses ebenfalls mitgezählt oder nicht? Goldschmiede schienen hier nicht ansässig zu sein. Ein wenig ratlos sah sie sich um.

Ein Räuspern direkt hinter ihr ließ Alida erschrocken auf dem Absatz herumfahren. Ein schmaler junger Mann, den sie an dem gelben Spitzhut auf seinem Kopf als Juden erkannte, sah sie aus dunklen Augen aufmerksam an. »Kann ich helfen?«, fragte er höflich.

»Ich suche das Haus von Salomon ben Isaak. Er soll hier wohnen. Weißt du, wo ich es finden kann?«

Erleichtert stieß sie die Luft aus, als ihr Gegenüber nickte. »Es ist ganz in der Nähe. Ich kann dich hinführen, komm.« Ohne eine Antwort abzuwarten, trat er an ihr vorbei in das Gässchen.

»Das ist wirklich sehr freundlich, danke«, erwiderte Alida und folgte ihm ohne zu zögern durch die kleine Gasse, die auf eine breitere mündete. Sofort entdeckte sie die Pfarrkirche Sankt Laurenz, ein größeres Bauwerk, an dessen Westseite ein Turm aufragte. Doch der Mann ließ sie rechts liegen und bog einen Moment später erneut links ab. Ein Haus schmiegte sich dicht an das andere, während hinter der Häuserreihe ein Bauwerk mit Rundbögen und einem Kuppeldach aufragte.

»Woher kommst du und was willst du von Salomon ben Isaak?«

»Verzeih, aber darüber kann ich nicht sprechen«, wiegelte Alida ab.

»Aber deinen Namen wirst du mir doch sicherlich verraten können.«

»Nein, das geht nicht. Und ich bitte dich, nicht weiter in mich zu dringen.«

Der Jude blieb stehen und sah sie scharf an. »Du bist eine Christin, willst unerkannt bleiben und kannst mir nicht den Grund nennen, aus dem du Salomon ben Isaak aufsuchst. Das bedeutet auf jeden Fall Ärger.«

»Ich versichere dir, ich führe nichts Böses im Schilde. Ich muss ihm nur eine Nachricht überbringen.«

»Du siehst nicht unbedingt wie eine Botin aus.«

Alida verspürte weder Lust noch die nötige Geduld, um sich weiter mit dem Mann zu unterhalten. »Bringst du mich nun zu ben Isaak oder nicht? Weshalb stehen wir hier? Ich habe nicht die Zeit für unnötige Pausen«, schloss sie ein wenig barsch.

»Weil wir unser Ziel bereits erreicht haben«, antwortete ihr Begleiter lakonisch und deutete auf ein Haus auf der gegenüberliegenden Seite.

»Verzeih mir meine harten Worte. Ich bin heilfroh über deine Hilfe«, bedankte sie sich bei ihrem Begleiter und trat an die dunkle Tür aus Eichenholz.

Alidas Herz schlug schneller, als sie die Hand hob und klopfte.

»Ich komme schon«, hörte sie eine helle klare Stimme von innen und einen Augenblick später wurde ihr geöffnet.

Verwundert starrte Alida auf eine hübsche junge Frau in ihrem Alter. Ihr schwarzes Haar war zu einem seidig glänzenden Zopf geflochten, der über ihre rechte Schulter fiel. Ihre hellbraunen Augen leuchteten Alida aus einem ebenmäßig geschnittenen Gesicht entgegen.

Die Flügel der zierlichen Nase weiteten sich ein wenig, während sie die Besucherin musterte. »Was ist dein Begehr?«

Erst jetzt fiel Alida auf, dass sie ihr Gegenüber stumm angestarrt hatte. »Ich suche den Kaufmann Salomon ben Isaak«, brachte sie hervor.

»Was willst du von ihm?«

Alida drehte sich um und sah den Juden, der sie hergebracht hatte, immer noch in der Gasse stehen. Er reckte den dürren Hals und betrachtete das Mädchen begehrlich.

»Nicht hier, bitte«, sagte Alida deshalb schnell.

Das Mädchen sah an ihr vorbei und ihre Lippen verzogen sich zu einem etwas angestrengt wirkenden Lächeln. »Schalom, David«, grüßte sie den Hageren.

»Schalom, Mirjam«, antwortete der junge Mann, trat einen Schritt näher und deutete auf Alida. »Ich habe sie hergeführt. Wenn es dir nicht recht ist, schaffe ich sie auch gerne wieder fort.«

Alida blies entrüstet die Wangen auf.

»Schon gut, David. Ich kümmere mich um unseren Gast«, sagte Mirjam, zog die Haustür weiter auf, trat einen Schritt zur Seite und winkte Alida herein. Sofort kam sie der Aufforderung nach und noch ehe sie etwas erwidern konnte, schloss die Jüdin die Tür und lehnte sich kurz mit geschlossenen Augen dagegen.

»Ausgerechnet David ben Meschullam musstest du begegnen.«

»Ohne ihn hätte ich das Haus nicht so schnell gefunden. Salomon ben Isaak wohnt doch hier, oder?«

Mirjam nickte. »Was willst du von meinem Vater?«, wiederholte sie dann ihre Frage von eben.

»Salomon ben Isaak ist dein Vater?« Merkwürdigerweise verspürte Alida einen kleinen Stich der Eifersucht. Sie hatte immer geglaubt, die einzige junge Frau in seinem Leben zu sein, die er väterlich behandelte.

»Natürlich«, schmunzelte Mirjam. »Hast du etwa geglaubt, ich sei seine Gemahlin?«

Alida hob die Schultern und ließ sie unschlüssig wieder fallen. »Ich brauche seine Hilfe. Führe mich bitte zu ihm.«

Mirjam betrachtete sie eingehend und kam wohl zu dem Schluss, dass eine christliche Magd keine Gefahr für Salomon darstellte. »Du hast Glück, er ist vor ein paar Tagen von einer Reise zurückgekehrt. Folge mir.«

Mirjam führte Alida zur hinteren Tür hinaus, auf einen großen viereckigen Innenhof. Dort wandte sie sich nach rechts und öffnete eine weitere Tür zu einem Anbau.

Sie betraten ein Warenlager. Fässer in unterschiedlichen Größen, Tuchballen, Säcke und Truhen waren hier übereinandergestapelt. Ein betörender Duft erreichte Alidas Nase, den sie nicht klar identifizieren konnte. Sie erkannte Zimt und Pfeffer, doch es roch auch nach anderen, ihr unbekannten Gewürzen.

In der Mitte des Raumes befand sich eine einfache, aufgebockte Tafel, die als hohe Ablage diente. An ihr stand Salomon ben Isaak und drehte ihnen den Rücken zu. Alida erhaschte einen Blick auf die Pergamentrolle, auf der er mit einer Gänsefeder Notizen machte.

»Vater, hier möchte dich jemand sprechen«, sagte Mirjam und trat einen Schritt zur Seite.

Salomon ben Isaak hob den Kopf. Er legte bedächtig die Feder neben das Pergament und drehte sich um. Sein Blick erfasste die junge Frau, die in der einfachen Kleidung einer Dienstmagd vor ihm stand.

Erstaunen und Sorge zeichneten seine Gesichtszüge, ehe er ihr beide Hände entgegenstreckte und ein wenig beunruhigt fragte: »Alida, das ist eine Überraschung. Wie siehst du denn aus, was ist geschehen?«

»Ach, Salomon«, schluchzte sie und drückte fest seine Hände, die sich ein wenig rau anfühlten. Am liebsten hätte sie sich in seine Arme geworfen und ihren aufsteigenden Tränen freien Lauf gelassen, wagte es jedoch nicht Mirjam zu zeigen, wie sehr sie an deren Vater hing und wie vertraut ihr Umgang für gewöhnlich war.

»Der Kaiser hat uns Erkenwald entrissen und dem Deutschen Orden übergeben«, stieß sie hervor. »Der Komtur hat Liese erstochen, weil wir zuvor die Kleidung getauscht hatten und er uns deshalb verwechselte.«

Salomon strich ihr kurz über das Haar. »Um Himmels willen! Halt einen Moment inne, Kind. Das besprechen wir besser woanders.«

Alida verstummte. Sie hatte Salomon fast ein Jahr nicht mehr gesehen. Die Falten in seinem Gesicht wirkten tiefer und zahlreicher. Sie wurden umrahmt von silbernem Haar mit Schläfenlocken und einem Bart, der bis auf die Brust reichte. Der Blick aus seinen dunkelbraunen Augen war jedoch so lebendig und wachsam wie eh und je, als er seine Tochter aufforderte, die Warenliste fortzuführen.

Während die Jüdin gehorsam nach der Feder griff und sich über das Pergament beugte, folgte Alida Salomon zurück in den Hof. Dort setzten sie sich nebeneinander auf eine Bank.

Ausführlich erzählte sie, was passiert war und von ihrer Flucht.

»Und nun willst du dich bei mir verstecken und auf deinen Bräutigam warten«, fasste Salomon ben Isaak das Gehörte zusammen.

»Nicht ganz«, antwortete Alida vorsichtig. »Zwar war

das der Plan des Truchsesses von Erkenwald. Doch ich kann nicht einfach hier abwarten. Ich weiß nicht, ob Volkmar es wirklich geschafft hat, Dankwart zu benachrichtigen. Selbst wenn, können tausend Dinge geschehen, weshalb er nicht kommt. Unterdessen weiß ich nichts über das Schicksal meines Vaters. Ist er ein Gefangener des Kaisers? Wird er seinem Stand gemäß behandelt oder schmachtet er in einem Kerker vor sich hin? Ich muss zu ihm, um ihn und Erkenwald zu retten.«

Salomon seufzte leise. »Wie ich deinen Hitzkopf kenne, willst du Friedrich von Hohenstaufen aufsuchen und ihn von der Unschuld deines Vaters überzeugen.«

Alida nickte heftig. »Du kennst als Kaufmann alle sicheren Reisewege. Außerdem könnte es sein, dass der Komtur von Volkmar meinen Aufenthaltsort erfährt. Dann wird er jemanden aussenden, um mich zu ergreifen. Ich bin hier nicht sicher.«

»Und Mirjam und ich sind es auch nicht mehr«, schloss Salomon bitter.

»Ich wollte niemanden in Gefahr bringen, aber ich wusste keinen anderen Ausweg«, beteuerte Alida und schlug die Augen nieder. »Euch wird der Komtur bestimmt nichts antun. Ich bitte dich lediglich um Proviant und eine Reisebeschreibung.«

»Glaubst du wirklich, ich würde dich allein und schutzlos ziehen lassen?«, fragte Salomon empört. »Ich verdanke deinem Vater mein Leben. Da werde ich wohl kaum sein einziges Kind kopflos in die Gefahr rennen lassen!« Er rieb sich mit beiden Händen über das Gesicht, wobei seine Schläfenlocken wippten.

Alida presste ihre Hände in den Schoß und wartete auf seine Entscheidung.

»Es gäbe da eine Möglichkeit, dich nach Warmaisa zu bringen«, überlegte Salomon laut. »Dazu müsstest du dich allerdings von einem christlichen Edelfräulein in eine jüdische Kaufmannstochter verwandeln und mir jederzeit widerspruchslos gehorchen.«

»Selbstverständlich«, antwortete sie, ohne zu zögern. Sie war glücklich, dass er ihr beistehen wollte.

Salomon sah nicht überzeugt aus, nickte jedoch. »Gut, ich werde die Angelegenheit morgen dem Rat vortragen, dann sehen wir weiter.«

»Was hat denn der Coellner Stadtrat damit zu tun?«, wollte Alida erstaunt wissen.

»Nichts, ich meinte den Rat der Juden. Er tagt in der Synagoge, deren Dach du bestimmt schon auf deinem Weg hierher gesehen hast.«

»Du meinst den Kuppelbau. Dann ist eine Synagoge mehr als nur eine jüdische Kirche?«

»So ist es.«

»Darf ich mitkommen?«

»Auf gar keinen Fall!«

»Ich verspreche dir auch, mich stumm in eine Ecke zu setzen und nur zuzuhören.«

Jetzt stieß Salomon ein heiseres Lachen aus. »Ich sehe schon, dich in eine Jüdin zu verwandeln wird für Mirjam ein hartes Stück Arbeit. Abgesehen davon, dass ich mir nicht vorstellen kann, dass du den Mund halten kannst, darf eine Frau den Raum ohnehin nicht betreten.«

»Oh«, murmelte Alida überrascht und überlegte sofort,

ob Mirjam ihr helfen könnte, das Verbot zu beachten und dennoch alles mitzuhören.

»Weshalb kann Mirjam lesen und schreiben?«, fragte Alida auf dem Weg zurück ins Warenlager.

Salomon zuckte mit den Schultern. »Als Tochter eines Kaufmanns und spätere Ehefrau sollte sie es können. Und sie ist mir schon jetzt eine große Hilfe. Schriftunkundigkeit überlassen wir gerne den Christen.«

Mirjam war derweil fleißig gewesen und hatte die vorhandenen Waren auf der Liste eingetragen. Sie hörte schweigend zu, als Salomon ihr kurz Alidas Lage erklärte und sie bat, sich um sie zu kümmern.

Seine Tochter gehorchte, ohne Fragen zu stellen, und führte Alida zurück ins Haus. Dabei streckte sie die rechte Hand aus, berührte ein am Türpfosten angebrachtes Behältnis von der Größe einer kleinen Pfeife und führte ihre Fingerspitzen anschließend zu ihren Lippen.

Im Wohnraum angekommen, deutete Mirjam auf einen Platz am Tisch.

Während sie einen Krug mit Wasser und Becher holte, sah Alida sich um. Im Grunde unterschied sich die Einrichtung nicht von einem christlichen Haushalt. Allerdings standen auf den Wandbrettern Gegenstände, die Alida noch nie gesehen hatte, und die Wände waren mit fremdländisch anmutenden Mustern bemalt.

Auf dem Zinnbecher, den Salomons Tochter vor ihr auf den Tisch stellte, glaubte Alida einen Berg zu erkennen, über dem zwei Tafeln schwebten.

»Die 10 Gebote, die Moses von Gott erhalten hat«, erklärte Mirjam ungefragt und schenkte das Wasser ein.

Alida trank einen Schluck. Es schmeckte erstaunlich frisch.

»Du bist also die widerspenstige Grafentochter, von der Vater mir erzählt hat.« Mirjam musterte sie eindringlich. »Ich hätte nicht gedacht, dass du so nett aussiehst.«

»Ich bin nicht so hübsch wie du«, antwortete Alida mit einem offenen Lächeln.

Mirjam errötete und griff nach ihrem Becher.

»Wo ist deine Mutter?«, lenkte Alida sie auf andere Gedanken.

»Sie starb, als ich klein war. Ich kann mich kaum noch an sie erinnern. Aber Vater sagt, ich sähe ihr ähnlich.«

»Das behauptet meiner von mir auch immer. Meine Mutter starb bei meiner Geburt. Eine Tante hat mich großgezogen, da mein Vater nie wieder geheiratet hat. Ich wünschte, ich wüsste wie es wäre, eine richtige Mutter zu haben.«

Das Schweigen zwischen ihnen hatte etwas Einträchtiges an sich, weil jede den Verlust der anderen nachempfinden konnte.

»Vater wünscht, dass ich dich mit unseren Sitten und Gebräuchen vertraut mache«, ergriff Mirjam nach kurzer Zeit das Wort.

»Dafür danke ich dir ganz herzlich und verspreche, mich tatkräftig zu bemühen. Aber zunächst bedrückt mich etwas anderes. Dein Vater will morgen vor dem Rat sprechen und ich würde gerne wissen, was dort entschieden wird.«

Im ersten Augenblick schrak Mirjam zurück. »Er hat dich doch bestimmt darüber aufgeklärt, dass Frauen der Zutritt verboten ist.«

»Sicherlich«, gab Alida zu. »Aber ich würde gerne selbst alles hören und nicht nur das Nötigste mitgeteilt bekommen. Du glaubst nicht, wie viel mehr sich dadurch erfahren lässt.«

In Mirjams Augen glomm ein Funke Neugier auf, der sich schnell zu einem Feuer ausbreitete. »Im Obergeschoss gibt es einen Raum für Frauen und Maueröffnungen, durch die wir in den Hauptraum hinuntersehen können. Aber wir müssen leise sein. Niemand darf uns dort entdecken.«

Die beiden Frauen lächelten sich einvernehmlich zu.

Zwei Stunden nach Beendigung des Frühmahls am nächsten Morgen verließ Salomon das Haus. Die jungen Frauen warteten noch eine kleine Weile, in der Mirjam Alida grob die Einrichtung der Synagoge erläuterte, um etwaigen Fragen vorzubeugen. Mirjam gab Alida eine ihrer Tuniken. Da Alida ein Stückchen größer war, endete der Stoff unterhalb der Wade und ihre Knöchel blieben sichtbar. Doch das störte sie nicht.

Gemeinsam traten sie auf die Gasse hinaus und erreichten bald darauf den Platz vor der Synagoge. Am späten Vormittag herrschte rege Betriebsamkeit. Mägde, die Krüge mit Wasser trugen, das sie aus einem Brunnen geschöpft hatten, Männer, die meist gelbe Hüte trugen und miteinander sprachen, und Händler, die ihre Waren durch das Viertel zum Markt transportierten. Die beiden jungen Frauen wichen einem Ochsenkarren aus, der mit Gemüse und wild schnatternden Gänsen beladen war.

Alida deutete fragend nach links auf einen viereckigen, turmartigen Bau mit einer Kuppel.

»Das ist die Mikwe, unser rituelles Bad«, erklärte Mirjam.

»Eine Badestube?«

Die Jüdin kicherte. »Nein, die ist dahinter, gleich neben der Bäckerei. So kann die Hitze des Backofens zur Erwärmung genutzt werden. In der Mikwe ist das Wasser kalt. Uns Frauen dient es zur monatlichen Reinigung nach unserer Blutung oder auch vor der Hochzeit und nach der Geburt eines Kindes. Männer nutzen das lebendige Wasser zur geistigen Reinigung.«

»Lebendig?«

»Das bedeutet, dass es von selbst nachlaufen muss, also Grundwasser oder umgeleitetes Wasser von einem Fluss. Aber jetzt komm, die Sitzung hat bereits angefangen.«

Mirjam führte Alida zu einem Seiteneingang der Synagoge. Die Tür knarzte leise beim Öffnen. »Wir haben Glück, oft ist sie von innen verriegelt«, flüsterte sie.

Alida folgte der Jüdin über eine schmale Treppe ins obere Geschoss bis in einen Raum, der an einer Seite schmale Fensteröffnungen aufwies, die zum Hauptraum hin zeigten.

»Von hier aus können wir Frauen die Gebete verfolgen, ohne selbst gesehen zu werden, damit unser Anblick die Männer nicht ablenkt«, wisperte Mirjam kaum hörbar.

Alida unterdrückte ein verständnisloses Kopfschütteln. Wenigstens vor Gott waren Männer und Frauen im Christentum gleich. Sie schlich geduckt an die Brüstung heran und kauerte sich hinter das Mauerwerk. Vorsichtig hob sie den Kopf und lugte darüber hinweg in den viereckigen Raum, dessen Boden aus römischen Ziegeln in unterschiedlichen Formen und Größen bestand. In der Mitte befand sich ein Podest, auf dem zwölf Männer um einen Tisch saßen. Das musste die Bima sein, erinnerte sie sich an Mirjams Worte, wo während der Gottesdienste aus der Tora vorgelesen wurde.

Neben Salomon erkannte Alida zu ihrer Verwunderung auch David, der mit Abstand der Jüngste der Runde war. Er hielt eine Schreibfeder in der Hand und verfolgte aufmerksam das Gespräch.

»Was macht der denn hier?«, fragte Alida.

»Er ist der Neffe des Parnas, dem Vorsitzenden, und schreibt alles mit«, erklärte Mirjam.

Die Stimmen klangen klar und deutlich zu ihr herauf. Da es um Verfehlungen einiger Gemeindemitglieder ging, wandte Alida ihre Aufmerksamkeit wieder dem Gebäude zu. In der nordwestlichen Ecke befand sich ein Brunnen. An der Ostseite führten mehrere Stufen zu dem Schrein hinauf, in dem die Tora-Rollen aufbewahrt wurden.

Viel Licht fiel durch die verglasten Fenster, auf denen Alida sogar Löwen und Schlangen erkennen konnte.

»Betet ihr Tiere an?«, fragte sie leise und duckte sich erneut hinter die Brüstung.

Mirjams entsetzter Blick beruhigte sie etwas. »Die Fenster waren schon einmal Gegenstand einer heftigen Auseinandersetzung, weil in Synagogen Bilderverbot gilt. Aber sie durften bleiben.«

»Dein David zieht ein Gesicht, als hätte er einen Eimer Essig getrunken«, wechselte Alida das Thema.

Mirjam presste die Lippen aufeinander. »Er ist nicht mein David und Vater hat mir versprochen, dass er das auch niemals werden wird.«

Das klang interessant, aber jetzt war der falsche Zeitpunkt, danach zu fragen, zumal nun Salomon ben Isaak die Stimme erhob und den Ratsmitgliedern eröffnete, dass er ihnen etwas zu sagen hätte.

Instinktiv drückte sich Alida näher an die Mauer, damit ihr kein Wort entging.

»Ich werde nach Warmaisa reisen«, eröffnete Salomon.

Alida hörte, wie jemand aufstand. Erneut gewann die Neugier. Sie hob den Kopf und spähte hinunter. Der älteste der Männer umarmte Salomon und klopfte ihm auf die Schulter. »Du hast dich also entschieden.«

»Wozu entschieden?«, wagte David zu fragen. »Hat das etwas mit der Christin zu tun, die ich gestern zu Euch geführt habe?«

»Allerdings«, gab Salomon unumwunden zu. »Ihr wisst, dass mir der Graf von Erkenwald einst das Leben rettete, als ich vor Damiette von einem Kreuzfahrer überfallen wurde. Nun braucht er meine Hilfe. Seine Tochter muss nach Warmaisa zum Kaiser und ich werde sie begleiten.«

»Weshalb greift sie nicht auf ihre Burgmannen zurück?«, rief David dazwischen. »Mit ihnen würde sie sicherer reisen als mit einem unbewaffneten Händler. Ich muss Euch wohl nicht sagen, Salomon, wie gefährlich das ist, wenn ein alter Jude mit einer jungen Christin unterwegs ist.«

»Es wird ein jüdischer Händler mit seinen beiden Töchtern nach Warmaisa reisen, um eine dort zu vermählen.«

David runzelte die Stirn. »Ihr wollt aus diesem Mädchen eine Jüdin machen?«

»Mirjam wird das schon schaffen«, antwortete Salomon zuversichtlich.

»Ihr solltet Eure Tochter besser hier in Coellen lassen. Meine Familie würde sich derweil um sie kümmern.«

Mirjam zog hörbar die Luft ein und Alida legte den Zeigefinger an die Lippen.

Salomon lächelte schmal und schüttelte den Kopf. »Die Entscheidung wirst du wohl mir überlassen müssen. Ich beabsichtige, meine Tochter in Warmaisa zu verheiraten.«

Mirjams entsetztes Keuchen ging unter, weil David so heftig aufsprang, dass die Sitzbank polternd umschlug. »Das könnt Ihr nicht machen. Onkel, du bist der Parnas. Bringe ihn bitte davon ab!«, wandte er sich an den Ältesten.

Der legte seinem Neffen beruhigend die Hand auf die Schulter. »Wenn Salomon die Verbindung zum Hause Nevi stärken will, ist das sein gutes Recht.«

»Mirjam ist Moishe ben Nevi versprochen? Und du hast davon gewusst? Weshalb er? Weil seine Familie mehr Geld hat als unsere?«, brüllte David. Seine Hand krampfte sich um das Pergament, auf dem er den Verlauf der Sitzung notiert hatte.

»Es gibt noch andere Gründe«, antwortete Salomon ruhig. »Doch die werde ich hier nicht ausführen. Du wirst dich damit abfinden müssen, meine Tochter niemals zur Frau zu bekommen.«

»Das werden wir noch sehen.« Wütend warf der junge Mann Feder und Pergament auf den Boden und stürmte aus der Synagoge.

»Sieh es ihm nach«, wandte sich der Parnas an Salomon. »Er hat trotz deiner Ablehnung die Hoffnung nicht aufgegeben, du könntest deine Meinung ändern.«

Salomon schüttelte den Kopf. »Er ist nicht der Richtige

für Mirjam. Wenn ich von dieser Welt scheide, will ich sie in verlässlichen Händen zurücklassen. David ist aufbrausend, impulsiv und zu sehr von seinen Emotionen gesteuert – ganz anders als Levis Sohn. Außerdem werde ich meine Tochter nicht gegen ihren Willen vermählen. Insofern kommt mir Alidas Besuch sehr gelegen. Ich muss euch alle jedoch warnen. Es besteht die Gefahr, dass jemand nach ihr suchen wird. Sollte ein christlicher Ritter mit Namen Dankwart von Heymberg hier auftauchen, so sagt ihm die Wahrheit. Er gehört zu Alida. Bei jedem anderen, besonders bei Rittern des Deutschen Ordens, bitte ich euch alle zu schweigen. Das gilt auch oder ganz besonders für David. Ich bitte euch, schärft ihm das ein. Hält er sich nicht daran, bringt er uns alle, auch Mirjam, in Gefahr. Wir werden die Stadt schon bald verlassen.«

Alida hatte genug gehört. Sie stupste Mirjam an, der jegliche Farbe aus dem Gesicht gewichen war. Leise verließen die beiden jungen Frauen das Gebäude.

Kapitel 5

Richard von Thurau zog sacht die Zügel an. Sein schwerer Rappe Corvus parierte sofort und schnaubte. Der Weg führte leicht bergan und vor ihm wachte Burg Erkenwald über das Dorf, durch das er und sein Begleiter gerade geritten waren.

Misstrauische, erschrockene oder verängstigte Blicke waren ihm begegnet. Mehr als eine Frau hatte sich bekreuzigt. Er kannte es nicht anders, wusste, dass sein Äußeres die Menschen abstieß.

Die kurz geschnittenen, kranzförmigen schwarzen Haare, die über den Ohren endeten, fanden ihr Gegenstück in dem sorgfältig gestutzten Bart, der die Kontur des Unterkiefers bedeckte. Die Partien über der Oberlippe und unter der Unterlippe waren rasiert. Die Narbe des Schwerthiebes, die sich quer über das Kinn erstreckte, war deshalb gut zu sehen.

Am meisten fürchteten sich die Menschen jedoch vor seinen Augen. Sie waren von einem solch hellen Blau, dass von Weitem der Eindruck entstehen konnte, er wäre blind, viele hatten ihn schon als Dämon beschimpft.

Aber er war weder das eine noch das andere. Er war ein treuer Ritter Christi, ein Verfechter des wahren Glaubens und ergebener Bruder des Ordens. Dies suchte er immer wieder zu beweisen. Und wenn der Komtur von Erkenwald ihn brauchte, dann würde er sein Bestes geben, Konrad von Westerburg zufriedenzustellen.

Richard trieb seinen Hengst erneut an, sodass er mit raumgreifenden Schritten den Weg zur Burg hinaufstapfte. Sein Begleiter, der auf einem der kleineren prußischen Pferde saß, hatte Mühe, nicht den Anschluss zu verlieren.

Er war noch einige Pferdelängen von der Burgmauer entfernt, als das Falltor bereits hochgezogen wurde. Im Innenbereich der Vorburg verhielt er Corvus abermals. Der Hengst spitzte die Ohren und sah sich wie sein Herr aufmerksam um. Richard bemerkte, dass ausschließlich Männer zwischen den Wirtschaftsgebäuden hin und her liefen und die Arbeiten verrichteten. Demnach hatte der Komtur die Frauen bereits von dem Anwesen vertrieben.

Der Mann, der ihn von der Kommende Ramersdorp hierhergeführt hatte, schloss zu ihm auf und deutete geradeaus auf ein weiteres Tor, dessen Flügel geöffnet waren. »Der Stall für die edleren Rösser befindet sich im Bereich der Hauptburg.«

Richard ritt voran in den großen Hof, der ringsum von einer Mauer und Gebäuden umgeben war. Im Nordosten überragte der Wehrturm die gesamte Anlage. Dahinter, das wusste er, fiel der Berg steil ab, uneinnehmbar für Angreifer.

Die Tür des Hauptgebäudes öffnete sich, und ein Ritterbruder trat heraus, in dem Richard Alfred von Bernau erkannte.

Die rechte Hand des Komturs trat auf ihn zu. »Willkommen auf Erkenwald, Bruder Richard. Wir freuen uns sehr, dass Ihr unserem Ruf so schnell gefolgt seid. Die Angelegenheit duldet keinen Aufschub. Übergebt Euer Pferd dem Stallburschen und folgt mir.«

»Mit Verlaub«, wandte Richard ein, dem es missfiel, dem Compan direkt widersprechen zu müssen, »aber Corvus ist etwas eigen bei Fremden. Ich würde lieber mitgehen.«

Kurz wirkte Alfred verärgert, bevor er mit einem knappen Nicken sein Einverständnis erklärte.

Richard stieg ab und führte sein Pferd in den geräumigen Stall zu seiner Linken. Unter seinen wachsamen Augen sattelte der Bursche den Hengst ab und rieb ihn mit einem Bündel Stroh trocken. Erst nachdem Corvus ein Eimer Wasser hingestellt worden war und er nun genüsslich den Hafer kaute, verließ Richard den Stall.

Alfred wartete noch im Hof, wandte sich sofort wortlos ab, als er Richard kommen sah und trat voran in das langgestreckte Hauptgebäude. Mit raumgreifenden Schritten folgte Richard ihm. Sie durchquerten den Palas, in dem gerade die Tafeln für die nächste Mahlzeit aufgebockt wurden.

Wenig später erreichten sie eine Kammer, die Richard für das ehemalige Gemach des Grafen hielt. Konrad von Westerburg saß an einem kleinen Tisch und drehte gedankenverloren einen Siegelstempel in der Hand. Er blickte auf und begrüßte seinen Gast, ehe er auf einen der beiden Stühle deutete. Alfred nahm auf dem anderen Platz und verschränkte die Arme vor der Brust.

»Der Orden ist auf Eure Hilfe angewiesen«, begann der Komtur und machte eine raumgreifende Handbewegung. »Dies alles hat der Kaiser uns gegeben, damit wir hier eine Kommende errichten können. Der Graf ist in Ungnade gefallen und seine Tochter hat sich vor Gram darüber selbst gerichtet.«

Er machte eine kleine Pause und Richard bekreuzigte sich mitfühlend. Aus Verzweiflung hatte das arme Mädchen eine große Schuld auf seine Seele geladen.

»Ich habe dennoch dafür gesorgt, dass sie in geweihter Erde bestattet wurde«, fuhr Konrad fort und Richard fühlte zu seiner Verwunderung etwas wie Dankbarkeit in sich aufsteigen. Das zeigte ihm, dass sein Gegenüber ein mitfühlendes Herz besaß.

»Doch es gibt unerwartete Schwierigkeiten.«

Staunend hörte Richard zu, wie der Komtur von einer Magd berichtete, die das Reitersiegel des Grafen an sich genommen hatte. Sie wollte erst nach Coellen zu einem Juden namens Salomon ben Isaak, vermutlich ihrem Vater oder Onkel. So genau wusste das niemand. Jedenfalls lag es nahe, dass sie weiter nach Worms ziehen wollte, um dort dem Kaiser ein Lügengespinst aufzutischen. Vielleicht ging sie sogar so weit, sich als Grafentochter auszugeben. Sicherlich wollte sie an die Mildtätigkeit des Kaisers appellieren und für den Grafen bitten.

Richard runzelte die Stirn. »Was würde ihr das bringen?«

»Sie macht mich für den Tod von Alida von Erkenwald verantwortlich und genau das wird sie dem Grafen erzählen wollen. Der wird ihr mehr Glauben schenken als mir, aus Rache vielleicht die Jüdin wirklich als seine Tochter ausgeben und versuchen, die Burg zurückzuerobern.«

»Weshalb sollte er eine Jüdin als seine Tochter ausgeben, wenn der Kaiser weiß, dass diese tot ist?«

Konrad stöhnte leise. »Ich sehe schon, Ihr seid gänzlich ohne Arg. Natürlich wird sie dem Kaiser eine andere Geschichte erzählen. Als Tochter eines jüdischen Händlers wäre es schwierig, zu ihm vorgelassen zu werden, nicht jedoch als Tochter des Grafen von Erkenwald. Sie wird Friedrich die Lüge erzählen, dass an ihrer Stelle fälschlicherweise eine Bedienstete ums Leben kam und auf Knien um Vergebung für den Grafen betteln. Wenn sie Erfolg hat, wird dieser Besitz hier für den Deutschen Orden verloren sein. Um das zu verhindern, habe ich nach Euch schicken lassen.«

»Was soll ich tun?«

»Ihr begebt Euch nach Coellen, tötet den alten Juden und bringt mir das Mädchen mitsamt dem Siegel. Sollten sie schon aufgebrochen sein, so reitet ihnen nach. Bertram von Leiningen wird Euch begleiten und mir regelmäßig berichten.«

»Wenn der Mann nichts getan hat, wieso soll ich ihn dann umbringen?«, fragte Richard, dem dieser Teil des Auftrags gar nicht behagte, Heide hin oder her.

Der Komtur schnalzte tadelnd mit der Zunge. »Was glaubt Ihr, in wessen Auftrag das Mädchen handelt? Ich kann es noch nicht beweisen, aber sicherlich hat sie Alida von Erkenwald erstochen.«

»Sagtet Ihr nicht eben, die Grafentochter hätte sich selbst gerichtet?«

Der oberste Ritterbruder nickte. »Das ist, was alle glauben sollen, aber ich weiß es besser.«

»Ihr meint also, die Juden wollen den Grafen und Euch zu ihrem eigenen Vorteil gegeneinander ausspielen?«

Konrad sah ihn erfreut an. »Jetzt habt Ihr die richtigen Schlüsse gezogen, Bruder Richard.«

Zwei Tage später ritten Richard und Bertram von Leiningen, ein Sarjantbruder, der ihm in allen Dingen behilflich sein würde, von Süden her in Coellen ein. Die mächtige Severinstorburg fügte sich mit ihrem sechseckigen Turm in die Stadtmauer und trat doch imposant hervor. Der Anblick weckte Ehrfurcht in Richard, der die Stadt zum ersten Mal betrat.

»Vor einigen Wochen ist Isabella von England hier empfangen worden«, klärte Bertram ihn auf. »Dieses Mal scheint es tatsächlich zu einer Vermählung zu kommen. So oft war sie schon jemandem versprochen. Der Vorgänger des jetzigen Erzbischofs soll sich sogar damals für den Sohn des Kaisers um sie beworben haben. Und nun heiratet sie bald in Worms den Vater. Isabella soll sehr hübsch sein.«

»Bertram, es steht dir nicht zu, so über die künftige Kaiserin zu sprechen!«, fuhr Richard ihn an. Solch ein Geschwätz konnte er nicht ausstehen. »Weißt du, wo die Deutschordenskommende liegt, die wir aufsuchen wollen?«

»An Sankt Katharinen«, brummte der Gescholtene. »Keine tausend Schritte von hier.«

»Dann führe mich hin, und zwar schweigend.«

Bertram murmelte etwas Unverständliches, das in Richards Ohren wie ›Stockfisch‹ klang. Er biss die Zähne zusammen und trieb Corvus vorwärts.

Die Menschen, die in der Gegend um den Rhin lebten, waren anders als die in seiner Heimat, der Markgrafschaft Brandenburg. Sie redeten viel mehr, waren oft zu Scherzen aufgelegt, die er nicht immer verstand, und es fehlte ihnen eindeutig an Respekt gegenüber der Obrigkeit. Aber sie waren auch lockerer. Wenn sie die anfängliche Scheu ihm gegenüber überwunden hatten, wurde er immer in ihre Gespräche mit einbezogen, auch wenn er sich meist gar nicht daran beteiligte. In der Kommende in Ramersdorp war ihm mehr als einmal freundschaftlich auf die Schulter geklopft worden, wenn er die Gesprächszusammenhänge, bedingt durch den hier vorherrschenden Dialekt, nicht direkt verstanden hatte, bevor es ihm geduldig erklärt wurde.

Sie folgten der breiten Straße hinter der Torburg, vorbei an der Stiftskirche Sankt Severin, bis zur Pfarrkirche Sankt Johann Baptist, die sich direkt neben der Kommende Sankt Katharinen und ihrem angeschlossenen Hospital befand.

Nachdem die Pferde versorgt waren, wollte Richard keine weitere Zeit verlieren und direkt das jüdische Viertel aufsuchen.

»Doch wohl nicht in Eurem Waffenrock?«, fragte der Bruder, der ihnen ein einfaches Mahl und einen Becher Wasser gebracht hatte, entsetzt. »Das Gedächtnis des jüdischen Volkes reicht weit. Noch heute fangen die meisten an zu zittern, wenn sie einen Kreuzritter sehen.«

»Aber ich befinde mich doch gar nicht auf einer Kreuzfahrt, und ich habe auch nicht die Absicht, eine anzutreten«, antwortete Richard verwundert.

»Mag sein, aber damals, nachdem der Papst zur ersten Kreuzfahrt aufgerufen hatte, wurden hierzulande überall Juden erschlagen, wenn sie sich nicht der Zwangstaufe unterziehen wollten. Das Misstrauen sitzt noch tief.«

»Das ist doch schon länger als hundert Jahre her«, wandte Richard ein.

Der andere zuckte mit den Schultern. »Dennoch empfehle ich Euch, alle Abzeichen, die auf den Orden hinweisen, abzulegen, wenn Ihr diesen Juden finden wollt. Keiner wird Euch sonst eine Auskunft erteilen.« Der Bruder überlegte. »Wenn der Gesuchte im Kirchspiel Sankt Laurenz, in dem auch das Judenviertel liegt, ein Haus besitzt, dann sollte es in den Schreinskarten verzeichnet sein.«

»Schreinskarten?«, fragte Richard verwirrt.

»Auf diesen Pergamenten werden alle Grundstückskäufe aufgelistet. Sie werden in einem abgeschlossenen Schrein aufbewahrt.«

»In einem Schrein«, wiederholte Richard versonnen, der sich wunderte, auf was für Einfälle die Coellner kamen.

»Das ist eine Truhe«, wurde er ungefragt von Bertram belehrt.

»Ich weiß sehr wohl, was ein Schrein ist«, antwortete er empört. »Meinen Waffenrock lasse ich übrigens an. Ich habe nichts zu verbergen.«

Er bemerkte den ungehaltenen Blick, den der Sarjantbruder dem anderen zuwarf, und ärgerte sich noch ein wenig mehr, auf Bertram angewiesen zu sein.

Nach dem halben Teil einer Stunde erreichten sie die Gasse der Goldschmiede, in der die Kirche Sankt Laurenz lag. Richard wollte schon das Gotteshaus betreten, als ihm ein junger Jude auffiel, der ihn durchdringend beobachtete.

»Warte hier«, raunte er seinem Begleiter zu und überquerte die staubige Gasse.

»Ist es mein Äußeres, das dich so starren lässt, oder willst du mir etwas sagen?«

»Ihr macht den Eindruck, als sucht Ihr jemanden.«

»In der Tat, sein Name ist Salomon ben Isaak. Kennst du ihn?«

Der Blick seines Gegenübers bekam etwas Lauerndes. »Weshalb wollt Ihr das wissen?«

Richards Gesichtsausdruck verfinsterte sich. »Das geht dich nichts an.«

Jetzt wirkte der Jude verschlagen. »Davon hängt ab, ob ich mich an den Händler erinnern kann oder nicht.«

Richard hatte nicht erwähnt, dass der Mann, den er suchte, Händler war. Der junge Mann kannte ihn also. Es fehlte nicht viel und Richard hätte das schmächtige Bürschchen kräftig durchgeschüttelt. Offenbar war ihm sein Unmut anzusehen, denn der trat einen Schritt zurück und hob abwehrend die Hände.

»Wir kommen gut mit den Bürgern dieser Stadt aus und stehen unter dem Schutz des Erzbischofs. Überlegt es Euch also genau, ob Ihr mir etwas antun wollt. Ich bin der Einzige, der Euch helfen wird. Niemand sonst würde Euch verraten, was ich weiß.«

»Nenn uns deinen Preis, Jude«, mischte sich nun Bertram ein, der Richards Befehl missachtend zu ihnen aufgeschlossen hatte.

»Ich sehe, Ihr versteht mich. So könnten wir ins Geschäft kommen.«

»Also schön«, brummte Richard ungehalten. »Was sollen wir für dich tun, denn Geld haben wir nicht.«

»Ein paar Silberlingen bin ich zwar nie abgeneigt, aber mein Begehr ist ein anderes.« Er sah sich hastig um, ehe er die Stimme senkte.

»Salomon hat eine Tochter, Mirjam. Ich will sie für mich.«

»Das kann ich dir nicht versprechen«, antwortete Richard wahrheitsgemäß. »Möglicherweise ist sie es, die ich suche.«

»Ist sie nicht, Ihr wollt die andere.«

»Tatsächlich?«, war alles, was Richard zu dieser Feststellung einfiel. »Wo finden wir den Juden und seine Töchter?«

Der junge Mann sah abwechselnd zwischen ihnen hin und her. »Ich will Euer Wort, dass Ihr Mirjam wohlbehalten zu mir nach Coellen zurückbringt.«

Bertram schnaubte. »Zurückbringen? Jetzt wissen wir, dass Salomon mit ihnen bereits unterwegs nach Worms ist. Weshalb sollten wir tun, was du sagst?«

Warnend legte Richard die Hand auf die Schulter des Sarjantbruders. »Es wäre hilfreich zu wissen, wie Salomon aussieht oder welchen Weg er genommen hat, findest du nicht? Er wird wohl kaum der einzige jüdische Händler auf Reisen sein.«

Der junge Mann grinste siegessicher. »So ist es. Was ist nun, versprecht Ihr es?«

Richard nickte. »Wenn dieses Mädchen tatsächlich nicht die Tochter ist, nach der ich suche, bringe ich sie dir zurück. Und nach wem muss ich dann fragen?«

»David ben Meschullam«, stellte der Jude sich vor.

»Und jetzt sage mir, wann sie aufgebrochen sind, welchen Weg sie nehmen, wie groß die Reisegruppe ist und wie ich sie erkenne«, forderte er.

Während David erzählte, fiel Richard verwundert auf, dass er erleichtert war, diese Mirjam wieder hierherzubringen. Er würde sie ihrer Schwester berauben und vielleicht ihren Vater töten. Jetzt gab es zumindest jemanden, der für sie sorgen würde. »Die Reisegruppe besteht nur aus zwei Dienern, die eine Sänfte tragen, in der die Mädchen reisen. Salomon selbst führt das Maultier«, berichtete David. Bei dieser Zusammenstellung sollte es Richard keine Schwierigkeiten bereiten, seinen Auftrag auszuführen.

Juden war das Führen von Waffen verboten, insofern hatten sie seinem Schwert nichts entgegenzusetzen. Wahrscheinlich würde es ausreichen, sie zu bedrohen. Als David geendet hatte, war Richard außerordentlich zufrieden.

Es sollte nicht schwer werden, die Gruppe einzuholen.

Auf direktem Weg kehrten sie in die Kommende zurück, sattelten erneut ihre Pferde und machten sich auf den Weg in Richtung Worms.

Erst als sie Coellen verließen, fiel Richard auf, dass er vergessen hatte nach dem Namen der zweiten Tochter zu fragen.

***

Nachdem sie und Mirjam die Versammlung der Ältesten mitangehört hatten, waren sie hastig die Stufen wieder hinuntergeschlichen und durch die Seitengassen zum Haus Salomons zurückgeeilt.

Sollte Salomon ihren Ausflug in die Synagoge aufgedeckt haben, dann ließ er es sich nicht anmerken. Stattdessen hatte er Mirjam nach seiner Rückkehr aufgetragen, Alida weiterhin mit Begriffen und Gebräuchen des Judentums bekannt zu machen. Die Grafentochter hatte inzwischen die Namen der Monate und der wichtigsten Feste auswendig gelernt. Sie konnte die meisten Gegenstände im Haus benennen und wusste nun, dass der kleine Behälter an den Türrahmen Mesusa hieß und ein Pergament enthielt, auf dem zwei Abschnitte des jüdischen Glaubensbekenntnisses geschrieben standen. Nur in einem Raum, dessen Türrahmen eine

Mesusa zierte, war es erlaubt Mahlzeiten einzunehmen oder sich schlafen zu legen. Um seine Ehrerbietung zu zeigen, wurde die Mesusa bei jedem Betreten oder Verlassen des Zimmers berührt.

Mit den Speisegesetzen tat sich Alida allerdings sehr schwer. Dass sie nicht Milch zusammen mit Fleisch verzehren durfte, konnte sie sich merken, aber weshalb ein Barsch gegessen werden durfte und ein Aal nicht, war ihr schlichtweg zu verworren. Sie musste wahrlich noch viel lernen.

Während die jungen Frauen sich bemüht hatten, Alida in eine Jüdin zu verwandeln, und dabei festgestellt hatten, dass sie sich bei allen Unterschieden sehr gut verstanden, hatte Salomon eine schnelle Abreise vorbereitet.

Jetzt saß Alida mit Mirjam in der hin und her schaukelnden Sänfte, die von zwei Dienern getragen wurde. Ihr war diese Art zu reisen völlig unbekannt. Sie hatte zuvor auch noch nie eine Sänfte gesehen, wohl aber davon gehört. Die beiden Frauen saßen sich auf schmalen Bänken gegenüber, ringsum durch Vorhänge vor neugierigen Blicken geschützt.

Seit sie die Synagoge verlassen hatten, beschäftigte Alida eine Frage ganz besonders. Warum war Mirjams bevorstehende Hochzeit bisher nicht zur Sprache gekommen? Sie fand es merkwürdig, dass Salomons Tochter nicht den Drang verspürte, mehr darüber zu erfahren. Jetzt, wo die beiden Frauen allein in der Sänfte saßen, konnte sie nicht mehr an sich halten, sie darauf anzusprechen. Doch die Jüdin winkte verschämt ab. »Mein Vater wird es mir sagen, wenn es an der Zeit ist. Wenn ich jetzt nachfrage, weiß er außerdem sofort, dass wir den Rat belauscht haben und wird schwer von mir enttäuscht sein.«

»Aber bist du denn nicht neugierig?«

»Das schon«, gab Mirjam zu. »Aber ich vertraue ihm. Er kennt mich und will nur das Beste für mich. Er hat David als Gemahl für mich abgelehnt, weil ich ihn nicht mag, obwohl er aus einer einflussreichen Familie stammt. Wenn Vater glaubt, dieser Moishe ben Nevi ist der Richtige für mich, dann wird er das auch sein.« Alida nickte nur, wusste nicht, was sie darauf antworten sollte. In gewisser Weise bewunderte sie die Freundin für ihr Vertrauen in ihre Zukunft.

Sie reckte sich und veränderte stöhnend ihre Sitzposition. Trotz der Kissen und Decken schmerzte Alida der Rücken jeden Tag, den sie unterwegs waren, ein wenig mehr, und sie hätte viel dafür gegeben, auf einem Pferd zu sitzen. Doch das einzige Maultier, das Salomon mit sich führte, war beladen mit kleinen Fässern, Kisten und Tuchballen.

Mirjam lächelte mitleidig.

»Hast du dich für einen Namen entschieden?«

Noch in Coellen hatten sie beschlossen, dass Alida sich aus Vorsicht einen anderen Namen zulegen sollte. Mirjam hatte ihr einige vorgeschlagen.

»Ich denke, Sara gefällt mir am besten.«

»Sara, die Königin, wie passend.«

»Mein Vater ist nur ein Graf«, korrigierte Alida, senkte dabei aber die Stimme. Sie wollte nicht, dass die beiden Träger etwas aufschnappten, was nicht für ihre Ohren bestimmt war.

Mirjam wurde rot. »Aber für einen wirst du die Königin seines Herzens sein.«

»Redest du von Dankwart?«

Mirjam nickte sacht. »Vater erwähnte seinen Namen in der Synagoge.«

Wehmut durchflutete Alida. Wie sehr wünschte sie sich, Dankwart wäre an ihrer Seite. »Wenn es Volkmar gelungen ist, ihn zu benachrichtigen, wird er mich suchen. Doch darauf kann ich nicht warten. Ich kenne ihn schon seit Kindertagen und wir sind einander versprochen. Du würdest ihn mögen. Er ist groß gewachsen und sein Haar leuchtet wie Gold in der Sonne. Wenn er lächelt oder Scherze macht, und das tut er oft, kannst du sein Grübchen sehen.« Alida tippte sich an die rechte Wange.

»Das hört sich an, als liebtest du ihn sehr.«

»Wir sind einander zugewandt und ich weiß mein Glück durchaus zu schätzen. Er würde alles für mich tun – und ich für ihn. Bestimmt dreht er schon jeden Stein nach mir um.« Alida wandte den Kopf und schob die Vorhänge ein Stück beiseite, damit sie durch den Spalt blicken konnte.

Der Weg führte durch einen Wald mit dichtem Unterholz. Doch die Gegend war nicht dafür bekannt, dass Reisende überfallen wurden, wie Salomon den jungen Frauen versichert hatte. In wenigen Tagen sollten sie Worms erreichen, ihr Ziel lag in greifbarer Nähe. Unwillkürlich fasste Alida an ihre Gürteltasche, in der sie das Reitersiegel verwahrte. Bald schon würde sie dem Kaiser die Wahrheit über den Komtur und von den Ereignissen auf Burg Erkenwald berichten können und erfahren, was genau ihrem Vater vorgeworfen wurde.

»Sara?«

Alida reagierte nicht. Erst als Mirjam sie sacht am Arm berührte, ließ sie die Vorhänge los.

»Du musst dich an deinen neuen Namen gewöhnen.«

»Vielleicht wird das gar nicht nötig sein, es dauert nicht mehr lange, bis wir in Worms eintreffen.«

»Dennoch ist immer Vorsicht und Achtsamkeit geboten.«

»Nicht gerade meine herausragenden Eigenschaften«, scherzte Alida. »Was wolltest du mir sagen?«

»Vater hat bewusst den Hauptweg entlang des Rhins gemieden. Dort würden die Ritter des Deutschen Ordens uns direkt aufspüren. Auf ihren Pferden sind sie viel schneller als wir. Aber hier, fernab der Handelsstraße, kann auch dein Dankwart uns nicht finden. Die Reise nach Warmaisa dauert so zwar länger, ist aber um ein Vielfaches sicherer. Mit der Hilfe deines Zukünftigen wirst du also nicht rechnen können.«

»Vielleicht nicht auf dem Weg, aber ganz sicher wird er nach Worms kommen, um mir beizustehen. Wie sieht es denn mit einer kleinen Rast aus? Mich quält ein menschliches Bedürfnis und das Unterholz erscheint mir verlockend, um es loszuwerden.«

»Ja, ich glaube du hast recht. Wir können uns eine kurze Rast genehmigen«, bestätigte Mirjam, zog nun ihrerseits den Vorhang beiseite und teilte ihrem Vater ihren Wunsch mit.

Wenig später hielten sie an einer kleinen Lichtung. Während Mirjam die Wasservorräte an dem Bach auffüllte, der fröhlich am Pfad entlang durch den Wald dahinplätscherte, verließ Alida die Sänfte. Aus der Ferne glaubte sie das Geräusch herangaloppierender Pferde zu hören. Diese Männer sollten sie keinesfalls beim Wasserlassen beobachten. Sie schlug sich seitwärts in die Büsche und ging ein weites Stück in den Wald hinein, ehe sie sich hinter einen Farn hockte, um sich zu erleichtern.

Sehen konnte sie ihre Reisegruppe nicht mehr, aber sie hörte, wie die Reiter ihre Pferde durchparierten. Plötzlich drangen Kampflärm und Rufe an ihre Ohren, die gleich darauf verstummten. Alidas Herz machte einen Satz, ehe es wild zu schlagen begann. Geduckt schlich sie näher, immer auf der Hut und darauf bedacht, keine trockenen Äste zu zerbrechen, die sie verraten würden.

Versteckt hinter einem Brombeerstrauch spähte sie auf die Lichtung. Zwei Männer des Deutschen Ordens konnte sie erkennen. Einer trug einen grauen, einer einen weißen Waffenrock. Der Graue bedrohte mit gezücktem Schwert Salomon und die beiden Diener, während der andere, der ihr den Rücken zuwandte, vor Mirjam stand. Alida veränderte ihre Position, damit sie sein Profil sehen konnte. Ein Schauer durchlief sie, als sie den wütenden Ausdruck auf seinem Gesicht bemerkte, mit dem er Mirjam zu durchbohren schien. Der Ordensbruder hatte die Hände in die Hüften gestemmt.

»Ich frage dich nochmals: Wo ist deine Schwester?«

Mirjam wimmerte vor Angst und brachte keinen Ton heraus.

»Hör zu, Mädchen. Deinen Namen hast du mir doch schon verraten. Ich weiß also, dass du sprechen kannst. Ich werde dir nichts tun, ich will dich noch nicht einmal anfassen, aber Gott ist mein Zeuge, wenn du mir nicht freiwillig sagst, was ich wissen will, werde ich die Antwort aus dir herausschütteln.«

»Ich könnte ihren Vater töten, das wird ihre verstockte Zunge lösen«, grinste der andere, während er die Spitze der Schwertklinge auf Salomons Herz richtete.

»Du wirst nichts dergleichen tun«, blaffte der Ritter ihn an.

Hastig sah Alida sich um. Sie brauchte eine Waffe. Das Überraschungsmoment war auf ihrer Seite. Wenn es ihr gelang, den Ritter für eine Weile zu betäuben, würde sie gemeinsam mit Mirjam den anderen hoffentlich überwältigen können.

Ihr Blick fiel auf einen kräftig aussehenden Ast, den wohl der letzte Sturm von einer Buche abgebrochen hatte, wie ihr das zersplitterte Ende verriet. Wenn sie dem Ritter diesen mit aller Kraft, die sie aufbringen konnte, über den Schädel zog, würde ihn das gewiss außer Gefecht setzen. Zum Glück hatte er auf seinen Helm verzichtet, trug noch nicht einmal eine Kettenhaube.

Alida wog die Waffe in der Hand und schlich geduckt um den Brombeerstrauch herum, sodass die Angreifer sie nicht sehen konnten. Der Mann im grauen Mantel zog gerade einen Strick hervor, um die Diener zu fesseln, während der Ritter sich nun doch entschlossen hatte, Mirjam an den Schultern zu packen und kräftig zu schütteln.

Der perfekte Augenblick! Alida richtete sich auf. Den Ast fest umklammernd trat sie auf die Lichtung. Sie schlug einen kleinen Bogen um das schwarze Streitross, das sie mit angelegten Ohren beobachtete. Lautlos tauchte sie im Rücken des Ritters auf und hob den Ast. Er bemerkte sie nicht, weil er ganz auf Mirjam konzentriert war, die erst ihn anstarrte, bevor sie den Kopf hob und zu Alida blickte.

»Tu das nicht!«, schrie sie entsetzt.

Alida zögerte nur einen winzigen Augenblick – dann schlug sie zu.

Kapitel 6

In dem Moment, als der Ast niedersauste, wurde Alida im Nacken gepackt und nach hinten gerissen. Der Deutschordensritter warf sich herum und sprang geistesgegenwärtig zur Seite. Dennoch erwischte ihn die Spitze des Astes und ritzte ihm die Wange auf.

Alida fiel rücklings auf den Boden und wurde zurückgeschleift. Sie spürte den heißen Atem ihres Angreifers im Nacken. Der Halsausschnitt ihrer Tunika, an dem er unerbittlich zog, schnürte ihr die Luft ab. Sie ließ den Ast los und schlug mit den Fäusten um sich, erwischte ihn jedoch nicht.

Der Mann vor ihr sah sie verächtlich an und Alida hörte auf sich zu wehren. Der Blick aus seinen hellen Augen schien bis in ihre Seele vorzudringen, ehe er mit ruhiger, tiefer Stimme sagte: »Lass sie los, Corvus, sonst erwürgst du sie noch.«

Der Druck verschwand. Alida sprang auf und rieb sich über Hals und Nacken. Sie drehte sich um und starrte verblüfft auf den schwarzen Hengst. Deshalb hatte sie den Atem spüren können, als sie am Boden lag.

Das Streitross hob den Kopf und streckte die Oberlippe nach vorne, sodass die langen gelblichen Zähne zu sehen waren.

»Auch wenn es so aussieht, er lacht dich nicht aus«, sagte

der Ritter, was Alida veranlasste, sich ihm wieder zuzuwenden.

»Wahrscheinlich liegt es an deinem Geruch, der ist neu für ihn.«

Der Ritter wischte sich über die Wange und betrachtete das Blut an seinen Fingerspitzen. »Ich nehme mal an, du bist die diebische Jüdin, die ich suche.«

»Ich bin keine Diebin«, fuhr sie auf.

Die Augen ihres Gegenübers wurden eine Spur dunkler, als er auf ihre Gürteltasche deutete. »Ich wette, darin finde ich das Reitersiegel des Grafen von Erkenwald. Hast du es auf sein Geheiß hin gestohlen?« Mit dem Daumen deutete er auf Salomon, der Alida aus schreckgeweiteten Augen ansah.

Sie atmete tief durch. »Mein Vater hat nichts damit zu tun. Er wusste von nichts, ehe ich ihn unverhofft aufgesucht habe. Das gelobe ich Euch, bei allem was mir heilig ist.«

Der Ritter stutzte, wirkte aber seltsamerweise sehr zufrieden. Er streckte die Hand aus. »Gib es mir.«

Alida biss sich auf die Unterlippe. Wie sollte sie dem Kaiser ohne das Siegel ihre wahre Herkunft beweisen? Zögernd öffnete sie die Schnalle ihrer Gürteltasche. Vorerst war es klüger nachzugeben. Sie würde schon eine Gelegenheit herbeiführen, es wieder an sich zu bringen.

Alida ließ es in seine Hand fallen und sah zornig zu, wie er es einsteckte.

»Wie heißt du?«, fragte er.

»Sara ben Isaak«, antwortete Alida mürrisch.

Mirjam japste auf und Salomon stöhnte leise. Der Ritter vor ihr verzog den Mund, was wohl so eine Art Lächeln darstellen sollte. »Das glaube ich dir beinahe. So wie du auf mich losgegangen bist, bist du wahrlich ein würdiger Sohn des Hauses Isaak.«

Alida war verwirrt, bis ihr einfiel, dass ›ben‹ Sohn bedeutete und nicht Tochter. »Sara bat Salomon«, korrigierte sie daher.

Zum Glück hakte der Ordensbruder nicht weiter nach. »Ihr habt mir Euren Namen noch nicht genannt«, sagte sie, um von sich abzulenken.

»Ich bin Richard von Thurau, Mitglied des Ordens der Brüder vom Deutschen Haus Sankt Mariens in Jerusalem.«

»Was Ihr seid, habe ich an Eurer Ordenstracht gesehen. Was habt Ihr mit uns vor?«

»Dich bringe ich zu Konrad von Westerburg.«

Alida erbleichte. »Ist Euch bewusst, dass er mich töten wird?«

»Unsinn«, wiegelte Richard von Thurau ab. »Er lässt sich von dir nur nicht nehmen, was rechtmäßig dem Orden gehört.«

Was bedeutete das? Wusste er, wer sie wirklich war oder hatte der Komtur ihm die volle Wahrheit verschwiegen? Fest stand für Alida jedoch, dass der Ritterbruder ihr niemals Glauben schenken würde, wenn Konrad von Westerburg ihm etwas anderes über ihre Herkunft erzählt hatte.

»Hast du eben versucht mich zu umzubringen?«, fragte er sachlich.

Vehement schüttelte Alida den Kopf. »Ich wollte Euch nur außer Gefecht setzen.«

»Das ist dir auch beinahe gelungen. Hast du die Grafentochter ermordet?«

Entsetzt wich Alida einen Schritt zurück. Wollte Konrad von Westerburg ihr den Mord anhängen?

»Niemals!«, bestritt sie energisch.

Der Deutschordensritter nickte bloß und winkte den Mann im grauen Mantel herbei.

»Bertram, wir brechen auf. Löse die Fesseln der Männer, damit die Diener die Sänfte tragen können. Du reitest hinter dem Zug her und passt auf, das keiner entwischt. Besonders die da musst du im Auge behalten«, befahl er und zeigte auf Alida.

»Heute Nacht werde ich fliehen«, wisperte Alida Mirjam zu, nachdem sie wieder in der Sänfte saßen. Richard von Thurau hatte den Befehl gegeben, zunächst auf den Hauptweg zurückzukehren. Sicherlich hoffte er, dort schneller voranzukommen.

»Das ist aussichtslos. Der Ritter wird dich mit seinem teuflischen Pferd schnell einholen.«

Alida grinste verschlagen. »Nicht, wenn ich es mir ausborge.«

Mirjam japste entsetzt. »Du willst dich doch nicht wirklich auf dieses Streitross setzen.«

»Einfach wird das nicht, aber ich habe keine andere Wahl. Mit diesem Pferd werde ich Worms binnen kurzer Zeit erreichen und in der Stadt bin ich in Sicherheit. Was glaubst du, was Konrad von Westerburg mit mir anstellt, wenn Richard von Thurau mich zurückbringt?«

»Und wenn du dem Ritter sagst, wer du wirklich bist?«, wandte Mirjam ein.

»Dann wird er mir nicht glauben. Es stünde mein Wort

gegen das seines Oberbruders, oder was immer Konrad von Westerburg für ihn ist. Richard von Thurau hält mich für eine diebische Jüdin und wenn ich sein Pferd stehle, wird das für ihn nur die Bestätigung sein.«

»Wie willst du es anstellen?«

»Heute Nacht, wenn Bertram Wache hält, gehst du zu ihm und lenkst ihn ab. Ich hole mir das Siegel zurück, schnappe das Pferd und bin im Handumdrehen verschwunden.«

Mirjam sah nicht überzeugt aus. »Das Siegel befindet sich in der Gürteltasche des Herrn von Thurau. Willst du nicht lieber darauf verzichten? Das Streitross zu stehlen wird schon schwierig genug. Und wie willst du überhaupt den Weg finden, mitten in der Nacht?«

»Es ist Vollmond und der Haupthandelsweg wird ja wohl breit genug sein, um ihn nicht zu verfehlen.«

Mirjam blieb skeptisch, versprach Alida jedoch zu helfen, so gut sie konnte.

Am Abend rasteten sie am Waldrand, während die Pferde auf einer angrenzenden Wiese grasten.

Nach einem kalten Mahl aus Brot und Käse wurden Salomon und die Diener erneut gefesselt. Mirjam und Alida durften es sich am Feuer bequem machen, während Richard die erste Wache übernahm. Alida wusste, dass es unmöglich war ihr Vorhaben umzusetzen, solange der Ritter auf den Beinen war. So kuschelte sie sich an Mirjam und versuchte ein wenig zu schlafen.

Der Hauptweg war nur eine Stunde Fußmarsch entfernt, zu Pferd würde sie ihn in einem Bruchteil erreichen. Ärgerlich war nur, dass die Ordensbrüder die Sättel als Kopfstütze für ihr Nachtlager verwendeten. So würde sie darauf verzichten müssen. Pferd und Siegel zu stehlen war schwierig genug, da hatte Mirjam vollkommen recht. Den Sattel würde Alida Richard nicht auch noch unter dem Haupt hervorziehen können, ohne dass er erwachte. Zum Glück lag das Zaumzeug in der Nähe der Pferde. Alida hatte auch schon einen Baumstumpf ausgemacht, den sie als Aufstiegshilfe benutzen wollte.

Die zweite Nachthälfte war längst angebrochen, als Alida durch den Ruf eines Käuzchens geweckt wurde. Richard von Thurau hatte sich auf die andere Seite des niedergebrannten Feuers gelegt. Er lag auf dem Rücken, und seine Brust hob und senkte sich regelmäßig. Bertram saß ein Stück entfernt auf einem Felsbrocken und drehte ihr den Rücken zu.

Vorsichtig weckte sie Mirjam. »Warte, bis ich das Siegel habe, dann lenke Bertram ab.«

Leise drapierte sie ihre Decke so, dass es aussah als läge sie noch darunter. Geduckt umrundete sie die Feuerstelle und schlich auf den Deutschordensritter zu. Sein Schwert lag neben ihm, doch Alida war nicht darauf aus dies zu nutzen. Richards Atem stockte kurz, als er sich im Schlaf auf die Seite drehte. Seine rechte Hand legte sich locker um das Heft. Der Mann schien sogar in seinen Träumen immer kampfbereit.

Alidas Herz klopfte schneller. Jetzt konnte sie die Tasche leicht erreichen. Sie hockte sich neben ihn. Mit spitzen Fingern zog sie die Geweihspitze aus der Verschlussschlaufe. Behutsam hob sie den ledernen Deckel an und einen Augenblick später lag das Siegel ihres Vaters wieder in ihrer Hand.

Sie richtete sich lautlos auf und reckte Mirjam den Daumen entgegen. Das war das Zeichen, dass sie nun mit ihrem Teil der Ablenkung beginnen konnte.

Mirjam stand mit einer fließenden Bewegung auf und ging auf den Felsbrocken zu. Derweil wandte sich Alida ab. Einer der Diener schnarchte so laut, dass das Geräusch ihrer Schritte ohnehin übertönt wurde. Sie erschrak, als sich ihr Blick mit Salomons kreuzte, der warnend den Kopf schüttelte. Alida hob entschuldigend die Schultern und eilte weiter. Der graue Wallach hatte den linken Hinterhuf aufgestellt und döste, hob jedoch den Kopf, als Alida sich mit dem Zaumzeug näherte. Der schwarze Hengst lag mit untergezogenen Beinen im Gras und beobachtete sie ebenfalls genau. Er rührte sich zu ihrem Erstaunen nicht, als sie sich neben ihn kniete und sacht über das weiche Fell strich.

»Du musst mir helfen zu entkommen«, flüsterte sie ihm zu, während sie den Strick löste, der am Halfter befestigt war. Vorsichtig streifte sie die Zügel über den Kopf. Der Hengst machte immer noch keine Anstalten aufzustehen, selbst nicht, als Alida ihm die Gebissstange ins Maul schob und den Kopfriemen hinter die Ohren.

Noch einmal streichelte sie ihn, ehe sie sich langsam auf seinen Rücken setzte. Sacht drückte sie die Schenkel an und das massige Pferd stemmte die Vorderbeine in den Boden. Alida rutschte ein Stück nach hinten, ehe sich auch die Hinterhand hob und der Hengst stand. Er streckte den Hals und begann sich geräuschvoll zu schütteln. Alida griff in die

Mähne, als ihr ganzer Körper mitbebte und sie den Halt zu verlieren drohte.

Der Hengst blieb jedoch stehen und verschaffte ihr genügend Zeit sich aufzurichten. Als sie ihn wendete, um auf den Weg zu reiten, fuhr sie zusammen. Richard von Thurau war aufgestanden, hatte die Arme verschränkt und starrte unverwandt zu ihr herüber. Das Mondlicht ließ seinen Waffenrock wie eine weiße Fackel erscheinen. Bertram versetzte Mirjam einen Stoß und wollte an Richard vorbei auf Alida zurennen. Doch der Deutschordensritter streckte lediglich einen Arm aus und hinderte ihn daran.

Triumph und Misstrauen durchfluteten Alida gleichzeitig. Tat er nichts, weil er wusste, er könnte sie auf diesem Pferd niemals einholen oder glaubte er, dass sie den Hengst nicht reiten konnte? Der würde sich wundern.

Alida trieb Corvus sachte an. Mit weit ausholenden Schritten marschierte er in die vorgegebene Richtung. Unbehelligt erreichte sie den leicht abschüssigen Weg.

Sie hörte Bertram schreien: »Die Jüdin entkommt, warum tust du denn nichts?« Richards Antwort hörte sie nicht, doch der Sarjantbruder verstummte augenblicklich.

Kurz darauf war sie den Blicken entschwunden. Der Weg wurde ebener und Alida wagte es anzutraben. Sie durfte keinesfalls vom Pferd fallen und ohne Sattel zu reiten war sie nicht gewohnt. Aber Corvus hatte weiche Gänge und ließ sich gut sitzen. Die Angst schwand mit jedem Schritt des Pferdes, bis nur das Hochgefühl des Erfolgs blieb. Diesem Rittermönch hatte sie es gezeigt. Sie überlegte gerade, den Hengst anzugaloppieren, als ein schriller Pfiff die nächtliche Stille zerriss.

Corvus stoppte sofort, warf sich auf der Hinterhand herum und jagte mit mächtigen Sätzen den Weg zurück. Durch die plötzliche Wendung wäre Alida beinahe von seinem Rücken gerutscht. Krampfhaft klammerte sie sich mit den Schenkeln fest und krallte die Finger in die Mähne.

Die Geschwindigkeit blies die kalte Nachtluft wie einen eisigen Wind in ihr Gesicht und ließ ihr Tränen in die Augen treten. Sie presste sie fest zu. Auch blind wusste sie, wohin der wilde Ritt sie führte. Dennoch traute sie sich nicht, sich vom Pferd fallen zu lassen. Es war ohnehin sinnlos und wie Mirjam es gesagt hatte: War sie zu Fuß unterwegs, würde Richard von Thurau sie schnell wieder einfangen. Und jetzt kannte sie auch den Grund, weshalb er so gelassen geblieben war. Er hatte von Anfang an gewusst, dass sie mit dem Pferd niemals gegen seinen Willen wegreiten konnte.

Der Hengst blieb abrupt stehen. So sehr Alida auch dagegen ankämpfte, sie konnte sich nicht länger halten und rutschte seitlich vom Rücken des Tieres. Doch noch ehe sie auf dem Boden aufschlug, wurde sie von zwei Armen aufgefangen.

Kurz wurde sie an die Brust des Deutschordensritters gedrückt, ehe er sie so hastig auf den Boden stellte, als wäre sie ein brennendes Strohbündel. Beinahe wäre sie gestolpert und doch noch gefallen.

Richard von Thurau packte Corvus wortlos am Zaum und nahm das Siegel aus Alidas Tasche, wandte sich ab und ließ sie stehen. Erst als er an seinem Ordensbruder vorbeischritt, befahl er Bertram mit gelassener Stimme, sie und Mirjam ebenfalls zu fesseln.

Erst als er den Hengst zurück auf die Weide führte, warf er Alida über die Schulter einen Blick zu, der ihren direkt kreuzte. Sie war erstaunt, darin nicht Wut, sondern widerwillige Anerkennung zu entdecken.

***

Nachdem Richard Corvus versorgt hatte, machte er es sich wieder auf seinem Lager bequem. Als die Jüdin zu ihm geschlichen war, hatte er fest damit gerechnet, dass sie versuchen würde sein Schwert an sich zu nehmen und ihn im Schlaf zu erstechen. Es hatte ihn merkwürdigerweise erleichtert, dass sie es nicht einmal versucht hatte. Diese Frau war keine Mörderin. Wenn sie tatsächlich den Tod der Grafentochter herbeigeführt hatte, hätte sie keine Hemmungen besessen, auch ihn zu töten.

Sie war also nur eine Diebin. Ihre Beweggründe zu hinterfragen war nicht seine Aufgabe. Allerdings war es offensichtlich, dass sie jede Gelegenheit zur Flucht nutzen würde.

Richard rieb sich nachdenklich über die Stirn. Diese Sara hatte es tatsächlich gewagt, sich auf ein Streitross zu setzen und es sogar geschafft, mit Corvus davonzureiten. Für einen Augenblick hatte Richard befürchtet, ihr Vorhaben könnte gelingen. Angst, sein Pferd an sie zu verlieren und, schlimmer noch, Eifersucht, weil Corvus widerspruchslos einer Frau gehorchte, hatten sich seiner bemächtigt. Doch die Sorge war unbegründet gewesen. Der Hengst wusste, zu wem er gehörte. Wieder einmal hatte sich die jahrelange Ausbildung des Pferdes bezahlt gemacht.

Persönlicher Besitz war ihm als Ritterbruder verboten. Wie jeder andere Mönch hatte er Armut, Keuschheit und Gehorsam gelobt. Corvus hatte ihm jedoch schon gehört, als er vor sechs Jahren der Bruderschaft beigetreten war. Offiziell war der Hengst natürlich ein Pferd des Ordens. Zum einen war es jedoch üblich, dass ein Streitross möglichst lange dem jeweiligen Ritterbruder zugeordnet blieb, der es auch ausgebildet hatte, zum anderen zeigte sich Corvus unter anderen Reitern außergewöhnlich widerspenstig, und so hatte bisher niemand großen Wert darauf gelegt, Richard das Tier abzunehmen.

Dass nun einem Weib, noch dazu einer Heidin, das scheinbar Unmögliche gelungen war, erschütterte ihn. Er hatte erwartet, dass der Hengst die junge Frau schon beim Aufsteigen abwerfen und zertrampeln würde. Andererseits befanden sie sich nicht in einer Schlacht, in der Corvus um sich biss und trat, um seine Feinde zu bekämpfen.

Richard beschloss, Sara künftig nicht mehr in die Nähe seines Pferdes zu lassen. Damit sollte diese unerwartete Gefahr gebannt sein.

Er schluckte hart, als die Erinnerung an ihren weichen Körper ihn durchströmte. Instinktiv hatte er sie aufgefangen, ohne darüber nachzudenken. Es hatte sich gut angefühlt, sie einen Augenblick in den Armen zu halten – viel zu gut.

Jeder Ordensritter wurde davor gewarnt, einer Frau ins Angesicht zu schauen. Es zu sehr zu betrachten war gefährlich, weil die weiblichen Reize stets darauf ausgelegt waren, den männlichen Geist zu verführen. Bisher hatte Richard dies abgetan. Da er, wie die meisten Ritter, erst im Erwachsenenalter dem Orden beigetreten war, hatte er zuvor bereits Erfahrungen mit Frauen gemacht. Er wusste, wie sich weiche Lippen auf den seinen anfühlten, aber kein Weib hatte je sein Herz berührt. Sein brennender Wunsch, sich im Namen Christi zu beweisen, war immer weit stärker gewesen. Er wollte seiner Familie Ehre machen, für Gott kämpfen und die Menschen vergessen lassen, dass seine Mutter, die aus Okzitanien stammte, einst eine Ketzerin gewesen war.

Seine Mutter hatte aus Liebe zu seinem Vater dem Irrglauben abgeschworen und war ihm in die Mark Brandenburg gefolgt. Doch in seiner Heimat war Richard immer nur der Sohn der Katharerin gewesen. Selbst seine Ordensbrüder, die sich auf ihn bei den Kämpfen gegen die Prußen jederzeit verlassen hatten, hatten hinter seinem Rücken über seine Herkunft getuschelt.

Hier, im Rhinland, war es besser. Natürlich wusste der eine oder andere von seinen Wurzeln, aber Richard eilte nicht mehr der Ruf voraus, ein halber Ketzer zu sein.

Trotzdem wusste er, dass ihn beim kleinsten Fehltritt seine Vergangenheit einholen würde.

Richard drehte sich auf die Seite. Er würde keinen Fehler begehen, sein Wort gegenüber dem Juden aus Coellen halten und Saras Schwester dorthin zurückbringen. Er glaubte Sara, dass ihr Vater nichts mit den Geschehnissen auf Erkenwald zu tun hatte. Deshalb würde er Salomon ben Isaak am Leben lassen. Wenn er Konrads Befehl gehorchte, würde nicht nur er, Richard selbst, sondern auch der Komtur große Schuld auf seine Seele laden.

Das würde er Konrad mitteilen, wenn er Sara zu ihm zurückgebracht hatte. Da sie dem Anschein nach nichts mit dem Tod der Grafentochter zu tun hatte, würde ihre Strafe auch nicht zu hart ausfallen. Sicherlich kam Sara mit ein paar Stockhieben davon, wenn Konrad von Westerburg das Siegel wieder in Händen hielt.

Im Schein des Mondlichts sah er, dass Sara die Augen geschlossen hatte. Sie sah friedlich aus, doch Richard wusste, dass der Anblick täuschte. Diese Frau war eine Kriegerin, würde niemals aufgeben, bis sie ihr Ziel erreicht hatte. Er spürte, dass er lächelte. Erschrocken warf er sich herum und drehte ihr den Rücken zu. Gedankenverloren starrte er vor sich hin, bis es Zeit war, sich für das Morgengebet zu erheben.

Wie Richard es vorausgesagt hatte, erreichten sie die Handelsstraße nach Coellen etwa eine gute Stunde nach ihrem Aufbruch. Auf dem breiten Weg, der sich am Flusslauf des Rhins orientierte, kamen sie schneller voran. Dennoch würde es Tage dauern, bis sie die Stadt erreichten.

Trotz der frühen Stunde begegneten ihnen weitere Reisende. Die meisten warfen ihnen misstrauische Blicke zu. Bestimmt hatte noch niemand von ihnen zwei Mitglieder des Deutschen Ordens gesehen, die einer Gruppe reisender Juden sicheres Geleit gaben. Richard ritt dem Zug voran, sah aber immer wieder über die Schulter und den Juden mit dem Maultier hinweg zurück zu der Sänfte, in der Sara und Mirjam saßen. Auch Bertram, der am Schluss ritt, beobachtete sie wachsam.

Gegen Mittag gönnte Richard den Pferden eine Rast und die Frauen durften die Sänfte verlassen und sich erleichtern. Obwohl es Richard widerstrebte eine Frau zu binden, bestand er darauf, dass Bertram Sara an das Gestell fesselte, das den Baldachin der Sänfte trug. Allerdings war der Strick lang genug, um ihr zu ermöglichen, ein paar Schritte beiseite in den schützenden Schatten zu treten. Mehr Freiheit getraute er sich nicht Sara zuzugestehen. Ihre Blicke verfolgten ihn, schienen jede kleine Bewegung wahrzunehmen. Er sah es ihr an, dass sie nach einer Fluchtmöglichkeit suchte.

Richard wandte den Kopf ab, damit sie sein Grinsen nicht sehen konnte. Sie war eine Herausforderung, und zum ersten Mal seit langer Zeit fühlte er eine freudige Anspannung. Natürlich war er sicher, dass er seinen Auftrag ohne weitere Zwischenfälle zu Ende bringen würde. Dennoch brodelte in ihm eine unterschwellige Erwartung, dass Sara es ihm so schwer wie möglich machen würde. Das reizte ihn sehr.

Die Erkenntnis ließ ihn innerlich fluchen. Er sollte demütig und leidenschaftslos die Anweisungen des Komturs befolgen, nicht Vergnügen daran finden. Doch er musste sich ehrlich eingestehen, dass er sogar etwas Aufregung herbeisehnte. Zu lange hatte er keine Gelegenheit gehabt, sein Können zu beweisen. Kaum war der Gedanke da, schämte Richard sich sogleich. Hochmut war eine Sünde. Nach seiner Rückkehr würde er dem Priesterbruder einiges zu beichten haben.

Ihr Rastplatz lag zwischen Weg und Fluss, und die Straße war gut einsehbar. So entgingen Richard auch nicht die beiden Reiter, die sich schnell näherten. Sie waren im Begriff vorbeizureiten, als Sara einen Schrei ausstieß. Der blonde Ritter in dem blauen Waffenrock sah zu ihnen herüber. Er erstarrte und lenkte sein Pferd sofort von der Straße auf sie zu. Sein Begleiter folgte ihm. Richard winkte Bertram heran und trat ihnen entgegen, die Hand auf das Heft seines Schwerts gelegt.

Der Blonde verhielt vor ihm, seine blauen Augen glühten vor Zorn. Mit ausgestrecktem Arm deutete er hinter ihn. »Wisst Ihr, wen Ihr dort gefangen haltet?«

Richard war versucht den Kopf zu drehen, wagte es jedoch nicht, seinen Blick von dem Ritter abzuwenden. »Das ist Sara bat Salomon. Sie hat etwas gestohlen und ich bringe die Diebin zurück an den Ort ihrer Schandtat.«

Der Ritter sah überrascht zwischen ihm und Sara hin und her, bevor er vom Pferd stieg. Er war fast so groß wie Richard, sodass ihre Nasenspitzen sich beinahe berührten, als er nun dicht vor ihn trat und zischte: »Ihr werdet sie und die anderen sofort freilassen, sonst werdet Ihr Bekanntschaft mit meiner Klinge machen.«

Verächtlich hob Richard einen Mundwinkel an. »Was habt Ihr mit einer Jüdin zu schaffen?«

»Ich helfe jedem Weib in Not«, wich er nach einem weiteren Blick über Richards Schulter der Frage aus.

Der Deutschordensritter konnte nicht sagen, warum diese stetigen Blickwechsel mit Sara so sehr seinen Zorn entfachten. Er spürte sein Blut in den Ohren rauschen, wie vor einem Kampf mit den Heiden. Doch nun stand ein christlicher Ritter vor ihm, und dessen Blut durfte er nicht ohne triftigen Grund vergießen.

»Das ist Eure letzte Gelegenheit zu verschwinden.«

»Ich gehe nicht ohne ... Sara.«

Das war zu viel. Richard löste die Rechte vom Heft, ballte sie und ließ seine Faust auf das Kinn des Blonden krachen.

Dieser taumelte zurück, zog blank und stürzte sich auf Richard.

Der wich geschickt dem Angriff aus und zog nun seinerseits das Schwert. Bertram drang mit Gebrüll auf den zweiten Fremden ein, der den Schlag parierte. Für einen Moment war Richard abgelenkt, als er entdeckte, dass Sara mit angstgeweiteten Augen zu ihnen herüberstarrte. Er ahnte mehr als er sah, dass die Klinge des anderen auf seinen Kopf zuraste. Im letzten Augenblick riss er das Schwert waagerecht nach oben.

Es gelang ihm zwar den Schlag abzufangen, doch durch die Wucht, mit der die gegnerische Waffe auf seine Klinge prallte, wurde sie nach unten gestoßen. Die Parierstange schrammte seitlich an seinem Kopf vorbei und Richard fühlte Blut über seine Schläfe rinnen.

Er riss das Knie hoch und trat seinem Gegner in den Bauch. Der Blonde krümmte sich. Das verschaffte Richard genügend Zeit sich aufzurichten und seinerseits anzugreifen. Links und rechts prasselten seine Hiebe auf den anderen nieder. Ihm stand ein würdiger Widersacher gegenüber. Keine von Richards Schlagkombinationen fand ihr Ziel.

Aus den Augenwinkeln bemerkte er, wie Bertrams Gegner zu Boden stürzte und von der Klinge des Sarjantbruders durchbohrt wurde. Das war unnötig gewesen. Den Unterlegenen zu entwaffnen, hätte ausgereicht. Bertram hatte unter Richards Aufsicht einen Christen getötet und er selbst nichts getan, um es zu verhindern. Wütend verdoppelte er seine Anstrengungen. Der Ritter im blauen Waffenrock hatte nun zunehmend Mühe, seine Schläge schnell genug zu parieren. Richard wollte sich bereits ein triumphierendes Lächeln gönnen, als Sara aufschrie: »Dankwart, hinter dir!«

Erst jetzt sah Richard Bertram, der mit erhobenem Schwert dem anderen hinterrücks den Kopf spalten wollte.

Blitzschnell sprang Dankwart zur Seite. Dadurch konnte er jedoch Richards Schlag nicht mehr ausweichen. Dessen Klinge fraß sich in die linke Schulter des Blonden und das hervorquellende Blut besudelte den Waffenrock.

Kapitel 7

Alida zerrte vergeblich an dem Strick und wollte zu Dankwart eilen, der in die Knie gegangen war.

Sein Schwert lag neben ihm im Gras und er hielt sich die Schulter. Blut rann zwischen seinen leicht gespreizten Fingern hindurch.

Am Rande nahm sie wahr, wie Richard von Thurau außer sich vor Zorn den Sarjantbruder anbrüllte. Die Worte rauschten ungehört an ihren Ohren vorbei. Merkwürdigerweise fielen ihr jedoch auch jetzt wieder seine Augen auf. Jetzt, wo er vor Wut glühte, schienen sie beinahe kobaltblau.

Dankwart stöhnte auf.

»Wir müssen ihm helfen, sonst verblutet er«, rief Alida verzweifelt. Sie versuchte vergeblich, mit den Zähnen den Strick zu lösen, der ihre Hände umschlungen hielt.

Alidas Ausruf brachte den Deutschordensritter dazu, von Bertram abzulassen. Er sah zu ihr und Mirjam. »Kennt sich eine von euch mit der Heilkunst aus?«

»Ich«, antwortete die Jüdin zaghaft.

Da Richard darauf verzichtet hatte sie zu fesseln, ging sie auf Dankwart zu. »Ich bin Mirjam bat Salomon, Saras Schwester«, sagte sie in eindringlichem Tonfall.

Dankwart nickte schwach und blickte zu Alida herüber. Ein um Verzeihung heischendes Lächeln umspielte seine

Lippen. Sie lächelte aufmunternd zurück, obwohl sie sich nicht so zuversichtlich fühlte.

Alida sah sorgenvoll zu, wie Mirjam mit kundigen Fingern Dankwarts Wunde untersuchte.

Auch ohne das eigenmächtige Handeln des Sarjantbruders hätte Richard Dankwart besiegt. Er war erfahrener, kräftiger und wendiger. Sie hatte beinahe den Eindruck, als hätte der Deutschordensritter versucht seinen Gegner bloß zu ermüden, um ihn schließlich entwaffnet unterwerfen zu können. Nach seiner religiösen Überzeugung durfte er nur in Notfällen christliches Blut vergießen, das wusste sie.

Doch die Erinnerung daran, wie wenig Konrad von Westerburg sich daran gestört hatte, als er Liese das Messer in die Brust gestoßen hatte, hatte sie anderes erwarten lassen. Jetzt wusste sie, dass Richard von Thurau offenbar Skrupel zu besitzen schien. Das könnte sich als Vorteil erweisen.

Alida schrak aus ihren Grübeleien auf, als der weiße Waffenrock direkt vor ihr auftauchte.

»Woher kennst du den Ritter?« Seine Stimme klang mühsam beherrscht.

»Aus Erkenwald, er ist – war – der Grafentochter versprochen«, sagte sie so laut, dass Dankwart es hören musste.

»Kein Grund, mir das ins Gesicht zu schreien«, brummte Richard verdrießlich. »Und weshalb duzt du ihn?«

Alida spürte, wie ihr die Röte ins Gesicht schoss. »Wir kennen uns schon eine ganze Weile.«

»Als wenn das ausschlaggebend wäre«, murrte er, fragte jedoch nicht weiter. »Wie lautet sein vollständiger Name?«

»Dankwart von Heymberg.«

»Also schön, dann bete ich, dass die Heilkünste deiner Schwester ihn vor dem Tod bewahren. Du wirst von Heymberg deinen Platz in der Sänfte überlassen. Reiten kannst du ja, wie ich gesehen habe.«

»Natürlich«, murmelte sie.

»Glaube aber ja nicht, einen Vorteil daraus ziehen zu können. Deine Hände bleiben gefesselt und die Zügel nehme ich.« Die hellen Augen sahen sie durchdringend an und Alida schluckte.

»Das hätte ich ohnehin nicht versucht«, behauptete sie. »Ich muss erst sicher sein, dass Dankwart seine Verletzung übersteht.«

Die Antwort schien Richard nicht zu gefallen oder er glaubte ihr schlichtweg nicht. Umso erstaunter war sie, als er jetzt ihre Fesseln löste.

»Du darfst zu ihm, aber denke noch nicht einmal an einen Fluchtversuch!«

»Habe ich doch gesagt«, schnappte sie und rieb sich über die Handgelenke. Ohne ihn noch eines weiteren Blickes zu würdigen, lief sie zu Dankwart, der ihr tapfer entgegenlächelte.

»Was machst du nur, Mädchen?«, begrüßte er sie leise. »Was soll die Maskerade?«

Alida blickte über ihn hinweg zu Richard. Der stand neben Bertram und gestikulierte heftig. Wahrscheinlich beratschlagten sie, was sie mit Dankwart anstellen sollten.

»Später. Wie geht es dir? Bist du schwer verletzt?«

Dankwart winkte lässig ab. »Ist nur ein Kratzer.«

Alida wollte gerade erleichtert aufatmen, als sie Mirjams ernsten Gesichtsausdruck bemerkte. »Ich brauche ein paar

Dinge aus dem Reisegepäck und einen sicheren Platz, an dem ich ihn behandeln und verbinden kann. Ich werde deshalb wohl mit Richard von Thurau sprechen müssen«, schloss sie und erhob sich. Sie warf Alida noch einen besorgten Blick zu, ehe sie auf den Deutschordensritter zuging.

Alida presste die Lippen zusammen. Vor Dankwart wollte sie Mirjam nicht nach der Verletzung fragen, aber offenbar war sie doch nicht so leicht, wie der Ritter glaubte.

»Geruhst du nun, mir meine Frage zu beantworten, weshalb du dich Sara bat Salomon nennst?«, fragte Dankwart, bewegte sich etwas und sog zischend die Luft ein.

Mit verhaltener Stimme berichtete Alida dem jungen Mann, was geschehen war. Missbilligend schüttelte Dankwart den Kopf. »Du solltest Richard von Thurau die Wahrheit sagen.«

»Er wird mir nicht glauben. Außerdem besteht die Gefahr, dass er treu zu Konrad von Westerburg steht. Was, wenn er das vollendet, was seinem Komtur nicht gelungen ist und mich irgendwo am Wegesrand verscharrt? Das Wagnis werde ich nicht eingehen. Ich werde einen Weg finden, um ihm zu entkommen und zu meinem Vater zu gelangen. Wie hast du mich gefunden?«

Dankwart erzählte ihr von dem Boten, den der Truchsess von Erkenwald zu ihm geschickt hatte. »Ich stellte eine Truppe von vier Männern zusammen. Da ich dich lange genug kenne, bin ich ohnehin davon ausgegangen, dass du nicht brav in Coellen auf meine Ankunft warten wirst. Deshalb dachte ich, es wäre klüger, direkt zur Handelsstraße zu reiten. Dort trennten wir uns. Zu zweit ritten wir Richtung Worms, die anderen nach Coellen. Zumindest habe ich dich gefunden, wenn ich auch zugegebenermaßen nicht erfolgreich war.«

»Du hättest uns nicht gefunden, wenn der Ritter des Deutschen Ordens uns nicht zuerst aufgespürt hätte. Salomon hat ausschließlich Nebenwege benutzt. Doch jemand aus Coellen muss uns verraten haben und ich kann mir auch schon denken, wer das gewesen ist.«

Zornig griff sie nach einem trockenen Zweig, der im Gras lag, und brach ihn mehrfach entzwei. Sie atmete tief durch und sah Dankwart an. »Bitte, du darfst mich nicht verraten. Ich bin Sara und Mirjam ist meine Schwester. Wir sind auf dem Weg nach Worms, weil sie dort verheiratet werden soll.«

Dankwarts Gesicht wurde immer fahler, was vermutlich daran lag, dass zunehmend mehr Blut aus seiner Wunde sickerte. Zu Alidas Erleichterung nickte er schließlich. »Wie du meinst. In meinem Zustand kann ich ohnehin nicht mehr viel ausrichten.«

Beinahe hätte sie ihn umarmt, hielt sich jedoch im letzten Moment zurück. Sie sah Mirjam und Richard auf sie zukommen und erhob sich.

Der Deutschordensritter wandte sich an Dankwart: »Bertram und ich werden Euch zur Sänfte geleiten und von der Oberbekleidung befreien. Eine halbe Tagesreise entfernt liegt die Burg eines Mannes, der Bertram wohl bekannt ist. Er ist sicher, dass wir dort verweilen können, bis Ihr auf dem Weg der Besserung seid. Mirjam bat Salomon wird sich derweil um Euch kümmern.«

Das bestärkte Alidas Verdacht, Dankwarts Verletzung wäre schlimmer, als er ihr glauben machen wollte. Sie griff ihm unter die Achsel, um ihm aufzuhelfen.

»Was soll das werden?«, fuhr Richard sie an. »Wie ich gerade sagte, werden Bertram und ich ihm helfen, für dich ist er ohnehin zu schwer.«

Dankwart links und rechts stützend führten die Männer ihn zur Sänfte. Während sie damit beschäftigt waren, ihm Waffenrock und Kettenhemd auszuziehen, ging Alida zu Mirjam.

»Wie steht es wirklich um Dankwart?«

Die Jüdin seufzte. »Das werden wir erst in den nächsten Tagen wissen. Die Wunde ist tief und es kann leicht ein Brand darin entstehen. Noch ist er sehr tapfer, aber erst wenn das Fieber kommt, kann ich dir mehr sagen. Ich bin Richard von Thurau sehr dankbar, dass er ihn zu einer Burg bringen will. Dort kann ich mich besser um ihn kümmern.«

»Dort gibt es bestimmt auch einen Medicus«, wagte Alida einzuwerfen.

Mirjam runzelte die Stirn. »Wenn es ein abendländischer Christ ist, dann müssen wir dafür sorgen, dass Dankwart weiterhin in meiner Obhut bleibt. Die meisten kennen als Behandlung nur den Aderlass und ein paar Kräuter.«

»Und du glaubst, dass Richard von Thurau auf uns hören wird?«

»Es ist ihm sehr wichtig, dass Dankwart überlebt.«

»Mir auch«, erinnerte Alida sie.

»Dann mach bitte keine Dummheiten mehr. Wenn du dich fügst, wird das den Deutschordensritter gnädiger stimmen und Dankwart zugutekommen.«

»Ich habe ihm schon gesagt, dass ich nicht fliehen werde, solange ich nicht weiß, wie es um Dankwart steht.«

»Gut, und jetzt verzeih bitte, ich muss mich um den Verletzten kümmern.«

Die beiden Ordensmitglieder hatten Dankwart mittlerweile auf dem Boden der Sänfte abgelegt. Mirjam stieg ebenfalls hinein und ließ die Vorhänge fallen. Alida sah sich um und ging schließlich auf Dankwarts Fuchswallach zu. Kaum hatte sie nach den Zügeln gegriffen, spürte sie Richards Atem an ihrem Ohr. Unwillkürlich erschauderte sie.

»Die nehme lieber ich«, sagte er und nahm ihr die Zügel ab. »Wir wollen dich ja nicht unnötig in Versuchung führen.«

»Ich wollte nicht davonreiten, sondern nur das Pferd holen.«

»So ist es brav.«

»Den herablassenden Tonfall könnt Ihr Euch sparen«, fauchte sie ihn an. »Ich habe es Euch versprochen.«

»Das Wort eines Weibes und noch dazu einer diebischen Heidin. Was soll das schon wert sein?«, fragte er verächtlich.

»Das werdet Ihr noch sehen, Herr von Thurau«, gab Alida so hochmütig zurück, wie sie konnte. »Außerdem wird es langsam Zeit, sich um den Gefallenen zu kümmern. Ihr solltet ihn auf sein Pferd legen und mit zur Burg nehmen, damit er ein christliches Begräbnis erhalten kann.«

Richards Augen wurden dunkler, für Alida ein Zeichen, dass erneut der Zorn in ihm aufwallte. »Sage mir nicht, was ich zu tun habe, Weib«, schnauzte er sie an, drehte sich jedoch einen Augenblick später zu Bertram um und wiederholte beinahe wortwörtlich ihre Anweisung. Alida verbiss sich das Grinsen, zumal er ihr jetzt wortlos die Zügel des

Wallachs in die Hand drückte, um Bertram bei dem Toten zu helfen.

***

Auf Richards Geheiß wurde der Tote unter einer Decke verborgen. Bertram band die Zügel des Pferdes an seinem Sattel fest und nahm wieder die Position am Ende des Trosses ein. Richard hielt den Fuchswallach, während Sara aufstieg. Sie tat es mit einer Eleganz, als wäre es für sie etwas Alltägliches. Anmutig saß sie im Sattel und sah auf ihn herab.

»Ich warte nur auf Euch.«

Richard riss sich von ihrem Anblick los und holte einen Strick.

»Reiche mir deine Hände.«

Geschickt umwickelte er sie, während er brummte: »Damit es dir leichter fällt, dein Wort zu halten.«

Abrupt hob er den Blick und sah sie an. Ihre Zungenspitze verschwand gerade zwischen ihren Lippen.

»Hast du mir etwa die Zunge rausgestreckt?«

»Das würde ich niemals wagen«, antwortete sie mit einem verschmitzten Funkeln in den Augen. »Ich habe lediglich meine trockenen Lippen benetzt.«

Richard wusste nicht, ob er ihr glauben konnte. »Soll ich dir nochmals die Gurde mit Wasser reichen?«

»Sehr fürsorglich, aber ich habe keinen Durst.«

Die Zügel des Wallachs in der Hand, wandte er sich schulterzuckend ab und bestieg seinen Rappen. Er vergewisserte sich ein letztes Mal, dass Sara tatsächlich noch auf dem Pferd saß und ihr Vater dahinter das beladene Maultier am Strick führte, gefolgt von den Dienern mit der Sänfte, gut bewacht von Bertram. Richard gab das Zeichen zum Aufbruch.

Sie verließen die Handelsstraße und wandten sich nach Westen. Es ging steil bergan und bald schon war der Rhin nicht mehr als ein gleißendes Band, das sich durch das Tal zog. Bertram hatte behauptet, ihr Ziel läge zwischen Rhin und Mosea auf einem Felssporn. Hartwin von Kaltenstein, Herr über die gleichnamige Burg, würde sie bestimmt gerne aufnehmen, sei allerdings dafür bekannt, immer knapp bei Kasse zu sein.

Geld hatte Richard nicht zu bieten und die Unterkunft und Verpflegung von acht Personen für einige Tage würde nicht wenig kosten. Sicherlich gab es auch noch anderes, was er dem Burgherrn als Lohn anbieten konnte. Den Juden und die beiden Diener würde er am liebsten gehen lassen. Doch Salomon würde sich kaum von seinen Töchtern trennen wollen und die Diener brauchte Richard, um Mirjam in der Sänfte zurück nach Coellen zu bringen.

Sobald feststand, dass Dankwart von Heymberg sich erholte, würde Richard seinen Auftrag vollenden.

Hin und wieder drehte er sich zu Sara um. Er wollte sichergehen, dass sie ihm noch folgte. Natürlich tat sie das. Gefesselt hatte sie kaum eine Möglichkeit ihm zu entkommen, und Dankwart konnte ihr momentan nicht helfen.

Richard konnte nicht verstehen, was die beiden verband. Gut, sie kannten sich von Erkenwald, aber da war eine Vertrautheit zwischen ihnen, die ihm verdächtig erschien.

Plötzlich versteifte er sich, was Corvus veranlasste, sofort mit erhöhter Wachsamkeit zu reagieren. Richard tätschelte ihm beruhigend den Hals. Ein verabscheuungswürdiger Gedanke hatte ihn durchschossen. Was, wenn Sara die heimliche Buhlin des Ritters war? Zorn darüber stieg in ihm auf. Ein Verhältnis zwischen einem Christen und einer Jüdin unterlag der Buße. Eines Tages würde das sicherlich verboten werden. Schon jetzt hatten beide Glaubensgruppen den Umgang miteinander auf das Geschäftliche zu beschränken. Juden durften nicht einmal mehr christliche Bedienstete in ihrem Haushalt aufnehmen, wobei das umgekehrt immer noch möglich war.

Richard schüttelte über sich selbst den Kopf. Ein Liebesverhältnis zwischen den beiden war undenkbar. Andererseits war Sara hübsch anzusehen und besaß ein ungewöhnliches Temperament. Es gab Männer, die solche Freigeister mochten. Unwillkürlich dachte er dabei an seinen Vater.

Richards Mutter hielt ihre Meinung ebenfalls nie zurück, zumindest dann nicht, wenn nur die Familienmitglieder anwesend waren. Fremde beäugten die Herrin von Thurau wegen ihrer Herkunft und Vergangenheit ohnehin misstrauisch und Richards Eltern achteten darauf, vor ihnen nicht zusätzlich Öl ins Feuer zu gießen.

Doch wenn sie allein waren, hatte es Richard immer fasziniert, wie offen die beiden miteinander umgingen. Seine Mutter besaß einen wachen Verstand und eine schnellere Auffassungsgabe als sein etwas trägerer Vater. Schon oft hatte ihn das vor einer törichten Entscheidung bewahrt. Auch das weibliche Geschlecht verfügte hin und wieder über Potenzial, das nicht ungenutzt bleiben sollte, hatte sein Vater Richard eingeschärft. Darauf solle er achten, falls er sich je ein Weib nehmen wollte. Doch da es immer Richards

Traum gewesen war, dem Deutschen Orden beizutreten, war dieser Ratschlag ungenutzt verklungen.

Der Wald lichtete sich und vor ihnen erstreckte sich ein beinahe ebenmäßiges, nicht allzu großes Plateau. Ein paar Gehöfte, kaum ein Dorf zu nennen, hatten sich nördlich der Burg angesiedelt. Kaltenstein, aus dunkler Grauwacke erbaut, ragte düster und auch ein wenig bedrohlich gen Himmel. Die Burg verfügte über zwei Wehrtürme. Auf einem wehte die Fahne mit dem Wappen des Herrn von Kaltenstein: ein Felsbrocken auf blauem Grund, der von einem Adler in den Klauen gehalten wurde. Wuchtige Mauern schützten die Gebäude innerhalb von Vor- und Hauptburg. Auf den Wehrgängen konnte Richard zwischen den Zinnen Bewaffnete erkennen, die auf und ab schritten.

Ein tiefer Halsgraben umringte die Burg. Die Zugbrücke war heruntergelassen und gerade sprengte eine Reiterschar mit dumpfem Geräusch über die Bohlen. Da die Männer keine Kettenhemden trugen, dafür mit Armbrüsten und Bögen versehen waren, vermutete Richard, dass der Herr des Hauses auf die Jagd gehen wollte.

Die Reiter erspähten sie sofort. Der Vorderste, der auf einem Fliegenschimmel saß, lenkte sein Pferd auf die Reisegruppe zu und die anderen folgten ihm. Bertram, der als Letzter aus dem Wald herausgeritten war, trabte an Richards Seite.

Wenige Schritte vor ihnen verhielt der Mann sein Pferd. Obwohl nichts darauf hindeutete, nahm Richard an, dass er Hartwin von Kaltenstein vor sich hatte.

Der musterte sie aus dunklen, listig blitzenden Augen, die hinter buschigen Brauen lagen. Sein breites Gesicht war umrahmt von einem schwarzen, wirren Haarschopf und einem ungepflegten Bart. Anhand der verformten Nase zog Richard den Schluss, dass das Nasenbein seines Trägers schon mehrfach gebrochen worden war.

»Sei gegrüßt, Hartwin«, sagte Bertram und Richard wunderte sich nur am Rande über die vertrauliche Anrede. Der Sarjantbruder hatte ihm zwar erzählt, dass er den Burgbesitzer aus seiner Knappenzeit kannte, aber nichts von einer Freundschaft erwähnt.

»Bertram, alter Haudegen«, rief von Kaltenstein mit dröhnender Stimme. »Du bist immer noch bei den scheinheiligen Schleimern Christi, wie ich sehe.«

Das Blut schoss heiß durch Richards Adern und seine Ohrmuscheln wurden rot vor Zorn. Doch Bertram winkte bloß lächelnd ab. »Es gibt immer was zu futtern, meistens sitze ich im Warmen, ohne hart zu arbeiten, und an die ständige Beterei gewöhnt man sich. Ich hätte es weitaus schlechter treffen können.«

Nur mit äußerster Selbstbeherrschung gelang es Richard den Mund zu halten. Er nahm sich jedoch vor, Bertrams Verhalten nach seiner Rückkehr dem Komtur anzuzeigen. Mochte sein, dass sie jetzt auf Hartwin von Kaltenstein angewiesen waren, aber für Richard gab es keine Entschuldigung, den Orden zu beleidigen.

Bertram stellte ihn kurz vor und Richard rang sich ein knappes Nicken ab. Ihm gefiel der gierige Ausdruck gar nicht, der nun in von Kaltensteins Augen trat, als sein Blick auf Sara und ihren Vater fiel, während Bertram ihm die Lage erklärte.

»So, so, ich soll also Juden auf meiner Burg beherbergen.«

»Nicht für lange, und nur, damit der Ritter in der Sänfte sich von seiner Verletzung erholen kann.«

Auf einen Wink von Kaltensteins hin bedeutete Bertram einem der Diener, den Vorhang zur Seite zu halten. Richard hörte, wie Sara hinter ihm scharf die Luft einzog, und wandte den Kopf. Dankwart von Heymberg hatte das Bewusstsein verloren.

Hartwin von Kaltenstein schnalzte anerkennend mit der Zunge, während er Mirjam betrachtete. »Verdammt hübsches Weib, muss ich schon sagen.«

Er drehte sich im Sattel zu seinen Männern um. »Die Jagd verschieben wir auf später. Ich werde meiner Christenpflicht nachkommen und dem Verletzten und seinen Begleitern Obdach gewähren.«

Richard war sich nicht schlüssig, ob er darüber erleichtert sein sollte. Sein Blick kreuzte sich mit Salomons und er erkannte, dass der alte Jude ebenso besorgt war, wie er sich fühlte.

Als sie über die Zugbrücke in die Vorburg einritten, fielen Richard die vielen Waffenknechte auf, die Schwerter putzten, Speere schärften und Pfeile schnitzten.

»Erwartet Ihr einen Angriff?«, fragte er ihren Gastgeber argwöhnisch.

»Nicht unbedingt, aber wir leben in unsicheren Zeiten. Es ist immer besser, gerüstet zu sein.«

Dem musste Richard zwar zustimmen, dennoch mutete ihn die fahrige Geschäftigkeit in diesem Fall befremdlich an. Fehden zu führen kostete Geld und Hartwin von Kaltenstein verfügte kaum über Mittel, wenn er Bertram Glauben schenken durfte.

»Übergebt die Pferde meinen Stallburschen und folgt mir in den Palas«, bestimmte von Kaltenstein und stieg ab.

»Verzeiht, aber um mein Pferd kümmere ich mich lieber selbst. Corvus lässt sich nicht gerne von Fremden anfassen.« Deutlich hörte er Saras belustigtes Schnauben.

Gereizt trat Richard auf sie zu. »Absitzen und Hände ausstrecken«, kommandierte er und knotete die Fesseln auf. »Du nimmt den Fuchswallach und weichst nicht von meiner Seite, verstanden?«

»Bin ja nicht taub«, murrte sie.

Beim Absatteln der Pferde stellte sich Sara so geschickt an, dass Richards Verdacht sich erhärtete, sie hätte einschlägige Erfahrungen auf dem Gebiet. Er musste die Gelegenheit nutzen, dass sie für einen Moment allein waren und versuchen sie zu warnen.

»Nimm dich vor dem Herrn von Kaltenstein in Acht. Mir gefiel der Blick gar nicht, mit dem er dich gemustert hat.«

Sara wusch die Gebissstange in einem Eimer aus und hängte den Zaum über einen Haken. »Daran hättet Ihr denken sollen, bevor Ihr uns hierhergebracht habt. Außerdem macht mir mehr Sorgen, wie er Mirjam angesehen hat.«

»Deine Schwester wird sich ausschließlich um die Versorgung Dankwarts von Heymberg kümmern«, versprach er ihr.

»Schön, und was mache ich, solange wir hier festsitzen?«

»Allzu lange wird es nicht dauern, höchstens eine Woche schätze ich, bis ich sicher sein kann, dass der Ritter überlebt. Die Zeit könntest du nutzen, um in dich zu gehen und deine Schandtaten zu bereuen«, schlug er vor.

Sie funkelte ihn wütend an. »Und was macht Ihr?«

»Für von Heymbergs Heilung beten und Hartwin von Kaltenstein darin unterstützen, seine Verteidigung zu verbessern. Denn Münzen kann ich für unseren Aufenthalt nicht zahlen.«

»Stimmt, Ihr besitzt ja keine«, spottete sie.

Er kniff verärgert die Lippen zusammen, schüttete Corvus noch eine Handvoll Hafer in den Trog und deutete auf den Ausgang. »Wir werden erwartet.«

Richard war angenehm überrascht, als sie den Palas betraten. Die Wände waren frisch gekalkt und wirkten dank der hereinfallenden Sonnenstrahlen besonders freundlich. Daran konnten auch die Tierfelle samt Köpfen nichts ändern, die an den Außenmauern zwischen den Fensteröffnungen hingen.

Richard riss sich vom Anblick des massigen Schädels eines Braunbären los und trat zu Hartwin von Kaltenstein. Der hatte auf einem Stuhl mit Armlehnen Platz genommen und prostete ihm mit einem Zinnbecher zu.

»Den toten Mann habe ich vom Pferd holen und in der Burgkapelle bis zur Grablegung aufbahren lassen.« Sein Blick wanderte zu der Sänfte, in der Dankwart von Heymberg noch immer ohne Bewusstsein lag. Mirjam stand mit ängstlichem Gesichtsausdruck daneben und knetete ihre schlanken Finger.

»Der Ritter wird ein Gemach bekommen, das groß genug für ihn und die Jüdin ist, damit sie sich weiter um ihn kümmern kann.«

Richard entging nicht die Erleichterung auf Mirjams und Saras Gesichtern.

»Ihr erhaltet selbstverständlich auch eine eigene Kammer«, sprach von Kaltenstein an ihn gewandt weiter. Die dunklen Augen musterten Sara von oben bis unten. »Und was mache ich mit der anderen Jüdin?«

»Sie ist meine Gefangene«, sagte Richard schnell und trat einen weiteren Schritt vor. »Für sie benötige ich eine ausbruchssichere Unterkunft, die in der Nähe der meinen liegt.«

»Etwa mit Verbindungstür?«, lachte der Burgherr hämisch.

Richard schoss das Blut ins Gesicht. »Das wird nicht nötig sein. Ich will nur sicherstellen, dass sie mir nicht entkommt.«

Von Kaltenstein feixte: »Ich könnte Euch beiden einen Platz im Kerker anbieten. Sie lasse ich anketten und Ihr könnt Euch frei bewegen, dann läuft sie Euch bestimmt nicht davon.«

»Ich bin zuversichtlich, dass Ihr eine angenehmere Übernachtungsmöglichkeit für Sara finden werdet«, wandte Richard ein.

Hartwin von Kaltenstein schien des Spiels überdrüssig zu werden. Er winkte ab und brummte: »Ich lasse Euch im Wohnturm unterbringen, nah genug beisammen und doch getrennt. Kommen wir nun zur Bezahlung meiner Gastfreundschaft.«

Richard reckte das Kinn vor. »Da Ihr kriegerische Vorbereitungen trefft, bin ich als Gegenleistung gerne bereit, Euch mit meinem Wissen zu unterstützen. Wie Ihr Euch denken könnt, verfüge ich nicht über eigenes Geld.«

Von Kaltenstein beugte sich in seinem Stuhl vor und legte die Hand auf seine Brust. »Niemals würde ich von einem

Ritter, der in Not ist, Geld fordern. Das verbietet meine christliche Nächstenliebe.«

Richard atmete auf.

Der Burgherr streckte den Zeigefinger aus und deutete auf Salomon ben Isaak. »Aber der Jude hat genug Geld und wird für alle bezahlen. Er soll seine Diener ausschicken, es einzutreiben, sagen wir 10 Coellener Mark für jeden, der hierbleibt. Und jetzt schafft ihn mir aus den Augen!«

Kapitel 8

Alida drückte die Finger fest in die Handflächen. Für 10 Coellener Mark konnte man einen Ochsen und eine Kuh bekommen und von Kaltenstein forderte die sechsfache Summe!

Schuldgefühle überfielen sie. Sie allein war für ihre Lage verantwortlich. Sowohl Salomon als auch Dankwart mussten für ihre Hilfsbereitschaft teuer bezahlen. Sie fühlte einen bitteren Geschmack im Mund, als ihr die Doppeldeutigkeit auffiel.

Alida warf Salomon einen Blick zu, den dieser mit einem sachten Kopfschütteln erwiderte. Er wirkte resigniert, als wollte er ihr damit zu verstehen geben, dass er als Jude nichts anderes erwartet hatte. Wann immer sich die Gelegenheit bot, wurden sie um ihre Münzen erleichtert. In dem Punkt waren sich die Christen einig; gleich, ob es sich um weltliche oder geistliche Fürsten handelte.

Mirjam sah ihrem Vater traurig nach, bevor sie mit gesenktem Kopf der Sänfte folgte, die von den Knechten des Herrn von Kaltenstein hinausgetragen wurde.

Richard von Thurau hatte die Lippen fest aufeinandergepresst. Die Narbe trat deutlicher hervor und seine Augen nahmen die Farbe eines trüben Winterhimmels an.

»Ich habe Euch bereits meine Hilfe angeboten«, sagte er säuerlich zu dem Burgherrn. »Die ist mehr wert als ein paar jüdische Silberlinge.«

Von Kaltenstein grinste boshaft. »60 Coellner Mark sind viel mehr als nur ein paar Silberlinge und ein zusätzlicher Geldregen kommt mir sehr gelegen. In diesen schweren Zeiten will ich vorbereitet sein.«

»Es besteht also doch die Gefahr eines Angriffs?« Der Deutschordensritter sah entsetzt drein und Alida runzelte die Stirn. Möglicherweise konnte Richard von Thurau sie nicht so schnell nach Erkenwald zurückbringen, wie er sich das vorgestellt hatte.

Von Kaltenstein zuckte mit den Achseln und schwieg dazu. Stattdessen winkte er einen Pagen herbei. Der Junge trat ein wenig verschüchtert näher. Sein hellrotes Haar stand vom Kopf nach allen Richtungen ab und sein Gesicht war übersät mit kleinen Sommersprossen. Seine rote Tunika ließ ihn ein wenig wie ein wandelndes Feuer wirken.

»Führe die Jüdin in das obere linke Turmzimmer und den Herrn von Thurau in das gegenüberliegende.«

Der Junge deutete eine Verbeugung an und winkte beiden, ihm zu folgen. Wenig später erkannte Alida auch, weshalb sie den linken Raum beziehen sollte: An dessen Tür war der Riegel außen angebracht. Offenbar hatte der Burgherr hier schon öfter unfreiwillige Gäste beherbergt.

Geistliche oder Adelige festzuhalten und ein Lösegeld zu erpressen war durchaus ein probates Mittel, um an Vermögen zu kommen. Diesen hochgestellten Gefangenen sollte es an nichts fehlen, schließlich waren sie für ihre Entführer wertvoll. Insofern konnte Alida sich glücklich schätzen, dass sie als vermeintliche Jüdin diesen Raum zugewiesen bekam. Nicht auszudenken, wenn von Kaltenstein ihren wahren Namen erfuhr. Er würde sie auf ewig hier festhalten, um den größtmöglichen Gewinn herauszuschlagen.

Sie betrat die Kammer. Zwei schmale Öffnungen, zu eng, um sich hindurchzuquetschen, ließen ein wenig Licht herein. Dennoch trat Alida direkt auf sie zu und spähte hinaus.

»Du müsstest schon ein sehr langes Seil haben, um hinabzuklettern. Außerdem befürchte ich, dass du trotz deiner schlanken Gestalt nicht hindurchpassen wirst«, ließ sich Richard hinter ihr zu einer Bemerkung hinreißen.

Alida warf ihm einen hochmütigen Blick zu und trat an die Bettstatt. Das Stroh roch zu ihrer Erleichterung frisch und knisterte behaglich, als sie die Unterlage prüfte. Eine Truhe, ein Wandbrett, auf dem eine Wachstafel und zwei Kerzen lagen, zwei Stühle und ein Tisch vervollständigten die karge Einrichtung.

Richard strich sich über den Bart und sah sichtlich zufrieden aus. »Hier wirst du mir nicht entkommen können.«

Sein selbstgefälliges Grinsen hätte Alida ihm am liebsten aus dem Gesicht gewischt. »Was habt Ihr nun vor – außer für Dankwart zu beten?«

»Sobald der Ritter von Heymberg sich auf dem Weg der Besserung befindet, breche ich mit dir nach Erkenwald auf. Bertram sorgt derweil dafür, dass hier alles mit rechten Dingen zugeht.«

»Nur Ihr und ich? Fürchtet Ihr nicht um Euer Seelenheil? Was wird man Euch wohl nachsagen, wenn Ihr mit einer Jüdin durchs Land zieht?«

Richards Wangenmuskeln zuckten, und Alida hatte das Gefühl, einen wunden Punkt bei ihm getroffen zu haben.

»Niemand wird es wagen, meinen Ruf anzutasten – er ist untadelig.«

Ihr Gefühl sagte ihr, dass er genau das nicht war, und Alida nahm sich fest vor, Richards Schwachstelle herauszufinden. Doch um ihn auszuhorchen, musste sie sich zusammenreißen und ihm gegenüber ein freundlicheres Wesen an den Tag legen.

Alida schenkte ihm ein warmes Lächeln. Sogleich verengten sich seine Augen und er sah wachsam aus. »Ich wäre Euch außerordentlich dankbar, wenn Ihr mir zum Abend Speis und Trank bringen lassen würdet. Gerne könnt Ihr mir dabei Gesellschaft leisten und mir von Dankwarts Gesundheitszustand berichten.«

Jetzt sah Richard ernsthaft misstrauisch aus. Raue Umgangstöne war er gewohnt, erkannte Alida, Nettigkeiten hingegen nicht.

Er nickte knapp. »Ich werde sehen, was ich für dich tun kann.« Ohne ein weiteres Wort drehte er sich um und verließ mit dem Pagen den Raum.

Alida hörte, wie von außen der Riegel vorgeschoben wurde. Schnaufend ließ sie sich auf das Bett sinken. Sie musste sich einen Plan zurechtlegen, um Richards harte Schale zu knacken.

Einige Stunden später wurde der Riegel mit lautem Knirschen erneut zurückgeschoben. Alida, die ausgestreckt auf dem Bett lag und über ihren Grübeleien eingedöst war, schrak auf.

Der Page betrat den Raum. Er trug ein breites Brett, auf dem drei unterschiedlich große Schüsseln und zwei Krüge nebst zwei Bechern standen. Ohne sie eines Blickes zu würdigen stellte er es auf dem Tisch ab, verließ die Kammer und verriegelte die Tür.

Alida erhob sich und ging zum Tisch. In einem der Krüge war Milch, im anderen Wasser. In der kleinsten der Schüsseln dampfte eine Suppe. Sie erkannte darin verschiedene Gemüsearten und Fleischstücke. In der größten Schüssel fand sie gebackene Pasteten und ein paar Eierküchlein, außerdem entdeckte sie ein kleines dunkles Brot zwischen dem Geschirr. Die dritte Schüssel war leer.

Löffel oder Messer gab es nicht, und wie bitte sollte sie die Suppe essen? Alida roch an dem Wasser und goss sich einen halben Becher voll. Es schmeckte erfrischend.

Nachdenklich betrachtete sie die Speisen: Milch, Eier, Fleisch? Das durfte sie doch gar nicht zusammen essen.

Sollte das eine Prüfung sein? War Richard von Thurau bereits misstrauisch geworden, was ihre Person anging? Wie viele Stunden musste eine Jüdin zwischen dem Verzehr von Milch und Fleisch warten?

Unerheblich, die Suppe würde bis dahin kalt sein. Außerdem konnte Alida nicht sicher sein, ob das Fleisch darin von einem erlaubten Tier stammte, wenn sie es nicht probierte. Seufzend entschloss sie sich, sicherheitshalber ganz auf die Suppe zu verzichten.

Alida zuckte zusammen, als der Riegel abermals zurückgeschoben wurde. Vor Schreck ließ sie das Eierküchlein, nach dem sie gerade gegriffen hatte, wieder in die Schüssel fallen.

Richard von Thurau trat ein. In der einen Hand hielt er einen weiteren Krug, in der anderen einen Becher, einen Löffel und ein stumpfes Messer. Er hatte Waffenrock und Kettenhemd abgelegt, trug jetzt ein langes schwarzes Gewand, in dem er Alida an einen Raben erinnerte. Aus dem Halsausschnitt lugte ein weißes Unterhemd hervor und über der rechten Schulter hingen zwei leinene Tuchstreifen.

Alida beäugte wachsam, wie Richard an den Tisch trat und den Krug, der roten Wein enthielt, darauf abstellte.

»Ihr habt Euer Kettenhemd abgelegt«, stellte sie fest.

»Es ist schwer.«

»Ich weiß«, rutschte es ihr heraus.

Richard von Thurau grinste flüchtig. »Woher? Hast du schon mal eins getragen?«

Alida spürte den wohlvertrauten Zorn in sich aufkochen. Was fiel dem Kerl ein, sich über sie lustig zu machen? Doch sie durfte ihn nicht verärgern, wenn ihr Plan gelingen sollte. Innerlich zählte sie bis fünf, ehe sie den Kopf schüttelte. »Ich habe es mir gedacht, weil Eisen schwer ist und ein Kettenhemd aus sehr vielen Ringen besteht.«

»Mit einem unmittelbaren Angriff auf die Burg ist derzeit nicht zu rechnen. Im Ernstfall bleibt mir noch genügend Zeit, mich zu rüsten. Ritter rennen nicht den ganzen Tag mit Helm und Kettenhemd herum.«

Das wusste Alida natürlich, bedankte sich jedoch höflich für die Aufklärung. »Und das schwarze Gewand, das Ihr tragt?«

»Das ist mein Konventsrock.«

Er sah in den Krug mit dem Wasser und stutzte. »Du hast davon getrunken?«

»Durfte ich etwa nicht?«

»Doch, natürlich.« Er zeigte auf die leere Schüssel. »Ich dachte nur, du würdest dir zunächst die Hände reinigen.«

»Ich hatte Durst«, antwortete sie schnell. »Es ist noch genügend übrig. Den Löffel könnt ihr gleich wieder mitnehmen. Mir ist es verboten, Milch und Fleisch gleichzeitig zu verzehren. Es steht geschrieben: Du sollst ein Zicklein nicht in der Milch seiner Mutter braten.«

Sichtlich amüsiert erwiderte Richard ihren Blick. »Hast du schon mal versucht, etwas mit Milch anzubraten?«

»Nein, weshalb?«

»Angebrannte Milch stinkt erbärmlich, du kannst nur etwas darin kochen.«

»Das meinte ich doch, ich habe mich bloß versprochen«, brummte sie.

Sein Schmunzeln entfachte ihre Wut erneut. Am liebsten hätte sie sich auf ihn gestürzt und es ihm aus dem Gesicht geschüttelt.

»Jetzt guck nicht so böse. Ich kenne mich zwar mit den jüdischen Speisegesetzen nicht so genau aus, aber dass ihr Fleisch und Milch nur getrennt zu Euch nehmen dürft, ist selbst mir bekannt. Ich kann dir allerdings nicht versprechen, dass in der Schüssel mit den Pasteten noch nie Fleisch serviert wurde.«

Alida tat das Geständnis mit einem Achselzucken ab und bemerkte Richards offensichtliche Erleichterung. Der Ritterbruder schien ehrlich zu sein, darauf hätte ein anderer Christ sie bestimmt nicht hingewiesen. Sie deutete fragend auf die Suppe.

»Die ist für mich. Ich wollte dir Gesellschaft leisten.«

Sofort erwachte Alidas Misstrauen. »Weshalb?«

»Erstens hast du es mir angeboten und zweitens würde ich gerne aus deinem Mund hören, warum du das Siegel entwendet hast.«

»Demnach hat der selbsternannte Komtur von Erkenwald Euch bereits seine Version der Geschichte erzählt«, vermutete sie.

»Konrad von Westerburg hat mich in der Tat vor dir gewarnt, dennoch möchte ich deine Beweggründe wissen.« Richard setzte sich und tauchte den Löffel in die Suppe, die köstlich duftete.

Alida nahm ihm gegenüber Platz und griff nach einer Gemüsepastete. »Würde meine Sicht etwas ändern?«

Richard sah sie lange an, ehe er antwortete: »Nein, ich werde auf jeden Fall meinen Auftrag erfüllen und dich zurück nach Erkenwald bringen.«

»Immerhin seid Ihr aufrichtig«, erkannte sie widerwillig an und biss in die Pastete.

»Höre ich dennoch deine Geschichte?«

Alida schluckte den Bissen hinunter und nickte. Über Konrad von Westerburg durfte sie kein böses Wort sagen, das würde Richard ihr ohnehin nicht glauben. Ob er sie wirklich zurückbringen würde, wenn es ihr gelang sein Mitleid zu wecken? Einen Versuch war es wert.

»Der Graf von Erkenwald hat meinem Vater einst das Leben gerettet«, begann sie.

Richard nickte verstehend.

»Über die Jahre hinweg hat sich zwischen den beiden eine Verbundenheit eingestellt und ich wurde in seinen Haushalt gegeben, um seiner Tochter Alida Gesellschaft zu leisten. Sie war nicht sehr geschickt, was Handarbeiten anging, aber ich konnte ihr leidlich das Spiel auf der Citole beibringen.«

Der Deutschordensritter führte einen weiteren Löffel Suppe zum Mund und bedeutete ihr fortzufahren.

Alida musste nun sehr behutsam vorgehen, wenn sie erfahren wollte, was der Komtur zu Richard gesagt hatte, um das zu ihrem Vorteil zu nutzen. »Eduard von Erkenwald brach auf, um König Heinrich davon zu überzeugen, sich mit seinem Vater, Kaiser Friedrich, zu versöhnen.«

Richard ließ den Löffel in die Suppe sinken. »Bist du sicher?«

»Verzeiht, ich habe auf Erkenwald gelebt. Ich werde doch wohl wissen, was der Herr vorhatte.«

»Weil er dich in seine Pläne eingeweiht hat?«, frotzelte Richard.

In der Tat war ihr Vater in diesen Dingen Alida gegenüber außergewöhnlich offen gewesen, aber das konnte sie natürlich nicht zugeben. »Er hat es seiner Tochter erzählt und die mir«, wiegelte sie deshalb ab. »Eine Weile nach der Abreise des Grafen tauchte Konrad von Westerburg in Erkenwald auf. Er behauptete, der Graf sei beim Kaiser in Ungnade gefallen und die Burg dem Orden übergeben worden. Ich sehe mich in der Pflicht, ihm zu helfen.«

»Weshalb du? Er hat doch deinem Vater das Leben gerettet, nicht dir. Müsste dann nicht er alles daransetzen, den Grafen zu retten?«

»Er begleitet mich doch. Aber mein Vater ist ein Händler, kein Krieger, außerdem bin ich diejenige, die seiner Tochter nahestand. Ich muss dem Grafen die traurige Nachricht ihres Dahinscheidens überbringen.«

Während ihrer Rede hatte Alida ihre Finger fest ineinander verflochten. Nun hielt sie unwillkürlich den Atem an. Gleich würde es sich zeigen, ob Richard von Thurau ihren Worten Glauben schenkte.

»Du weißt, wie die Grafentochter ums Leben kam?«

Alida erstarrte. »Ich war nicht dabei«, antwortete sie ausweichend.

»Aber du glaubst, dass Konrad von Westerburg etwas damit zu tun hat?«

»Sie ging von uns, nachdem sie von dem Unglück ihres Vaters erfahren hatte. Der Komtur sagte, sie sei aus Gram darüber gestorben.«

Richard beugte sich vor. Ein argwöhnischer Ausdruck trat in seine hellen Augen. »Glaubst du ihm?«

Alida nahm all ihre Kraft zusammen, um ihm nicht die Wahrheit ins Gesicht zu schreien. Stattdessen senkte sie den Blick auf die Tischplatte und murmelte: »Es steht mir nicht zu, dies zu beurteilen. Ich will nur beim Kaiser um das Leben des Grafen bitten. So kann ich ihm hoffentlich die Großherzigkeit vergelten, meinen Vater gerettet zu haben. Nur damit Seine Majestät mir glaubt, dass ich von Erkenwald komme und mich hoffentlich anhört, habe ich das Siegel eingesteckt.«

»Du hast also weder die Absicht, Konrad von Westerburg des Mordes zu beschuldigen, noch, dich als Tochter des Grafen auszugeben?«

Überrascht blickte sie ihn an. Hatte der Komtur das zu ihm gesagt? Das würde Sinn ergeben. Sie reckte das Kinn vor und sagte mit fester Stimme: »Ich werde keine Lügen über den Komtur oder über meine Herkunft verbreiten.«

Dass sie damit seine Frage nicht direkt beantwortet hatte, schien dem Ritter gar nicht aufzufallen. Zufrieden nickte er.

Himmel, glaubte er alles, was man ihm erzählte? Nein, verbesserte sie sich sofort, während sie auf seine Antwort wartete. Die Wahrheit, dass sie die Tochter des Grafen war, würde er ihr nicht abnehmen. Das Wort seines Komturs war für ihn Gesetz und Gehorsam zählte zu seinen ersten Pflichten.

»Das freut mich sehr zu hören. Ich werde nach unserer Rückkehr Konrad von Westerburg davon berichten. Sicherlich wird er dir den Diebstahl verzeihen und dich nach Worms ziehen lassen.«

Alida war stark in Versuchung, einen der Krüge auf Richards Kopf zu zerschmettern. »Seid Ihr wirklich so ...?« blind, wäre ihr beinahe herausgerutscht. »Ich meine, glaubt Ihr so fest an den Komtur?«, verbesserte sie sich hastig.

»Ein christlicher Ritter lügt seinen Bruder nicht an. Ich sollte dir nur folgen, weil er befürchtet, du würdest falsch Zeugnis wider ihn reden.«

»Da Ihr nun wisst, dass das nie meine Absicht war, könnt Ihr mich doch freilassen.«

Richard verneinte und widmete sich den Resten seiner Suppe.

»Weshalb nicht?«, fuhr Alida auf.

»Mein Auftrag lautet, dich nach Erkenwald zurückzubringen, und genau das werde ich tun. Du klärst alles auf und danach kannst du deiner Wege ziehen.«

»Und was ist mit meinem Vater?«, rief Alida außer sich.

Jetzt sah Richard tatsächlich etwas zerknirscht aus. »Ich gestehe, dass ich nicht damit gerechnet habe, dass von Kaltenstein ihn einsperrt und nur gegen ein Lösegeld freilässt. Ich verspreche dir, nochmals für ihn zu bitten und zu versuchen, den Burgherrn doch noch von meiner Nützlichkeit im Austausch gegen seine Freilassung zu überzeugen.«

Erst jetzt fiel Alida auf, dass sie bei ihrem Ausbruch gar nicht an Salomon ben Isaak, sondern an ihren eigenen Vater gedacht hatte.

»Ich kann verstehen, dass du zornig bist. Ich bedaure die Entwicklung außerordentlich. Immerhin können wir beide die Burg jederzeit verlassen, sobald ich sicher weiß, dass Dankwart von Heymberg überleben wird. Natürlich wirst du den Weg nach Worms erneut antreten müssen, sobald wir beim Komtur vorgesprochen haben. Aber dafür kannst du dir sicher sein, dass niemand mehr dich wegen des Diebstahls verfolgen wird. Vielleicht zeigt sich Konrad von Westerburg auch großzügig und trägt etwas zur Auslösung ben Isaaks bei, falls es mir nicht gelingt, ihm die Freiheit zu verschaffen.«

»Das glaubt Ihr doch selbst nicht«, fauchte Alida.

Ertappt zuckte Richard mit den Schultern. »Ich gebe zu, die Möglichkeit ist sehr gering. Immerhin verfügt auch der Komtur über keinen eigenen Besitz und es ist nur schwer vorstellbar, dass er Vermögen des Ordens ...«

»Hört schon auf«, schnitt ihm Alida mit einer Handbewegung das Wort ab. »Ihr werdet mir nicht helfen, ich habe schon verstanden.«

»Für eine jüdische Dienstmagd legst du ein ganz schön herrisches Verhalten an den Tag«, brummte er. »Aber ich will es deinem Schmerz zuschreiben und es dir ausnahmsweise nachsehen.«

»Mein Schmerz ist in der Tat so groß, dass ich nun allein sein möchte. Ich wäre Euch außerordentlich dankbar, wenn Ihr Euch entfernen würdet.«

Richards Augen wurden dunkler. Gut, sollte er ruhig zornig sein, sie war es auch, und wie! Er nahm das Besteck an sich, nickte ihr knapp zu und drehte sich ohne ein Wort des Abschieds um. Kaum hatte er den Riegel wieder von außen vorgeschoben, griff Alida nach dem Milchkrug. Mit einem Wutschrei warf sie ihn an die Wand neben der Tür. Der Krug zerbarst und die Milch bespritzte die Mauer.

***

Richard zuckte zusammen, als er Saras Schrei hörte. Im ersten Moment war er versucht, die Kammer erneut zu betreten, unterließ es jedoch. Er wusste das Mädchen nicht einzuordnen. Ihre Geschichte kam ihm seltsam vor, doch er bekam nicht zu fassen, woran das lag.

Hatte sie ihm die ganze Wahrheit gesagt, ihn belogen oder nur etwas verschwiegen? Konrad von Westerburg hatte behauptet, sie wolle falsches Zeugnis über ihn beim Kaiser ablegen. Doch das hatte sie eindeutig bestritten. Dabei war sie sehr überzeugend gewesen. Andererseits glaubte sie aber auch nicht, dass der Komtur ihr vergeben würde. Weshalb war sie sich so sicher?

Richard konnte sich beim besten Willen nicht vorstellen, weshalb Konrad von Westerburg Sara nicht verzeihen sollte, sobald er erfuhr, dass sie ihn nicht beim Kaiser anprangern wollte.

Erst jetzt kam ihm der Gedanke, dass der Komtur Saras

Behauptung möglicherweise keinen Glauben schenken würde. Hatte sie davor Angst?

Abermals streckte der Ritter die Hand nach dem Riegel aus, zögerte erneut. Von innen drang nun ein leises Schluchzen zu ihm. Zu Richards Verwunderung stieg in ihm der Drang auf, Sara zu trösten. Doch womit?

Die größte Freude würde er ihr machen, wenn er dafür sorgte, dass von Kaltenstein ihren Vater Salomon freiließ. Richard drehte sich um und suchte den Burgherrn auf, der mit Bertram im Palas an einer Tafel saß. Zwischen ihnen stand ein Kessel mit der Fleischsuppe, in deren Genuss auch Richard gekommen war.

Beide Männer tauchten abwechselnd ihren Löffel hinein, als Richard ihnen gegenüber Platz nahm und das Gespräch auf Salomon ben Isaak lenkte.

Doch von Kaltenstein dachte gar nicht daran, den Juden gehen zu lassen, sosehr Richard auch versuchte, ihn davon zu überzeugen.

»Der Alte bleibt wo er ist – das ist mein letztes Wort«, polterte er und schlug mit der Faust so heftig auf die Tafel, dass der Wein in seinem und Bertrams Becher überschwappte.

»Da hast du mir ja schön was eingebrockt mit deinem Einfall, hierher zu reiten«, zischte Richard dem Sarjantbruder zu.

»Weshalb? Der Jude kann dir doch vollkommen gleichgültig sein. Außerdem wolltest du doch unbedingt einen Ort aufsuchen, an dem der verletzte Ritter genesen kann«, konterte Bertram. »Sobald er sich ein wenig erholt hat, bringen wir die Jüdin zurück nach Erkenwald.«

»Ich bringe Sara zurück, du wirst Mirjam nach Coellen geleiten.«

»Warum sollte ich?«

»Weil ich David ben Meschullam mein Wort gegeben habe. Ohne seine Mithilfe hätten wir Salomon ben Isaak und seine Töchter niemals aufgespürt.«

»Was zählt schon das Wort, das man einem Juden gibt?«, murrte Bertram.

Richard kniff drohend die Augen zusammen. »Ich halte meine Versprechen, ganz gleich, wem ich sie gegeben habe.«

Der Sarjantbruder hob abwehrend beide Hände. »Ist ja schon gut. Wenn es dir so wichtig ist, bringe ich die Jüdin halt zurück.«

»Aber erst, wenn das Lösegeld bezahlt ist«, mischte sich von Kaltenstein ein. »Vorher lasse ich das Vögelchen nicht fliegen.«

Richard ballte die Hände zu Fäusten. Er hatte sich die Erfüllung seines Auftrags einfacher vorgestellt. Stattdessen wurde es immer verzwickter und neue Hürden türmten sich vor ihm auf. Er war selbst schuld daran. Schließlich hatte er sich großspurig etwas Aufregung gewünscht. Offenbar hatte Gott ihn erhört, um ihn Demut zu lehren.

»Ich muss Sara nach Erkenwald bringen und das werde ich tun, mit oder gegen Euren Willen«, knurrte er.

Der Burgherr lächelte verschlagen. »Da Ihr mir so großmütig angeboten habt, mir bei meinen Aufrüstungen und dem Absichern der Burg behilflich zu sein, dürft Ihr als Gegenleistung die Jüdin zu gegebener Zeit mit Euch nehmen. Natürlich nur, wenn ich mit Eurer Leistung zufrieden bin und sicher sein kann, dass das Lösegeld bei mir eintrifft.«

Richard atmete tief durch, betete in Gedanken ein Vater Unser, ehe er scheinbar gelassen antwortete: »Werdet Ihr mir nun verraten, wessen Angriff Ihr befürchtet?«

»Ich fürchte mich vor gar nichts«, polterte von Kaltenstein sofort los. »Was bildet sich das schwertschwingende Mönchlein eigentlich ein?«, schrie er Bertram an.

Dieser legte dem Burgherrn beruhigend die Hand auf die Schulter. »Verzeih ihm, er ist nicht von hier und hat noch nie etwas von deinem außergewöhnlichen Wagemut gehört. Richard möchte bloß von dir wissen, mit wem er es bei einem Überfall auf die Burg zu tun bekommt. Vertrau mir, er ist wirklich geschickt im Umgang mit Waffen und hat schon einige Erfahrungen im Kampf gegen die Heiden gesammelt. Er wird dir von Nutzen sein.«

»Wie du meinst«, brummte von Kaltenstein und drehte sich erneut zu Richard.

Der kochte mittlerweile vor Wut, gab sich aber Mühe, es sich nicht anmerken zu lassen.

»Es geht um Burg Thoron«, begann der Burgherr.

»Aber wir sind doch hier auf Kaltenstein«, warf Richard unbedacht ein.

Sein Gegenüber wurde rot im Gesicht, schnaufte entrüstet, ehe er Bertram anschnauzte: »Ist der immer so unhöflich?«

Der Sarjantbruder verkniff sich sichtlich das Grinsen und sagte zu Richard: »Lass ihn doch erst einmal ausreden.«

Mürrisch fuhr der Burgherr fort: »Burg Thoron befindet sich derzeit noch im Besitz des Erzbistums von Coellen, wurde aber vom hiesigen Pfalzgrafen erbaut. Der jetzige Coellener Oberhirte ist schwach und der Pfalzgraf wittert

Morgenluft und will sie zurückerobern. Thoron ist sehr wehrhaft und lässt sich nicht einfach einnehmen. Kaltenstein liegt auf dem Weg dorthin und wäre für den Pfalzgrafen perfekt, um sich hier einen Stützpunkt aufzubauen, ehe er gegen Thoron zieht.«

»Und wann rechnet Ihr mit einem Angriff?«

»Bald.«

Richard verschlug es die Sprache. Jetzt erschien es ihm beinahe, als wollte Gott sogar verhindern, dass er seinen Auftrag erfüllen konnte. Warf er ihm deshalb immer neue und größere Hindernisse in den Weg?

Kapitel 9

»Weshalb habt Ihr uns dann überhaupt aufgenommen? Zusätzliche Esser könnt Ihr bei der Belagerung Eurer Burg nicht gebrauchen und zudem bringt Ihr uns in große Gefahr«, fuhr Richard von Kaltenstein an.

»Durch Euch und Bertram habe ich zwei gut ausgebildete Kämpfer mehr in meinen Reihen, die ich noch nicht einmal entlohnen muss. Die beiden Frauen und der Verletzte essen nicht viel und der jüdische Händler bringt mir einen Haufen Münzen ein. Die beiden einzigen unnützen Fresser, die Diener des Juden, sind bereits wieder auf dem Weg nach Coellen, um das Lösegeld zu beschaffen.« Sein Gegenüber lachte selbstgefällig.

»Das ist nicht richtig. So geht man nicht mit Menschen um«, erwiderte Richard wütend.

»Sagt derjenige, der scharenweise Männer im Namen unseres Glaubens tötet«, spottete der Burgherr.

»Das ist dennoch etwas völlig anderes, einem Mann in einem gerechten Kampf gegenüberzustehen und für seine Überzeugung einzustehen.«

»Was ist mit den Plünderungen und Vergewaltigungen, welche die Kreuzfahrer auf dem Weg ins Heilige Land und auch dort selbst verübt haben? Und was war mit Ungarn? König Andreas hat Euren Orden zwar um Hilfe gebeten, ihn aber später aus dem Land geworfen, weil er sich dort festsetzen und vollsaugen wollte wie eine Zecke. Schreibt mir also nicht vor, wie ich meinen Krieg zu führen habe.«

Von Kaltenstein funkelte Richard zunächst böse an, ehe seine Miene etwas milder wurde. »Mag sein, dass Ihr ehrenwerte Absichten hegt und Euch nicht an derlei Gräueltaten beteiligen würdet. Aber wo Versuchung herrscht, gibt es auch immer Männer, die ihr nachgeben. Das ist menschlich, so verabscheuungswürdig Ihr das auch findet. Und jetzt lasst uns über die Verteidigungsmöglichkeiten sprechen. Morgen zeige ich Euch die Burg und höre mir gerne Eure Ratschläge dazu an.«

Richard wusste, dass es besser war einzulenken. So sprachen sie über Art und Anzahl der vorgehaltenen Waffen, die zusätzliche Befestigung der Tore und die Möglichkeit, die Burg vom Wehrgang aus zu verteidigen. Zudem erkundigte sich Richard, ob der Burgherr daran gedacht hatte, im Wald Stangen mit einer Astgabel am oberen Ende schlagen zu lassen. So wäre es einfacher, Leitern zurückzustoßen, die an die Ringmauer angelehnt würden.

Von Kaltenstein verneinte und sagte zu, dies am nächsten Tag nachzuholen. Sie debattierten, bis sich draußen die Dunkelheit über die Burg senkte.

Schließlich stand Richard auf. Er wollte noch den Juden aufsuchen sowie sich nach dem Befinden des Verletzten erkundigen. Auf dem Weg nach unten fiel ihm ein, dass er vergessen hatte, Hartwin von Kaltenstein nach einem Instrument für Sara zu fragen. Dafür war morgen auch noch Zeit, dennoch ärgerte ihn seine Nachlässigkeit. Zu gerne hätte er ein wenig Freude in ihren Augen gesehen. Überrascht schüttelte Richard den Kopf. Woher kam nur dieser abwegige Gedanke?

Zügig schritt er den mit Pechfackeln erleuchteten Gang entlang. In einer Nische lag ein Wächter auf einer hölzernen Bank und schnarchte laut. Richard stieß ihn an der Schulter an. Das Schnarchen brach ab. Der Mann schlug die braunen Augen auf und kratzte sich das stoppelige Kinn. Die lederne Kleidung, die er trug, knarzte leise, als er sich aufrichtete und sich durch das filzige schwarze Haar fuhr.

»Ihr müsst der Deutschordensritter sein, der den Juden hierhergebracht hat.«

Richard nickte knapp. »Ich will ihn sehen.«

Schnaufend kam der Wächter auf die Beine und wankte auf die zweite Türe von links zu. Nachdem er den Riegel zurückgezogen und die Tür geöffnet hatte, schlug Richard tiefste Dunkelheit entgegen. Er hob das Talglicht in seiner Hand etwas höher.

»Lasst die Tür offen«, befahl Richard barsch. »Der Jude wird mir schon nicht weglaufen.«

»Würde auch schwierig werden mit der Kette um den Fuß«, erwiderte der Mann und lachte.

Angewidert wandte sich Richard ab, als ihn die nach saurem Bier riechende Atemwolke traf, und betrat den fensterlosen Raum. Im Lichtschein tauchte ben Isaaks Gestalt auf. Er lehnte mit dem Rücken an der Wand und hatte die Beine ausgestreckt. Unter ihm lugten einige angeschimmelte Strohhalme hervor und neben ihm stand eine leere Holzschüssel, an deren Rand noch ein wenig Getreidebrei klebte.

Richard hockte sich neben ihn und stellte das Licht auf den Boden. »Habt Ihr genug zu essen bekommen?«

»Habe ich«, bestätigte ben Isaak. Er stellte ein Bein auf, wobei die Glieder der Fußkette rasselnd über den Boden schleiften.

»Es war nie meine Absicht, Euch in diese Lage zu bringen. Ich habe versucht, von Kaltenstein davon zu überzeugen Euch freizulassen. Leider vergeblich. Aber ich werde mich dafür einsetzen, dass Ihr es bequemer haben werdet.«

Der Jude schenkte ihm ein mitleidiges Lächeln. »Euer Ansinnen ehrt Euch, doch ich denke nicht, dass es von Erfolg gekrönt sein wird.«

»Zunächst überlasse ich Euch das Talglicht und sorge für ein besseres Lager.« Richard erhob sich und wies den Wärter an, frisches Stroh für den Gefangenen herbeizubringen.

Derweil eilte er in seine Kammer, holte zwei Decken und steckte noch eine Kerze ein. So konnte er Sara bei ihrer nächsten Begegnung wenigstens berichten, dass es ihrem Vater den Umständen entsprechend gut ging. Morgen wollte er von Kaltenstein davon überzeugen, Salomons Fußfessel zu lösen.

Mit diesem festen Vorsatz betrat er erneut den Kerker. Der Wächter hatte ein großes Bündel frisches Stroh bringen lassen und ein Knecht schaffte das alte gerade fort. Richard war sich nicht zu schade, selbst Salomons Lager aufzuschütten und eine der Decken darüber zu breiten.

»Plagt Euch das schlechte Gewissen?«, fragte der Jude, warf ihm jedoch einen dankbaren Blick zu.

»Ein wenig«, gab Richard zu. »Außerdem möchte ich Eurer Tochter berichten können, dass es Euch an nichts mangelt.«

Salomon winkte ab. »Mirjam wird Euch schon nicht an die Gurgel gehen.«

»Ich dachte an Eure andere Tochter – Sara.«

Um die Mundwinkel des Juden zuckte es kurz. »Nun, das ist freilich etwas anderes.«

Richard setzte sich neben den Gefangenen auf den kalten Steinboden und zog die Beine an. »Eure Töchter sind sehr unterschiedlich«, begann er zögerlich.

»Beide haben dunkles Haar und braune Augen«, erwiderte Salomon wachsam.

»Ihr wisst, wie ich das meine. Wie kam es, dass Ihr Sara erlaubt habt, in einem christlichen Haushalt zu leben?«

»Ich kenne den Grafen von Erkenwald von früher«, antwortete der Jude ausweichend.

»Hattet Ihr nie Bedenken, dass Eure Tochter sich unstandesgemäß verlieben oder gar zum Christentum übertreten könnte?«

Ben Isaak sah ihn durchdringend an. »Worauf wollt Ihr hinaus?«

»Mir ist aufgefallen, dass Sara einen vertrauten Umgang mit Dankwart von Heymberg pflegt.«

»Und das stört Euch?«

Richard spürte, wie er errötete, und hoffte, dass der Alte es in dem diffusen Licht nicht bemerken würde. »Ich finde es ungewöhnlich, das ist alles«, versuchte er sich herauszureden.

»Aber dass Ihr nun meine Tochter Mirjam den Ritter Tag und Nacht pflegen lasst, ist für Euch annehmbar?«

»Von Heymberg ist nicht in der Lage, sich Eurer Tochter in schändlicher Weise zu nähern«, erwiderte er kühl.

»Körperlich nicht«, brummte Salomon.

»Was meint Ihr damit?«

»Habt Ihr in Betracht gezogen, dass Mirjam vielleicht Gefühle für ihn entwickeln könnte?«, fragte der Jude besorgt.

Richard zuckte mit den Schultern. »Diese Gedanken habt Ihr Euch bei Sara offenbar nicht gemacht. Weshalb? Steht Euch Mirjam näher?«

»Sara kennt ihren Platz. Sie mag die Unbeherrschtere von beiden Mädchen sein, aber sie ist auch die Stärkere. Mirjam hingegen würde an einer unglücklichen Liebe zerbrechen.«

»Ich werde sie gleich aufsuchen und mir selbst ein Bild machen«, versprach Richard, verabschiedete sich von dem Juden und wünschte ihm eine gute Nacht.

Wenig später öffnete er die Tür zu dem Gemach, in dem Dankwart und Mirjam untergebracht waren. Der Schein mehrerer Kerzen erhellte den Raum, auf dessen Bettstatt der Ritter lag und schlief. Als Richard näher trat, ließ ihn das Geräusch raschelnder Kleidung herumfahren. Mirjam hatte sich von der Fensterbank erhoben und legte eine Stickarbeit zur Seite. Sie führte den Zeigefinger an die Lippen, um Richard zu bedeuten, den Schlafenden nicht zu wecken, und winkte ihm, ihr auf den Gang zu folgen. Dort drehte sie sich um und zog leise die Tür an.

»Wie geht es meinem Vater?«, fragte sie sogleich.

»Es fehlt ihm an nichts«, speiste er sie ab. »Was ist mit von Heymberg? Er scheint schmerzfrei zu sein, wenn er so ruhig daliegt.«

»Das ist dem Schlafmohn geschuldet, den ich ihm verabreicht habe. Ich habe die Verletzung gesäubert, aber es hilft sicherlich, wenn Ihr ihn in Eure Gebete einschließt. Bittet darum, dass die Wunde nicht schwärt.«

»Wann wirst du wissen, ob er überlebt?«

»Schätzungsweise in ein bis zwei Tagen. Ich würde gerne nach meinem Vater sehen. Bestimmt sorgt er sich um mich.«

»Vielleicht morgen«, sagte Richard halbherzig.

»Und was ist mit Sara? Darf ich sie besuchen?«

»Das weiß ich noch nicht. Hängt auch davon ab, wie deine Schwester sich fügt. Heute ist es ohnehin zu spät.«

»Sie will bestimmt auch wissen, wie es um den Ritter von Heymberg bestellt ist.«

»Es reicht auch, wenn sie es morgen erfährt«, wiegelte Richard missmutig ab. »Hat der Page Euch beiden genug Essen und Trinken gebracht?«

Mirjam nickte.

»Gut, ich werde morgen wieder nach von Heymberg sehen. Vielleicht bringe ich deine Schwester mit«, ließ Richard sich zu der Bemerkung hinreißen, weil ihn Mirjams trauriger Blick berührte.

»Es ist schwer für Sara, in einem Raum eingesperrt zu sein.«

»Dich werde ich auch wieder einschließen. Ich kann nicht riskieren, dass du deine Schwester oder deinen Vater befreist«, sagte Richard streng.

»Mir macht das nicht so viel aus. Ich würde es nicht wagen, mich gegen Euch aufzulehnen.«

»Du bist wesentlich fügsamer, das ist mir schon aufgefallen«, pflichtete ihr Richard bei. »Deine Schwester hat vorhin Geschirr zerschlagen, nachdem ich sie verließ.«

Ein feines Lächeln breitete sich auf Mirjams ebenmäßigen Zügen aus. »Ihr habt sie offenbar verärgert.«

»Sie ist wütend, weil Euer Vater nur gegen Zahlung des Lösegelds` wieder freigelassen wird. Außerdem will sie schnellstmöglich zum Kaiser. Aber erst, wenn sie Konrad von Westerburg das Siegel zurückgegeben hat, wird er sie ziehen lassen.«

Mirjam runzelte die Stirn. »Seid Ihr Euch da so sicher?«

»Natürlich. Er ist ein Mann mit Prinzipien. Du kennst ihn nicht, sonst würdest du seine Ehrlichkeit nicht infrage stellen.«

»Ihr habt recht, ich bin Konrad von Westerburg nie begegnet. Aber Sara hatte das Vergnügen und sie besitzt eine gute Menschenkenntnis. Wenn sie ihm mit Misstrauen begegnet, so glaube ich ihr.«

Richard schnaubte abfällig. »Als wenn sie das beurteilen könnte. Sie hat das Siegel doch gleich nach seiner Ankunft entwendet und ist nach Coellen geflohen.«

»Habt Ihr Euch nie gefragt, was der Grund dafür sein könnte?«

»Es steht mir nicht zu, die Entscheidungen und Beweggründe des Komturs zu hinterfragen. Demut und Gehorsam sind die Eckpfeiler meines Glaubens«, blaffte Richard sie an.

Er erntete ein mildes Lächeln, als sie an ihm vorbei zurück in die Kammer schritt. »Ihr habt die Keuschheit vergessen.«

Mit einem Knurren schlug Richard die Tür hinter ihr zu und schob den Riegel vor.

***

Der Vormittag war schon weit vorangeschritten. Alida saß auf der Fensterbank und starrte durch die Maueröffnung über die Ebene. In ihren Händen hielt sie die kleine Wachstafel, die sie auf dem Wandregal entdeckt hatte. Sie hatte angefangen eine Nachricht an Mirjam einzuritzen, in der Hoffnung, dass Richard von Thurau sie überbringen würde. Sie wollte von Mirjam selbst etwas über Dankwarts Gesundheitszustand hören.

Beinahe war sie erleichtert, als der Riegel mit einem Schnarren zurückgeschoben wurde und Richard von Thurau den Raum betrat. Seine Blicke flogen hektisch durch die Kammer, ehe er Alida in der Nische entdeckte.

»Habt Ihr etwa befürchtet, ich wäre davongeflogen?«, begrüßte sie ihn.

Richard antwortete nicht darauf, sondern trat näher. Hinter seinem Rücken holte er eine dreisaitige Rebec und den dazugehörigen Bogen hervor. Seine Augen strahlten noch heller als gewöhnlich, als er das Musikinstrument behutsam auf den Tisch legte, doch sein Gesichtsausdruck war verschlossen und unbewegt.

»Ich hoffe, du kannst sie spielen. Die gehörte einem unbegabten Musikanten, den von Kaltenstein von der Burg gejagt hat.«

Alida stand auf und legte das Wachstäfelchen beiseite. Mit Bedacht glitten ihre Finger über den birnenförmigen Corpus. »Sie ist kleiner als hierzulande. Bestimmt stammt sie von der iberischen Halbinsel und wird auf den Knien gehalten.«

»Magst du es mal versuchen?«

»Ich bin nicht sehr vertraut mit diesem Instrument und

möchte Eure Ohren nicht quälen. Aber ich danke Euch, dass Ihr mir die Rebec gebracht habt.«

Sie lächelte Richard offen an, der ihrem Blick verlegen auswich.

»Ich habe es gerne getan«, nuschelte er und betrachtete interessiert die Wachstafel. »Hast du das geschrieben?«

»Ja, als Tochter eines jüdischen Kaufmanns sollte ich Buchstaben und Zahlen beherrschen. Es ist eine Nachricht an meine Schwester. Ich möchte Euch bitten, sie ihr zu bringen. Ihr könnt sie gerne lesen.« Alida hielt ihm die Tafel unter die Nase.

»Nicht nötig. Du kannst das Wachs wieder glätten, ich werde dich zu deiner Schwester bringen und auch zu deinem Vater.«

»Wie geht es ihm?«

»Es ist mir heute Morgen gelungen, von Kaltenstein davon zu überzeugen, dass die Fußfessel unnötig ist.«

»Er war angekettet?«, rief Alida entsetzt.

»Jetzt nicht mehr.«

»So geht man nicht mit einem Gefangenen um, von dem man ein Lösegeld erhofft.«

»Er ist keine hochgestellte Persönlichkeit, wie ein Graf es wäre«, belehrte Richard sie. Er fügte versöhnlicher hinzu: »Wenn du mir versprichst, keine Dummheiten zu machen, bringe ich dich jetzt zu deinem Vater.«

Alida schluckte und senkte den Kopf.

»Als ich Euch versprach, keinen Fluchtversuch zu unternehmen, bis ich weiß, ob Dankwart überlebt, sagtet Ihr, dass das Wort eines Weibes, noch dazu einer Jüdin, für Euch nicht zählt.«

»Willst du nun deinen Vater sehen oder nicht?«, fragte er barsch.

»Natürlich, und ich werde Euch auch keine Schwierigkeiten machen«, setzte sie hinzu.

Richard antwortete nicht. Stattdessen nahm er zwei der Kerzen aus den Haltern und winkte ihr, ihm zu folgen.

Alida erschrak, als sie Salomon auf dem Stroh liegen sah. Der Kerzenstummel neben ihm stand kurz vor dem Verlöschen.

»Vater!«, rief sie, stürzte auf ihn zu und umarmte ihn.

»Sara, mein Kind.« Salomons Hand zitterte leicht, als er Alida über das Haar strich.

Derweil ging Richard in die Hocke, nahm eine der Kerzen und entzündete sie an dem brennenden Docht, bevor er sie gegen den Stummel in der Halterung austauschte.

»Ich habe Euch heute Morgen doch noch eine weitere Kerze gebracht, weshalb habt Ihr sie nicht entzündet?«, brummte er.

»Ich wollte sie erst im letzten Augenblick wechseln, um nichts zu verschwenden.«

»Wie geht es Euch, Vater? Haben sie Euch etwas angetan?«, fragte Alida.

»Nein, Richard von Thurau achtet darauf, dass es mir an nichts mangelt. Sogar von der Fußfessel hat er mich befreien lassen und er sorgt für Licht.«

»Ohne ihn wärt Ihr auch nicht in dieser Lage«, giftete Alida, ehe ihr aufging, dass Salomon es auch nicht wäre, wenn er ihr die Hilfe verweigert hätte.

»Es tut mir so leid«, setzte sie zerknirscht hinzu. »Das habe ich nicht gewollt.«

Der Jude warf ihr einen warnenden Blick zu. »Hast du deine Schwester schon gesehen?«

»Noch nicht, aber Herr von Thurau will mich hinführen.«

»Richte ihr aus, dass es mir gut geht, damit sie sich nicht sorgt.«

»Ich werde auch Mirjam zu Euch bringen, sobald es der Zustand des Ritters erlaubt. Dann kann sie sich selbst davon überzeugen«, mischte sich Richard ein.

Salomon sah ihn dankbar an. »Das würde mir viel bedeuten.«

»Gut, komm Sara, wir gehen jetzt zu deiner Schwester.«

»Aber ...«, wollte Alida widersprechen.

»Du hast deinen Vater gesehen und dich überzeugen können, dass er noch lebt und nicht gefoltert wurde. Jetzt darfst du noch Mirjam sehen und dann bringe ich dich zurück in deine Kammer. Ich habe nicht den ganzen Tag Zeit, dich herumzuführen, sondern muss mein Versprechen einlösen.«

»Was für ein Versprechen?«, wollte Alida sofort wissen.

»Von Kaltenstein bei den Vorbereitungen zur Verteidigung der Burg zu unterstützen, oder glaubst du etwa, ich hätte die Erleichterungen für deinen Vater durchsetzen können, weil der Burgherr so ein mildtätiges Herz hat?«

»Nein, wahrscheinlich nicht.«

»Dann komm jetzt endlich.«

Alida drückte aufmunternd Salomons Hand und verließ mit Richard den Kerker.

»Könnt Ihr bewirken, dass mein Vater in eine Kammer verlegt wird?«, fragte Alida, als sie hinter Richard den Gang entlang schritt.

»Habe ich schon versucht, aber von Kaltenstein ist hart geblieben.«

»Danke«, murmelte sie.

Richard blieb so plötzlich stehen, dass Alida gegen seinen Rücken prallte. Schnell trat sie einen Schritt zurück.

Er drehte sich zu ihr um und sah sie skeptisch an. »Hast du dich gerade bedankt oder habe ich mich verhört?«

»Eure Ohren arbeiten tadellos. Ihr hättet das alles nicht für meinen Vater tun müssen. Ohne Euch erginge es ihm noch viel schlechter.«

Sie lächelte zaghaft, was ihn dazu veranlasste, sich sofort umzudrehen und mit so raumgreifenden Schritten weiterzueilen, dass sie etwas Mühe hatte, ihm zu folgen.

Im oberen Geschoss der Burg hielt er schließlich vor einer Tür. Gesprochen hatte er mit Alida nicht mehr.

Sie wurde aus dem Ritterbruder nicht schlau. Wenn sie ihn angiftete, wurde er wütend und wenn sie ihn freundlich behandelte, war es ihm auch nicht recht. Am besten richtete sie vorerst nicht mehr das Wort an ihn.

Mirjam sah auf, als sie eintraten. Sie saß an der Bettstatt und trug gerade eine Paste auf die Wunde des bewusstlosen Verletzten auf.

»Wie geht es ihm?«, fragte Alida sofort und eilte an Dankwarts andere Seite.

»Ich tue alles, was in meiner Macht steht, aber ob es hilft, wird sich erst noch zeigen.«

»Weshalb ist er nicht ansprechbar?«

»Ich habe ihm Schlafmohn verabreicht, weil ich befürchte, dass er sich sonst zu viel bewegen und die Wunde erneut aufreißen könnte. Er war heute Morgen wach, ich musste ihm ja schließlich etwas zu essen geben, aber jetzt ist es besser, wenn er schläft.«

Alida beugte sich vor und strich Dankwart eine Strähne aus der Stirn. »Ich weiß ihn bei dir in den allerbesten Händen«, lächelte sie Mirjam zu. »Deshalb bin ich sicher, dass er wieder genesen wird.« Alida griff nach Dankwarts Hand und drückte sie an ihre Brust.

Ein ungeduldiges Räuspern von der Tür her erinnerte sie daran, dass sie nicht allein waren. »Willst du deiner Schwester nicht lieber berichten, wie es eurem Vater geht?«, fragte Richard.

»Du warst bei ihm?«, erkundigte sich Mirjam überrascht. »Darf auch ich ihn sehen?«, fragte sie an Richard gewandt.

»Bald«, versprach er.

Alida berichtete von dem Besuch bei Salomon. »Ohne den Ritterbruder stünde es viel schlechter um ihn«, schloss sie und deutete mit dem Zeigefinger auf ihn, ohne Richard dabei anzusehen.

Mirjam, die unterdessen Dankwarts Wunde verbunden hatte, drehte sich um. Ihre Augen begannen zu strahlen und die geschwungenen Lippen verzogen sich zu einem süßen Lächeln. »Ich danke Euch aufrichtig für alles, was Ihr für meinen Vater getan habt. Es war mit Sicherheit nicht einfach, den Herrn von Kaltenstein zum Einlenken zu bewegen.«

Irritiert bemerkte Alida, wie Richard das Lächeln offen

erwiderte und lässig abwinkte. »Nicht der Rede wert. Wenn ich sonst noch etwas für dich tun kann, lass es mich wissen.«

Ein plötzlicher Stich durchfuhr Alidas Brust. Wenn sie ihm dankte, beachtete er es nicht weiter, und bei Mirjam überschlug er sich fast vor Freundlichkeit. Dabei war Mirjam diejenige gewesen, die vor seinem Äußeren zurückgeschreckt war und fürchterliche Angst gehabt hatte.

»Dankwarts Hand fühlt sich heiß an, findest du nicht?«, fragte sie die Jüdin und unterbrach so den Blickkontakt zwischen den beiden.

»Ich rechne fest damit, dass er Fieber bekommt. Das wäre aber gut, es bekämpft die schlechten Säfte, sofern es nicht zu hoch steigt und ihn innerlich verbrennt.«

Erschreckt zog Alida die Luft ein.

»Keine Sorge, deinem Dankwart wird schon nichts geschehen«, versuchte Mirjam sie zu beruhigen.

Beunruhigt sah Alida zu Richard hinüber. Er hatte die Lippen zusammengepresst, die Arme verschränkt und sah sichtlich erbost aus. Schnell legte sie Dankwarts Hand zurück auf das Laken und erhob sich. Was würde er jetzt durch diese unbedachte Äußerung denken? Kein Wunder, dass ein prinzipientreuer Mensch wie er so zornig wurde, bei der Vorstellung, eine Jüdin könnte die Metze eines Ritters sein.

Andererseits, hatte er selbst Mirjam nicht eben ungeniert strahlend angelächelt? Natürlich war er nicht blind und die Jüdin ausgesprochen liebreizend und mit einem sanften Wesen ausgestattet.

»Ich weiß, dass du dein Bestes geben wirst«, wisperte sie ihrer falschen Schwester zu und ging zur Tür. Alida blickte zu Richard auf, der sich noch nicht vom Fleck gerührt hatte. »Es war sehr gütig von Euch, mich sowohl zu meinem Vater als auch zu meiner Schwester zu bringen.«

Er sah auf sie herab und verzog keine Miene. »Spar dir deine Worte, ich habe lediglich meine Christenpflicht erfüllt.«

»Es war mehr als das«, sagte sie leise.

Richard wich vor ihr zurück. »Ich geleite dich in deine Kammer. Von Kaltenstein erwartet mich sicherlich schon ungeduldig.«

Alida trat auf den Gang hinaus und wartete, bis er die Tür wieder verschlossen hatte. »Ihr wollt Euch die Burg ansehen, die Waffenkammer und die Menge der Vorräte überprüfen, richtig?«

»Weshalb willst du das wissen?«

»Ich könnte Euch dabei unterstützen«, sagte sie eifrig.

In erster Linie diente es ihren eigenen Interessen. So könnte sie sich auf Kaltenstein bewegen und nach einer Fluchtmöglichkeit Ausschau halten. Sobald es Dankwart besser ginge, würde sie von hier verschwinden. Mittlerweile glaubte sie nicht mehr, dass es ihr gelingen könnte, Richard dazu zu bewegen, mit ihr zum Kaiser zu reisen.

»Und wie stellst du dir das vor?«

»Ich könnte eine Liste anfertigen, über alles, was auf der Burg verfügbar ist. So sind wir in der Lage zu berechnen, wie lange wir einer Belagerung standhalten können, wenn der Plan sein sollte, uns auszuhungern.«

»Das schaffe ich auch ohne dich«, schmetterte er ihren Vorschlag ab.

»Ihr könntet Eure ganze Aufmerksamkeit auf die vorhandenen Waffen und Vorräte richten und müsstet Euch nicht mit der Schreiberei belasten.«

Sie hatten ihre Kammer im Turm erreicht. Richard öffnete die Tür und gab Alida einen Schubs, sodass sie vorwärtsstolperte.

»Ich habe Nein gesagt, halsstarriges Weib«, grollte er, ehe er sie einsperrte.

Kapitel 10

Richard eilte die Stufen hinunter. Seine Gedanken wanderten zu Sara. Diese Frau löste zwiespältige Gefühle in ihm aus. Er wollte ihr nahe sein und gleichzeitig wünschte er sich so weit fort wie möglich, wenn sie vor ihm stand.

Nach der Bemerkung ihrer Schwester und Saras liebevollem Verhalten dem Ritter von Heymberg gegenüber, überfiel ihn erneut die Befürchtung, dass die Jüdin Dankwarts Metze war. Mirjam wusste offenbar davon und hatte sich damit abgefunden. Salomon hingegen schien ahnungslos zu sein. Er hatte sogar Angst, dass sich etwas zwischen Mirjam und dem Ritter anbahnen könnte, wusste aber nicht, dass seine andere Tochter dem Mann längst verfallen war.

Richard nahm sich vor, ben Isaak bei seinem nächsten Besuch darüber aufzuklären. Unwillkürlich verhielt er den Schritt, als ein ungeheuerlicher Verdacht in ihm aufstieg. Was wäre, wenn Sara doch die Grafentochter getötet hatte, um ihren Buhlen für sich allein zu haben?

Nein, das war nicht logisch. Sara wollte unbedingt zum Kaiser. Sie würde bei Seiner Majestät wohl kaum für den Grafen von Erkenwald bitten, wenn sie dessen Tochter auf dem Gewissen hätte. Und wie Richard von Heymberg einschätzte, würde der sicherlich nicht das Bett mit einer Mörderin teilen.

Mit beiden Händen fuhr sich Richard über das Gesicht und stöhnte leise. Er sollte sich nicht den Kopf darüber zerbrechen.

Richard lenkte seine Schritte zur Unterkunft des Sarjantbruders, doch Bertram war nicht dort. Auch im Palas suchte er ihn vergebens, bis ihm schließlich einer der Knechte den Weg zur Wehrmauer wies. Dort fand er Bertram in ein Gespräch mit dem Burgherrn vertieft.

»Wo warst du denn so lange?«, begrüßte ihn der Sarjantbruder. »Wir warten schon auf dich.«

»Ich hatte noch etwas zu erledigen. Außerdem habe ich einen Auftrag für dich, der nicht warten kann.« Richard zog Bertram ein Stück zur Seite und flüsterte: »Ich will, dass du sofort ein Schreiben an Konrad von Westerburg aufsetzt. Teile ihm mit, dass wir die Jüdin aufgespürt haben, es jedoch eine kleine Verzögerung gibt. Er wird verstehen, dass ich zunächst abwarten muss, ob von Heymberg sich erholt.«

Bertram schüttelte den Kopf. »Das musst du nicht. Du könntest auch unterwegs für seine Genesung beten. Immerhin ist er dank meiner Hilfe hier in guten Händen.«

»Wenn du ihn nicht hinterrücks angegriffen hättest, wäre er gar nicht erst in dieser Lage«, gab Richard unwirsch zurück. »Wir könnten schon längst zurück in Erkenwald sein. Und jetzt geh mir aus den Augen.«

»Möchtest du die Nachricht vorher noch lesen, bevor ich einen Boten mit ihr losschicke?«, fragte Bertram.

»Nicht nötig, ich vertraue dir«, winkte Richard ab.

Der Sarjantbruder grinste, bevor er sich umdrehte und den Wehrgang hinabschritt.

»Kommt her, Bruder Richard, ich will sehen, ob Ihr mir noch mehr nützliche Ratschläge bezüglich der Verteidigung erteilen könnt.« Von Kaltenstein hatte die Hände in die Hüften gestemmt und streckte den Bauch vor.

Richard trat auf ihn zu. Er legte die Hand auf einer der Mauerzinnen ab und ließ seinen Blick über das Land schweifen. »Der Platz für diese Burg ist nicht gut gewählt worden. Sie kann von drei Seiten angegriffen werden, lediglich im Westen wird das durch den Steilhang verhindert. Der Wald ist viel zu dicht und liefert Angreifern ausreichend Schutz und Baumaterial für Wurfmaschinen oder Rammböcke und dergleichen.«

»Ich habe die Burg nicht gebaut«, brummte von Kaltenstein missmutig. »Habt Ihr nun weitere vernünftige Einfälle für mich oder seid Ihr einer von den Menschen, die sich lieber beschweren, aber selbst keine guten Vorschläge unterbreiten können?«

Richard verengte die Augen zu Schlitzen. »Es kommt darauf an, für welche Art des Überfalls sich Eure Feinde entscheiden. Angriff mit schwerem Kriegsgerät, Belagerung, Untertunnelung, Bestechung. Es gibt einige Möglichkeiten.«

»Untertunnelung scheidet aus. In wenigen Fuß Tiefe besteht der Boden aus felsigem Untergrund. Wie würdet Ihr es denn angehen?«

»Um eine Burg zu stürmen, braucht man sehr viele Männer, um sie zu verteidigen nur wenige. Ich würde sowohl Bliden als auch Wandeltürme einsetzen, zusätzlich Katzen, um jene Männer zu schützen, die Feuer direkt an den Mauern legen sollen. Wie sieht es mit frischem Wasser aus?«

»Es gibt eine Zisterne, die von dem Bach gespeist wird, der in der Nähe fließt.«

»Wenn der umgeleitet oder gestaut wird, haben wir ein ernsthaftes Problem. Ohne Wasser halten wir nicht lange durch.«

»Ich habe ausreichend Wein eingelagert«, tat von Kaltenstein die Bedenken ab.

»Glaubt Ihr wirklich, dass die Pferde den saufen werden?«, fragte Richard spöttisch.

Der Burgherr blieb die Antwort schuldig und wandte sich ab. Die beiden Männer gingen die Wehrmauer entlang und Richard zeigte mal hier, mal dort auf eine Stelle vor dem Halsgraben, wo eine Grube ausgehoben und anschließend verdeckt werden sollte. »Das macht es für Angreifer zusätzlich schwieriger, an der Mauer zu landen, falls sie Türme mit sich führen. Der Halsgraben, den sie erst verfüllen müssen, um anzulanden, hält sie zusätzlich auf.«

Sie näherten sich dem Turm, im dem Sara eingesperrt war. Richard entdeckte eine kleine Tür im Mauerwerk, die auf den Wehrgang hinausführte. Eine zarte Melodie erklang, brach ab und begann von vorne.

»Das jüdische Vögelchen probiert die Rebec aus«, erkannte von Kaltenstein. »Sie ist recht geschickt darin.«

Richard lauschte gebannt. Jetzt erreichte eine Stimme sein Ohr, hell und klar wie ein Gebirgssee und doch so voller Wärme und Leidenschaft. Die Töne schienen direkt durch ihn hindurchzufließen.

Von Kaltensteins Pranke fiel schwer auf seine Schulter und brachte ihn in die Wirklichkeit zurück. »Ist Euch nicht wohl? Ihr seid plötzlich ganz blass geworden, als wäre Euch ein Toter erschienen.«

Er schüttelte die Hand des Burgherrn ab. »Ich werde dem Gejaule jetzt ein Ende bereiten.«

»Weshalb? Sie singt doch wunderbar. Aber ihr Mönche habt einfach keinen Sinn für Schönheit.«

Richard ließ den Burgherrn stehen. Er stürmte auf die Tür zu, riss sie auf und eilte die Stufen hinauf zu Saras Kammer. Keuchend streckte er die Hand nach dem Riegel aus und verharrte mitten in der Bewegung.

Sie sang ein Liebeslied. Es handelte von Schmerz und Sehnsucht zweier Menschen, die einander nicht nahe sein konnten.

Die Finger des Ritters begannen zu beben. Er schluckte und lehnte sich gegen die Wand. Sein Herz schlug schneller und gleichzeitig weitete es sich.

Richard ballte die Hand zur Faust und biss in die Fingerknöchel. Sara musste eine Sirene sein, darauf bedacht, ihn ins Verderben zu locken. Doch offenbar hatte sie nur auf ihn diese Wirkung. Hartwin von Kaltenstein schien dagegen gefeit zu sein.

Die Musik brach ab und Richard löste sich aus seiner Erstarrung. Jetzt gelang es ihm, den Riegel zurückzuschieben und die Kammer zu betreten.

Sara saß wie zuvor auf der Fensterbank und blickte auf. Sie nahm die Rebec von den Knien und legte den Bogen neben sich. »Ich hoffe, ich habe Euch nicht gestört.«

»Dein Gesinge ist nicht zu ertragen«, antwortete Richard, ungehalten über sich selbst, weil er sie am liebsten bitten würde, ihre Stimme erneut zu erheben.

Saras Schultern sackten ein wenig nach vorne und sie sah zur Fensteröffnung hinaus. Er hatte sie verletzt, das spürte er ganz deutlich. Am liebsten hätte er auf etwas eingeschlagen.

»Du wolltest doch die Burg sehen und mir bei den Aufzeichnungen helfen«, sagte er stattdessen.

Überrascht blickte sie ihn an. »Woher der plötzliche Sinneswandel? Ah, ich verstehe, alles ist besser, als mein Spiel zu ertragen.«

Verärgert, wie sie sein Angebot auslegte, zog er die Brauen zusammen. »Willst du mich nun begleiten, oder nicht?«

Sara stand auf und legte das Instrument neben den Bogen. »Natürlich will ich.«

Er ließ sie vorangehen, schloss kurz die Augen, als sie ihn passierte und ihm der Duft nach Seifenkraut in die Nase stieg.

Zurück auf der Wehrmauer grinste von Kaltenstein sie breit an. »Wie ich sehe, habt Ihr unsere Singdrossel mit der wunderschönen Stimme gleich mitgebracht.« Er grabschte nach Saras Hand und drückte einen Kuss darauf.

Richard blieb für einen Moment vor Zorn die Luft weg. Mit Genugtuung bemerkte er, wie Sara dem Burgherrn ihre Hand entriss und verstohlen an ihrer Tunika abwischte. Seine Laune besserte sich sogleich.

»Da sie als Kaufmannstochter des Lesens und Schreibens kundig ist, kann sie eine Liste der Vorräte erstellen. So macht sie etwas Sinnvolles, ohne uns mit dem Gesinge zu belästigen.«

»Nimm es ihm nicht übel, Mädchen. Einer wie der hat jeglichen Sinn für Schönheit und Erbauung verloren«, tröstete von Kaltenstein. »Der erkennt nicht einmal eine außergewöhnliche Begabung, wenn sie ihn anspringt.«

Richard schluckte. Hatte er sich geirrt? War der Burgherr genauso verzaubert von Saras Lied? Doch dem schien nicht so. Geschäftsmäßig winkte von Kaltenstein einen Mann herbei und orderte Pergament, Tinte und Feder.

»Und ein breites Stück Holz als Schreibunterlage, falls möglich«, setzte Sara hinzu.

Der Mann eilte davon und Richard bemerkte, wie Sara sich wachsam umsah. Ihre Blicke glitten über die Anlage und der Ordensritter wurde das Gefühl nicht los, als suche sie nach einem Fluchtweg.

»Die Mauer endet ein Stück entfernt vor dem Abhang und dennoch führen zwei ihrer Schenkel bis an sie heran, sodass eine eingeschlossene Fläche entsteht«, stellte sie fest. »Ich vermute, es gibt demzufolge ein Tor zu dieser Seite.«

»Eher eine Pforte, breit genug, damit ein Pferd und ein Mann hinaustreten können. Wir nutzen die Fläche als gesicherte Weide für den Notfall.«

»Gibt es eine Möglichkeit, von dort anzugreifen?«

Von Kaltenstein schüttelte den Kopf. »Das ist höchst unwahrscheinlich. Von unten ist der Weg kaum zu finden.«

»Von unten?«, unterbrach Richard barsch. »Wollt Ihr damit andeuten, es gibt tatsächlich einen Weg?«

»Er ist sehr schmal und nur mit einem trittsicheren Pferd zu bewältigen. Es ist unser geheimer Fluchtweg, sollten wir gezwungen sein, die Burg aufzugeben.« Hartwin von Kaltenstein zeigte nach rechts. »Der Pfad verläuft zunächst in diese Richtung und windet sich in Schlangenlinien den Berg hinab. Aber wie gesagt, niemand wird ihn entdecken und er ist ohnehin viel zu steil, um Kriegsgerät hinaufzuschaffen.«

Richard blickte zu Sara hinüber und glaubte zu sehen, wie es hinter ihrer Stirn arbeitete. Von unten mochte der Weg gut versteckt sein, von hier oben sicherlich nicht. Da er nur in dem Stück zwischen den Mauerschenkeln beginnen konnte, wäre er schnell zu finden.

Richard fluchte innerlich, weil er den Steilhang leichtfertig als uneinnehmbar abgetan hatte und erst ein Mädchen daherkommen musste, um ihn eines Besseren zu belehren.

»Lasst uns nun nach den Vorräten sehen«, bestimmte er missmutig.

Sie kontrollierten die Fässer mit dem gepökelten Fleisch, das Getreidelager und den Weinkeller. Noch war das Korn nicht schnittreif, und von der letzten Ernte war weniger vorhanden, als Richard gehofft hatte.

Sara beschrieb fleißig das Pergament. Manchmal konnte Richard ihre Zungenspitze sehen, die über ihre Lippen strich, wenn sie konzentriert die Buchstaben malte. Das irritierte ihn und er bemühte sich, nicht auf Saras Mund zu starren.

»Hast du alles notiert?«, fragte er grob.

Von Kaltenstein warf einen Blick über Saras Schulter. »Donnerwetter, deine Handschrift macht jedem Mönch Ehre, Mädchen«, entfuhr es ihm. »Seht nur, Bruder Richard.«

»Mir gleich, solange sie es nicht auf Hebräisch niederschreibt.«

»Sieht das für Euch so aus?«, fuhr Sara auf und hielt ihm das Pergament vor die Nase.

Richard sah auf die gleichmäßig untereinander aufgelisteten Zahlen und Buchstaben, ohne deren Sinn zu erfassen. »Ist annehmbar«, brummte er.

»Oh, das kam einem Lob schon ziemlich nahe«, frotzelte sie.

»Was willst du von mir? Ich habe dir eine Rebec gebracht, die du quälen kannst, dich zu deinem Vater und deiner Schwester geführt. Und jetzt darfst du dich sogar nützlich machen. Ich denke, ich zeige mich mehr als großzügig.«

»Ach, und wessen Schuld ist es, dass wir hier festsitzen?«, rief Sara und reckte das Kinn angriffslustig nach vorne.

»Und wer hat das gräfliche Siegel geklaut und ist somit für all das hier verantwortlich?«, brüllte Richard zurück und beugte sich ihr ein Stück entgegen, sodass ihre Nasenspitzen sich beinahe berührten.

Das dröhnende Lachen des Burgherrn ließ beide zurückfahren. Von Kaltenstein hielt mit einer Hand den hervorstehenden Bauch und wischte sich mit der anderen über die Augen. »Köstlich«, japste er. »Ihr habt mich auf einen wunderbaren Einfall gebracht. Ich werde ein Fest mit Musik und Tanz geben. Ihr werdet ausreichend Zeit zum Streiten haben und ich werde mich herrlich vergnügen.«

***

Alida ließ die Faust sinken, in der sie das Pergament zusammengedrückt hatte. »Ihr wollt angesichts der Bedrohung feiern und die restlichen Vorräte verschleudern? Haltet Ihr das für klug?«

»Das kann nicht Euer Ernst sein«, mischte sich nun auch Richard ein. »Dann könnt Ihr Euren Feinden auch gleich die Tore öffnen.«

»Sieh mal einer an, und schon sind sich die beiden Streitenden einig«, grinste von Kaltenstein kurz. »Mein Entschluss steht fest. Bisher haben meine Kundschafter keine feindlichen Bewegungen ausgemacht und wir sollten die Zeit für ein wenig Fröhlichkeit nutzen.«

Richard von Thurau schnaubte verächtlich, doch der Burgherr fuhr ungerührt fort: »So viele sind wir gar nicht mehr und morgen reiten wir auf die Jagd. Dann gibt es frisches Fleisch und wir schonen das eingelegte. Ich bin schon gespannt, wie Ihr Eure Geschicklichkeit unter Beweis stellen werdet, Bruder Richard.«

»Das Jagen zum Vergnügen ist mir untersagt«, stellte er klar.

»Es dient doch der Nahrungsbeschaffung. Außerdem werde ich keinem davon erzählen.«

»Aber ich weiß es«, brauste Richard auf. »Ich werde keine Ordensregel brechen, nur weil Ihr es amüsant findet.«

Von Kaltenstein zuckte mit den Achseln und setzte zu einer Erwiderung an.

»Wird Eure Gemahlin auch anwesend sein, sofern Ihr eine habt?«, fragte Alida dazwischen.

Der Burgherr wandte sich ihr zu. »Sie ist zusammen mit den Kindern, einem Großteil ihrer Mägde und einigen meiner Männer letzte Woche zu ihrem Bruder gereist. Da sie einen weiteren Erben unter dem Herzen trägt, erschien mir dies sicherer. Du und deine Schwester seid somit einige der wenigen Weiber, deren Anblick uns den Abend versüßt.«

Alida unterdrückte ein Schaudern und trat instinktiv näher an Richard heran. Auch er machte einen Schritt zur Seite, sodass es wirkte, als wollte er sich schützend vor sie stellen.

»Glaubt Ihr etwa, Euch stattdessen mit den beiden Jüdinnen vergnügen zu können?« Richards Stimme hatte einen drohenden Unterton angenommen.

»Aber nein, wo denkt Ihr denn hin? Für die Mädchen ist es eine Abwechslung und Ihr dürft natürlich ebenfalls anwesend sein, um auf die beiden aufzupassen, wenn es Euch so wichtig ist.«

»Das werde ich, verlasst Euch darauf. Und jetzt lasst uns noch die Waffenkammer inspizieren.«

Alida folgte den beiden Männern über den Burghof zu einem Gebäude mit einer eisenbeschlagenen Tür. Dahinter führten wenige Stufen in einen Gewölbekeller hinab, in dem Armbrüste, Speere, Lanzen, Bögen, Morgensterne, Streitkolben und -äxte, Schwerter und Schilde lagen. In mehreren Weidenkörben wurden Pfeile und Armbrustbolzen aufbewahrt.

Richard von Thurau besah sich alles ganz genau. Er bemängelte den Zustand vieler Waffen. Die Speerspitzen saßen ihm nicht fest genug, die Befiederung der Pfeile war ihm zu ausgefranst, die Schwerter und Äxte nicht ausreichend geschärft und die Bögen zu unbiegsam.

Von Kaltenstein wurde zunehmend sauertöpfischer. Richards akribische Musterung stieß bei ihm auf wenig Verständnis. Bisher hatte er sich aufgrund der Anzahl der Waffen ausreichend gerüstet gefühlt.

»Die Menge allein ist nicht kriegsentscheidend«, wurde

er von Richard belehrt. »Lasst Schwerter und Äxte zum Schmied bringen, schärfen und die Scharten bestmöglich auswetzen. Befehlt Euren Mannen neue Pfeile und Armbrustbolzen zu schnitzen sowie die Befiederung der alten zu erneuern. Die Bögen müssen geölt und die Speerspitzen befestigt werden. Es gibt viel zu tun. Am besten sollen sie gleich damit anfangen.«

»Das müsst Ihr schon mir überlassen«, brummte der Burgherr.

Richard warf resigniert die Hände in die Luft. »Ich habe Euch lediglich meine Hilfe angeboten, annehmen müsst Ihr sie nicht.«

Alida hatte zwischenzeitlich damit begonnen, die Anzahl der jeweiligen Waffen zu notieren. Gerade zählte sie die Pfeile und Armbrustbolzen in den Weidenkörben durch. Als sie Richard das Ergebnis mitteilte, wandte er sich erzürnt an den Burgherrn: »Da habt Ihr Euch aber mächtig verschätzt. Ihr müsstet mindestens das Doppelte an Geschossen vorhalten.«

»Das ist in kurzer Zeit überhaupt nicht zu schaffen. Es muss eben reichen«, brummte sein Gegenüber.

Alida fuhr vor Schreck zusammen, als Richard sie leicht an der Schulter berührte. »Komm, Sara, wenn der Herr von Kaltenstein selbst am besten zu wissen meint, wie er seine Burg verteidigen kann, können wir uns die Mühe sparen.«

»Aber was ist mit den Materialien zur Verteidigung: siedendem Öl und Steine, um sie auf die Angreifer zu schleudern?«, wagte Alida einzuwenden.

»Ich bin sicher, wenn der Burgherr lange genug sucht, werden sich ein durchlöcherter Kessel und auch ein paar

Steinkugeln finden. Nach seinem Dafürhalten werden sie sicherlich ausreichen«, spottete er.

Von Kaltenstein holte gerade Luft für eine scharfe Erwiderung, als Bertram in der Türöffnung erschien. Alida hatte sich schon gewundert, weshalb Richard sie an dessen Stelle mit den Aufzeichnungen betraut hatte. Ihr angeblich so fürchterlicher Gesang war bestimmt nicht allein der Grund gewesen.

Richard sah sichtlich erfreut aus. »Hast du alles erledigt, was ich dir aufgetragen habe?«

Der Sarjantbruder deutete eine Verbeugung an. »Konrad von Westerburg wird wunschgemäß benachrichtigt. Der Bote hat Kaltenstein soeben verlassen. Und was macht die Jüdin hier?« Mit ausgestrecktem Finger zeigte er auf Alida, obwohl eine Verwechslung ohnehin unmöglich war.

»Sie hat mir mit den Aufzeichnungen geholfen, während du das Schriftstück an den Komtur verfasst hast«, erklärte Richard.

»Jetzt bin ich damit fertig und kann hier übernehmen.«

»Nicht mehr nötig. Ich bringe Sara zurück in ihre Kammer. Unsere Hilfe ist hier nicht willkommen.«

»Dein aufgeblasener Ritterbruder meint mir vorschreiben zu können, wie ich die Verteidigung aufzubauen habe. An allem mäkelt er herum«, plusterte sich von Kaltenstein auf und berichtete knapp von den Ratschlägen.

Bertram betrachtete nachdenklich den Tintenfleck auf seiner rechten Hand, ehe er vorsichtig antwortete: »Vom Kämpfen versteht Richard wirklich etwas. Wenn er was an deinen Waffen auszusetzen hat, solltest du seinen Rat beherzigen. Solltest du jedoch politisches Kalkül benötigen, brauchst du ihn nicht zu fragen. Ränkespiele und dergleichen sind ihm völlig fremd.«

Überrascht sah Alida zu Richard hinüber, der verärgert die Augen zusammenkniff. Wenn das der Wahrheit entsprach, wusste er auch nichts über ihre wahre Identität. Also hatte Konrad von Westerburg ihn nicht eingeweiht. Doch Richards fester Glaube an den Orden und damit in den Komtur war unerschütterlich, den würde Alida kaum untergraben können.

Sie blickte verstohlen zu Bertram. Der dunkle Fleck an seiner Hand verriet ihr, dass er das Schreiben an Konrad von Westerburg selbst verfasst hatte. Der wartete sicherlich schon sehnsüchtig auf Nachricht vom Aufenthalt seiner Ordensbrüder.

»Ihr geht mir jetzt besser aus den Augen, Bruder Richard, und nehmt das Mädchen mit«, brummte von Kaltenstein. »Gerne dürft Ihr Euch Gedanken über die Anzahl der vorzuhaltenden Waffen und Vorräte machen. Ich gebe die Liste dann weiter. Jetzt bevorzuge ich mit Bertram allein zu sprechen. Ich hoffe, Ihr habt nichts dagegen einzuwenden, wenn wenigstens er mich morgen auf die Jagd begleitet.«

Richard zog die Mundwinkel nach unten, zuckte dann jedoch mit den Achseln und wandte sich Alida zu. »Komm, Sara.«

Ohne zu murren folgte sie ihm bis in ihre Kammer. »Von Kaltenstein wird sich noch wundern, wie schnell die Vorräte dahinschwinden, wenn er belagert werden sollte.«

»Ich bete, dass der Angriff nicht so bald erfolgen wird und wir bereits fort sind, wenn es zu einer Belagerung kommen sollte. Deine Schwester kümmert sich so aufopfernd um Dankwart von Heymberg, dass er es bestimmt schaffen wird, bald wieder auf ein Pferd zu steigen.«

Alida wedelte mit dem Pergament durch die Luft. »Was haltet Ihr davon, wenn wir jetzt noch so viele Sachen aufschreiben, dass von Kaltenstein sie gar nicht beschaffen kann?«

Richard runzelte die Stirn. »Was soll das bringen?«

»Zum einen reizen wir ihn damit und zum anderen können wir ihm vorhalten, dass er die Belagerung hätte durchhalten können, wenn er auf uns gehört hätte.«

»Den Sinn dahinter verstehe ich noch immer nicht«, gab Richard zu.

Alida verdrehte die Augen. »Es macht Freude.«

»Findest du?«

»Seid Ihr immer so ernst und korrekt?«

»Meistens, aber wenn du das als Scherz gegen von Kaltenstein ansiehst, so will ich mich dem anschließen. Auf dem Pergament ist noch viel Platz, beginnen wir.«

Während Alida fleißig alles niederschrieb, was sie gemeinsam überlegten, konnte sie sich des Gefühls nicht erwehren, dass Richard zunehmend Vergnügen an ihrem Tun empfand. Er wirkte viel gelöster, die Kiefermuskeln waren nicht mehr so angespannt und in seine Augen war ein belustigtes Funkeln getreten.

»Fische«, grinste er gerade. »Notiere noch fünf Fässer gesalzene Heringe.«

»Da ich nicht einen Fischschwanz hier auf der Burg gesehen habe, dürfte es für ihn unmöglich sein, so schnell welchen zu bekommen«, lachte Alida. »Er wird uns hassen und sich wünschen, uns nie begegnet zu sein.«

Von einem Moment auf den anderen war die ausgelassene Stimmung verschwunden. Richard von Thurau wirkte wieder so ernst wie zuvor. Ob er genau das Gleiche über Alida dachte und seinen Auftrag bitterlich bereute?

»Woran denkt Ihr gerade?«, wollte sie deshalb wissen.

»Unwichtig«, brummte er. »Lies nochmals alles vor.«

Schnell ergänzte Alida noch eine weitere Zeile, ehe sie seinen Wunsch befolgte. Schließlich schob sie ihm das Pergament zu. »Hier, prüft es gerne selbst.«

Aufmerksam beobachtete sie, wie sein Blick mehrfach von links nach rechts wanderte. Zum Schluss legte er das Pergament auf den Tisch. »Alles in Ordnung.«

Alida schüttelte den Kopf und tippte mit dem Zeigefinger auf den letzten Eintrag. »Haltet Ihr das nicht für übertrieben?«

»Weshalb?«

»Was wollt Ihr von Kaltenstein antworten, wenn er wissen will, wofür er drei Hasenpfoten braucht?«

Richard erbleichte.

Alida war einen Augenblick lang versucht, nach seiner Hand zu greifen, unterließ es aber, als sie seine Wut bemerkte.

»Dir bereitet es wahrlich Vergnügen, andere zu brüskieren, nicht wahr?«

»Ich wollte bloß wissen, woran ich bei Euch bin. Wenn Ihr nicht lesen könnt, müsst Ihr Bertram voll vertrauen, dass er Konrad von Westerburg Eure Nachrichten wortgetreu übermittelt.«

»Das muss er nicht. Die Findung der Wörter überlasse ich ihm. Es reicht mir, wenn die richtige Botschaft ankommt.«

»Aber eben dies könnt Ihr nicht überprüfen«, beharrte Alida.

»Bertram ist dem Komtur ebenso treu ergeben wie ich«, antwortete Richard kühl.

»Und was wäre, wenn Konrad von Westerburg ihm Anweisungen zukommen lässt, von denen Ihr nichts wisst und die er hinter Eurem Rücken ausführen soll?«

Die Faust des Deutschordensritters knallte auf die Tischplatte. »Jetzt reicht es aber, unverschämtes Weib. Deine Zunge gleicht der Schlange aus dem Paradies. Mit süßen Worten willst du Misstrauen in mein Herz säen, aber das wird dir nicht gelingen.«

Alida schüttelte so energisch den Kopf, dass ihr Zopf hin und her flog. »Ich will Euch bloß die Augen öffnen, die Ihr so fest vor der Wirklichkeit verschlossen haltet.«

»Und was hat Erkenntnis der Menschheit eingebracht, außer Vertreibung aus dem Paradies und damit Krankheit und Tod?«, brauste er auf.

»Es geht hier lediglich um Euch. Ein wenig mehr Wissen würde Euch bestimmt nicht umbringen. Es liegt nämlich überhaupt nicht in meiner Absicht, Euch zu schaden.«

»Sagte der Fuchs zum Hasen, bevor er ihn verspeiste«, vollendete Richard bitter.

»Ihr mögt Euch als Hase sehen, aber ich bin nicht der Fuchs in diesem Spiel. Versteht doch, ich will nicht nutzlos hier herumsitzen, sondern brauche eine Aufgabe«, schloss sie verzweifelt.

»Was hast du dir gedacht?«

»Solange wir hierbleiben, bringe ich Euch Lesen und Schreiben bei.«

Richards Augen wurden schmal. »Dafür verlangst du doch sicherlich eine Gegenleistung.«

Alida sah ihn offen an und setzte alles auf eine Karte. »Als Entschädigung für meine Mühen bringt Ihr mich zunächst nach Worms.«

Kapitel 11

An Richards abweisender Haltung erkannte Alida sofort, dass er ihren Vorschlag ablehnen würde. Dennoch fragte er: »Hast du keine Bedenken, dass ich nur zum Schein darauf eingehen könnte?«

»Lasst es gut sein. Ich habe noch nie einen Menschen wie Euch getroffen, der so durchschaubar ist. Selbst wenn Euer Leben davon abhinge, so glaube ich nicht, dass Ihr in der Lage wärt zu lügen.«

»So, wie du es sagst, klingt es, als wäre das etwas Schlechtes«, murrte er.

»Ich finde es bloß bemerkenswert.« Alida rieb sich den Nasenrücken und überlegte. Vielleicht wäre es nicht schlecht, ihm dennoch ihre Unterstützung anzubieten.

»Mein Angebot steht«, sagte sie deshalb.

Richard hob erstaunt die Augenbrauen. »Auch wenn ich dich nicht zum Kaiser ziehen lasse?«

Alida nickte und sah ihn abwartend an. Er rang mit sich. Vielleicht glaubte Richard, in ihrer Schuld zu stehen, wenn sie ihm half, was nicht zu verachten war. Sogleich schalt sie sich für diese Hintergedanken und kam sich sogar ein wenig schäbig vor.

»Also gut«, gab er schließlich nach und griff nach Pergament und Feder.

»Aber nein«, rief sie sofort und zog es ihm wieder aus der

Hand. »Wir wollen den Herrn von Kaltenstein doch nicht völlig ruinieren. Das wäre viel zu teuer und wer weiß, bei seiner Armut müssen die Pergamente sicherlich erst abgeschabt werden, damit sie erneut verwendet werden können. Unverbrauchte kann er sich bestimmt nicht leisten. Ihr habt doch schon die Wachstafel gesehen, die ich auf dem Wandbrett gefunden habe. Die reicht für unsere Übungen vollkommen aus.«

Alida erhob sich und holte das Täfelchen, auf dem sie ursprünglich die Nachricht an Mirjam verfassen wollte. Schwungvoll ritzte sie den Buchstaben A hinein.

Sie erklärte Richard, dass es sich um den ersten Buchstaben des Alphabets handelte und forderte ihn auf, ihn so oft in das Wachs zu schreiben, bis er ihn sich eingeprägt hatte.

Zu Alidas Erstaunen erwies sich Richard als gelehriger Schüler. Sie erkannte, dass die Versuche der Mönche, ihm in seiner Jugend das Schreiben beizubringen, Spuren hinterlassen hatten. Richard erinnerte sich an vieles und gab sich redlich Mühe, ihre Anweisungen genau zu befolgen.

Etliche Zeit später lehnte Alida sich zurück und rieb sich über die Stirn. »Ich bin schwer beeindruckt, Ihr kennt alle Buchstaben und könnt sie auseinanderhalten. Weshalb war man nicht in der Lage, Euch das Lesen beizubringen?«

Richard zuckte mit den Achseln. »Vielleicht, weil es mir nicht so wichtig war. Mein Vater kann es auch nicht.«

»Aber Nichtwissen ist wohl kaum etwas, in dem man seinen Eltern nacheifern sollte.« Alida schmunzelte.

»Du weißt gar nichts über meine Familie, also halte dich gefälligst mit einem Urteil zurück«, fuhr er auf.

»Bei allen Heiligen, was habe ich denn jetzt schon wieder falsch gemacht?«, rief sie.

Richard blickte sie zornig an. »Wie kannst du es wagen, die Heiligen anzurufen, wenn du noch nicht einmal an sie glaubst?«, zischte er.

Alida fluchte innerlich. Das war ihr unbedacht herausgerutscht. »Es tut mir leid«, sagte sie zerknirscht. »Ich fürchte, ich habe zu lange in einem christlichen Haushalt gelebt und mir einige Redensarten zu eigen gemacht. Ich wollte weder Euch noch Euren Glauben beleidigen.«

Sie sah ihn flehentlich an. Er durfte jetzt kein Misstrauen schöpfen. Wenn er einen leisen Zweifel an ihrer Person hegte, würde er sie bestimmt auf der Stelle nach Erkenwald zurückschaffen und Konrad von Westerburg stolz verkünden, wer ihm tatsächlich ins Netz gegangen war.

Richard wandte den Blick ab und starrte auf die Wachstafel vor sich. »Halte dich besser mit derartigen Äußerungen zurück. Das kann gefährlich für dich werden, wenn es an die falschen Ohren dringt.«

Alida zwang sich zu einem Lächeln. »Ich hoffe, Ihr werdet mich nicht verraten.«

Kurz blickte der Ritterbruder auf. »Solange mich niemand danach fragt«, antwortete er ausweichend.

»Ich würde gerne nochmals nach Dankwart sehen.«

»Deine Schwester kümmert sich gut um ihn.«

»Das weiß ich, aber ich würde mich gerne selbst davon überzeugen.«

Richard blickte sie fragend an. »Eifersüchtig?«

Alida zögerte einen Augenblick und horchte in sich hinein. Nein, daran hatte sie nicht gedacht. »Ich habe keinen

Grund zur Eifersucht, sondern will nur, dass er wieder gesund wird.«

Ihr Gegenüber runzelte die Stirn, nickte dann und erhob sich. Wahrscheinlich war er selbst froh über eine kleine Unterbrechung, vermutete Alida.

Während sie an Richards Seite zu der Kammer ging, in der ihr Zukünftiger lag, grübelte sie über Richards Frage nach. Eigentlich sollte es ihm vollkommen gleichgültig sein, wie ihr Verhältnis zu Dankwart war. Wäre es wohl auch, wenn er wüsste, dass sie eine würdige Braut für den Herrn von Heymberg war.

Oder hatte er ihre Antwort, keinen Grund zur Eifersucht zu haben, etwa so aufgefasst, dass sie eine heimliche körperliche Beziehung zu Dankwart pflegte und sich seiner sicher fühlte? Sie errötete unwillkürlich. Das musste ihm allerdings sauer aufstoßen. Schließlich würde eine solche gegen jegliche moralische Grundsätze verstoßen.

Als Richard jedoch die Tür zum Krankenlager öffnete und Alida eintrat, wurden alle Gedanken daran fortgewischt. Dankwart lag schweißüberströmt auf dem Lager und wälzte sich unruhig herum. Mirjam saß dicht bei ihm und tupfte sein Gesicht mit einem Tuch ab. Sie blickte auf, sah aber nicht wirklich beunruhigt aus.

Alida eilte angstvoll zu der anderen Seite der Bettstatt. »Es geht ihm schlechter.«

»Das Fieber ist gut und reinigt seinen Körper«, wurde sie abermals von Mirjam belehrt. »Die Wunde sieht sauber aus und eitert nicht. Ich bin sicher, dass es ihm morgen viel besser geht.«

Alida konnte diese Zuversicht beim besten Willen nicht teilen. Auch Richard trat skeptisch näher.

Dankwart riss die Augen auf, ohne dass sein Blick etwas erfasst hätte. »Wo bist du?« rief er.

Alida griff unbewusst nach seinen Händen, die fahrig über die Decke glitten, als suchten sie nach etwas. »Alles wird gut, ruh dich nur aus, du bist schwer verletzt«, murmelte sie.

Sein Blick schien etwas klarer zu werden. »Mein Engelchen«, lächelte er, ehe er den Kopf drehte und Mirjam ansah. »Oh, noch eins.«

Mirjam löste ihre Hand von seiner Stirn und wandte verschämt den Kopf zur Seite.

»Sieh mich doch an«, flüsterte Dankwart.

»Das ist Mirjam, meine Schwester«, sagte Alida lauter, als es angemessen gewesen wäre. Doch sie musste zu Dankwart durchdringen. »Und ich bin Sara, erinnerst du dich?«

»Wie könnte ich dich je vergessen? Du bist meine …«

Schnell beugte Alida sich vor und legte ihm die Hand über den Mund. »Ich bin die Magd deiner Verlobten.«

»Alida«, murmelte er gegen ihre Finger und sie hoffte, dass Richard nichts gehört hatte.

Der trat gerade vollends an das Bett heran und starrte erbost auf sie hinab. »Du regst den Ritter nur auf. Wir gehen wieder.«

Alida zog zwar ihre Hand von den Lippen fort, reagierte jedoch nicht weiter. Nachdrücklich legte Richard ihr die Hand auf die Schulter.

Dankwart bäumte sich wütend auf. »Du willst sie mir wegnehmen«, schrie er ihn an. »Aber das werde ich nicht zulassen.«

Erschrocken ließ Richard Alidas Schulter los und machte

einen Schritt rückwärts. »So ist das also«, fauchte er. »Habe ich es mir doch gedacht.«

»Dankwart, beruhige dich bitte und sage besser nichts mehr. Ich sehe morgen wieder nach dir. Mirjam gibt derweil auf dich acht.«

Die Gesichtszüge des Kranken wurden weicher. »Wenn mir ein Engel bleibt, darf er dich mitnehmen.« Er sank ermattet zurück und Alida erhob sich.

Einem schwarzen Raben gleich baute sich Richard hinter ihr auf, beugte sich ein wenig vor und zischte ihr ins Ohr. »Mach, dass du hier rauskommst.«

Widerstand war jetzt nicht angebracht. Alida nickte Mirjam aufmunternd zu und rauschte aus der Kammer.

Nachdem Richard die Tür wieder verriegelt hatte, ging er so schnell den Gang entlang, dass Alida kaum mit ihm Schritt halten konnte. Verärgert packte er sie am Oberarm und zerrte sie hinter sich her.

»Ihr tut mir weh«, rief sie, als sein Griff noch ein wenig fester wurde.

Richard ließ sie so abrupt los, dass Alida beinahe gegen ihn getaumelt wäre. Himmel, er musste ja mächtig wütend sein.

»Würdet Ihr mich erhellen und mir mitteilen, was Euch so die Laune verdorben hat?«, stieß sie ein wenig außer Atem hervor.

Er hob den Zeigefinger und stoppte ihn kurz vor ihrer Nasenspitze. »Gib es zu, du bist seine Metze«, donnerte er.

»Was fällt Euch ein?«, rief sie nun ihrerseits empört. »Wie könnt Ihr es wagen, mich derart zu beschuldigen?«

»Wie soll ich mir denn sonst sein Verhalten erklären?«

»Er ... ich«, stotterte Alida, die fieberhaft nach einer Begründung suchte, die sein Misstrauen schwinden lassen würde. »Das geht Euch gar nichts an«, fauchte sie, um Zeit zu gewinnen.

»Und ob mich das etwas angeht«, brüllte er. Richard packte Alida an den Schultern und drückte sie gegen die Wand des Ganges.

Die Kühle der Außenmauer war nichts im Vergleich zu der Kälte in seinen Augen. Alida begann zu frösteln. Sie spürte seine Finger, die sich in ihr Fleisch gruben, seinen Atem, der ihre Lippen traf, weil sich sein Gesicht nur wenige Zoll vor dem ihren befand.

Stumm starrte sie ihn an. Das Frösteln verschwand. Obwohl er sich nicht gerührt hatte, stieg nun Hitze in ihr auf. Ihr Herz schlug schneller, ihr Nacken begann zu kribbeln und im Bauch schien ein Schmetterling geschlüpft zu sein, der aufgeregt mit den Flügeln schlug. Fühlte sich so etwa Angst vor einem Mann an?

Der Griff um ihre Schultern lockerte sich ein wenig, und Richards Augen wurden noch ein Spur dunkler.

Alida räusperte sich. Ihr war eine Erklärung eingefallen. »Im Fieberwahn hat Dankwart von Heymberg mich offensichtlich mit Alida von Erkenwald verwechselt. Wir sahen uns entfernt ein wenig ähnlich.«

»Und solange er sie nicht haben konnte, hat er dich in sein Bett geholt?«

Heftig schüttelte sie den Kopf. »Ich habe noch nie das Lager mit einem Mann geteilt.«

»Ist das wirklich wahr?« Seine Stimme klang rauer als gewöhnlich.

»Ja«, wisperte sie.

Er stand so dicht vor ihr, dass sie glaubte, er müsse das schnelle Schlagen ihres Herzens hören.

Ein Räuspern ließ ihn blitzartig herumfahren und Alida erstarrte. Im Gang stand Bertram von Leiningen und sah sie beide amüsiert an.

»Störe ich etwa?«, grinste er schmierig.

Alida glaubte kurz, Erschrecken über Richards Gesicht huschen zu sehen, ehe er die Hände in die Hüften stemmte und den Sarjantbruder scharf ansah.

»Ich wollte bloß wissen, ob die Jüdin mit dem Christen Unzucht getrieben hat.«

Der Mann in Grau zuckte mit den Achseln. »Kann dir doch gleich sein.«

Richard warf sich in die Brust. »Wenn wir als Verfechter des Glaubens den Verdacht hegen, dass ...«

Doch Bertram winkte verächtlich ab. »Denkst du wirklich, das Täubchen würde dir die Wahrheit sagen? Wenn du es unbedingt wissen willst, musst du anders vorgehen.«

»Und was genau hast du im Sinn?«

»Hol sie in dein eigenes Bett.«

Richard schnappte hörbar nach Luft und wurde flammrot. »Das ist wohl kaum eine Option.«

»Dann wirst du es niemals erfahren.«

Wutentbrannt stapfte Richard den Gang entlang, ohne Alida noch eines Blickes zu würdigen. »Bring sie in ihre Kammer und verschließ die Tür«, rief er Bertram zu, ehe er mit wehendem Rocksaum um die nächste Ecke bog.

Der Sarjantbruder sah ihm kopfschüttelnd nach. »Er ist schon ein komischer Kauz.«

In Alida stieg der Drang auf, Richard zu verteidigen. »Jedenfalls ist er äußerst gewissenhaft und ehrlich.«

»Das ist er«, stimmte Bertram ihr zu. »Und genau das wird ihm eines Tages das Genick brechen.«

»Wie meint Ihr das?«, fragte sie erschrocken.

»Er ist so gradlinig, dass es ein Leichtes ist, ihn zu betrügen. Du zum Beispiel. Du bist eine Diebin, noch dazu eine Jüdin, und doch glaubt er offenbar deinen Beteuerungen, unschuldig zu sein in Bezug auf den Ritter von Heymberg.«

»Weil er ahnt, dass es die Wahrheit ist«, antwortete Alida und sah Bertram herausfordernd an.

»Nein, sondern weil er es glauben will. Ich frage mich bloß, ob es allein der abstoßende Gedanke ist, dass ein Christ mit einer Jüdin das Bett teilen könnte oder ob mehr dahintersteckt.«

»Was bitte schön sollte es denn anderes sein?«, fragte Alida verwirrt.

Bertram kratzte sich am Ohr. »Ich weiß es nicht, aber ich werde es schon noch herausfinden. Und nun komm, sonst muss ich mir später ein Donnerwetter anhören, wenn ich dich nicht sofort wieder eingesperrt habe.«

»Weshalb ist er so darauf bedacht, alle Ordensregeln genau einzuhalten und ja keinen Fehler zu machen?«, fragte Alida neugierig, während sie Richards Begleiter folgte.

Der Sarjantbruder zögerte ein wenig. »Liegt wohl an seiner Familie. Genaues weiß ich aber nicht. Seine Mutter muss wohl eine Ketzerin gewesen sein.«

»Eine Ketzerin?« Alida führte bereits die Hand zur Stirn, um sich zu bekreuzigen, bemerkte ihren Fehler jedoch und rieb sich stattdessen verlegen darüber. »Wurde sie verbrannt?«

»Soweit ich weiß, ist sie eine bekehrte Katharerin. Er wird wohl einiges an Spott und Häme in seinem Leben erlebt haben. Vermutlich verhält er sich deshalb so mustergültig, um kein Misstrauen zu schüren.«

»Er tut mir leid«, entfuhr es Alida unbedacht.

»Lass ihn das ja nicht hören, Mädchen. Dein Mitleid will er ganz bestimmt nicht. Außerdem wird es auf mich zurückfallen, wenn du dich verplapperst. Also tue uns beiden einen Gefallen und halte deine vorlaute Zunge im Zaum. Verärgern will ich ihn nun wirklich nicht.«

Nachdem Bertram sie wieder in ihre Kammer gebracht und die Tür sorgsam verriegelt hatte, setzte sich Alida an den Tisch und stützte den Kopf in beide Hände. Ihr Blick fiel auf die ungelenken Ritzungen, die Richard auf der Wachstafel hinterlassen hatte. Sie streckte die Hand aus und fuhr sacht mit den Fingerspitzen darüber.

Ein Lächeln umspielte ihre Lippen, ehe sie sich an seine Wut erinnerte, mit der er sie gegen die Wand gedrückt hatte. Eigentlich war es ganz erstaunlich, dass er sie heute mehrfach berührt hatte, wo er doch zu Beginn alles unternommen hatte, um genau dies zu vermeiden. Offenbar hatte er die Abscheu vor ihr verloren.

Alida hoffte, dass das ein gutes Zeichen war. Ihr Mitleid mit ihm würde sie jedoch keinesfalls von ihrem Ziel abbringen, zum Kaiser zu gelangen.

***

Richard hatte einen der Pagen damit beauftragt, Sara das Nachtmahl zu bringen. Ursprünglich hatte er ihr selbst Gesellschaft leisten wollen, um bei Kerzenschein noch ein paar Schreibübungen zu machen. Aber er war momentan zu aufgewühlt, wenn er an sie dachte.

Sara konnte sehr gut erklären. Es fiel ihm bei ihr wesentlich leichter, sich die Buchstaben zu merken, als bei dem alten Mönch, der ihm ständig auf die Finger geschlagen hatte, wenn Richard die Zeichen miteinander verwechselt hatte. Außerdem war er bestrebt, dass Sara seine Auffassungsgabe bewunderte. Das war nicht richtig, aber er wollte unter allen Umständen vermeiden, dass sie ihn für unbelehrbar hielt.

Die größte Schwierigkeit bereitete ihm, die Buchstaben zusammenzuziehen, sodass er das Wort lesen konnte. Daran waren seine Lehrer schließlich gescheitert. Bei Sara wollte er sich mehr Mühe geben. Zumindest hatte er sich das fest vorgenommen, ehe sie die Kammer verlassen hatten um den Ritter von Heymberg aufzusuchen.

Richard knirschte unbewusst mit den Zähnen, als er sich die Begegnung zwischen Sara und Dankwart in Erinnerung rief. Hatte Bertram recht und die Jüdin belog ihn, was ihre Unschuld anging? Sollte er den Ritter von Heymberg danach fragen?

Nicht in diesem Zustand, ermahnte er sich sogleich. Von Dankwart war derzeit keine vernünftige Antwort zu erwarten. Richard sollte sein Versprechen einlösen und für ihn beten. Das hatte er zwar am vorherigen Abend bereits getan, allerdings in seiner Kammer. Nun wollte er es in der Burgkapelle wiederholen.

Zuvor ging er jedoch zum Palas, in dem die Bewohner von Burg Kaltenstein gerade tafelten. Er setzte sich neben Bertram auf die Bank und griff nach einem Löffel, den er in den Topf mit der Kohlsuppe tauchte, die mitten auf dem Tisch stand.

Sie schmeckte ihm nicht, wie Richard sofort feststellte, nachdem er den Löffel zum Mund geführt hatte. Jedenfalls war sein Magen wie zugeschnürt. Missmutig legte er den Löffel nieder.

»Hat dir etwas den Appetit verschlagen?«, erkundigte sich der Sarjantbruder neugierig.

»Ich glaube, die Suppe ist verdorben, sie schmeckt viel zu sauer«, gab er zur Antwort. »Wenn du mich suchst, ich bin in der Kapelle.«

»Betest du für dein Seelenheil?«, wollte Bertram lauernd wissen.

»Wieso sollte ich?«

»Immerhin bist du der Jüdin heute ziemlich nah gekommen.«

»Unsinn, ich bitte für die baldige Genesung des Ritters, damit wir schnell wieder von hier aufbrechen können.«

Bertrams dreckiges Grinsen entfachte erneut Richards Zorn. Wütend stapfte er aus der Halle.

Die Burgkapelle entpuppte sich als achteckiger Raum, dessen kleiner Altar im Osten zwischen zwei Fensteröffnungen stand.

In jeder Ecke stand eine Säule, auf deren Kopf ein Kreuzgewölbe ruhte, dessen Schlussstein eine rot bemalte Rose zierte und dessen Decke an das blaue Himmelszelt erinnerte. Die Wände waren mit bunten Fresken verziert. Neben

Darstellungen von Maria, den Aposteln, dem jüngsten Gericht und der Erbsünde fand sich auch eine Abbildung der Hölle mit ihren Dämonen. Unwillkürlich musste Richard schmunzeln, als er ein Eichhörnchen darauf entdeckte, das einem der Unholde ins Bein biss, der gerade eine Seele ins Feuer zerren wollte.

Dabei sollte er sich lieber um sein eigenes Seelenheil sorgen. Bertram von Leiningen hatte gar nicht so unrecht, was seine Bemerkung über Sara anging. Er war ihr wirklich zu nahe gekommen.

Richard schüttelte den Kopf, als könnte er so die Gedanken an die Jüdin vertreiben. Er kniete sich vor den Altar, auf dem zwei Kerzen brannten, und begann lautlos für die Genesung Dankwarts von Heimberg zu beten.

Etliche Zeit später gemahnten ihn seine schmerzenden Knie daran, die Position zu wechseln. Steif erhob er sich. Er hatte alles in seiner Macht Stehende für das Überleben des Ritters getan. Es lag nun allein in Gottes Hand, ob er Richards Seele zusätzlich die Bürde auferlegte, einen Christen getötet zu haben.

Unwillkürlich glitt sein Blick wieder zu dem Bild des Eichhörnchens hinüber. Er konnte sich noch nicht zur Ruhe begeben. Sein Seelenheil war tatsächlich in Gefahr. Ein warmes Gefühl durchströmte ihn, als er an Saras Körper dachte, der so dicht vor seinem gestanden hatte. Das war nicht gut, überhaupt nicht gut.

Richard hätte beinahe die Beherrschung verloren, als Dankwart Sara als seinen Engel bezeichnet hatte. Und als der Ritter dann noch behauptete, Richard wollte sie ihm wegnehmen, hatte etwas in seinem Verstand ausgesetzt. Es konnte keine andere Erklärung geben. Sara musste Dankwart viel mehr bedeuten, als es schicklich war.

Doch sie hatte es vehement bestritten, ihm eine plausible Erklärung aufgetischt. Aber war das wirklich die Wahrheit? Wie konnte er sicher sein? Bertrams hämische Bemerkung, er solle sie in sein Bett holen, fiel ihm wieder ein. Richard stöhnte leise.

Gewaltsam verdrängte er das Bild aus seinem Kopf, in dem Sara ihn glühend ansah, ihre Arme um seinen Hals schlang und ihm ihre vollen Lippen zum Kuss darbot.

Richard warf sich bäuchlings der Länge nach auf den Boden und breitete die Arme aus. Die Kälte der Steine kroch durch seine Handflächen und die Stirn, die er mit geschlossenen Augen fest gegen den Boden presste. Er bemerkte es kaum. Ihm war, als hätte ihn ein Fieber ergriffen.

Die Jüdin brachte seine eiserne Selbstbeherrschung ins Wanken. Sie weckte seinen Beschützerinstinkt. Eine junge hübsche Frau, die aufgrund ihres heidnischen Glaubens keine Fürsprache in der christlichen Welt erwarten durfte.

Falsch, korrigierte er sich sofort. War nicht Dankwart von Heymberg ihr sogar nachgeritten, um sie vor Richards Zugriff zu bewahren? Sie musste ihm mehr bedeuten als das bloße Befriedigen seiner fleischlichen Lust.

Richards Hände ballten sich zu Fäusten und er unterdrückte den Drang, die Stirn gegen den Boden zu schlagen. Die beiden verbargen etwas vor ihm, doch er wusste, dass er die Wahrheit niemals von ihnen erfahren würde. Höchstens mit List, aber listig war er nicht. Da hatte Sara ihn schon richtig durchschaut. List war der Weg des Teufels, und vor dem musste Richard sich in Acht nehmen.

Die ketzerische Vergangenheit seiner Mutter klebte wie Pech an seinen Schuhsohlen und verfolgte ihn auf Schritt und Tritt. Schon die kleinste Verfehlung konnte ihn alles kosten, auf das er die Jahre über hingearbeitet hatte. Er war trotz der Bedenken über seine Herkunft in den Orden aufgenommen worden, nicht zuletzt dank der großzügigen Spende seines Vaters und einem Stück Land in Brandenburg.

Wenn er jedoch ausgestoßen wurde, wäre das Opfer seiner Familie umsonst gewesen. Richard wusste, dass es seiner Mutter immer noch schwerfiel, die katholische Lebensweise vollumfänglich zu akzeptieren. Insbesondere die prachtvolle Ausstattung vieler Kirchen zum Lobe Gottes verabscheute sie aus tiefstem Herzen. Auch das Kreuz und seine Verehrung waren ihr bis heute fremd geblieben. Von ihr hatte er gelernt, dass Lüge, Betrug und Falschaussage unverzeihliche Sünden waren.

Nach außen hin zeigte seine Mutter jedoch das untadelige Verhalten einer geläuterten Ketzerin. Auch Richard zuliebe, damit sich sein Traum, ein Ritter des Deutschen Ordens zu werden, erfüllen konnte.

Er glaubte regelrecht den Schmerz in ihren blauen Augen zu sehen, wenn sie wüsste, wie sehr Sara ihn durcheinanderbringen konnte. Ausgerechnet eine Jüdin, deren Volk von den Katharern ebenso verabscheut wurde wie von den Katholiken. Zumindest darin waren sich die beiden christlichen Glaubensrichtungen einig.

Er war nicht nur eine Schande für den Deutschen Orden, sondern enttäuschte auch seine Mutter. Richard konnte im Augenblick nicht sagen, was schwerer für ihn wog. Es war seine Pflicht, sich von Sara fernzuhalten.

Sie lockte ihn mit der Aussicht, endlich lesen zu lernen. Das Verlangen in ihm, ihr zu beweisen, dass er es konnte, war beinahe übermächtig groß. Er musste Abstand davon nehmen. Bisher hatte es ihm auch nie etwas ausgemacht, nicht lesen zu können. Wenn es ihm plötzlich wichtig war, würde er einen anderen Lehrer finden müssen.

Aber das war es nicht allein, das ihn zu Sara hinzog. Er mochte ihre schlanke Gestalt und ihre scharfe Zunge. Sie besaß einen ungewöhnlich wachen Verstand, genau wie seine Mutter, und Richard ahnte, dass dem richtigen Mann an ihrer Seite eine wunderbare Gefährtin geschenkt wurde.

Erneut glaubte er, ihr Spiel auf der Rebec und ihre klare Stimme zu hören. Allein der Gedanke daran entfachte in ihm ein unerfülltes Sehnen. Ob Sara eine Zauberin war, die mit allen Mitteln versuchte, ihn auf ihre Seite zu ziehen?

Richard schloss die Augen und biss die Zähne zusammen. Solange er ihrem Wunsch widerstand, sie zum Kaiser zu begleiten und stattdessen seinem Auftrag folgte, hatte Sara keine Macht über ihn.

Er durfte das Mitleid nicht zulassen, dass er zunehmend für ihre Lage empfand. Der Vater im Kerker, getrennt von der Schwester, die sich aufopfernd um den Mann kümmerte, der ihr viel bedeutete. Der zu ihrer Rettung herbeigeeilt war und den Richard schwer verletzt hatte. Und dann war da noch Saras brennendes Verlangen, nach Worms zu reisen, um für ihren Dienstherrn zu bitten, der seine Tochter verloren hatte und noch nichts davon ahnte.

Sie tat es nicht für sich, sondern aus Dankbarkeit und Pflichtgefühl heraus. Und Richard? Er stürzte sowohl ihre Familie ins Unglück, als auch Dankwart von Heymberg.

Aber er hatte dem Komtur zu gehorchen und durfte keine Zweifel in sich aufkommen lassen.

Er würde die Nacht hier in der Kapelle verbringen und die Heiligen um Beistand anflehen. Sie würden ihn aus seinem Zwiespalt erlösen und ihn gegen die Versuchung wappnen, die Sara für ihn darstellte.

Richard seufzte tief auf und begann inbrünstig zu beten.

Kapitel 12

Alida war überrascht, als am nächsten Vormittag erneut Bertram von Leiningen die Tür entriegelte, nachdem ihr ein Page das morgendliche Frühmahl, bestehend aus einer Schüssel Haferbrei mit Obst, gebracht hatte.

»Wo ist Richard von Thurau?«, fragte sie nach einer kurzen Begrüßung.

»Vermisst du ihn?«

»Es ist nicht höflich, mit einer Gegenfrage zu antworten«, wies Alida Bertram zurecht.

»Er will mit Hartwin von Kaltenstein nochmals die anzulegenden Vorräte durchsprechen.«

Alida griff nach dem Pergament mit den Aufzeichnungen, das noch immer auf dem Tisch lag und das Richard ursprünglich gestern nach dem Besuch bei Dankwarts Krankenlager holen wollte. In seinem Zorn hatte er jedoch nicht mehr daran gedacht.

»Dann wäre es besser, ihm dies hier zu bringen. Es sei denn, Euer Ordensbruder könnte sich alles merken«, sagte sie, damit Bertram erkannte, dass sie seine Lüge durchschaut hatte.

Ohne die Spur einer Verlegenheit nahm Bertram die Notizen entgegen und entrollte sie. »Das sind aber sehr viele Dinge und teilweise kaum zu beschaffen«, stellte er fest. »Und was in aller Welt soll der Burgherr mit drei Hasenpfoten anfangen?«

»Ich wollte nur mal sehen, ob Herr von Thurau des Lesens kundig ist«, gab Alida unumwunden zu.

Bertram schnaubte. »Ist er nicht, wie du mittlerweile herausgefunden haben dürftest. Warum wolltest du das wissen?«

Alida zuckte mit den Achseln. »Reine Neugier«, behauptete sie.

»Vielleicht vermagst du Richard von Thurau zu täuschen, mich jedoch nicht«, sagte der Sarjantbruder ungehalten. »Du verfolgst damit eine Absicht. Willst du Zwietracht zwischen mir und ihm säen?«

»Weshalb und womit sollte ich das tun?«, fragte sie arglos.

»Oh nein, mein Täubchen, das wird dir nicht gelingen. Ich melde Konrad von Westerburg nur das, was Richard mir aufgetragen hat.«

»Dann habt Ihr ja nichts von mir zu befürchten«, schloss sie süffisant. Jetzt war Alidas Misstrauen geweckt. Mochte sein, dass Bertram Richards Anweisungen befolgt hatte, dennoch war sie sicher, dass er dem Komtur weit mehr berichtete, als Richard ihm aufgetragen, und bestimmt auch mehr, als in seinem Sinne war. Doch sie wusste, dass es zum jetzigen Zeitpunkt zwecklos war, dem Ritterbruder von ihrem Verdacht zu berichten.

»Weshalb seid Ihr gekommen?«, wechselte sie abrupt den Gesprächsgegenstand.

»Richard bat mich, dich zu deiner Schwester und deinem Vater zu bringen. Sei dir gewiss, dass diese Annehmlichkeiten keine Selbstverständlichkeit sind. Es hat ihn einiges an Überredungskraft gekostet, damit von Kaltenstein die

Besuche gestattet. Also zeig gefälligst ein wenig mehr Dankbarkeit.«

»Ich weiß seine Bemühungen zu schätzen, zumal es sein Verdienst ist, dass wir in dieser Lage sind.«

»Spar dir die spitzen Bemerkungen für ihn auf, sonst gehe ich und du wirst dein Liebchen nicht sehen.«

»Mein Liebchen?«, wiederholte Alida verwirrt.

»Du weißt genau, dass ich von dem verletzten Ritter spreche. Jetzt komm, oder willst du nicht wissen, ob er die Nacht gut überstanden hat?«

Alida beeilte sich, Bertram zu folgen. Hoffentlich ging es Dankwart besser. Sie hatte schlecht geschlafen und immer wieder ein Gebet für ihn gesprochen, wenn ihre Gedanken nicht gerade bei Richard geweilt hatten.

Dieses Kribbeln im Bauch, als er so nahe vor ihr gestanden hatte, war neu für sie. War es ein Zeichen von Angst oder Schwäche gewesen? Auch ihre Beine hatten sich ganz wackelig angefühlt, so als wollten sie ihr Gewicht nicht länger tragen. Sie erreichten Dankwarts Gemach und Alida riss sich von der Erinnerung an Richards hellblaue Augen los.

Nachdem Bertram die Tür geöffnet hatte, atmete Alida erleichtert aus. Dankwart saß aufrecht, gestützt von einem Kissen, im Bett und wurde von Mirjam mit Hühnersuppe gefüttert.

»Dem Himmel sei Dank, es geht dir besser«, rief sie erfreut aus. Sie eilte auf ihn zu und unterdrückte das Verlangen, ihn zu umarmen.

Dankwart strahlte sie an. »Mirjam hat ein Wunder vollbracht.«

»Ich hoffe doch, dass meine Gebete mitgeholfen haben und Richards sicherlich auch.«

»Richard, ja?«, wiederholte Dankwart mit schmalen Lippen und drehte den Kopf weg, als Mirjam einen weiteren Löffel mit Suppe zu seinem Mund führen wollte.

Alida wurde rot. »Verzeih mir, das ist mir so rausgerutscht. Natürlich nenne ich ihn nicht so.«

Sie warf einen Blick über die Schulter zu dem Sarjantbruder, der sie nicht aus den Augen ließ. Zu ihrer Überraschung begann Bertram hinterhältig zu grinsen.

»Weißt du was?«, sagte er zu Mirjam. »Wir lassen die beiden mal ein wenig allein. Deine Schwester kann den Ritter ebenso gut füttern wie du. Derweil bringe ich dich zu deinem Vater.«

Augenblicklich sprang Mirjam auf und drückte Alida die Schüssel in die Hand. »Ich hatte gestern schon gehofft, dass Herr von Thurau mich zu ihm bringt, aber er war viel zu aufgebracht und hat es wohl vergessen.«

»Ja, er war ziemlich wütend«, gab Bertram zu. »Deshalb soll ich mich heute um euch kümmern. Aber wir müssen uns beeilen. Ich will später noch mit dem Burgherrn auf die Jagd.«

Nachdem sich die Tür hinter den beiden geschlossen hatte, wandte sich Alida wieder ihrem zukünftigen Bräutigam zu.

»Ich bin so froh, dass du wieder genesen wirst«, begann sie.

»Von der Heilkunst versteht Mirjam wirklich etwas. Aber nun zu dir, wo bist du untergebracht und was hat Richard von Thurau mit dir vor?«

Alida erzählte ihm von der Kammer, in die sie eingeschlossen war, von Salomon, der im Kerker saß und das Lösegeld für seine Freilassung aufbringen musste und von den mangelhaften Vorbereitungen auf einen möglichen Angriff. Sie gab zu, dass Richard von Thurau nur abwarten wollte, ob Dankwart sich von seiner Verletzung erholen würde, ehe er mit ihr nach Erkenwald aufbrechen wollte. Die Schreibübungen mit ihm verschwieg sie lieber.

»Stell dir vor, von Kaltenstein plant sogar ein Fest, bei dem Mirjam und ich anwesend sein sollen«, schloss Alida.

Dankwart runzelte missbilligend die Stirn. »Das gefällt mir nicht.«

Da Alida nicht reagierte, seufzte er und fragte: »Weshalb sagst du von Thurau nicht die Wahrheit über dich? Ich kann schließlich bestätigen, dass du wirklich die Tochter des Grafen von Erkenwald bist.«

»Er würde uns niemals glauben. Konrad von Westerburg hat ihm versichert, dass ich tot bin. Dein Wort zählt für ihn nicht. Zudem, fürchte ich, würde Hartwin von Kaltenstein versuchen, auch daraus einen Vorteil zu ziehen. Von Thurau denkt übrigens, ich hätte mich dir hingegeben.«

»Was?«, fuhr Dankwart auf und verzog sogleich schmerzverzerrt das Gesicht.

»Du hast mich gestern im Fieberwahn als deinen Engel bezeichnet und gefürchtet, Richard würde mich dir wegnehmen. Das hat die Wut in ihm hochkochen lassen und er hat mich der Unzucht beschuldigt.«

»Dieses Thema ist für ihn rein gar nicht von Belang«, grollte Dankwart und zupfte den Leinenstreifen zurecht, mit dem Mirjam seine Schulter verbunden hatte.

»Er sieht sich als Hüter der Ordnung, und eine Beziehung zwischen einer Jüdin und einem Christen verstößt nun mal gegen sein Weltbild. Ich habe behauptet, du hättest mich im Fieberwahn mit Alida von Erkenwald verwechselt, der ich entfernt ähnlich sähe. Aber ich habe nicht den Eindruck, dass er mir das glaubt.«

»Im Grunde ist es auch gleich, was er über uns denkt«, brummte Dankwart. »Wir sollten lieber einen Plan austüfteln, wie wir beide von hier fliehen können.«

»Mit deiner Wunde wirst du nicht weit kommen. Du bist noch zu geschwächt, hast gerade erst das Fieber besiegt. Außerdem kann ich Mirjam und Salomon nicht einfach ihrem Schicksal überlassen, für das ich selbst verantwortlich bin. Sie haben mir geholfen und sie müssen ihre Freiheit wiedererlangen.«

»Die behindern uns noch mehr«, gab Dankwart zu bedenken.

»Sagt ausgerechnet derjenige mit der Verletzung«, erinnerte ihn Alida verärgert. »Ohne dich säßen wir doch gar nicht auf dieser Burg fest.«

»Verzeih mir, dass ich dich retten wollte«, giftete er.

»Hättest du dich ein wenig geschickter angestellt, wäre dir das auch gelungen«, gab sie schnippisch zurück.

»Was soll das heißen?«, fragte er zornig. »Ich hätte den Deutschordensritter schon noch besiegt, wenn der andere nicht versucht hätte, mir hinterrücks den Schädel zu spalten. Von Thurau hat mich doch bloß erwischt, weil ich zur Seite gesprungen bin und seinen Schlag nicht mehr parieren konnte.«

»Was du ebenfalls nur tun konntest, weil ich dir eine Warnung zugerufen habe. Das hast du dir schön zurechtgebogen. Auch ohne Bertrams Eingreifen hätte Richard von Thurau dich besiegt. Wenn ich deinem Gedächtnis auf die Sprünge helfen darf: Richard hatte dich bereits in die Defensive gedrängt«, fauchte sie nicht minder lautstark zurück.

»So wie du es sagst, klingt es beinahe, als würde dich das freuen«, schrie er. »Und du hast ihn schon wieder beim Vornamen genannt!«

»Und so wie du dich aufführst, klingt es, als hätte dein Kopf den größeren Schaden davongetragen als deine Schulter.«

Zornig sprang Alida auf. Die Suppenschüssel, die sie auf ihrem Schoß abgestellt hatte und von der sie Dankwart nicht einen Löffel gegeben hatte, rutschte hinunter. Sie landete auf dem Fußboden und der Inhalt verteilte sich auf den erdfarbenen Tonfliesen.

»Da siehst du, was du angerichtet hast. Jetzt muss ich auch noch verhungern«, brummte Dankwart, doch um seine Mundwinkel zeigte sich ein verräterisches Zucken. »Ich werde dich nie wieder retten.«

Alida stemmte die Hände in die Hüften. »In der Tat, das solltest du besser bleiben lassen.«

Die beiden sahen sich an und brachen gleichzeitig in Gelächter aus.

»Oh nein, nicht lachen, das tut weh«, japste Dankwart und hielt sich den Bauch.

»Jetzt stell dich nicht so an, am Magen hast du nichts«, grinste Alida.

»Aber der Schmerz aus der Schulter zieht bis hinab«, behauptete Dankwart fest.

Alida schüttelte mitleidslos den Kopf. »Anstatt hier rumzujammern, denk lieber nach, wie wir alle von hier entkommen können.«

»Das ist doch ganz einfach, wir müssen nur den Ritterbruder und seinen Gehilfen lange genug außer Gefecht setzen, um bei Nacht fliehen zu können.«

»Nein, wie simpel, dass ich nicht selbst darauf gekommen bin«, antwortete Alida sarkastisch.

»Jetzt warte doch erst einmal ab und lass mich nachdenken.« Dankwart legte die Stirn in Falten und tippte mit dem Zeigefinger gegen die Nasenspitze.

»Ich hab's«, rief er nach einigen Augenblicken. »Mirjam hat bestimmt noch etwas von dem Schlafmohn übrig. Wenn du von Thurau auf dem Fest begegnest, mischst du ihm etwas davon in seinen Wein. Wenn er Anzeichen von Müdigkeit zeigt, bittest du ihn, dich in deine Kammer zu bringen. Bis dorthin wird er sich kaum noch auf den Beinen halten können. Dann sollte es dir ein Leichtes sein, ihn von hinten niederzuschlagen.«

Alida rümpfte die Nase. »Das gefällt mir nicht«, wiederholte sie seine Worte von vorhin.

Doch Dankwart war nicht zu bremsen. »Mit dem Sarjantbruder verfährst du ebenso. Am besten mischst du allen etwas in den Wein. Wenn sie schlafen, schleichst du dich zu uns, öffnest die Tür und wir verschwinden von hier.«

»Erstens«, widersprach sie energisch, »wird Mirjam wohl kaum genügend Schlafmohn für alle Burgbewohner mit sich führen. Und zweitens ist das viel zu gefährlich. Was, wenn ich zu viel davon in den Wein gebe? Dann wachen die Männer nie wieder auf.«

Dankwart zuckte mit den Achseln. »Wer ein paar Eier braten will, der muss auch welche zerschlagen.«

Alles in Alida sträubte sich gegen den Plan. Der Gedanke, Richard könnte ihretwegen sterben, hinterließ einen bitteren Geschmack auf ihrer Zunge. Ihr Mund wurde trocken und sie musste ein paarmal schlucken.

»Besprich das lieber mit Mirjam. Sie kann besser abschätzen, wie viel in ein Getränk hineingetan werden muss. Außerdem weiß sie am besten, wie weit ihr Vorrat an Schlafmohn reicht.«

Dankwart schüttelte den Kopf. »Rede besser du mit ihr – von Frau zu Frau.«

»Und wie soll ich das anstellen? Ich kann mich nicht unbeobachtet mit ihr unterhalten. Es ist nur Bertram zu verdanken, dass wir beide jetzt allein sind. Richard von Thurau hätte das nie zugelassen, weil er befürchtet, dass wir beide etwas aushecken. Nein, das musst du regeln. Besprich den Plan mit ihr. Sie muss den Schlafmohn in den Wein mischen, ihr misstraut niemand.«

»Das würde Mirjam niemals tun«, entgegnete Dankwart überzeugt.

»Und warum nicht?«

»Dafür ist sie viel zu ehrlich und gewissenhaft.«

»Ach, aber mir traust du ohne Weiteres zu, das Leben anderer Menschen aufs Spiel zu setzen?« Alida zog abwartend eine Augenbraue in die Höhe.

Dankwart begann zu stottern. »So habe ich das nicht gemeint. Aber Mirjam ist ganz anders als du, sanft und liebreizend.«

»Das ist mir nicht entgangen«, antwortete Alida kühl.

Richard war ebenfalls viel freundlicher zu Mirjam als zu ihr. Sicher lag es daran, dass er die Jüdin ebenso entzückend fand. Der Gedanke versetzte ihr einen Stich.

»Das ist doch kein Grund eingeschnappt zu sein. Du bist eben temperamentvoller, und oft hast du eine etwas zu scharfe Zunge. Aber dein Herz sitzt am rechten Fleck.« Dankwart knuffte sie freundschaftlich auf den Arm. »Auf dich kann ich mich immer verlassen.«

»Wahrlich ein Trost«, murmelte Alida, begann jedoch schon wieder zu grinsen. »Am besten suchst du dir eine Frau wie Mirjam. Dann ist auch deine Mutter zufrieden.«

Dankwart wurde augenblicklich ernst. »Das ist nicht möglich.«

Auf Alidas fragenden Blick hin, erklärte er: »Meine Familie würde niemals eine Jüdin an meiner Seite akzeptieren, eher würde ich enterbt. Das weißt du doch.«

»Da bin ich in den Augen deiner Mutter wohl das kleinere Übel«, lächelte sie. »Gut zu wissen. Wenn sie mich je ärgert, ziehe ich sie damit auf.«

»Das wirst du schön bleiben lassen«, knurrte Dankwart.

Alida legte den Kopf schief. »Oh, habe ich etwa einen wunden Punkt getroffen?« Da sie keine Antwort erhielt, fuhr sie leise fort: »Du magst Mirjam sehr, nicht wahr?«

»Wie kann ein Mann sie nicht mögen? Sie ist genau so, wie eine Frau sein sollte.«

»Du kennst sie doch gar nicht.«

Dankwart lächelte versonnen. »Weißt du, Engelchen, manchmal triffst du in deinem Leben auf Menschen, die dir fremd sein müssten, und dennoch sind sie dir vom ersten Augenblick an vertraut. Dann wiederum lernst du welche kennen, die du zuerst ablehnst, die dir aber immer mehr gefallen, je näher du sie kennenlernst.«

In diesem Augenblick wurde der Türriegel zurückgezogen und Bertram schob Mirjam in die Kammer. Die Jüdin wischte sich eine Träne aus den Augenwinkeln und Dankwarts Brauen zogen sich zusammen.

»Hat er dir etwas getan?«, erkundigte er sich sofort.

Das Mädchen schüttelte den Kopf. »Mich schmerzt das Los meines Vaters.« Ihr Blick fiel auf die umgekippte Suppenschüssel. »Was ist denn hier geschehen?«

Dankwart winkte ab. »Deine Schwester«, sagte er und zog das Wort in die Länge, »hat ihr Temperament nicht im Griff. Anstatt mich zu speisen, hätte sie mich beinahe damit erschlagen.«

Mirjam riss erschrocken die Augen auf.

»Glaub ihm kein Wort«, stieß Alida hervor. »Suppe findest du nur auf dem Fußboden. Wenn ich ihn damit beworfen hätte, müsstest du zumindest Spuren auf seiner Kleidung oder seinem Gesicht sehen. Aus der kurzen Entfernung hätte ich ihn gar nicht verfehlen können.«

Alida bemerkte amüsiert, wie Mirjam Dankwarts Äußeres einer akribischen Musterung unterzog, ehe sie die Schüssel aufhob und nach etwas Ausschau hielt, um den Boden zu säubern.

»Ich schicke dir gleich jemanden dafür«, ließ Bertram von der Tür her vernehmen. »Komm jetzt, Sara. Mir wurde mitgeteilt, dass der Burgherr nunmehr zur Jagd aufbrechen will.«

»Ich möchte ebenfalls zu meinem Vater«, widersprach Alida.

»Daraus wird nichts. Kannst ja später Bruder Richard darum anbetteln, falls er dich aufsuchen sollte«, lehnte Bertram ihr Ansinnen ab.

Zum Abschied warf Alida Mirjam einen dankbaren Blick zu. »Du hast Unglaubliches für Dankwart geleistet.«

Beschämt senkte die Jüdin den Kopf. »Er hat mitgeholfen. Ohne seinen Lebenswillen würde er nicht so schnell genesen.« Jetzt sah sie Alida wieder offen an. »Außerdem war die Verletzung bei Weitem nicht so tief, wie es auf den ersten Blick den Anschein hatte.«

»Gut, dann wird unser erzwungener Aufenthalt hier bald zu Ende gehen. Richard von Thurau wird sicherlich schnellstmöglich von Burg Kaltenstein aufbrechen wollen«, antwortete Alida.

Sie war unschlüssig, ob sie das gut oder schlecht finden sollte. Einerseits bedeutete das, endlich der Gefangenschaft zu entkommen, andererseits würde Richard sie sofort zu Konrad von Westerburg bringen. Vielleicht sollte sich Alida doch ein wenig Schlafmohn von Mirjam besorgen. Unterwegs bot sich bestimmt eine Gelegenheit, ihm den zu verabreichen.

Richard zu entwischen, indem sie sich fortschlich, war eine Sache, ihn seiner Sinne zu berauben, eine ganz andere. Sie konnte es nicht tun, stellte sie überrascht fest, während sie hinter Bertram zu ihrer Kammer trottete. Unabhängig von der Angst, sie könnte zu viel nehmen, war der Gedanke, ihn unterwegs wehrlos zurückzulassen, unerträglich. Er konnte beraubt oder schlimmer noch – getötet werden. Diese Schuld könnte sie niemals auf ihre Seele laden. Sie musste einen anderen Weg finden.

Nachdem Bertram sie wieder eingesperrt hatte, nahm Alida auf der Fensterbank Platz. Durch die Öffnung drangen das Wiehern der Pferde und das Klirren des Zaumzeugs nach oben. Männer riefen sich etwas zu und lachten laut. Das war die Jagdgesellschaft, die auf Bertram von Leiningen wartete. Wenn sie durch die naheliegenden Wälder streiften, müssten ihnen feindliche Truppenbewegungen eigentlich auffallen.

Keinesfalls durfte Alida noch hier sein, wenn die Burg angegriffen wurde. Eine Belagerung konnte sich über Monate, vielleicht sogar Jahre hinziehen. Nein, korrigierte sie sich sofort, nicht bei Hartwin von Kaltensteins schlechter Vorratshaltung. Aber selbst wenige Wochen konnten schon zu lange sein.

Ob ihr Vater ein Gefangener des Kaisers war? Wurde er gefoltert? Lebte er überhaupt noch? Sie brauchte Antworten darauf. Gleichzeitig fühlte sie sich auch für das Schicksal von Mirjam, Salomon und Dankwart verantwortlich. Sie musste ihnen ebenfalls die Flucht ermöglichen.

Alida seufzte und rieb sich mit beiden Händen über die Stirn. Dankwart musste die anderen nach Coellen zurückbringen und sie selbst würde sich nach Worms durchschlagen. Sie zweifelte nicht einen Augenblick, dass Richard und Bertram sofort die Verfolgung aufnehmen würden. Die beiden wussten schließlich, wohin sie wollte.

Das Siegel! Alida fiel heiß ein, dass es sich noch immer in Richards Besitz befand. Wie sollte ihr ohne den Stempel Glauben geschenkt werden, dass sie die Tochter des Grafen von Erkenwald war? Sie würde bestimmt nicht zu Kaiser Friedrich vorgelassen.

Sie musste Richard das Siegel entwenden, ihn und Bertram unschädlich machen, die anderen befreien und ein Pferd stehlen, um schnell nach Worms zur bischöflichen Pfalz zu gelangen, in der Friedrich sein Quartier beziehen würde.

Alida stiegen die Tränen in die Augen, als sie den Berg aus Schwierigkeiten sah, der sich vor ihr auftürmte. Das konnte sie unmöglich schaffen. Ohne Hilfe schon gar nicht. Auf Dankwart konnte sie nicht zählen. Verletzt nutzte er ihr nicht viel. Blieb also nur noch Mirjam.

Diese wusste, wie sie den Schlafmohn verwenden musste, damit Richard wieder erwachte. Wenn so die Möglichkeit bestand, dass sie alle, einschließlich Salomon, fliehen konnten, durfte Mirjam sich dem Plan nicht verweigern.

Alida musste es einfach gelingen, sie davon zu überzeugen. Mirjam hatte Bertram schon einmal abgelenkt, um Alida auf Richards Pferd die Gelegenheit zur Flucht zu verschaffen. Sie war also nicht ganz so unschuldig und harmlos, wie Dankwart sie einschätzte. Der Plan war zwar seinerzeit schiefgegangen, aber wenn Richard schlief, war sich Alida sicher, mit Corvus davonreiten zu können.

Es gab nur eine Gelegenheit, mit Mirjam darüber zu sprechen, und die war morgen auf dem Fest. Hoffentlich weihte Dankwart sie heute schon in ihr Vorhaben ein, damit sie nicht völlig überrascht war. Wenn Richard von Thurau sich in ihrer Nähe aufhielt und sie wie ein Wolf beobachtete, der seine Beute fixierte, würde sie kaum lange mit Mirjam tuscheln können. Das würde der misstrauische Deutschordensritter nicht zulassen.

Alida entwich ein leises Stöhnen. Sie musste Richard ablenken, damit Mirjam seinen Wein mit dem Schlafmohn versetzen konnte. Doch wie sollte sie das anstellen, wenn er so gar nicht empfänglich für ihre Reize war und immer gleich wütend wurde? Ihre Musik mochte er auch nicht, dabei wäre es eine wunderbare Möglichkeit, mit ihrem Gesang seine Aufmerksamkeit zu erlangen, ebenso wie die aller anderen Gäste.

Dennoch sollte sie vorbereitet sein und ein Lied vortragen können. Das war alles, was Alida fürs Erste tun konnte. Falsch, korrigierte sie sich sofort. Sie konnte um himmlische Unterstützung bitten.

Da es noch nicht einmal ein schlichtes Kreuz in dem Raum gab, kniete sich Alida vor die Fensteröffnung. Sie war sich relativ sicher, dass diese nach Osten – nach Jerusalem – zeigte. Dann legte sie die Hände aneinander. Sie wusste nicht, ob es einen Heiligen gab, der für das Gelingen eines heimtückischen Plans angerufen werden konnte. Wahrscheinlich nicht. So betete sie zur Heiligen Jungfrau Maria, schilderte ihr ihre seelische Pein und ihre Pflicht ihrem Vater gegenüber. Inbrünstig bat sie im Voraus um Vergebung und darum, dass Richard von Thurau nichts zustieß.

Kapitel 13

Richard stand auf der Wehrmauer und blickte über die Zinnen hinweg den Männern nach, die auf die Jagd ritten. Er hatte fast die gesamte Nacht in der Kapelle auf dem Fußboden verbracht und gebetet. Zum Schluss hatte er den Heiligen Joseph von Nazareth angefleht ihm beizustehen, bevor er schließlich gegen Morgen an Ort und Stelle eingeschlafen war.

Erst jetzt wurde ihm bewusst, dass er den falschen Heiligen um Beistand gebeten hatte. Joseph von Nazareth wurde angerufen, wenn der Sünder bereits in Versuchung geführt worden war. Dabei hätte er den Märtyrer Cyriacus anflehen sollen, ihn vor jeglicher Versuchung zu schützen.

Richard rieb sich über die müden Augen. Er hatte beschlossen, Sara aus dem Weg zu gehen, soweit das möglich war, und aus diesem Grund Bertram zu ihr geschickt. Und was hatte der Narr gemacht? Sara zu Dankwart von Heymberg gebracht und sie mit ihm allein gelassen.

Richard schnaubte ungehalten. Bei Bertrams Rückkehr hatte die Suppenschüssel auf dem Boden gelegen und der Ritter von Heymberg behauptet, Sara hätte ihn damit erschlagen wollen, obwohl keinerlei Speisereste auf seiner Kleidung diese Behauptung untermauerten.

Gewiss hatte der Ritter gelogen. Wenn Sara mit einer Schüssel auf jemanden losgehen würde, dann eher auf Richard als auf den Mann, der ihr etwas bedeutete. Vielmehr konnte er sich vorstellen, dass die Schüssel versehentlich beim Austausch von Zärtlichkeiten heruntergefallen war. Der Ordensritter glaubte regelrecht zu sehen, wie Sara die Arme um Dankwart schlang, sich an ihn presste und ihn leidenschaftlich küsste.

In Richards Hals bildete sich ein Knoten und er schluckte heftig. Verdammtes Weib! Er unterdrückte den Wunsch mit der Faust gegen die Mauer zu schlagen und folgte stattdessen dem Wehrgang. Sara hatte definitiv zu viel Macht über seine Gedanken, die immer wieder zu ihr hinschwirrten wie Motten zum Licht.

Dabei musste er sich dringend überlegen, wie es mit den Gefangenen weitergehen sollte. Da seine Gebete – zumindest was die Genesung des Verletzten anging – erhört worden waren, konnte er den Aufenthalt hier abbrechen und Sara zurückbringen. Doch was sollte mit den anderen geschehen?

Es widerstrebte Richard, sie auf der Burg zurückzulassen, abgesehen davon, dass er dem Juden David ben Meschullam aus Coellen versprochen hatte, ihm Mirjam zu bringen. Zudem fühlte er sich schuldig, weil seinetwegen Salomon im Kerker saß, auch wenn es Bertrams Einfall gewesen war, nach Kaltenstein zu reiten. Richard trug die Verantwortung.

Sara wagte so viel, um dem Grafen von Erkenwald zu helfen, nur weil der einst ihren Vater rettete. Wie sehr würde erst ihr Hass Richard verfolgen, wenn Salomon etwas zustieße? Noch konnte er keine Abscheu in ihren Augen lesen, wenn sie ihn ansah, aber das könnte sich schnell ändern.

Richard gestand sich ein, dass ihn ihre Furchtlosigkeit freute. Natürlich sollte es ihm gleichgültig sein, aber ihm gefiel, dass Sara ihn von Beginn an nicht aufgrund seiner äußeren Erscheinung verurteilt hatte. Sie zeigte oft ihren Zorn auf ihn, aber niemals Angst.

Er presste verärgert die Lippen zusammen. Schon wieder dachte er an sie. Richard hob den Blick und erkannte, dass er unbewusst den Weg zum Turm eingeschlagen hatte, in dem sie eingesperrt war. Er fluchte unterdrückt.

Dennoch machte sein Herz einen Hüpfer, als er ihre Stimme vernahm. Sie sang ein Lied, dass ihm entfernt bekannt vorkam, begleitet von den Klängen der Rebec. Wie zuvor schienen die Töne direkt in seinen Körper zu dringen. Sein Blut floss schneller und heißer durch seine Adern als zuvor. Sein Atem ging schwerer. Unter Aufbietung seiner gesamten Willenskraft wandte Richard sich ab und eilte den Wehrgang entlang zurück.

Er hastete die Stufen hinunter und über den Burghof. Beinahe hätte er einen Stallknecht umgerannt, der ihm mit zwei Eimern Wasser entgegenkam. Im letzten Moment wich er aus und fand sich kurz darauf im Westen vor der Pforte wieder, die hinaus auf die kleine Weide an den Abhang führte.

Richard verharrte kurz, doch da sie offen stand, trat er hindurch. Auf der Wiese lag ein etwa fünfjähriger Knabe im Gras, kaute an einem langen Grashalm und hütete eine Schar Gänse. Diese begannen sofort aufgeregt zu schnattern, als Richard sich näherte. Der Ganter breitete seine Flügel aus und fauchte.

Richard blieb in sicherer Entfernung stehen. Er hatte Hartwin von Kaltenstein empfohlen, die Gänse im Halsgraben weiden zu lassen. Keiner kam unbemerkt an ihnen vorbei. Es wunderte ihn kaum noch, dass der Burgherr seinem Rat auch in diesem Punkt nicht gefolgt war.

»Hör mal, Junge, wo befindet sich der Pfad, der über den Hang ins Tal führen soll?«, rief er dem Gänsehirten zu.

Der Kleine hob kurz den Kopf und deutete vage zu dem rechten Schenkel der Mauer.

Richard schlug einen Bogen um das Federvieh und näherte sich der Brombeerhecke. Tatsächlich, zwischen zwei Sträuchern gab es einen schmalen Durchgang. Dahinter schlängelte sich ein Pfad zwischen den Felsen hinab ins Tal.

Richard folgte ihm ein Stück. Von Kaltenstein hatte recht, um Kriegsgerät hier hochzuschaffen war er nicht geeignet. Aber für ein Pferd war er breit genug.

Für seinen Hengst würde die Bewältigung kein Problem darstellen. Sofern Dankwart von Heymberg stark genug war, um sich auf einem Pferd zu halten, sollte es möglich sein über diesen Weg zu entkommen.

Wie gut, dass Sara danach gefragt hatte. Ohne sie wäre er davon ausgegangen, dass es keinen weiteren Ausweg aus der Burg gab. Ungehalten schlug er die flache Hand gegen einen Felsbrocken. Er wollte nicht mehr an sie denken, musste endlich den Kopf freibekommen.

Das gelang ihm am besten, wenn ihm auf Corvus der Wind bei einem scharfen Galopp um die Nase wehte. Richard schlug den Weg zum Stall ein. Die Bewegung würde auch dem Hengst guttun.

Zwei Stunden später kehrte Richard gut gelaunt zurück. Er hatte sich einen Plan zurechtgelegt. Sobald sich anlässlich des

Festes die Gelegenheit bot, würde er mit Bertram die Gefangenen befreien und von Kaltenstein fliehen. Zunächst würden sie alle zusammenbleiben und sich erst vor Coellen trennen. Bertram brachte Salomon, Mirjam und Dankwart zurück in die Stadt und Richard Sara zu Konrad von Westerburg.

Die Heiligen hatten seine Gebete für Dankwart schon erhört, deshalb war bestimmt auch Joseph von Nazareth auf seiner Seite und half ihm Sara zu widerstehen.

Nachdem Richard Corvus versorgt hatte, steckte er weitere Kerzen ein und suchte Salomon ben Isaak auf.

Der alte Mann nahm sein Schicksal weiterhin klaglos hin und errang dadurch Richards Respekt. Das Einzige, was dem Alten wahrlich Sorge bereitete, war die erzwungene Nähe zwischen Mirjam und dem Ritter von Heymberg.

Obwohl Richard Dankwart nicht kannte, schätzte er den Mann nicht so ein, dass er gleich beide Schwestern verführen würde. Er versuchte ben Isaak vergeblich zu beruhigen und verkniff sich die Bemerkung, dass Mirjam zwar sehr hübsch war, aber ihr Temperament bei Weitem nicht an das ihrer Schwester heranreichte. Bei Sara sah Richard viel eher die Gefahr, sich zu einer Unbedachtsamkeit hinreißen zu lassen. Doch in diese Richtung verschwendete Salomon offenbar keinen Gedanken.

»Kennt Ihr Konrad von Westerburg?«, fragte Richard, um ihn abzulenken.

Der Jude schüttelte den Kopf.

»Sara befürchtet, er glaubt ihr nicht, dass es ihr lediglich um die Reputation des Grafen von Erkenwald geht. Wenn Euch der Komtur bekannt wäre, wüsstet Ihr, dass er ein aufrechter Mensch ist, der treu die Ordensregeln befolgt.«

Ben Isaak sah ihn durchdringend an und strich sich mehrfach über den Bart. Richard begann sich unbehaglich zu fühlen.

»Ich kenne den Mann zwar nicht, aber ich kenne Sara. Wenn sie ihm misstraut, ist Vorsicht geboten.«

So etwas Ähnliches hatte Mirjam auch schon zu Richard gesagt. Er ergriff einen Strohhalm und zeichnete mit ihm Muster auf den Boden.

»Herr von Thurau«, fuhr Saras Vater fort und Richard hob den Blick. »Stellt Euch vor, Sara hätte recht. Dann wäre es allein Eure Schuld, wenn ihr etwas zustieße. Könntet Ihr damit leben?«

»Das ist Unsinn. Welches Interesse sollte Konrad von Westerburg daran haben, ihr Leben zu zerstören?«

»Genau diese Frage müsst Ihr Euch stellen. Vielleicht hat Sara ja etwas beobachtet, von dem der Kaiser keinesfalls erfahren darf?«

»Das würde bedeuten, dass der Komtur den Kaiser hintergangen oder getäuscht hat. Das kann ich mir beim besten Willen nicht vorstellen. Weshalb sollte er das tun?«

Salomon ben Isaak zögerte kurz mit der Antwort, ehe er vorsichtig sagte: »Um Erkenwald in seinen Besitz zu bringen.«

Richard öffnete den Mund, um sein Gegenüber scharf zurechtzuweisen, schloss ihn jedoch wieder. Er dachte einen Moment nach. »Meint Ihr, dass von Westerburg den Grafen persönlich kennt?«

Ben Isaak zuckte mit den Achseln. »Das müsst Ihr selbst herausfinden.«

»Wenn von Erkenwald den Kaiser betrogen hat, ist es nur

verständlich, dass er einen würdigeren Nachfolger für die Grafschaft eingesetzt hat«, wandte Richard ein.

»Unter der Voraussetzung, dass der Graf dies getan hat. Ich kenne Eduard von Erkenwald schon viele Jahre. Er stand immer treu zu Friedrich. Ich kann mir nichts vorstellen, was diese Treue erschüttert haben könnte. Vielmehr bin ich überzeugt, dass ein Missverständnis vorliegt und der Graf zu Unrecht seinen Besitz verloren hat.«

»Und deshalb wollt Ihr Eure Tochter nach Worms bringen, damit sie an Eurer Stelle für ihn bittet? Warum schickt Ihr sie vor?«, fragte Richard entrüstet.

Wieder dauerte es etwas, bis Saras Vater sich zu einer Antwort durchrang. »Der Kaiser würde eher ein hübsches Mädchen anhören als einen alten Mann.«

In Richard begann der Zorn zu brodeln. »Schämt Ihr Euch nicht?«, rief er aufgebracht. »Was denkt Ihr Euch nur dabei, Sara einer solchen Gefahr auszusetzen? Es ist also nicht nur die Pflichterfüllung dem Grafen gegenüber, sondern vor allem Euer Wunsch, der sie antreibt. Sie soll für Euch Eure Schuld begleichen.«

Ben Isaak musterte ihn aufmerksam, ehe er fragte: »Wenn Euch Saras Wohl so am Herzen liegt, dann passt auf sie auf. Geleitet sie zunächst zum Kaiser, bevor Ihr sie zum Komtur bringt.«

Richard sprang wütend auf. »Hinterhältiger jüdischer Pfeffersack, ich sollte Euch in diesem Kerker verrotten lassen.« Mit hochrotem Kopf stürmte er durch die Tür und eilte den Gang entlang. Zwei Stufen auf einmal nehmend rannte er die Treppen hoch. Ohne nachzudenken trugen ihn seine Füße bis vor Saras Kammer. Ein wenig außer Atem hielt er inne.

Sie hatte ihr Spiel beendet. Von drinnen waren keine Geräusche zu hören. Beschämt lehnte sich Richard mit dem Rücken gegen die Wand. Weshalb hatte er sich nur dazu hinreißen lassen, ihren Vater zu beleidigen? Er hatte die Beherrschung verloren, etwas, das ihm nur höchst selten widerfuhr. Erst seit sie hier auf der Burg weilten, hatte er seine Stimmung nicht mehr im Griff.

Richard atmete ein paarmal tief durch, bis sich sein Herzschlag etwas beruhigte. Dann klopfte er an das Türblatt.

»Ja?«, hörte er Sara von innen fragen.

Er schob den Riegel zurück und trat ein. Sie saß wieder auf der Fensterbank und hatte Rebec und Bogen neben sich liegen. Ihre Miene war ausdruckslos, als sie sagte: »Ach, Ihr seid es.«

»Ich bedaure, wenn du jemand anderen erhofft hast«, antwortete er und erschrak über den plötzlichen Stich, der durch seine Eingeweide schoss. Ob er das Essen auf der Burg nicht vertrug?

Sara wandte den Kopf wieder der Fensteröffnung zu und blickte hinaus. Sie erinnerte Richard an einen gefangenen Vogel, der sich nach der Freiheit sehnte. In ihm stieg der Drang auf, sie ein wenig aufzumuntern.

Er räusperte sich. »Ich habe dich spielen hören. Willst du morgen auf dem Fest etwas darbieten?«

Sie wich seinem Blick aus. »Möglich. Hängt davon Euer Erscheinen ab?«

Richard war verwirrt. »Weshalb sollte das einen Einfluss darauf haben?«

»Nun, wenn Eure Ohren von meinem Gefiedel und Gekrächze schmerzen, werdet Ihr dem Fest sicherlich fernbleiben.«

»Wie kommst du denn darauf?«, fragte er erstaunt.

»Ihr sagtet, mein Gesang wäre nicht zu ertragen«, erinnerte sie ihn.

»Das heißt ja nicht, dass er schlecht ist und zu deinem Spiel habe ich mich nicht geäußert«, versuchte er sich herauszureden.

»Weshalb solltet Ihr ihn dann nicht ertragen können?«

Richard zuckte mit den Achseln und blieb die Antwort schuldig. »Magst du noch ein wenig das Lesen mit mir üben?«

Sara blickte ihn überrascht an. Dann stand sie auf und griff nach der Wachstafel. Nachdem sie das Wachs geglättet hatte, ritzte sie ein Wort hinein und hielt es dem Deutschordensritter unter die Nase.

»Für ein ›Ja‹ ist es zu lang, aber ein ›Nein‹ ist es auch nicht. Ich weiß, wie ein ›N‹ aussieht«, überlegte er laut.

»Ihr sollt nicht raten, sondern lesen«, gemahnte Sara und tippte auf den ersten Buchstaben. »Was ist das?«

»Ein ›U‹?«, fragte er zögernd.

»Nächster Versuch, aber schon nahe dran«, antwortete sie, schmunzelte dabei jedoch ein wenig.

Richard grübelte, aber zu seinem Ärger wollte es ihm einfach nicht einfallen.

»Ein ›V‹«, half sie ihm schließlich weiter.

Da er die beiden nächsten Buchstaben kannte, deutete er auf den vierten. »Das ist ein ›L‹, nicht wahr?«

Sara nickte und schien sich zu freuen.

»Dann heißt das ›vielleicht‹«, schloss er und strahlte sie an.

»Ihr sollt doch nicht raten«, tadelte sie ihn. Offensichtlich musste sie sich jedoch das Grinsen verkneifen.

Richard legte den Kopf ein wenig schief. »Was amüsiert dich so?«

»Ihr seht mich an wie ein Knabe, der gerade einen Goldschatz gefunden hat«, verlor sie den Kampf gegen das Lachen. »Dabei habt Ihr lediglich ein Wort entziffert.«

Richard wandte sich ergriffen ab und bemühte sich wieder um eine ernste Miene. »Wovon hängt es ab, ob du mir weiter helfen willst?«

»Ob Ihr das Wort lesen konntet.«

»Ich hab's gelesen.«

»Vielmehr zusammengereimt.«

»Nur den Schluss, die ersten Buchstaben habe ich schon richtig zusammengezogen.«

Sara seufzte leise und Richard hielt den Atem an. »Meinetwegen«, gab sie schließlich nach.

Dem Stand der Sonne nach zu urteilen, war es schon später Nachmittag, als Sara eine Pause vorschlug. »Ihr macht das inzwischen richtig gut«, lobte sie ihn. »Je mehr Ihr übt, desto flüssiger wird es.«

Richards Gesichtszüge waren entspannt und in seinen Augen lag die pure Freude. Er war eifrig und hochkonzentriert bei der Sache gewesen und er glaubte, dass der Knoten endlich geplatzt war.

Ohne darüber nachzudenken blickte er Sara, die neben ihm am Tisch saß, tief in die braunen Augen. »Danke für deine Hilfe«, sagte er schlicht. Ihre Pupillen wurden größer und Richard konnte sich nicht von ihrem Anblick lösen.

Sein Herz begann wieder schneller zu schlagen, als wäre er erneut die Treppen in den Turm hinaufgehetzt.

Er riss sich gewaltsam von ihrem Antlitz los und starrte auf seine Fingerspitzen. Bertrams Äußerung fiel ihm wieder ein, dass die Suppenschüssel in Dankwarts Kammer auf dem Boden gelegen hatte. Erneut kroch Ärger in ihm hoch, wenn er daran dachte, wie Sara den Ritter liebevoll umarmt haben musste.

»Was ist heute in der Kammer zwischen dir und von Heymberg vorgefallen?«, fragte er und war erleichtert, dass seine Stimme beinahe gelassen klang.

Sie presste die Lippen zusammen. »Wir haben uns gestritten.«

Richard horchte auf. »Worüber?«

»Mit Verlaub, aber das geht Euch nichts an«, antwortete sie in einem neutralen Tonfall.

Im Grunde interessierte es Richard auch nicht. Er glaubte ihr. Sein Ärger verflog und seltsamerweise fühlte er sich plötzlich ein wenig leichter. »Und wie kam es, dass die Schüssel auf dem Boden landete?«

»Ich wurde wütend und bin aufgesprungen.«

»Es muss ein heftiger Streit gewesen sein«, schlussfolgerte er zufrieden.

Sara zuckte mit den Schultern und sah auf die Tischplatte.

»Ich nehme an, du willst ihn jetzt lieber nicht mehr sehen«, grinste er.

»Für heute nicht, nein, aber ich hatte leider keine Gelegenheit mit meiner Schwester zu sprechen«, antwortete sie und sah ihn bittend an.

Ob sie sich bei Mirjam über Dankwart beschweren wollte? Ihm sollte es recht sein.

Hundegebell erschallte von draußen, durchmischt mit dem Getrappel von Hufen und den Rufen der Männer. Die Jagdgesellschaft war zur Burg zurückgekehrt.

»Es ist schon spät«, sagte er ausweichend und blickte zu den Fensteröffnungen. »Ich würde gerne noch die Jagdbeute begutachten und sehen, ob das Glück dem Burgherrn hold war.«

»Und natürlich herausfinden, ob ihnen Feinde über den Weg gelaufen sind«, ergänzte Sara.

Richard fühlte sich ertappt. »Ich stelle immer wieder fest, dass du für eine Kaufmannstochter ganz schön oft an Dinge denkst, von denen du eigentlich nichts verstehen dürftest.«

»Schafft Ihr es auch mal, mich nicht zu tadeln?«, brummte sie.

»Das war kein Tadel«, sagte er überrascht. »Das war eine Anerkennung deines scharfen Verstandes.«

»So hört sich bei Euch ein Lob an?«, fragte sie, bedachte ihn jedoch mit einem kleinen Lächeln, das seinen Puls erneut beschleunigte.

Er stieß laut den Atem aus und erhob sich. »Ich werde Mirjam morgen zu dir bringen. Dann könnt ihr über Dankwart sprechen oder darüber, was ihr auf dem Fest anziehen wollt.«

»Ja, davon versteht Ihr bestimmt etwas«, schnaubte sie.

»Ich habe zwei jüngere Schwestern, die ununterbrochen über Männer und Kleidung schnattern«, antwortete er feixend, ihren erstaunten Blick bewusst ignorierend.

»Was ich trage, ist schnell entschieden.« Sara stand ebenfalls auf und deutete auf ihre Tunika. »In Ermangelung weiterer Auswahl werde ich wohl in braune Wolle gewandet teilnehmen.«

»Daran ist nichts auszusetzen.«

»Sehe ich genauso. Fröhlichen und hellen Farben wird eindeutig zu viel Bedeutung beigemessen«, erwiderte sie und zeigte auf seinen schwarzen Konventsrock.

»Jetzt sind wir zum ersten Mal einer Meinung«, antwortete er grinsend. Sie lächelte zurück.

Beinahe zum ersten Mal verließ Richard gut gelaunt Saras Kammer. In seinen Adern summte eine Heiterkeit, wie er sie schon seit ewigen Zeiten nicht mehr gespürt hatte. Natürlich war er sicher, dass Sara gerne ein farbenfrohes Gewand zu dem feierlichen Anlass tragen würde. Rot oder Blau würden ihr besonders gut stehen, dachte er.

Da er ohnehin noch den Burgherrn aufsuchen wollte, sollte er dies gleich mit ihm besprechen. Vielleicht fand sich ein passendes Gewand für Sara.

Doch vorher wollte er sich noch selbst von Dankwarts gesundheitlichen Fortschritten überzeugen. So schlug er den Weg zu dessen Kammer ein. Der Riegel musste frisch geölt worden sein, denn er ließ sich so leise zurückziehen, dass selbst Richard kaum ein Geräusch vernahm.

Behutsam öffnete er die Tür in der Annahme, dass der Ritter schlafen würde. Doch er hatte sich getäuscht.

Dankwart von Heymberg saß aufrecht im Bett, hielt Mirjams Hände fest in den seinen und sah sie glühend an. Die beiden fuhren auseinander, als sie Richard bemerkten. Die Jüdin sprang auf und flocht ihre Finger ineinander. Ihr Gesicht lief tiefrot an. Auch der Ritter wirkte alles andere als gelassen.

Die Leichtigkeit, die Richard eben noch gefühlt hatte, wich dem vertrauten Zorn. »Raus!«, presste er an Mirjam gewandt hervor.

Das Mädchen gehorchte augenblicklich und huschte durch die Tür.

»Es ist nicht so, wie es aussieht«, begann Dankwart, doch Richard hob gebieterisch die Hand.

»Spart Euren Atem für später auf.«

Er drehte sich schwungvoll um und folgte Mirjam auf den Gang hinaus. Wortlos dirigierte er sie einige Schritte weiter. »Du rührst dich nicht vom Fleck, bis ich wiederkomme, verstanden?«

Mit Genugtuung nahm Richard ihr ängstliches Nicken wahr. Sie würde seinem Befehl gehorchen, da war er sicher.

Zurück in der Kammer schloss er zunächst die Tür, damit Mirjam nichts von dem folgenden Gespräch hören konnte.

»Nun zu Euch, werter Herr von Heymberg«, zischte Richard angewidert, als er neben der Bettstatt stand. »Hat Salomon ben Issak recht, dass er um die Tugend seiner Tochter fürchten muss?«

»Ich verstehe nicht«, antwortete Dankwart ein wenig zu schnell.

»Haltet mich nicht zum Narren«, knurrte Richard erbost. »Ich war dabei, als Ihr Sara ›mein Engelchen‹ genannt habt und kaum seht Ihr sie nicht mehr so häufig, versucht Ihr ihre Schwester zu betören.«

Der Verletzte sah nun ehrlich verwirrt aus. »Und was stört Euch daran?«

Richard beugte sich ein wenig vor und unterdrückte den heftigen Wunsch, Dankwart bei den Schultern zu packen und kräftig zu schütteln. »Ich trage die Verantwortung für all das hier und ich werde nicht zulassen, dass Ihr die Ehre der Mädchen in den Schmutz zieht.«

»Augenblick mal«, rief Dankwart wütend. »Ich würde nie etwas tun, das Mirjam schaden würde.«

»Und was ist mit Sara?«, schrie Richard, nun vollends außer sich. »Ihre Ehre ist Euch wohl gleich. Wenn Ihr sie als Engel tituliert, hat sie Euch sicherlich schon mehr überlassen als ihre Hände.«

Richard konnte deutlich sehen, wie sein Gegenüber blass wurde. Vermutlich hatten die beiden sich heute Morgen gestritten, weil Sara herausgefunden hatte, dass von Heymberg sich nun ihrer Schwester zuwandte. Es war nicht die Wut darüber, dass ein Christ Unzucht mit einer Jüdin trieb, die Richard die Kontrolle verlieren ließ, sondern die Tatsache, dass von Heymberg Saras Gefühle verletzte.

Richards Faust traf Dankwart mit voller Wucht am Kinn. Dessen Kopf flog zurück und der Verletzte stöhnte vor Schmerz.

»Elender Hund, ich werde dich lehren, was es für Folgen hat, ein Mädchen zu schänden.«

Erneut wollte Richard zuschlagen, als ein spitzer Schrei ihn herumfahren ließ. Mirjam stand im Türrahmen und hielt sich beide Hände vor das Gesicht.

»Du solltest dich nicht rühren«, brüllte er sie an, ließ aber von Dankwart ab. Der rote Nebel vor seinen Augen lichtete sich ein wenig.

»Bitte, tut ihm nicht weh, sonst platzt die Wunde wieder auf«, weinte Mirjam.

Mit Tränen hatte er noch nie umgehen können. Richard trat auf sie zu. Furchtsam erwiderte sie seinen Blick.

»Vor mir brauchst du keine Angst zu haben«, sagte er ruhiger, als er sich fühlte. »Doch vor Dankwart von Heymberg und seinem hübschen Gesicht solltest du dich in Acht nehmen. Und denk auch an deine Schwester.«

»Er hat sie nicht verführt«, wisperte Mirjam.

Richard verschränkte die Arme. »Und woher willst du das wissen?«

»Ich kenne Sara. Ein solches Geheimnis hätte sie mir anvertraut.«

»Du bekommst morgen Vormittag die Gelegenheit, sie danach zu fragen. Und ich rate dir, ihr zu gestehen, wie vertraut du mit dem Ritter bist. Wenn du es nicht tust, sage ich es ihr.«

Dankwart rieb sich das Kinn. »Ich würde ja gerne wissen, weshalb Euch Sara plötzlich so wichtig ist. Ihr seid es doch, der sie Konrad von Westerburg und damit dem sicheren Tod überlassen will.«

»Schweigt!«, donnerte Richard. Er wartete etwas, bis sein Herzschlag sich beruhigt hatte, ehe er sich an Mirjam wandte. »Dein Vater macht sich Sorgen um dich. Da es von Heymberg besser geht, werde ich mich um eine andere Unterkunft für dich bemühen.«

»Das ist noch zu früh, ich wechsle den Kräuterumschlag alle paar Stunden, auch nachts«, wagte Mirjam zitternd zu widersprechen.

»Meinetwegen, diese eine Nacht noch.« Richard hob

drohend den Zeigefinger. »Ich warne dich, lass es mich nicht bereuen.«

Mirjam schüttelte vehement den Kopf. Halbwegs beruhigt schloss Richard die beiden wieder ein und machte sich auf den Weg zur Kapelle.

Er musste um Vergebung bitten, weil er die Beherrschung verloren hatte – und das wegen eines Mädchens, dessen klare braune Augen und verschmitztes Lächeln ihn verfolgten. Er sollte dem Heiligen Joseph von Nazareth eine Kerze spenden. Hoffentlich erhörte er ihn dieses Mal.

Kapitel 14

Alida legte gerade den Löffel in die leere Schüssel mit dem obligatorischen Getreidebrei, den es zum Frühmahl gab, als die Tür geöffnet wurde. Mirjam trat ein und lächelte ihr zur Begrüßung zu.

Richard blieb im Rahmen stehen und sah sie über deren Kopf hinweg an. Alida konnte seinen Gesichtsausdruck nicht deuten. Er wirkte wie eine Mischung aus Zorn, Trauer und Mitleid.

»Deine Schwester hat dir einiges zu sagen.«

»Geht es Dankwart schlechter?«, wollte Alida erschrocken wissen.

»Es geht ihm viel zu gut, wenn du mich fragst«, brummte Richard, wandte sich ab und schloss die Tür hinter sich.

»Was meint er damit? Er hat doch für Dankwarts Genesung gebetet und jetzt ist es ihm nicht recht? Ich verstehe den Mann einfach nicht.«

Mirjam setzte sich auf die Fensterbank und sah blicklos nach draußen. Vom Burghof drangen die Geräusche geschäftigen Treibens nach oben. Alida nahm ihr gegenüber Platz. »Was ist geschehen?«

Sie wollte nach Mirjams Händen greifen, doch das Mädchen zuckte zurück. »Richard von Thurau kam gestern Abend in unsere Kammer. Dankwart und ich haben ihn nicht kommen hören. Er hatte mir gerade von seinem Plan erzählt, den Deutschordensritter mit deiner Hilfe unschädlich zu machen. Weil ich nicht davon überzeugt war, hat er nach meinen Händen gegriffen. Das hat der Ritterbruder gesehen und falsch gedeutet. Er denkt nun, ich hätte mich Dankwart hingegeben.«

Alida prustete los und erntete einen erschrockenen Blick. »Bei allen Heiligen, das ist alles? Richard wittert doch überall Unzucht. Er ist ein Mönch, er kann nicht anders.«

»Du sollst doch nicht die Heiligen anrufen«, gemahnte Mirjam leise.

Alida verkniff sich die Bemerkung, dass Richard ihr das auch schon gesagt hatte, um Mirjam nicht noch weiter zu beunruhigen.

»Er war so wütend, wie ich ihn noch nie gesehen habe, er hat Dankwart sogar geschlagen«, flüsterte Mirjam.

»Was hat er?«, brauste Alida auf. Ihr Mund wurde plötzlich trocken. War Richard etwa wegen Mirjam eifersüchtig?

Aus schmalen Augen starrte sie die hübsche Jüdin an. »Liegt es an dir?«, fragte sie kühl.

»Was meinst du?«

»Mich hat er an die Wand gedrückt, als er vermutete, ich hätte mit Dankwart das Lager geteilt. Wenn er ihn jetzt deinetwegen schlägt, musst du seine Sinne mit deinem lieblichen Lächeln ganz schön verwirrt haben«, mutmaßte Alida wütend.

»Er hat ihn deinetwegen geschlagen«, gab Mirjam zu.

Alida runzelte die Stirn. »Wie kommst du darauf?«

»Von Thurau glaubt, dass Dankwart zuerst dich und nun mich verführen will. Er spürt, dass du Dankwart liebst und will dich vor Schmerz bewahren.«

»Indem er Dankwart mit seinen Fäusten traktiert?«, fragte Alida skeptisch.

Ein zartes Lächeln umspielte Mirjams Lippen. »Mit Worten käme Herr von Thurau schließlich nicht gegen ihn an.«

»So ein Narr«, schimpfe Alida und ignorierte die Welle der Erleichterung, die sie durchströmte, weil Richards Wutanfall nichts mit Mirjam zu tun hatte.

»Ich habe ihm gesagt, dass du dich Dankwart niemals hingegeben hast«, fuhr Mirjam fort und errötete.

»Natürlich nicht, das geschieht erst in der Hochzeitsnacht. Hat Richard dir geglaubt?«

Die junge Frau zuckte mit den Schultern. »Ich denke, schon, jedenfalls hat er darauf bestanden, dass ich dich danach frage und dir auch erzähle, dass Dankwart meine Hände gehalten hat.«

»Ehrlichkeit steht für ihn über alles. Ich frage mich, weshalb das so ist.«

Mirjam musterte sie aufmerksam. »Du denkst über ihn nach?«

»Natürlich«, gab Alida zu. »Nur wenn du deinen Feind kennst, kannst du seine Schwächen für dich nutzen.«

»Und welche Schwäche hast du bei Richard von Thurau entdeckt?«

»Bisher keine, die ich gegen ihn verwenden könnte.«

Mirjam hob ratlos die Schultern.

»Aber wo wir gerade über ihn sprechen«, lenkte Alida das Gespräch auf ihr Vorhaben. »Dankwart hat dir also davon erzählt, dass wir die Gesellschaft beim Fest schlafen schicken wollen.«

Mirjam nickte. »Deshalb habe ich dir das hier mitgebracht. Aber es reicht nur noch für Herrn von Thurau. Die anderen werden hoffentlich ausreichend dem Wein zusprechen.«

Sie holte aus ihrer Gürteltasche eine Phiole, die zu einem Drittel gefüllt war.

»Bei dem Fest heute schüttest du den Inhalt in seinen Weinbecher. Sobald er es getrunken hat, lässt du dich von ihm zu deiner Kammer geleiten. Wenn ich sein Gewicht richtig geschätzt habe, dürfte er bis dahin so müde werden, dass du ihn leicht überwältigen kannst.«

»Und wenn du dich verschätzt hast?«, fragte Alida zaghaft.

»Wenn die Gabe zu gering ist, wird er nicht einschlafen, ist sie zu hoch, wird er nie mehr aufwachen.«

Alida schluckte und ließ die bereits ausgestreckte Hand wieder sinken. »Ich kann das nicht.«

»Du kannst meiner Erfahrung vertrauen, Richard von Thurau wird nichts geschehen«, bekräftigte Mirjam.

»Du musst es tun, während ich ihn ablenke«, kam Alida der rettende Gedanke.

»Ich?«, fragte Mirjam entsetzt.

»Natürlich. Bertram hast du abgelenkt, während ich Richards Hengst gestohlen habe, jetzt machen wir es umgekehrt.«

»Mit dem Pferd bist du aber nicht weit gekommen«, erinnerte Mirjam sie trocken.

»Wir können nicht jedes Mal Pech haben. Ich werde heute Nachmittag auf dem Fest etwas singen und auf der Rebec spielen. Während der Darbietung wird Richard zuhören, auch wenn er es scheußlich findet. Das ist die Gelegenheit.«

Mirjam wurde so bleich, dass ihr Gesicht von der gekalkten Wand kaum noch zu unterscheiden war. »Das ist unmöglich«, stotterte sie. »Eine Jüdin darf nicht vor fremden Männern singen, nur vor ihrem eigenen. Ansonsten gilt sie als Verführerin.«

Alida erschrak, fing sich jedoch sogleich wieder. »Die Regel kennt von den anwesenden Christen bestimmt keiner«, winkte sie ab. »Außerdem ist es für dich die einzige Möglichkeit, Richard den Saft in den Becher zu kippen.«

»Ich werde bestimmt nicht auf diesem Fest erscheinen.«

Alida zog verärgert die Augenbrauen zusammen. »Willst du nun deinen Vater aus dem Kerker befreien oder nicht? Es ist unsere einzige Möglichkeit, wenn wir nicht auf die Lösegeldzahlung warten wollen.«

Mirjam steckte die Phiole ein und verschränkte ihre Finger miteinander. »Das ist alles deine Schuld.«

Alida sprang empört auf, wollte aufbrausen. Doch der Gedanke, dass Mirjam recht hatte, kühlte ihren Zorn sofort wieder ab. »Das ist richtig. Es ist allein meine Schuld, dass wir hier sind«, gab sie zu.

Mirjam schluchzte auf. All die Angst und Verzweiflung, die sich in den letzten Tagen in ihr aufgestaut hatten und die sie nicht zu zeigen versucht hatte, brachen jetzt aus ihr hervor. Alida hockte sich neben das Mädchen und sah sie bittend an. »Mirjam, es tut mir leid. Diese Situation belastet und zehrt an uns, aber ich weiß, dass du das kannst. Ich habe mich mit Dankwart unter anderem gestritten, weil er dich für sanft und liebreizend hält. Er traut dir nicht zu, dass du etwas Verwegenes zustande bringst. Überrasche ihn. Bitte, Mirjam, ich brauche dich. Nur wir beide zusammen können Dankwart und deinen Vater befreien.«

Die eindringlichen Worte verfehlten ihre Wirkung nicht. Mirjam seufzte, straffte die Schultern, wischte sich die Tränen von der Wange und nickte ergeben. »Einverstanden, aber ein festliches Gewand werde ich nicht tragen und du musst mir versprechen, meinem Vater nichts davon zu erzählen.«

Alida gab ihr Wort und umarmte Mirjam glücklich. Endlich gab es einen Hoffnungsschimmer. Ihre Angst, dass Richard dabei etwas zustoßen könnte, verbannte sie in den hintersten Winkel ihres Herzens. Sie konnte Mirjams Wissen um die Wirkung der Pflanze vertrauen.

»Hat Dankwart wirklich gesagt, ich wäre sanft und liebreizend?«, fragte Mirjam zaghaft.

»Genau so, wie er sich eine perfekte Frau vorstellt«, antwortete Alida ernst.

»Aber du bist so anders und doch liebt er dich und nennt dich Engelchen.«

»Weißt du«, begann sie vorsichtig. »Wir sind schon ewig einander versprochen. Aber es ist alles so vertraut. Ich kenne jede von Dankwarts Eigenarten, wie er die meinen. Er ist ein unglaublich netter Mann, deshalb rate ich dir, auf dein Herz aufzupassen. Verliebe dich nicht in ihn.«

»Natürlich nicht, er gehört zu dir.« Das klang ein wenig bitter.

Alida legte ihren Arm um Mirjams Schulter. »Nicht deshalb. Eine Jüdin an seiner Seite würde seine Familie niemals dulden. Selbst wenn du dich bekehren ließest ...«

Mirjams entgeisterter Blick ließ Alida abbrechen. »Ich würde eher sterben, als meinen Glauben zu verraten!«

»Und er ebenso. Es wird keine gemeinsame Zukunft für euch geben.«

»Das weiß ich doch«, antwortete Mirjam leise, bevor sie den Kopf drehte und Alida aufmerksam anblickte. »Liebst du ihn?«

»Natürlich«, antwortete sie schnell.

»Wie sehr?«

Darüber hatte Alida noch nie nachgedacht. Zögernd sagte sie: »Dankwart gehörte immer zu meinem Leben. Wir können uns jederzeit blind aufeinander verlassen. Wir necken uns und vertragen uns wieder, wie das in einer Familie eben so ist.«

»Also liebst du ihn wie einen Bruder?«

Alidas Arm rutschte von Mirjams Schulter. Zu ihrer Erleichterung wurde gerade der Türriegel zurückgeschoben und enthob sie einer Antwort.

***

Richard sah die beiden Frauen aufmerksam an. Die Schwestern wirkten beschämt und insbesondere Sara leicht verwirrt. Er ahnte sofort, dass dies nur etwas mit Dankwart von Heymberg zu tun haben konnte. Der Drang sie zu trösten schwappte wie eine Welle über ihn. Er schloss kurz die Augen und kämpfte gegen das Mitleid mit ihr an.

Schärfer, als er es beabsichtigt hatte, rief er Mirjam zu: »Worauf wartest du noch? Musst du nicht wieder einen Kräuterumschlag wechseln oder etwas in der Art?«

Sie zuckte verängstigt zusammen, erhob sich aber sofort. Sie warf ihrer Schwester einen Blick zu, den Richard nicht zu deuten vermochte.

Kaum hatte er die Tür hinter ihnen verschlossen, blaffte er Mirjam erneut an: »Und, hast du ihr gebeichtet, dass du von Heymberg mittlerweile sehr nahe stehst?«

»Das Beichten überlassen wir den Christen«, murmelte sie, doch Richard hatte es gehört. Am liebsten hätte er sie geschüttelt, doch er begnügte sich mit einem knappen »Ich warte«.

Mirjam nickte. »Sie hat mir auch deutlich zu verstehen gegeben, dass Dankwart niemals eine Jüdin an seiner Seite dulden würde, ganz gleich wie nett er zu mir ist.«

»Dann besitzt von Heymberg mehr Verstand, als ich ihm zugetraut hätte«, antwortete Richard zufrieden.

Während er schweigend an Mirjams Seite den Gang entlangschritt, kam Richard jedoch ein ungeheuerlicher Gedanke. Er blieb abrupt stehen. »Woher weiß deine Schwester das? Hat sie sich ihm hingegeben, weil er ihr die Ehe erst versprochen und dann verweigert hat?«

Jetzt hielt auch Mirjam inne und sah ihn offen an. »Ihr macht Euch mächtig viele Gedanken um die Unschuld meiner Schwester. Aber ich kann Euch beruhigen. Gerade eben hat sie mir versichert, dass nie etwas Unzüchtiges zwischen ihr und dem Christen geschehen ist.«

Richard schaffte es nicht, einen Seufzer der Erleichterung zu unterdrücken. Das anfängliche Erstaunen in Mirjams Miene wich einem wissenden Blick, der ihm nicht behagte. »Komm weiter«, brummte er deshalb.

»Wolltet Ihr mich nicht in einem anderen Gemach unterbringen?«, fragte die Jüdin.

»Ich hatte Besseres zu tun. Bertram kann sich nach dem Fest darum kümmern«, wiegelte er ab.

Er dankte der Heiligen Jungfrau, als sie die Kammer erreichten und er Mirjam endlich los wurde. Der Weg zurück zu Sara kam ihm viel kürzer vor, vielleicht schritt er auch weiter aus als gewöhnlich.

Sara bemerkte sein Eintreten nicht. Sie saß gedankenverloren am Tisch, hatte das Kinn in die Hand gestützt und die Stirn in tiefe Falten gelegt. Etwas beschäftigte sie schwer. Richard hüstelte. Sie hob den Blick und ließ die Hand auf die Tischplatte sinken.

»Ihr seid schnell zurück. Würdet Ihr mich nun zu meinem Vater bringen?«

Richard ging auf sie zu und setzte sich ihr gegenüber. »Das kann Bertram später erledigen. Du siehst besorgt und nachdenklich aus. Das ist mir eben schon aufgefallen, als ich deine Schwester abholte. Bedrückt dich etwas?«

Ihre Lippen zuckten kurz, als wollte sie lächeln, doch es erstarb sofort wieder. »Nein, eigentlich nicht. Jedenfalls nichts Neues.«

»Ja, das alles ist nicht leicht für dich, das verstehe ich. Doch ich meinte den Besuch deiner Schwester. Hat sie irgendetwas zu dir gesagt, was dich traurig macht?«

»Traurig? Nein.«

»Hör auf, mich hinzuhalten.« Richard trommelte ungeduldig mit den Fingerspitzen auf die Tischplatte. »Ich sehe doch, dass dich etwas umtreibt. Machst du dir Gedanken über Mirjam und Dankwart von Heymberg?«

Sara zog kurz die Unterlippe zwischen die Zähne, ehe sie antwortete: »Ich habe sie lediglich davor gewarnt, allein auf ihr Herz zu hören. Sie ist so ein sanftmütiges Mädchen und ich möchte nicht, dass sie enttäuscht wird.«

»So wie du?«, fragte er leise.

Jetzt sah sie ihn erstaunt an. »Wie kommt Ihr darauf?«

»Mir sind die Blicke nicht entgangen, die du mit Dankwart von Heymberg getauscht hast. Du empfindest viel für ihn. Deshalb habe ich mir die Frage gestellt, ob du aus Erfahrung sprichst, wenn du deine Schwester vor ihm warnst.«

»Nein, er hat mich nie verletzt, und das würde er auch niemals tun.«

»Ich wäre mir da nicht so sicher. Du hast nicht gesehen, wie er deine Schwester angeblickt hat.«

Jetzt hatte er sie offenbar durcheinandergebracht. Sara wandte den Blick von ihm ab und rieb mit dem Zeigefinger über einen Fleck auf der Tischplatte. »Mirjam ist schön und liebenswert. Sie würde weder ihrem Vater noch ihrem Gemahl je widersprechen. Die perfekte Ehefrau, nicht wahr?«

»Wie langweilig«, rutschte es ihm heraus.

Jetzt betrachtete sie ihn wieder aufmerksam. »Würdet Ihr eine temperamentvolle Frau einer anschmiegsamen vorziehen?«

Richards Mund wurde trocken. »Unbedingt«, nuschelte er. »Allerdings stellt sich die Frage für mich ohnehin nicht.«

»Gibt es denn etwas, das Ihr an mir mögt?«, fragte sie leise.

»Mir gefällt, dass du keine Angst vor mir hast«, flüsterte er rau.

Ihr Gesicht wirkte plötzlich verschlossen und er hätte sich am liebsten auf die Zunge gebissen. Doch die unbedachte Äußerung ließ sich nicht zurücknehmen.

Er versuchte den Fehler wieder auszumerzen. »Auf die

meisten Menschen wirke ich furchterregend, weil ich so hässlich bin. Aber du hast dich nicht einen Moment vor mir gefürchtet, bist sogar mit einem Ast auf mich losgegangen und hast versucht, mein Pferd zu stehlen.« Richard lächelte bei dem Gedanken daran, wurde jedoch sogleich wieder ernst, als er ihre Reaktion bemerkte.

Sara blickte ihn erschrocken an. »Ihr haltet Euch für hässlich?«

»Viele glauben, meine Augen wären die eines Dämons, und behaupten, in ihnen lodere ein eisiges Feuer. Mein Unterkiefer wird zusätzlich durch die Narbe verunstaltet.«

»Eure Augen sind einzigartig und die Narbe zeugt nur von Eurer Kampferfahrung«, widersprach sie.

Ein warmes Gefühl breitete sich in seinem Magen aus. »Und was, wenn ich dir gestehe, dass ich die Narbe schon von Kindesbeinen an trage, weil ich die Treppe hinuntergefallen bin?«

Sie zuckte mit den Achseln. »Das ändert nichts an der Tatsache, dass sie verwegen aussieht. Rührt sie denn von einem Sturz her?«

Er spürte, dass ihr Interesse nicht geheuchelt war. Das warme Gefühl verstärkte sich. »Eher vom Zusammenstoß mit der Klinge eines Prußen, der das allerdings nicht überlebt hat.«

»Also habe ich richtig vermutet. Ihr solltet sie mit Stolz tragen und nicht notdürftig verstecken.«

»Stolz zu empfinden, geziemt sich für mich nicht«, belehrte er sie.

»Dann tragt sie als Erinnerung daran, dass Gott seine schützende Hand über Euch gehalten hat.«

»Du bist nie um eine Antwort verlegen, wie?«

»Ihr könntet sie auch ganz unter Eurem Bart verstecken. Ein voller Bart würde Euch ebenfalls gut stehen«, überlegte sie laut.

»Sara, mein Äußeres darf mir nicht wichtig sein. Die Oberlippe sollte bei uns Ordensrittern ohnehin nicht von einem Bart bedeckt sein.«

Ihr leises Seufzen und der verträumte Ausdruck in ihren Augen beschleunigten seinen Herzschlag. Unfähig, sich zu bewegen, sah er tatenlos zu, wie sie die Hand hob.

Zärtlich strich sie über die kurzen Haare, die oberhalb seiner Ohrmuschel endeten. »Was hier fehlt, ist unten zu viel.«

Ihre Fingerspitzen wanderten über seine Wange hinunter zum Kinn. Mit dem Daumen fuhr sie die Narbe entlang und berührte dabei den unteren Rand seiner Lippe.

Richard stockte der Atem. Seine Haut begann zu brennen und er glaubte geradezu in ihren braunen Augen zu versinken. Doch plötzlich ließ sie ihre Hand sinken, als wäre ihr erst jetzt bewusst geworden, dass sie ihn berührt hatte.

»Verzeiht mir bitte«, wisperte sie. »Ich weiß nicht, was in mich gefahren ist.«

Unter Anstrengung brachte er ein Nicken zustande. Sein Herz hämmerte und seine Handflächen wurden feucht. Zum ersten Mal gestand Richard sich ein, dass Sara ihm außerordentlich gefiel. Er fühlte sich wohl in ihrer Nähe und sein Zorn auf Dankwart von Heymberg war nichts anderes als Eifersucht auf die Vertrautheit, die beide miteinander teilten.

»Ich muss gehen«, brachte er heiser hervor, erschreckt von der gerade gewonnenen Erkenntnis. »Wir sehen uns später beim Fest. Bertram wird dich vorher noch zu deinem Vater bringen.«

Außerdem würde Richard Hartwin von Kaltenstein um ein schönes Gewand für Sara bitten. Er wollte sie nicht in der braunen Tunika auf dem Fest begrüßen müssen. Zudem glaubte er nicht, dass sie eintönige Farben bevorzugte, auch wenn sie gestern darüber gescherzt hatten. Richard wollte ihre Augen vor Dankbarkeit leuchten sehen, wenn sie sich wiedertrafen.

»Danke«, antwortete sie und schenkte ihm ein zartes Lächeln.

Dieses Lächeln immer noch vor Augen, suchte er den Burgherrn auf. Er fand ihn im Weinkeller. Neben ihm stand ein Mann mit wirren blonden Haaren, einem bartlosen Kinn und vielen Sommersprossen im Gesicht. Seine Oberbekleidung war zweifarbig gefärbt, eine Seite rot, die andere grün.

»Ach, der Herr von Thurau«, wurde Richard begrüßt. »Darf ich Euch Ansgar von den Weiden vorstellen. Der Zufall hat ihn hierher verschlagen und er wird uns auf dem Fest mit seiner Truppe ein wenig unterhalten.«

»Noch mehr Fresser«, brummte Richard und musterte den Spielmann unfreundlich.

Der Burgherr lachte, als hätte er einen Scherz gemacht. Richard trug seine Bitte nach einem Gewand für Sara vor, die ihm sofort gewährt wurde.

»Sucht eine Magd, die Euch aus der Truhe meiner Gemahlin eins geben wird. Schließlich soll das gefangene Vögelchen nett anzusehen sein, wenn es heute für uns singt.«

Richard unterdrückte eine scharfe Erwiderung und rang sich ein paar Dankesworte ab, bevor er sich abwandte und die nächste Magd mit seinem Anliegen betraute. Ohne zu zögern führte sie ihn in das Gemach der Burgherrin und bald darauf schlug Richard hochzufrieden den Truhendeckel hinunter, nickte der Bediensteten kurz zu und machte sich mit dem Kleid auf den Weg zu Bertram.

Der staunte nicht schlecht, als Richard ihm den roten Stoff in die Hand drückte und damit beauftragte, ihn Sara zu bringen.

»Meinst du nicht, ein blasses Gelb würde besser zu einer Jüdin passen?«, fragte der Sarjantbruder gehässig.

»Nein, außerdem wirst du eine solche Farbe bestimmt nicht auf einer Burg finden«, antwortete Richard scharf.

Bertram grinste dreckig. »Aber vielleicht ein paar gelbe Schleifen zur Verzierung. Die Gauklertruppe könnte mir da bestimmt aushelfen.«

»Untersteh dich!«, brüllte Richard. »Sara ist doch keine Hure.«

»Warum bringst du es ihr nicht selbst?«

»Ich habe etwas anderes vor. Außerdem geleitest du sie noch zu ihrem Vater. Während sie dort ist, kommst du zu mir.«

Sein Gegenüber brummte missmutig, widersprach aber nicht.

Richard ließ Bertram stehen und suchte einen Pagen, dem er auftrug, ihm heißes Wasser und ein Leinentuch zu bringen.

Zurück in seiner Kammer griff Richard nach einer platt geklopften Metallscheibe aus poliertem Kupfer, die auf einem Wandbrett an die Mauer gelehnt stand, und betrachtete sein undeutlich zurückgeworfenes Spiegelbild.

Er drehte den Kopf und richtete den Blick auf seine kurzen Haare und seinen Bart. Wieder glaubte er Saras Finger zu spüren, wie sie über seine Haut fuhren. Offenbar gefiel ihr der Bart nicht, also würde er ihn abrasieren lassen. Richard musste zugeben, dass es ihn selbst ein wenig reizte zu entdecken, wie er wohl ohne ihn aussehen würde.

Es klopfte und der Page brachte die gewünschten Utensilien. Richard tauchte das Tuch in die Schüssel mit heißem Wasser, wrang es aus und legte es sich über das Gesicht. Das wiederholte er noch zweimal, bis die Tür der Kammer geöffnet wurde.

Richard entfernte das Tuch und sah Bertram neugierig an. »Hast du alles erledigt?«

»Die Jüdin war ziemlich überrascht, als ich ihr das Kleid gab, und wollte es nicht annehmen. Aber als ich ihr sagte, du hättest es für sie ausgeborgt, hat sie es akzeptiert.«

Es war falsch, Freude bei diesen Worten zu empfinden, und dennoch war es Richard unmöglich, sie zu verbergen.

Bertram betrachtete ihn argwöhnisch, ehe er fragte: »Was willst du von mir?«

»Ich möchte, dass du mir den Bart abscherst«, verlangte Richard und deutete auf das Messer, das er neben seinen Stuhl auf den Boden gelegt hatte.

Der Sarjantbruder zog überrascht die Brauen in die Höhe, hob jedoch die kurze breite Klinge auf und stellte sich hinter Richard. Er bog seinen Kopf zurück und begann damit, den Bart abzuschaben.

Um sich von dem Schmerz ein wenig abzulenken, fragte

Richard: »Weißt du, ob von Kaltenstein Späher ausgeschickt hat, um die Gegend nach Feinden zu durchforsten?«

»Einen, soweit ich weiß, aber der ist noch nicht zurückgekehrt.«

Richard brummte verständnislos. »Vielleicht liegt der auch schon mit durchschnittener Kehle irgendwo im Wald. Mir soll es gleich sein. Nachdem du Sara zurück in ihre Kammer gebracht hast, gehst du in den Stall und sorgst dafür, dass unsere Pferde und das des Ritters von Heymberg gestriegelt und gefüttert werden. Pack all unsere Sachen und Proviant in die Satteltaschen.«

»Ich schneide dir gleich die Kehle durch, wenn du nicht stillhältst. Weshalb soll ich das tun, willst du etwa heimlich die Burg verlassen?« Er drehte Richards Kopf zur anderen Seite.

»Nur für alle Fälle«, wich Richard aus. »Von Kaltenstein mag sorglos sein Fest feiern, ich will jedoch vorbereitet sein.«

Bertram widmete sich nun dem Kinnbereich. »So willst du Hartwin seine Gastfreundschaft vergelten?«

»Ich schulde ihm gar nichts«, quetschte Richard hervor, weil er den Unterkiefer nicht bewegen wollte.

Bertram setzte das Messer ab. »Ich staune doch sehr, Bruder. Bisher war es dir stets sehr wichtig, etwas zurückzugeben, wenn du etwas bekommst.«

»Ich habe dem Burgherrn meine Hilfe angeboten. Wenn er nicht auf meine Ratschläge hört, ist es besser, er hat weniger Leute zu versorgen, die seine mageren Vorräte auffuttern. Außerdem geht es von Heymberg wieder so gut, dass er gemächlich reiten kann. Ich habe einen Auftrag zu erfüllen, falls dir das entfallen sein sollte, und schon genug Zeit verschwendet.«

Bertram erwiderte nichts darauf. Er umrundete Richard und wischte sorgsam ein paar schwarze Haare von der Klinge. »Wenn ich dir den Bart abnehmen sollte, weil du glaubst, der Jüdin so besser zu gefallen, muss ich dich enttäuschen.«

Jetzt hielt der Sarjantbruder Richard das blank polierte Kupferblech vors Gesicht. »Du bist noch hässlicher als vorher.«

Kapitel 15

Alida strich mit bebenden Fingern über den roten Stoff. Sie konnte es immer noch nicht fassen, dass Richard dieses Kleid für sie beschafft hatte. An den Seiten hatte es weiße Einsätze und konnte etwas enger geschnürt werden. Die Ärmel waren weiter geschnitten als allgemein üblich und erinnerten Alida an die Form einer Fanfare.

Sie wollte gerade ihre Tunika abstreifen, als ein kurzes Pochen an der Tür sie davon abhielt. Zu ihrem Erstaunen betrat eine sehr junge Magd den Raum. Sie knickste etwas unbeholfen.

»Mein Herr schickt mich. Ich soll Euch beim Ankleiden helfen und Euch die Haare richten.«

Überrascht ließ Alida sich in das Kleid helfen. Anschließend nahm sie auf dem Stuhl Platz, während das Mädchen ihren Zopf öffnete. Warum hatte von Kaltenstein Richard erlaubt, ihr ein solch kostbares Gewand zu bringen? Sicher gehörte es der Burgherrin.

Alida schloss genüsslich die Augen, als die Magd nun begann mit gleichmäßigen Strichen ihr Haar zu kämmen. Ihre Gedanken wanderten zu dem Gespräch mit Salomon ben Isaak. Zum Glück hatte Bertram von Leiningen sie mit ihm allein gelassen. Ohne Mirjams Vater die Einzelheiten ihres Fluchtplans zu verraten, hatte sie sich zuversichtlich gezeigt, ihn in dieser Nacht befreien zu können.

Es war ihr nur bedingt gelungen, Salomons Bedenken und Einwände zu entkräften. Doch sie beharrte hartnäckig auf ihrem Plan. Schließlich gab er auf und schrieb einige Zeilen auf ein Stück Pergament, das Richard ihm zuvor gebracht hatte.

»Sobald du Warmaisa erreicht hast, gehst du zur Synagoge und suchst Moishe ben Nevi auf. Übergib ihm die Nachricht. Er wird dir Unterkunft und Nahrung geben und dich sicher durch die Stadt zum Dom geleiten. Die bischöfliche Pfalz, in der der Kaiser während seines Aufenthaltes residieren wird, befindet sich direkt daneben.«

Alida hatte die Nachricht klein gefaltet und in ihrer Gürteltasche verstaut. Lesen konnte sie den Inhalt nicht, da Salomon ihn auf hebräisch verfasst hatte. Aber es erleichterte sie, in der fremden Stadt eine Anlaufstelle zu haben und auf Hilfe hoffen zu können.

Doch noch war es nicht, so weit. Das Fest lag vor ihr, auf dem sie Richard ablenken musste, damit Mirjam ihm den Mohnsaft in den Wein geben konnte.

Die Magd war mittlerweile mit dem Kämmen fertig und flocht ihr einen kunstvollen Zopf. »Ihr seht aus wie eine echte Herrin«, sagte sie ehrfürchtig und trat einen Schritt zurück, nachdem sie fertig war.

Ob sie Richard so gefallen würde? Alida schalt sich selbst, dass sie einen solchen Gedanken hegte. Sie konnte selbst nicht sagen, weshalb sie ihn berührt hatte. Seine Haare und die Haut seiner Wange hatten sich verboten gut unter ihren Fingerspitzen angefühlt. Sie hatte dem Wunsch nachgegeben, der Kontur seiner Narbe zu folgen und dabei seine weiche Unterlippe gespürt.

Alidas Herz hatte in diesem Augenblick einen Purzelbaum in ihrer Brust vollführt. Doch dann hatte sie in seinen Augen die Wut über ihr eigenmächtiges Handeln erkannt. Sie waren viel dunkler geworden, genau wie es der Fall war, wenn ihn etwas erzürnte. Doch warum hatte er seinem Ärger in jenem Moment keinen Ausdruck verliehen, sondern stattdessen überstürzt die Kammer verlassen? Er hielt seinen Zorn doch sonst kaum zurück.

Sie seufzte unwillkürlich. Ein solcher Fehler durfte ihr nicht noch einmal passieren. Sie musste sich zusammenreißen und ihre Finger bei sich behalten, wenn ihr Plan gelingen sollte.

Alida fuhr durch eine leichte Berührung an der Schulter zusammen. »Hört Ihr mich nicht? Kann ich noch etwas für Euch tun?« Tief in Gedanken versunken hatte sie ganz vergessen, dass die junge Frau noch im Raum weilte.

»Danke, ich brauche dich nicht mehr«, entließ sie die Magd, die sogleich hinausging und die Tür erneut von außen verriegelte. Sie hatte also sehr genaue Anweisungen bekommen, wie sie sich zu verhalten hatte.

Alida griff nach einer Haarlocke, die sich an ihre Wange schmiegte und wickelte sie sich um den Finger. Sie musste sehr vorsichtig sein, vor allem ihre Zunge im Zaum halten und nichts Unbedachtes tun.

Zum Glück würde Mirjam an ihrer Seite sein. Um keinen Fehler zu begehen, würde sie nur die Speisen anrühren, die auch sie zu sich nahm.

Alidas Blick wanderte über die Rebec. Sie hatte lange überlegt, welches Lied sie vortragen wollte, und sich schließlich für eins entschieden, das Parzivals Suche nach dem Gral beschrieb. Der Text schlug Richard hoffentlich genug in seinen Bann, damit er nicht auf seinen Weinbecher achtete. Bei einem zotigen Liebeslied würde er wahrscheinlich fluchtartig aus dem Palas stürmen.

Alida musste bei der Vorstellung grinsen. Sie lächelte noch immer, als die Tür abermals geöffnet wurde. Bertram und Mirjam traten ein. Der Sarjantbruder sah sie mit weit aufgerissenen Augen an und pfiff durch die Zähne.

»Donnerwetter, Mädchen«, stieß er hervor. »Bruder Richard wird heute wohl eine weitere Nacht in der Burgkapelle verbringen müssen, und dieses Mal nicht, um für die Genesung des verletzten Ritters zu beten.«

Alida verstand nicht was Bertram damit sagen wollte, doch dass Richard in den letzten Tagen wenig geschlafen hatte, war ihr aufgefallen. Es sprach für ihn, dass er sich solche Sorgen um Dankwart machte. Sie nickte Mirjam kurz zu, die ihre gewohnte Tunika trug, griff nach Streichbogen und Instrument und folgte beiden aus der Kammer.

Auf dem Weg zum Palas begann Alidas Herz zu hüpfen. Sie presste verärgert die Lippen zusammen. Bestimmt war es das schlechte Gewissen oder die Aufregung, ob ihr Plan gelingen würde. In Dankwarts Nähe hatte ihr Herz nie schneller geschlagen, noch nicht einmal, als er sie geküsst hatte. Aber weshalb sollte es das auch tun bei dem Mann, den sie von Kindesbeinen an kannte und der wie ein großer Bruder für sie war?

Mirjam hatte recht gehabt mit ihrer Vermutung. Alida hatte nie einen Gedanken an ihre wahren Gefühle gegenüber Dankwart verschwendet. Sie war ihm versprochen, würde ihn heiraten und glücklich mit ihm werden. Das war mehr, als viele andere Grafentöchter von ihrer Zukunft erwarten konnten. Sie stöhnte ein wenig gequält. Wie hatte ihr Leben sich nur derart schnell verändern können? Ihr Vater fort, Erkenwald verloren und Dankwart wie ein Bruder.

»Geht es dir nicht gut?«, fragte Mirjam fürsorglich.

Alida umklammerte den Hals der Rebec ein wenig fester. »Doch, ich bin nur ein wenig aufgeregt.«

Mirjam schenkte ihr einen wissenden Blick und berührte kurz ihre Gürteltasche. »Es wird schon alles gut gehen.«

Alida wusste, dass Mirjam ihr damit sagen wollte, dass sie den Mohnsaft für Richard bei sich trug. Alida hatte den Eindruck, als wäre ihr plötzlich ein Tragjoch mit gefüllten Wassereimern über die Schultern gelegt worden, deren Gewicht sie nach unten drückte.

Schon vor dem Palas hörte sie das Grölen, die Rufe und das Klappern von irdenem Geschirr, untermalt von Lautenklängen. Bertram riss die Tür auf. Eine Woge schwülwarmer Luft strömte ihnen entgegen. Der Duft nach Gebratenem und Gesottenem kitzelte Alidas Nase, vermischt mit dem Gestank nach Schweiß, Leder und saurem Wein.

Die Tafeln, die in Form eines Hufeisens angeordnet waren, bogen sich unter der Menge der aufgetischten Speisen. Kopfschüttelnd betrachtete Alida die Schüsseln mit hellem Brot, verschiedene Käsearten, die gestern erlegte und nun gebratene Jagdbeute aus einem Wildschwein, mehreren Hasen und Rebhühnern, garniert mit frischen Früchten wie Erdbeeren, Blaubeeren und Kirschen. Zubereitete Zwiebeln, Kohl, Pastinaken, Erbsen, rote und gelbe Rüben fanden sich zwischen in Milch gekochten Ackerbohnen und Salaten aus Lattich und Gutem Heinrich.

Jetzt im Sommer war es draußen noch hell, so wurden Kerzen gespart, weil ausreichend Licht durch die hohen Fensteröffnungen hereinfiel. Erst in einigen Stunden würde sich die Dunkelheit auf Burg Kaltenstein herabsenken. So lange würde Alida ausharren müssen, damit die Flucht leichter gelang.

Ihr Blick flog über die Anwesenden, doch Richard von Thurau konnte sie nirgends entdecken. Ob er es sich anders überlegt hatte und dem Fest nicht beiwohnen wollte? Wie sollte ihr Plan dann gelingen? Alidas Kehle wurde trocken. Mit gesenktem Kopf folgte sie Bertram von Leiningen an den Knechten und Mägden vorbei, die am unteren Ende der Tafel saßen, entlang an dem Tisch der Burgmannen bis fast an den Kopf der Tafel, wo die Ritter des Hausherrn saßen. Vier Plätze waren noch frei.

Sie setzte sich, flankiert von Bertram und Mirjam. Wo blieb Richard nur?

»Lass mich neben dem Deutschordensritter sitzen«, wisperte Mirjam ihr zu. »So erreiche ich besser seinen Becher, wenn du ihn ablenkst. Ich hoffe, er kommt noch.«

Alida wollte gerade antworten, als der Burgherr, der mittig an der Stirnseite saß, den Becher hob und ihr zuprostete. »Ein Hoch auf das schönste Singvögelchen des Festes.«

Sie spürte, wie sie errötete. Hinter Hartwin von Kaltenstein stand eine Gruppe Männer. Der vorderste trug ein rot-grünes Hemd, spielte auf einer Laute und musterte sie aufmerksam. Auf der breiten Schulter des Bärtigen, der hinter dem blonden Spielmann stand, hockte ein Affe mit einer blauen Kappe und zerrte an seinem Halsband. Das Ende der Leine hielt der Mann in der Hand und starrte missmutig vor sich hin. Auch die vier übrigen Männer, alle von mehr oder minder kräftiger Statur, sahen nicht fröhlich drein.

Da die Tische nur von einer Seite besetzt waren, eilten die Pagen und einige Mägde in der freien Mitte hin und her und schenkten den Gästen nach.

Zwei weitere bunt gekleidete Gaukler betraten den Palas. Der eine begann damit, auf Händen bis vor den Burgherrn zu laufen, der andere folgte ihm, mit fünf Bällen gleichzeitig jonglierend. Gut gelaunt warf von Kaltenstein beiden einen Apfel zu. Der Jongleur machte sich einen Spaß daraus und reihte ihn kurz zwischen seinen Bällen ein, während der andere bereits herzhaft in seinen biss und sich zu seinen Kameraden gesellte.

Alida achtete darauf, nach welchen Speisen Mirjam griff, um später keinen Fehler zu machen. Noch hatte sie keinen Hunger, nicht bis sie ihren Auftritt hinter sich gebracht hatte und wusste, wo Richard blieb.

Plötzlich brach der Burgherr in dröhnendes Gelächter aus. Mit ausgestrecktem Zeigefinger deutete er auf die Eingangstür. Alida rutschte das Stück Brot aus der Hand und sie spürte, wie ihr Mund offen stand.

Im ersten Augenblick hätte sie Richard beinahe nicht erkannt. Nicht nur, weil er anstelle des Konventsrocks ein helles Hemd und eine graue Hose trug, was ihm ein weltliches Aussehen verlieh. Durch den fehlenden Bart sah er bedeutend jünger aus, nur wenige Jahre älter als sie selbst.

Die deutlich hervortretende Narbe ließ ihn verwegen und auf andere Weise als der Bart reifer wirken, als es seinem Alter entsprach.

Hartwin von Kaltenstein klopfte vergnügt mit der flachen Hand auf die Tischplatte, ehe er sich die Lachtränen aus den Augenwinkeln wischte. »Sagt mir, Bruder Richard, habt Ihr Euch rasieren lassen, weil Ihr gedenkt, es den Spielleuten gleichzutun und etwas aus Eurem Repertoire zum Besten geben wollt?«

Richard schüttelte stumm den Kopf und schritt an den Tafeln vorbei auf sie zu. Erst jetzt bemerkte Alida, dass er sein Schwert samt Gurt eng an die Seite gepresst hielt, sodass es vom Ärmel seines Hemdes weitgehend verdeckt wurde. Hier bewaffnet zu erscheinen, fand Alida höchst ungehörig, doch der Burgherr bemerkte es entweder nicht oder sah darüber hinweg.

»Rutsch ein Stück«, presste Richard zu Mirjam gewandt hervor. Die Jüdin machte Platz und er setzte sich zwischen sie und Alida. Dabei verstaute er sein Schwert geschickt unter der Bank, damit es keinem auffiel. Das gelang auch deshalb, weil die beiden zuletzt erschienenen Gaukler nach Schalmei und Drehleier griffen, um den Lautenspieler zu unterstützen und die Aufmerksamkeit aller auf sich zogen. Lediglich der Bärtige mit dem Affen warf Richard einen brennenden Blick zu.

Die unmittelbare Nähe zu Richard jagte Alida einen wohligen Schauer über den Rücken. Ob er ihretwegen den Bart abgenommen hatte? Weshalb hätte er sonst sein Aussehen verändern sollen? Sie beugte sich noch ein wenig mehr zu ihm hinüber. Seine Haut war von der trockenen Rasur stellenweise gerötet und Alida konnte ein paar kleine Verletzungen erkennen. »Ihr seht sehr stattlich aus«, wisperte sie ihm ins Ohr.

Ein knappes Nicken war alles, das er ihr schenkte. Ein wenig enttäuscht lehnte Alida sich wieder zurück. Ein nicht gerade kleiner Teil von ihr hätte erwartet, dass er das Kompliment in ähnlicher Weise erwidern würde. Doch das war von einem Mönch wahrscheinlich zu viel verlangt.

Alida biss ein Stück von ihrem Brot ab und spülte es mit einem Schluck Wasser hinunter. Richard griff derweil nach einem Rebhuhnschenkel. Kauend wanderten seine Blicke immer wieder zu der Gauklertruppe hinüber.

Der blonde Spielmann mit der Laute erhob seine Stimme. In einem Sprechgesang erzählte er von dem ermordeten Erzbischof Engelbert von Coellen und wie er Burg Thoron dem pfalzgräflichen Besitz entrissen hatte. Selbst die Gesandten des Papstes konnten bei dem stolzen Mann nichts ausrichten. Stattdessen ließ der Erzbischof die Burg noch weiter befestigen. Doch der Hochmut brachte ihm Verderben. Gemeuchelt vom eigenen Vetter sollte das allen allzu weltlich ausgerichteten Kirchenmännern eine Warnung sein, sich lieber auf ihre eigentlichen Aufgaben zu besinnen.

Alida zog scharf die Luft ein. In Coellen wurde Engelbert wie ein Heiliger verehrt und seine Schmähung entfachte ihren Zorn. Grummelnd steckte sie sich eine Erdbeere in den Mund und sah zu Mirjam hinüber. Selbst sie hatte die Brauen zusammengezogen und starrte verärgert vor sich hin. Richards Lippen hingegen umspielte ein zufriedenes Lächeln. Er sah das Scheitern des Kirchenfürsten sicherlich als Strafe Gottes an.

Viele sagten dem ehemaligen Erzbischof Engelbert von Coellen nach, ein besserer Herzog als Seelsorger gewesen zu sein. Natürlich musste das einem prinzipientreuen Ritterbruder, wie Richard einer war, übel aufstoßen, dachte Alida in einem Anflug von Bitterkeit.

Der jetzige Coellner Oberhirte Heinrich von Müllenark wiederum sei von farblosem Charakter, fuhr der Spielmann fort. Wie es oft so sei, dass auf einen starken Mann ein schwacher folgte. Hinterhältig sei er, habe sich dem Pfalzgrafen Otto von Baiern wieder angenähert und ihn um Hilfe bei einer Fehde angefleht. Zum Dank habe er ihm die Rückgabe von Burg Thoron versprochen, doch nach dem Friedensschluss sein Wort nicht gehalten.

Alida spürte ihre Ader an der Schläfe pochen. Heinrich von Müllenark war zwar nicht aus dem gleichen Holz geschnitzt wie sein Vorgänger, aber sie wusste genau, dass der Pfalzgraf aufgrund des geschlossenen Friedens die versprochene Hilfeleistung nie erbracht hatte.

Der Spielmann verstand es, im weiteren Verlauf den Pfalzgrafen zu rühmen und seine Geschicklichkeit zu preisen. Der Tag wäre nicht mehr fern, an dem der Wittelsbacher Burg Thoron zurückerobern würde. Doch als der Sänger fortfuhr, allen Herren des Landes zu empfehlen, sich Otto von Baiern anzuschließen und Tor und Haus für ihn zu öffnen, wurde es selbst dem Burgherrn zu viel.

Zornig unterbrach er die Darbietung und drohte dem Lautenspieler Schläge an, sollte er am heutigen Abend noch einmal wagen, den Pfalzgrafen auch nur zu erwähnen.

Ein Seitenblick auf Richard zeigte Alida, dass er das Geschehen mit zusammengekniffenen Augen verfolgte. Er hatte sogar aufgehört zu essen und den halb abgenagten Schenkel vor sich abgelegt.

»Was habt Ihr?«, fragte sie.

»Für meinen Geschmack ist der Spielmann ein wenig zu voll des Lobes über den Pfalzgrafen.«

»Wohl wahr, er sollte lieber von Kaltenstein umschmeicheln, wenn er noch eine Belohnung erhalten will.«

»Wenn er die nicht schon bekommen hat oder sie ihm zumindest in Aussicht gestellt wurde«, presste Richard hervor.

Alida stutzte. Bevor sie den Gedanken jedoch weiter verfolgen konnte, winkte ihr der Burgherr zu.

»Jetzt steht mir der Sinn nach schöner musikalischer Unterhaltung. Also los, Mädchen, vergelte mir meine Gastfreundschaft, indem du mich erheiterst.«

Alida trank noch einen Schluck Wasser und erhob sich. Aufgeregt umrundete sie die Tafeln und setzte sich hinter den Spielleuten auf die Bank in der Fensternische. Die Künstler verteilten sich entlang der Seiten, sodass alle Gäste eine freie Sicht auf Alida hatten.

Sie atmete nochmals tief durch und strich sich eine Locke hinter das Ohr. Als sie ihren Blick über die Anwesenden schweifen ließ, fiel ihr auf, dass Richard sie nicht beachtete, sondern vor sich auf den angenagten Rebhuhnschenkel starrte.

Alida setzte die Rebec auf die Knie und hob den Bogen. Sie rief sich kurz die Zeilen ins Gedächtnis, schloss die Augen und begann zu singen.

Zu Beginn hörte sie noch vereinzeltes Hüsteln und Gemurmel, doch zunehmend senkte sich Stille über den Palas. Einzig ihre Stimme erfüllte das Gemäuer, wurde von den Wänden verstärkt und nahm die Zuhörer mit auf die Reise. Sie begleiteten Parzival, einen Ritter der Tafelrunde am

Hofe König Artus', der reinen Herzens war, auf der Suche nach dem Heiligen Gral.

Während Alida von Parzival sang, der in Abgeschiedenheit aufgewachsen war und dem das Verständnis für die Wirklichkeit fehlte, schob sich Richards Bild vor ihre Augen. Wie der Held in der Sage war auch Richard ein hervorragender Kämpfer, geprägt von moralischen Grundsätzen und auch ein wenig naiv, zumindest was die Hinterlist seiner Mitmenschen anging.

Als sie geendet hatte, dröhnte ihr donnernder Applaus entgegen. Sie öffnete die Augen. Die Gäste klatschten in die Hände oder auf die Tischplatte, nur Richard nicht. Er umklammerte seinen Weinbecher mit beiden Händen und sah aus, als könnte ihn nur äußerste Willenskraft daran hindern aufzuspringen und aus dem Saal zu stürmen.

Alida spürte Tränen in die Augen steigen. Sie blinzelte heftig und sah zu Mirjam hinüber. Die schüttelte zaghaft den Kopf. Das konnte nur bedeuten, dass es ihr nicht gelungen war, den Mohnsaft in Richards Becher zu geben. Kein Wunder, wenn er ihn wie ein Löwe bewacht und den Blick nicht von ihm gewendet hatte. Ob er etwas ahnte?

Das war sehr unwahrscheinlich, beruhigte sie sich. Von Kaltenstein nickte ihr anerkennend zu, als sie an ihm vorbei zu ihrem Platz zurückging. Richard würdigte sie immer noch keines Blickes. Selbst als sie sich neben ihn setzte, sah er stur geradeaus, löste allerdings die verkrampfen Finger von seinem Becher.

»Das war ein wunderschöner Vortrag, Sara«, ließ sich sogar Bertram zu einer Bemerkung herab.

Sie schenkte ihm ein höfliches Lächeln und wandte ihren

Blick zu der Fläche zwischen den Tafeln. Der Mann mit dem Affen stand jetzt dort und nahm sich das Tier von der Schulter. Das lief auf den Burgherrn zu, soweit es die Leine erlaubte, setzte sich und zog die Kappe ab. Gelächter ringsum antwortete ihm und von Kaltenstein grinste über das gesamte Gesicht.

Der Mann ruckte an der Leine, sodass der Affe nach hinten gezogen wurde. Der kleine Kerl kreischte auf und bewarf seinen Peiniger mit der Mütze. Das Grölen der Zuschauer schwoll an.

Alida bemerkte den entsetzten Blick, den der Lautenspieler mit den beiden anderen Gauklern tauschte. Das Äffchen kletterte derweil behände an seinem Besitzer hoch und biss ihm ins Ohr. Der Mann brüllte auf und stieß seinen Angreifer von der Schulter.

Der Flötenspieler drückte dem Mann mit der Drehleiter sein Instrument in die Hand und flankte elegant über den Tisch. Er packte das Äffchen, das sogleich die Zähne in seine Finger schlug, und presste es fluchend an sich. Das Tier schien seinen Retter gut zu kennen, denn es ließ die Hand los und drückte sich schutzsuchend an ihn.

Der Bärtige hingegen rieb über sein Ohr. Blut quoll zwischen seinen Fingern hindurch und tropfte auf sein Hemd.

Die Menge johlte und schlug sich vergnügt auf die Schenkel. Auch Bertram bog sich vor Lachen. Dagegen verzog Richard keine Miene, sondern beobachtete die Künstler argwöhnisch.

Alida verspürte Mitleid mit dem Tier. Sie war erleichtert, als der Flötenspieler zu den beiden anderen zurückkehrte und den Affen mit sich nahm. Der Bärtige verließ unter

Spottrufen den Schauplatz, und die drei anderen betraten den Kreis. Zwei von ihnen taten, als würden sie miteinander ringen, während der dritte ungelenk um sie herumhüpfte und ab und an einen Purzelbaum versuchte.

Alida zupfte Richard am Ärmel. »Das ist die schlechteste Darbietung, die ich je gesehen habe. Wo hat von Kaltenstein die Truppe aufgegriffen?«

»Das habe ich mich auch gerade gefragt«, antwortete er leise. »Lange können die noch nicht dabei sein.«

Nun gaben die Ringer auf, stellten sich nebeneinander und der dritte bemühte sich, an ihnen hochzuklettern, um sich auf die Schultern zu stellen.

Alida schüttelte verständnislos den Kopf. Die ersten Schmähungen erklangen aus dem Publikum. »Ich frage mich, ob die wirklich keine Frauen in ihrer Truppe haben, oder ob sie dachten, dass es besser wäre, sie nicht mitzunehmen.«

»Frauen?«, wiederholte Richard heiser und versteifte sich.

Alida hätte beinahe die Augen verdreht. »Ihr habt wohl noch nicht oft dieser Art von Vergnügungen beigewohnt, sonst wüsstet Ihr, dass es durchaus üblich ist.«

Sie bemerkte verwundert Richards plötzliche Beunruhigung. Wahrscheinlich hatte er noch nie einer Tänzerin zugesehen. Alida dachte an die akrobatischen Verrenkungen der Frauen, die sie bei Darbietungen auf Burg Erkenwald schon atemlos verfolgt hatte. Solche würden möglicherweise sogar einem stoischen Ritter wie Richard die Nachtruhe rauben. Sie verbarg ihr Grinsen hinter dem Becher.

Die menschliche Pyramide brach in der Mitte zusammen. Die Männer wälzten sich auf dem Boden, und manche Gäste bewarfen die Darsteller mit Essen.

Die drei rappelten sich auf und versuchten sich nun an einem kleinen Schauspiel. Einer sollte den Papst darstellen, der zweite imitierte den Kaiser, während der dritte die Rolle des Erzählers einnahm.

Er griff nach einem Apfel von der Tafel und hielt ihn dem Publikum hin. Dies sei Jerusalem, verkündete er und warf die Frucht den beiden anderen zu. Die begannen sofort darum zu balgen.

Alida stupste Richard an. »An was denkt Ihr gerade?«

»Die leidenschaftliche Erregung, die ein Schauspiel erzeugt, ist das Tor zur Sünde«, antwortete er lapidar.

»Dieses bestimmt nicht«, behauptete sie.

Jetzt grinste er sie kurz an. »Da hast du allerdings recht. Bei dieser Darbietung sehe ich auch keine Gefahr für mein Seelenheil, bei anderen hingegen schon.«

Bezog er das etwa auf ihren Vortrag? Bedeutete das, er hatte ihm doch gefallen? »Wie meint Ihr das?«, fragte sie deshalb nach.

»So, wie ich es gesagt habe«, antwortete er tonlos. »Aber vielleicht wird uns hier eigentlich ein ganz anderes Schauspiel geboten.«

Alida stockte der Atem. »Ihr glaubt also, diese Possenreißer sind nicht echt?«

Richard nickte kaum merklich. »Ich denke, es ist eine Falle.«

Kapitel 16

»Was, und da bleibt Ihr noch so ruhig?« Alida konnte es nicht fassen.

»Es ist schließlich nur eine vage Vermutung«, murmelte Richard ihr zu.

Er warf die Überreste seines abgenagten Rebhuhnschenkels auf eine Platte und nahm sich ein paar Schweinerippen, die mit einer Marinade aus Kräutern und Honig bestrichen waren.

Der Duft ließ Alida das Wasser im Mund zusammenlaufen und die Spielleute für einen Augenblick vergessen. Unbewusst leckte sie sich über die Lippen.

»Du wirst doch wohl nicht schwach werden?«, schmunzelte Richard.

»Ich denke nicht, dass jemand für ein Essen seinen Glauben verraten würde«, quetschte sie hervor, ohne den Blick von dem dunklen Saft zu nehmen, der nun an seinen Fingern entlangrann.

Genüsslich leckte Richard ihn ab. »Weißt du, manchmal denke ich, dass es eher die Schweinerippchen gewesen sind, die meine Mutter dazu gebracht haben, den wahren Glauben anzunehmen. Und nicht die Liebe zu meinem Vater.«

Alida erinnerte sich, dass Bertram ihr gegenüber erwähnt hatte, Richards Mutter sei eine Katharerin gewesen. Doch sie wollte weder ihn noch Bertram in Verlegenheit bringen, indem sie ihr Wissen zugab. Deshalb fragte sie: »Ist Eure Mutter eine bekehrte Jüdin?«

Der verachtungsvolle Blick, den Richard ihr daraufhin zuwarf, ließ sie schlucken. »Nein, ist sie nicht. Ich kann mir auch nicht vorstellen, dass eine Jüdin es je geschafft hätte, meinem Vater schlaflose Nächte zu bereiten.«

Richard sah aus, als bereute er es zutiefst, eine Bemerkung über seine Mutter gemacht zu haben, und Alida scheute sich davor nachzuhaken.

Sie tauchte ein Stück ihres Brotes in eine Gemüsesuppe, von der auch Mirjam aß, und versuchte das brennende Gefühl von ungeweinten Tränen in ihrer Kehle hinunterzuschlucken. Immer wenn sie glaubte, Richard ein Stück näher zu kommen, wurde er plötzlich unzugänglich und wies sie barsch zurück.

Alida verging der Appetit. Sie sollte sich weniger Gedanken um den Gemütszustand des Mannes neben ihr machen, sondern lieber dafür sorgen, dass Mirjam endlich ihren Plan durchführen konnte. Selbst wenn die Gaukler ein falsches Spiel trieben, ihr sollte es gleich sein. Hauptsache, sie konnte Richard das Siegel stehlen und mit den anderen von der Burg verschwinden.

Nachdem die Gäste gesättigt waren, forderte Hartwin von Kaltenstein die drei Musikanten auf, zum Tanz zu spielen. Die untalentierten Akrobaten stellten sich hinter die Spielmänner und musterten mit verschränkten Armen die Anwesenden.

Für Alida war das die Gelegenheit, Richard für den Reigen von der Tafel wegzulocken – vorausgesetzt, er würde mitmachen. Natürlich wollte er nicht. Entsetzt schüttelte er den Kopf, als Alida ihn danach fragte.

»Los, Richard«, wurde sie unerwartet von Bertram unterstützt. »Wir sind weit weg von unserer Kommende und ich werde dich schon nicht verpetzen.«

»Darum geht es doch überhaupt nicht«, wies Richard ihn sofort zurecht.

»Bitte, Herr von Thurau«, bettelte Alida, legte den Kopf ein wenig schief und sah ihn unter ihren langen Wimpern fragend an.

Richard blickte Mirjam kurz an, die ihm kurz zunickte. »Wenn Ihr die Schritte beherrscht, hat meine Schwester einen guten Vergleich zu Dankwart, der sehr ungeschickt darin sein soll.«

Alida war überrascht von Mirjams Bemerkung, doch die Äußerung schien Richard wanken zu lassen.

»Natürlich kenne ich die Schrittfolge, ich bin ja nicht in einem Kloster aufgewachsen. Meinetwegen, wenn ich dir damit einen Gefallen erweise«, gab er nach.

Beinahe hätte Alida vor Freude in die Hände geklatscht. Sie stand auf und schenkte ihm ein strahlendes Lächeln. Richard wandte den Blick ab und erhob sich ebenfalls. Während er sich zu Bertram hinunterbeugte und ihm etwas ins Ohr flüsterte, zwinkerte Alida Mirjam zu und deutete verstohlen auf Richards Weinbecher, der noch zur Hälfte gefüllt war.

Alida ging voran bis in die Mitte der Fläche, wo sich die Paare in einer Reihe aufstellten. Zu ihrer Freude sah sie, wie Bertram sich eine Hasenkeule schnappte und den Palas verließ. Besser konnte es gar nicht laufen. Offenbar sollte er etwas für Richard erledigen. Alida grinste aufmunternd zu Mirjam hinüber, ehe sie zu dem Mann an ihrer Seite aufblickte.

Richard sah stur geradeaus und wirkte angespannt. Es mochte sein, dass er die Schritte kannte, doch Alida bezweifelte stark, dass es ihm gelingen würde, sich von dem Takt der Musik führen zu lassen.

Die Spieler begannen damit, ihren Instrumenten die ersten Töne zu entlocken. Richard stand immer noch steif da und regte sich nicht. Alida berührte ihn sacht am Oberarm. Das riss ihn aus seiner Teilnahmslosigkeit. Er sah auf sie herab und Alida konnte sich des flüchtigen Eindrucks der Besorgnis nicht erwehren, der über sein Gesicht huschte. Galt sie ihr und dem Tanz oder der gesamten Lage? Er hob zögernd die Hand und sie legte sacht ihre Finger darüber.

Alida hatte das Gefühl, ein Blitz würde durch ihren Körper schießen. Instinktiv wollte sie ihre Hand zurückziehen, doch Richard hielt sie fest. Sie wich seinem brennenden Blick aus, spürte, wie Hitze über ihre Wangen kroch.

Richard ging wie alle anderen zwei Schritte vor und zog sie mit. Sie stolperte beinahe und sah ein amüsiertes Lächeln um seine Lippen spielen. Ihre Hände verloren einander, als sie sich um die eigenen Achsen drehten und fanden sich erneut, als Richard sich hinkniete und Alida ihn langsam umtanzte.

Als er wieder aufstand, spielte die Musik etwas schneller. Die erhobenen Unterarme gekreuzt, hüpften sie umeinander, ehe sie zum nächsten Tanzpartner wechselten.

Alida sah immer wieder zu Richard hinüber. Er bewegte sich perfekt im Takt und seine Bewegungen wirkten geschmeidig. Hinter der Maske aus Gleichgültigkeit allen weltlichen Verlockungen gegenüber, war ein Mann verborgen, der alltägliche Freuden sehr wohl genießen konnte. Richard wirkte entspannt, beinahe glücklich. Er lächelte die Dame an seiner Hand freundlich an und Alida kniff die Augen zusammen. Im Umgang mit der Fremden wirkte er ganz zwanglos.

Sie blickte zu Mirjam hinüber, während sie zum nächsten Mann tanzte. Die Jüdin beobachtete Richard genau, der sich immer wieder wachsam im Saal umsah. Alida musste seine Aufmerksamkeit auf sich lenken.

Beim Schlussreigen stand sie wieder neben ihm. Die Paare hielten einander an den Händen und tanzten immer schneller im Kreis. Alidas Zopf flog hin und her, und immer mehr Strähnen lösten sich daraus. Sie lachte laut, wie auch die anderen Frauen.

Richards Blick ließ sie nicht los, auch als der Reigen zu Ende war und die Musiker die Instrumente absetzten. Ein wenig atemlos strahlte sie ihn an und sah über seine Schulter hinweg, wie Mirjam Richards Becher an sich zog.

Alida strich sich die Haare aus der Stirn. »Darf ich etwas prüfen?«, fragte sie ihn schelmisch.

Ohne die Antwort abzuwarten, legte sie ihm die Hand auf die Brust. Sie spürte seinen harten Herzschlag unter ihren Fingerspitzen. Auch ihr eigener wurde heftiger. Jetzt sah er nirgendwo anders hin, als in ihre Augen.

»Was willst du wissen?«, fragte er rau.

»Ob Euer Herz ebenso schnell pocht wie meins«, wisperte sie. Der Schmetterling in ihrem Bauch war zurückgekehrt und hatte dieses Mal ein paar Freunde mitgebracht.

Richards Blick verdunkelte sich. Verlegen trat Alida einen Schritt zurück und nahm die Hand von seiner Brust. Mit einem weiteren Blick vergewisserte sie sich, dass Mirjam Richards Becher wieder an seinen Platz zurückgeschoben hatte.

»Verzeiht mir, das war unbedacht. Ich wollte Euch nicht erzürnen.«

»Weshalb denkst du, ich wäre wütend?«, fragte er verblüfft.

Irritiert sah Alida ihn an. »Eure Augen werden jedes Mal dunkler, wenn Ihr zornig auf mich seid.«

»Ich bin nicht zornig«, sagte er heiser. »Ganz und gar nicht.«

Ihre Stimme zitterte ein wenig. »Sondern?«

»Das kann ich dir nicht erklären.« Richard legte seine Hand auf ihren Rücken, um sie zurück zum Platz zu führen. Alida glaubte, einen brennenden Holzscheit zwischen den Schulterblättern zu spüren. Das Atmen fiel ihr zunehmend schwerer und die Gliedmaßen schienen ihr nicht mehr zu gehorchen.

Die Musiker begannen von Neuem zum Tanz aufzuspielen. Doch für Alida bestand kein Anlass für einen zweiten Reigen, auch wenn sie das zu gerne noch ein weiteres Mal mit Richard erlebt hätte. Sie hatte ihr Ziel erreicht und Mirjam die notwendige Gelegenheit für ihr Vorhaben verschafft. Stocksteif setzte sie Schritt vor Schritt und nahm mit Bedauern wahr, wie Richards Hand von ihrem Rücken rutschte.

Er fluchte leise und Alida drehte sich verwundert zu ihm um. Richards Blick war auf die Ecke gerichtet, in der die Spielleute standen. Der Affe saß nun auf der Schulter des

Flötenspielers. Die vier ungeschickten Akrobaten fehlten. Das konnte kein Zufall sein.

»Wir werden das Fest sofort verlassen«, ordnete Richard an, als sie wieder bei Mirjam standen.

Alidas Gedanken rasten. Obwohl Richard kein Wort hatte verlauten lassen, wusste sie, dass er sich Sorgen wegen der verschwundenen Männer machte. Er glaubte an eine Falle. Mochte er auch sonst nahezu blind im Hinblick auf alltägliche menschliche Hinterlist sein, Kriegstaktiken konnte er durchschauen.

Sollte das etwa bedeuten, dass ein Angriff auf Kaltenstein unmittelbar bevorstand? Nach Alidas Wissen gab es drei Wege, um eine Burg erfolgreich zu bezwingen: untertunneln, belagern und durch Verrat. Sie war von einer Belagerung ausgegangen, aber das Fest bot von Kaltensteins Feind natürlich eine wunderbare Möglichkeit, ohne große Verluste in die Burg zu gelangen. Mit Sicherheit lauerten die Männer des Pfalzgrafen in den umliegenden Wäldern und warteten auf das verabredete Zeichen zum Angriff. Das erklärte im Nachhinein auch den Vortrag des ersten Spielmanns. Wessen Brot er aß, dessen Lied musste er natürlich singen.

Wenn Richard recht hatte, dann waren die Feinde möglicherweise bereits eingedrungen. Das konnte hilfreich für ihre Flucht sein. Die Männer hatten während des Kampfes anderes zu tun, als auf sie zu achten. Doch wenn Richard durch den Mohnsaft nicht Herr seiner Sinne war, dann konnte er während eines Gefechts leicht getötet werden. Alida schluckte trocken. Das durfte sie nicht zulassen.

»Wollt Ihr nicht zuvor noch Euren Wein austrinken?«,

fragte Mirjam höflich und lächelte kurz. »Wäre doch schade etwas zu vergeuden.«

Richard griff nach dem Becher. Noch ehe er ihn an die Lippen setzen konnte, sprang Alida vor und schlug ihn ihm aus der Hand. Der Wein floss auf die Tafel und der Becher stülpte sich über den Kopf eines Kapauns, der vom Koch wieder in sein Federkleid gesteckt worden war.

»Ihr müsst einen klaren Kopf bewahren, wenn wir überfallen werden«, fauchte sie ihn an.

Richard war so überrascht, dass er über den Angriff noch nicht einmal wütend wurde. Stattdessen stammelte er: »Du hast also dieselben Schlüsse gezogen wie ich. Aber ich werde von einem Schluck Wein schon nicht gleich meine Sinne verlieren.«

»Habt Ihr die holde Maid etwa beleidigt, Bruder Richard?«, schrie von Kaltenstein belustigt über die Musik hinweg.

»Nicht, dass ich wüsste«, gab Richard zurück, ehe er sich Alida zuwandte. »Oder etwa doch?«

Energisch schüttelte sie den Kopf. »Ich bin wirklich nur um Eurer Wohlergehen besorgt.« Sie zwang sich zu einem Lächeln.

Mirjam runzelte die Stirn. »Was meinst du damit, wir könnten angegriffen werden?«

In diesem Augenblick erschallte ein Krachen und die Wand des Palas' erbebte. Kalkputz rieselte herab. Die Anwesenden sprangen erschrocken auf. Jetzt hörten sie Fanfarenstöße und Geschrei aus dem Innenhof.

»Das war eine verdammte Blide, zu den Waffen!«, rief der Burgherr.

Richard ergriff sein Schwert und packte Alida am Oberarm. Während er sie zum Ausgang zerrte, brach unter den Gästen ein Tumult aus. Alle drängelten und schubsten, um den Palas schnellstmöglich zu verlassen. Der zweite Türflügel wurde aufgestoßen und die Männer und Frauen stürmten schreiend nach draußen.

Im Getümmel verlor Alida schnell den Überblick. Allein Richards Hand gab ihr Halt. Fest umschloss sie ihren Arm. Mehrfach wurde sie gegen ihn gedrückt oder bekam einen Ellenbogen zwischen die Rippen. Wiederholt trat ihr jemand auf den Fuß. Endlich hatten sie die Engstelle passiert. Richard zog sie sogleich nach links in den Gang, fort von den anderen.

Alida sah sich nach Mirjam um. Schließlich entdeckte sie den dunklen Schopf zwischen den anderen, die aus dem Palas strömten. »Mirjam, hierher!«, rief sie.

Die Jüdin bahnte sich den Weg zu ihnen. Etwas außer Atem blieb sie vor ihnen stehen.

»Du wirst jetzt zu Dankwart von Heymberg gehen«, sagte Richard zu ihr in einem Ton, der keinen Widerspruch duldete. »Dann bringst du ihn nach unten zu der hinteren Pforte. Bertram wird dort mit den Pferden auf euch warten.«

»Was ist mit meinem Vater?«, fragte Mirjam und ihre Stimme zitterte leicht.

»Ich werde ihn zusammen mit deiner Schwester holen und euch dann folgen.«

»Adonai sei Dank und beschütze Euch«, stieß sie hervor und lief davon.

»Ihr werdet uns alle von hier fortbringen?«, wollte Alida überrascht wissen.

»Dieses Durcheinander ist unsere einzige Gelegenheit zu verschwinden«, erwiderte er.

»Aber Dankwarts Wunde wird sich bei einem scharfen Ritt wieder öffnen«, wandte sie ein.

»Es wird keinen geben«, antwortete Richard brüsk. »Komm jetzt, wir müssen uns beeilen.«

Sie hasteten den Weg zu den Kerkern. Immer wieder kamen ihnen Männer mit gezückten Waffen entgegen, die in Richtung Wehrmauer und Innenhof liefen.

»Hoffen wir mal, dass der Wächter deines Vaters auch dem Ruf gefolgt ist und sich in das Kampfgetümmel draußen stürzt.«

Doch dem war nicht so, wie Alida sogleich bemerkte, als sie um die Ecke bogen. Der Mann stand mitten im Gang, eine Hand am Heft seines Schwertes, und lauschte angestrengt den Kampfgeräuschen, die hier noch dumpf zu vernehmen waren.

»Sieh an, der Bruder Richard. Was ist denn da oben los? Das hört sich nicht nach einem fröhlichen Trinkgelage an.« Der Mann klang nicht mehr ganz nüchtern. Der umgekippte leere Weinkrug neben dem Schemel bestätigte Alidas Verdacht, dass der Wächter eine zusätzliche Ration erhalten hatte. Wahrscheinlich als Entschädigung, weil er weiterhin den Gefangenen bewachen musste und nicht mit den anderen Bediensteten oben feiern durfte.

»Die Burg wird angegriffen«, antwortete der Ritter.

»Und was macht Ihr dann hier unten?« Der Mann wischte sich mit dem Handrücken über den Mund.

»Wir kommen, um Salomon ben Isaak zu befreien«, sagte Richard ruhig.

Alida verdrehte die Augen. Warum nur musste er immer so ehrlich sein?

Der Wächter lachte dreckig. »Das könnte Euch so passen.«

»Er soll dem Pfalzgrafen nicht in die Hände fallen«, erläuterte sie schnell. »Wenn der meinen Vater hier entdeckt, wird er das Lösegeld für sich behalten. Hartwin von Kaltenstein will dem vorbeugen. Um die Verteidigung der Burg ist es schlecht bestellt und deshalb will er meinen Vater in Sicherheit vor dem Grafen wissen.«

Ihr Gegenüber runzelte misstrauisch die Stirn. »Und da schickt der Herr ausgerechnet die Tochter des Juden und einen Mönch, um seinen Befehl auszuführen?«

Alida presste die Lippen zusammen und suchte nach einer plausiblen Erklärung.

»Der Mann ist nicht so dumm, wie du angenommen hast«, brummte Richard.

Beinahe hätte Alida sich vor die Stirn geschlagen. »Schönen Dank auch«, murrte sie verärgert. »Erinnert mich beim nächsten Mal daran, dass ich niemals versuchen sollte, mit Euch ein Pferd zu stehlen.«

»Wir wollen kein Pferd stehlen, auch keins für deinen Vater«, antwortete er trocken.

Das schabende Geräusch, mit dem der Wächter jetzt sein Schwert aus der Scheide zog, verursachte Alida eine Gänsehaut. Doch nun war es für eine List zu spät.

Richard zog ebenfalls blank und bedeutete Alida mit dem Kopf, an die Seite zu gehen. »Ich will Euch nicht verletzen«, sagte er zu dem Mann.

»Ich Euch schon«, antwortete der mit einem Glitzern in den Augen.

Alida drückte sich mit dem Rücken an die kalte Mauer. Mit klopfendem Herzen beobachtete sie, wie sich die beiden Männer einander mit erhobener Waffe näherten. Sie zuckte zusammen, als die Klingen aufeinandertrafen. Merkwürdig, sie war doch sonst nicht so empfindlich.

Ihr Blick huschte durch den Gang auf der Suche nach etwas, mit dem sie Richard helfen konnte, und blieb an dem leeren Weinkrug hängen. Um an ihn zu gelangen, müsste sie allerdings die Kämpfenden umrunden, was ihr unmöglich erschien. Die beiden Männer nahmen die gesamte Breite des Durchgangs ein.

Gerade versuchte der Wächter Richard in den Bauch zu treten. Der wich dem Angriff geschickt aus und bedrängte den anderen nun seinerseits mit harten Schlägen.

Still zusehen und um Richards Leben bangen, war nicht in Alidas Sinn. Wenn sie auch gerade keine Möglichkeit sah, ihm zu helfen, so musste sie dennoch etwas tun. Sie tastete sich vorsichtig an der Wand entlang. Zwei Schritte später machte sie einen Satz nach vorne. Richard parierte einen Schlag und das Schwert des Wächters schwang zur Seite. Die Klingenspitze traf genau die Stelle, an der Alida gerade noch gestanden hatte.

Richard brüllte wütend auf und bedrängte den Mann noch härter. Alida eilte nun geradewegs zu der Tür, hinter der Salomon gefangen gehalten wurde, und schob den Riegel zurück.

Der Raum wurde von der fast heruntergebrannten Kerze schwach erhellt. Salomon ben Isaak stand auf und sah sie erschrocken an.

»Die Burg wird angegriffen, wir müssen fliehen«, rief Alida.

»Mirjam?«, fragte Salomon bloß.

»Sie wartet mit Dankwart draußen auf uns. Schnell, komm jetzt.«

Während Salomon auf sie zukam, fiel Alidas Blick auf das Stroh. Plötzlich hatte sie einen Einfall, wie sie Richard helfen konnte. Sie kniete sich neben die Kerze und kratzte eine Handvoll Spreu vom Boden.

Diese fest in der Faust haltend, trat sie vor Salomon auf den Gang hinaus. »Warte hier«, wisperte sie und schlich von hinten an den Wächter heran.

»Nein, Sara, nicht!«, schrie Richard.

Sein Gegner machte einen Satz zur Seite und drehte Alida das Gesicht zu. Blitzschnell sprang sie nach vorne. Richard täuschte einen Schlag von oben an, damit der Wächter sein Schwert heben musste und Alida nicht mit der Klinge durchbohren konnte. Sie nutzte die Gelegenheit und schleuderte dem Mann die Spreu ins Gesicht. Sofort wich sie wieder zurück.

Blind stolperte der Wächter nach vorne, wild schreiend und das Schwert um sich schwingend. Doch nun hatte Richard leichtes Spiel. Geschickt entwaffnete er seinen Gegner und verpasste ihm mit der Faust einen Kinnhaken.

Der Mann taumelte rückwärts. Richard packte ihn und stieß ihn in den Kerker, der zuvor Salomons Gefängnis gewesen war. Er schloss die Tür und legte den Riegel vor. Der Besiegte begann zu krakeelen.

»Schrei du nur, dich hört sowieso niemand«, rief Alida ihm zu.

Richard steckte sein Schwert ein und Alida hob das des Wächters auf, was ihr einen anerkennenden Blick des Ritters einbrachte.

Alida gab vor, seinen Blick nicht zu bemerken und drängte zur Eile. Das Heft des Schwertes in ihrer Hand verlieh ihr Sicherheit, auch wenn ihr natürlich bewusst war, dass sie im Ernstfall nicht damit umzugehen wusste. Unbehelligt gelangten sie nach draußen.

Der Burghof war erfüllt von Kampflärm. Die Mannen von Kaltenstein wehrten sich mit aller Macht gegen die Angreifer, die sich ebenfalls bereits im Innenhof befanden. Den falschen Spielleuten war es gelungen, die Wachen zu überrumpeln und das Fallgitter hochzuziehen. Hartwin von Kaltenstein stand auf der Wehrmauer zwischen den Bogenschützen und brüllte Befehle. Einer der Verteidiger jagte mit gezücktem Schwert den Wehrgang entlang. Er stürzte auf das Seil zu, das das Gitter oben hielt. Nachdem er es durchtrennt hatte, sauste das Falltor krachend nach unten. Seine eisernen Spitzen zerquetschen gleichermaßen Freund und Feind. Sicher ein halbes Dutzend Männer hatte es nicht rechtzeitig geschafft, zur Seite zu springen. Jetzt entdeckte Alida auch den Bärtigen, der den Affen vorgeführt hatte, in der Menge. Gerade hob er die Streitaxt und schlug seinem Gegner die Klinge in die Schulter. Schaudernd wandte Alida sich ab.

»Wir müssen an die Westpforte«, rief Richard und ging voran. Gleichzeitig zog er sein Schwert erneut aus der Scheide.

Alida und Salomon folgten ihm, sich immer dicht an den Gebäuden haltend. Hin und wieder krachte ein Felsbrocken gegen die Burganlage. Vermutlich sollten damit weniger die Mauern zerstört als den Bewohnern die Macht der Angreifer demonstriert und sie in noch größere Angst versetzt werden.

»He, wohin so eilig?«

Ein breitschultriger Mann, bewaffnet mit Einhänder und Faustschild, stellte sich Richard in den Weg. Sein Blick glitt zu Alida und ein Grinsen umspielte die wulstigen Lippen. »Wenn ich mit dir fertig bin, wird sie meine Belohnung sein.«

Mit einem Schrei warf sich Richard auf ihn. Alida erkannte verwundert, dass es ihm mittlerweile gleich zu sein schien, ob er einen Christen verletzte. Sie beobachtete gebannt, wie die Schläge so schnell auf seinen Gegner niedergingen, dass dieser kaum Zeit zur Abwehr fand. Mühsam verteidigte er sich. Der runde Schild zerbarst unter der Wucht von Richards Attacke.

Noch ehe der andere sich von seiner Überraschung erholen konnte, deutete Richard einen Schlag von links an. Blitzartig wechselte er die Schwerthand und stieß die Klinge ins Herz seines Gegners.

»Du wirst sie niemals anrühren«, zischte er, als der Mann nach hinten kippte.

Immer noch fasziniert, mit welcher Leichtigkeit Richard seinen Gegner niedergestreckt hatte, bemerkte Alida erst jetzt den Schützen, der nicht weit von ihnen stand. Er spannte die Armbrust. Richard drehte ihm den Rücken zu. Der Pfeil würde sein Ziel nicht verfehlen.

Alida stieß einen Warnschrei aus. Ohne Nachzudenken hob sie das Schwert des Wächters an und stürzte auf den Schützen zu. Der blickte sie einen Moment lang sichtlich erschrocken an, ehe er die Waffe herumschwenkte. Doch es war bereits zu spät. Die Schwertspitze durchdrang seinen Hals.

Blut sprudelte hervor und spritzte Alida ins Gesicht. Die Finger des Mannes verkrampften sich. Der Pfeil löste sich aus der Armbrust und zischte gefährlich nahe an Alidas Ohr vorbei.

Mit einem entsetzten Stöhnen wich sie nach hinten. Das Heft des Schwertes entglitt ihren kraftlosen Händen. Der Schütze taumelte zurück, gab ein gurgelndes Geräusch von sich. Seine Finger griffen haltlos nach der Klinge, rutschten von ihr ab. Die weit aufgerissenen Augen schienen Alida anzuklagen, ehe der Blick brach und der Mann tot zu Boden sank.

»Sara, um Gottes willen!« Richard stand plötzlich neben ihr und riss sie in seine Arme.

Alida bildete sich sogar ein, dass seine Lippen ihren Scheitel berührten.

»Ich habe ihn umgebracht«, schluchzte sie und presste sich zitternd an Richards Brust.

Er hielt sie fest umschlungen, streichelte sanft über ihren Rücken. »Du hast mir das Leben gerettet, du tapferer Frechdachs«, murmelte er gegen ihr Haar. »Wie kann ich dir das je vergelten?«

Alida schmiegte sich noch dichter an ihn. Im Augenblick war sie nicht fähig klar zu denken. Sie hatte einen Menschen getötet und es war erschreckend leicht gewesen.

»Wir müssen weiter«, gemahnte Salomon und sah die beiden durchdringend an.

Alida löste sich widerwillig von Richard und wischte sich die Tränenspuren von den Wangen. Sie wagte nicht, noch einmal zu dem Toten hinüberzusehen. Nur noch eine Gebäudeecke trennte sie von der Sicht auf ihren Treffpunkt.

Sie tappte ein wenig benommen hinter Richard und Salomon her und versuchte ihre Gefühle zu ordnen.

Die Blide, die draußen auf dem freien Feld vor der Burg stand, schleuderte erneut einen Felsbrocken. Er rasierte einige Zinnen des Wehrgangs ab und krachte gegen die Mauer, an der sie gerade entlanggingen. Die drei sprangen zur Seite, als der Brocken zu Boden stürzte und weitere Steine mit sich riss.

Alida hörte Richard schreien und blickte nach oben. Sie spürte einen harten Schlag auf den Kopf. Dann wurde es dunkel.

Kapitel 17

Auf Burg Erkenwald trommelte Konrad von Westerburg mit den Fingerspitzen auf seine Knie. Er saß im ehemaligen Schlafgemach des Grafen auf einem Stuhl und wartete ungeduldig darauf, dass sein Compan Bertrams Nachricht zu Ende las. »Was hältst du davon?«, fragte er sofort, als Alfred das Pergament sinken ließ.

»Salomon ben Isaak lebt noch«, antwortete der. »Richard von Thurau hat deinen Befehl nicht ausgeführt, weil er sicher ist, dass der Jude keine Schuld am Tod der Grafentochter trägt und keine Absicht hegt, sich den Besitz anzueignen. Bruder Richard meint, damit in deinem Sinn zu handeln, weil er verhindert, dass du den Tod eines Unbeteiligten auf deine Seele lädst.«

Konrad schnaubte verächtlich. »Er hat wohl eher Sorge um sein eigenes Seelenheil. Hätte er sonst diesen verletzten Ritter nach Kaltenstein gebracht?«

»Immerhin ist er noch überzeugt, dass Alida Sara heißt und die Tochter ben Isaaks ist. Er will sie umgehend hierherbringen, sobald von Heymberg auf dem Weg der Besserung ist.«

Der Komtur runzelte die Stirn. »Mir gefällt das alles nicht. Warum wohl hat Alida von Erkenwald Bruder Richard nicht die Wahrheit über ihre Herkunft erzählt, nachdem von Heymberg aufgetaucht ist? Du hast Bertram doch nicht über sie aufgeklärt, oder?«

»Natürlich nicht«, entgegnete Alfred entrüstet. »Du wolltest doch sichergehen, dass er sich nicht verplappert. Außerdem würdest du so gewahr werden, wenn Alida versuchen sollte, Bruder Richard gegen dich aufzuhetzen. Denn die Tochter des Grafen würde er möglicherweise zum Kaiser bringen, eine diebische Jüdin niemals. Bestimmt hat sie nichts gesagt, weil sie weiß, dass er ihr ohnehin niemals glauben würde.«

»Ihr alleine und den beiden Juden natürlich nicht, aber was ist mit dem Wort eines christlichen Ritters? Dankwart von Heymberg kennt Alidas wahre Identität. Wenn er schweigt, dann doch nur, weil die Grafentochter ihn darum gebeten hat. Natürlich könnte es auch sein, dass ihr dieser Hartwin von Kaltenstein zu gefährlich erscheint. Wenn der Burgherr keine Skrupel hatte, von ben Isaak ein Lösegeld zu erpressen, könnte er es auch bei einer Grafentochter versuchen. Wie dem auch sei, ihre Geheimniskrämerei spielt mir in die Hände. Allerdings heckt Alida von Erkenwald bestimmt etwas aus, um doch noch zum Kaiser zu gelangen.«

»Und wenn schon, für den Fall hast du doch mit der gefälschten Nachricht an Friedrich vorgesorgt«, entgegnete Alfred. »Der Kaiser wird ihr keinen Glauben schenken.«

»Davon gehe ich auch aus, dennoch will ich sicher sein, dass die Grafentochter unser Vorhaben nicht vereiteln kann.«

»Wie lautet dein Plan?«, fragte Alfred.

»Schicke den Boten von Kaltenstein morgen früh zurück. Er soll so schnell reiten, als wäre der Leibhaftige ihm auf den Fersen. Er soll Richard von Thurau die Nachricht überbringen, umgehend mit Sara bat Salomon nach Erkenwald zurückzukehren«, befahl Konrad.

»Setze dich gleich hin und schreibe eine Nachricht an Bertram. Er soll Hartwin von Kaltenstein ausrichten, dass er den Juden nach Erhalt des Lösegelds töten soll. Dafür werde ich ihm eine zusätzliche Summe zukommen lassen.«

»Und was ist mit den beiden anderen, ben Isaaks Tochter und von Heymberg?«, hakte Alfred nach.

Konrad lächelte verschlagen. »Da Dankwarts Begleiter von Bertram getötet wurde, weiß niemand außer uns, was wirklich geschehen ist. Dankwart von Heymberg wird leider wider aller Hoffnung seiner Verletzung doch noch erliegen und die Jüdin vermisst ohnehin niemand. Erteile Bertram den Auftrag, dass die Angelegenheit in meinem Sinne erledigt wird.«

Sein Compan blickte ihn skeptisch an. »Bruder Richard mag gutgläubig sein, aber selbst er würde misstrauisch, sollte er davon erfahren.«

»Er wird es aber nicht erfahren, weil Bertram sich natürlich erst darum kümmern soll, wenn Richard von Thurau die Burg bereits verlassen hat«, erwiderte Konrad ungehalten. »Offiziell bleibt der Sarjantbruder zunächst auf Kaltenstein zurück, um die Genesung von Dankwart von Heymberg zu überwachen.«

»Und wie willst du dir Bertrams Stillschweigen erkaufen? Geld kannst du ihm nicht geben, weil auch ein Sarjantbruder die Gelübde ablegt und keinen Besitz sein Eigen nennen darf.«

Konrads Augen funkelten amüsiert. »Bestimmt hätte er nichts gegen einen Aufstieg zum Ritterbruder einzuwenden.«

»Er ist aber kein Ritter«, stotterte Alfred überrascht.

»Jedoch von niederer adeliger Herkunft. Ihm fehlt lediglich die Ritterwürde und das Manko lässt sich mit ein bisschen gutem Willen schnell beheben. Im Heiligen Land wäre das schwieriger zu bewerkstelligen, weil dort die Sarjantbrüder meist Bauernfamilien oder dem einfachen Bürgertum entstammen. Aber hier wird es mir möglich sein, die nötigen Schritte einzuleiten.«

Alfred schnappte nach Luft, bevor er in Konrads Grinsen einfiel.

»Bleibt nur noch Bruder Richard. Schickst du ihn mit einem neuen Auftrag fort, sobald du Alida von Erkenwald in deiner Gewalt hast?«

»Das entscheide ich, wenn es so weit ist. Ich muss erst sehen, ob die Dinge sich wirklich in meinem Sinn entwickelt haben.«

»Erwartest du denn, dass Bruder Richard Schwierigkeiten machen könnte?«

»Nicht unbedingt. Aber wenn doch, werde ich dem entschieden entgegenwirken.«

»Vielleicht war es ein Fehler, ausgerechnet ihn auf die Grafentochter anzusetzen«, meinte Alfred vorsichtig.

Konrad schüttelte bestimmt den Kopf. »Niemand hätte sie so schnell aufgespürt. Sein Erfolg gibt mir recht. Warte nur ab, sobald er hier mit ihr eintrifft, werden sich alle Schwierigkeiten in Luft auflösen und Erkenwald wird endlich unser.«

»Ich wünschte, ich hätte deine Zuversicht«, seufzte sein Compan.

***

Richard stürzte auf Sara zu und fing sie auf, noch ehe sie zu Boden sank. Der herabgefallene Stein hatte sie am Hinterkopf getroffen.

Er strich der besinnungslosen jungen Frau vorsichtig eine Haarsträhne aus dem Gesicht. Sein Herz klopfte vor Angst um sie, was er jedoch nur am Rande wahrnahm. Vorsichtig hob er sie auf seine Arme und trug sie weiter.

Salomon ben Isaak sah besorgt aus, doch Richard fiel nichts ein, womit er den Vater hätte beruhigen können. Seine Kehle war wie zugeschnürt. Ihm blieb nichts weiter übrig, als auf Mirjams Wissen zu vertrauen.

Zu seiner übergroßen Erleichterung erreichten sie kurz darauf ohne weitere Zwischenfälle die westliche Pforte. Mirjam und Dankwart erwarteten sie bereits, ebenso Bertram mit drei bepackten Pferden. Freudig umarmte Mirjam ihren Vater, während der Ritter von Heymberg erschrocken auf Sara blickte.

»Was ist passiert?«, wollte er sofort wissen.

Richard legte Sara behutsam nieder. Er berichtete knapp, was geschehen war, während Mirjam die Wunde untersuchte.

»Sie hat großes Glück gehabt. Der Schädelknochen ist nicht verletzt. Wenn sie erwacht, wird ihr Kopf stark schmerzen, vielleicht muss sie sich übergeben. Ruhe wäre jetzt wichtig.«

»Aber gerade die kann ich ihr nicht gewähren«, antwortete Richard bedauernd. »Wir müssen jetzt den Abstieg ins Tal wagen, solange niemand auf uns achtet. Hinter dieser Pforte gibt es einen Pfad hinab. Bertram, hast du alles zusammengepackt, wie ich dir aufgetragen habe?«

Nachdem der Sarjantbruder dies durch ein Nicken bestätigt hatte, fuhr Richard an die anderen gewandt fort: »Er wird Euch zurück nach Coellen bringen. Ihr werdet alle in Sicherheit sein, ohne ein Lösegeld bezahlen zu müssen.«

»Immerhin behält Hartwin von Kaltenstein mein Maultier mit den Waren«, warf Salomon ein.

»Seid lieber froh, mit dem Leben davonzukommen«, blaffte Richard ihn an.

»Ich wollte nicht undankbar klingen, Herr von Thurau. Wir wissen, dass wir Euch viel zu verdanken haben, nicht jeder hätte das für uns getan.«

Dankwart trat einen Schritt auf Richard zu. »Ihr müsst mir Euer Wort geben, dass Ihr alles, wirklich alles in Eurer Macht Stehende unternehmen werdet, um Sara zu beschützen, wenn ihr sie nach Erkenwald zurückbringt und der Komtur ihren Tod fordern sollte.«

Richard biss verärgert die Zähne zusammen. »Konrad von Westerburg wird ihr nichts tun.«

»Umso besser, aber falls doch, versprecht mir, auf sie Acht zu geben. Sara hat mir versichert, dass Ihr aufrichtig seid und niemals ein gegebenes Wort brechen würdet. Sie glaubt an Euch, also tue ich es auch. Schwört Ihr mir, sie notfalls mit Eurem Leben zu verteidigen?«

Richard nickte ohne zu zögern. »Ich gelobe es.«

»Dann will ich mich nicht länger verweigern und in Coellen meine vollständige Genesung abwarten. Solltet Ihr jedoch zu Saras Schutz meine Hilfe benötigen, so wisst Ihr, wo Ihr mich findet.«

»Das wird nicht erforderlich sein. Ich kann sehr gut alleine auf sie Acht geben. Wenn ich Eurem Gedächtnis auf die Sprünge helfen darf: Ihr wart nicht in der Lage sie mir zu entreißen«, konnte sich Richard die bissige Bemerkung nicht verkneifen.

Dankwart von Heymberg kniff die Augen zusammen. »Wenn Euer hinterhältiger Begleiter mich nicht angegriffen hätte, wäre der Kampf anders ausgegangen.«

Richard warf sich in die Brust. »Ich hätte Euch auf jeden Fall besiegt.«

Mirjam räusperte sich leise und zog die Aufmerksamkeit der beiden Männer auf sich. »Ich wage zu bezweifeln, dass das hier der rechte Zeitpunkt für einen Streit darüber ist, wer sich für den besseren Beschützer meiner Schwester hält.«

Sie lächelte, als sie in die betretenen Gesichter sah, und fuhr fort: »Herr von Thurau, ich gebe Euch etwas Lavendelöl für Sara mit. Betupft damit ihre Stirn. Das wird die Kopfschmerzen lindern.«

Richard nahm das Fläschchen entgegen und steckte es ein. Er bedeutete Mirjam die Pforte zu öffnen, hob Sara wieder auf seine Arme, und nacheinander traten sie hindurch auf die kleine Wiese.

Die Gänse waren noch da, nur von dem jungen Gänsehirten war nichts zu sehen. Die Tiere fingen sogleich mit ihrem ohrenbetäubenden Geschnatter an, das im Kampflärm jedoch ungehört verhallte.

Bertram drückte Dankwart die Zügel seines Wallachs in die Hand und half ihm beim Aufsteigen. Der Ritter verzog kurz vor Schmerz das Gesicht, bevor er sicher im Sattel saß. Richard fragte sich, ob er ihm mit dem Ritt nach Coellen nicht zu viel zumutete, aber er sah keinen anderen Ausweg. Er wusste selbst, dass es eigentlich noch zu früh war, aber eine bessere Gelegenheit, um von hier zu fliehen, würde sich sicherlich nicht bieten. Von Kaltenstein hatte deutlich gemacht, dass er Sara nur dann mit Richard gehen ließe, wenn er mit seiner Hilfe bei der Verteidigung der Burg zufrieden wäre. Und davon konnte unter den gegebenen Umständen natürlich keine Rede sein.

Richard übergab Sara kurz an Bertram und schwang sich in Corvus' Sattel. Der Sarjantbruder half ihm, die Bewusstlose aufs Pferd zu heben. Fest schloss Richard die süße Last wieder in seine Arme.

»Reite voran«, sagte Richard zu Bertram, als der ebenfalls aufgestiegen war. Zum Glück war es noch immer hell genug, sodass sie den Einstieg in den Weg leicht fanden. Hinter dem Sarjantbruder gingen Mirjam und Salomon, gefolgt von Dankwart und Richard mit Sara auf den Pferden. Der Pfad schlängelte sich zunächst durch das felsige Gelände hinab, in dem nur wenige Sträucher und vereinzelte Nadelbäume Halt fanden. Richard beobachtete, wie sich immer wieder Brombeerranken in Mirjams Tunika verfingen und sie sich losreißen musste. Schon bald führte sie der Weg vermehrt unter Buchen und Eichen entlang, deren ausladende Kronen mit dem dichten Blattwerk das Licht der schwindenden Sonne beinahe ganz verschluckten. Ab und zu rutschten der Jude und seine Tochter auf dem verrottenden Laub vom letzten Herbst aus. Die eisenbeschlagenen Hufe der Pferde fanden besseren Halt.

Hin und wieder vernahm Richard Dankwarts leises Stöhnen. Auch Mirjam musste es wahrnehmen, denn sie drehte sich gelegentlich um und musterte den Verletzten mit kritischem Blick.

Richard atmete befreit auf, als sie den Fuß des Abhangs erreichten. Was ihn allerdings beunruhigte, war, dass Sara die ganze Zeit über keinen Laut von sich gegeben hatte.

Als sie bald darauf an einen Bachlauf kamen, ließ Richard Corvus auf der kleinen Lichtung am Ufer parieren. »Hartwin von Kaltenstein wird uns vermutlich nicht nachjagen. Er hat genug damit zu tun, seine Burg zu verteidigen. Deshalb werde ich hier unser Nachtlager aufschlagen und erst morgen früh zum Sonnenaufgang unseren Weg fortsetzen. Hier kann ich Sara die nötige Ruhe gewähren.«

Bertram stieg ab, nahm auf Richards Geheiß zuerst eine Decke aus dessen Satteltasche und legte sie ins Gras, ehe er ihm half, Sara darauf zu betten.

Dankwart wollte ebenfalls absteigen, doch Richard schüttelte den Kopf. »Ihr sollt heute noch weiterziehen. Folgt dem Bachlauf, er wird Euch zur Mosea führen. Von dort aus nehmt Ihr den Handelsweg bis Coblenz und dann den Rhin entlang hinunter bis Coellen.«

Der Ritter von Heymberg runzelte die Stirn. »Weshalb wollt Ihr hier mit Sara zurückbleiben? Ein Stück weit haben wir doch denselben Weg.«

»Das stimmt zwar, aber wenn es Sara wieder besser geht, hole ich Euren Vorsprung schnell wieder auf. Ihr kommt durch Eure Verletzung ohnehin nur sehr langsam voran und solltet jeden Vorsprung nutzen, den Ihr bekommen könnt.«

Zu Richards Erleichterung nickte Dankwart von Heymberg. Er erkannte, dass Richard recht hatte. Bertrams Miene hingegen war eine Mischung aus sauertöpfisch und misstrauisch. Er schnaufte empört und Richard mied seinen

Blick. Er hatte noch etwas anderes mit Sara vor, aber davon sollte niemand erfahren.

»Ich nehme mal an, wir treffen uns in Erkenwald, wenn ich die drei nach Coellen gebracht habe«, sprach er seine Vermutung aus.

Richard nickte. »Aber nur, falls es mir wider Erwarten nicht gelingt dich einzuholen.«

Er spürte, wie seine Wangen eine verräterische Röte annahmen. Im Grunde log er Bertram gerade an. Er hatte nicht die Absicht, die Gruppe einzuholen.

Die anderen verabschiedeten sich von ihm und Dankwart schärfte Richard unnötigerweise nochmals ein, auf Sara achtzugeben. Aufatmend sah er ihnen nach, als sie sich entfernten und bald darauf hinter einer Wegbiegung verschwanden. Dann sattelte er Corvus ab, der sofort über das saftige Gras auf der Lichtung herfiel. Richard riss ein Stück von seinem Hemd ab, tauchte es in das Wasser des Baches und säuberte Saras Gesicht und Hals von den Blutspritzern des fremden Angreifers. Zum Glück waren sie auf dem roten Stoff ihres Gewandes kaum auszumachen.

Sara rührte sich nicht, doch Richard stellte erleichtert fest, dass sich ihre Brust gleichmäßig hob und senkte.

Er nahm jetzt das Fläschchen mit dem Lavendelöl aus seiner Gürteltasche, gab einige Tropfen auf seine Fingerspitzen und betupfte vorsichtig Saras Stirn und die Schläfen. Beinahe war ihm, als würde sie dabei lächeln.

Gewaltsam riss sich Richard von ihrem Anblick los. Er entnahm der Satteltasche eine weitere Decke und breitete sie neben Sara auf dem Boden aus. Er legte sich auf den

Rücken und verschränkte die Hände hinter dem Kopf. War es richtig, was er vorhatte?

Im Sinne des Komturs sicherlich nicht, doch sein Herz pochte schmerzhaft, wenn er daran dachte, dass Sara ihm das Leben gerettet hatte. Er hatte sich noch nie etwas zuschulden kommen lassen und würde jetzt nicht damit anfangen, schon gar nicht bei einer Jüdin.

Beinahe krampfhaft musste er sich immer wieder vor Augen halten, woher Sara kam und wer ihr Vater war. Ihre Herkunft wurde für ihn zunehmend bedeutungsloser. Er sah immer mehr die Frau in ihr, nicht die Tochter eines jüdischen Kaufmanns. Das war nicht gut. Er hatte schon viel zu viele Gedanken an sie verschwendet.

Stöhnend rieb er sich über das Gesicht, rollte sich auf die Seite und nahm den Lavendelgeruch wahr, den sie verströmte. Fest schloss er die Augen und versuchte seinen Plan vor sich selbst zu rechtfertigen.

Die gleichmäßigen Fressgeräusche, mit denen Corvus das Gras abrupfte, und das leise Plätschern des Wassers ließen ihn schließlich einschlafen.

***

Alida öffnete die Lider einen Spaltbreit. Im sanften Morgenlicht beugten sich vor ihrer Nase Grashalme dem seichten Wind, der über sie hinwegstrich. Jetzt drang das Plätschern eines Bachs an ihr Ohr und Vogelgezwitscher aus den Kronen der Bäume. Ein Pferd schnaubte entfernt und sie hörte – nein, spürte – regelmäßige Atemzüge hinter sich. Sie strichen einem zärtlichen Hauch gleich über ihren Nacken.

Ihr Geist wurde zunehmend klarer, und sie öffnete die Augen ganz. Ohne sich zu regen, blickte sie so weit wie möglich umher. Sie lag auf einer Lichtung, die von Buchen und Eichen gesäumt wurde. Corvus stand nicht weit von ihr und döste mit hängender Unterlippe. Den Bach zu ihren Füßen konnte sie von ihrer Position aus nicht sehen, ohne den Kopf zu heben.

Wo war sie? Ihre letzte Erinnerung war ein Felsbrocken, der über ihr gegen eine Mauer gekracht war. Offensichtlich war sie bewusstlos gewesen. Richard musste sie hergebracht haben, doch wo waren die anderen? Nichts deutete darauf hin, dass sie ebenfalls hier lagerten. War Salomon wieder gefangen oder sogar getötet worden?

Erst jetzt spürte Alida das Gewicht eines Arms um ihre Taille. Sie sah nach unten. Noch immer trug sie das rote Gewand, von dem sich ein heller Hemdsärmel abhob. Richard!

Er war es, der dicht hinter ihr lag und sie im Schlaf fest umschlungen hielt.

Alida erschrak, als sie bemerkte, dass sie ihre Hand über seine gelegt hatte und ihre Finger ineinander verschränkt waren. Hatten sie etwa so die Nacht verbracht?

Ihr Herz schlug schneller und ihre Haut begann zu kribbeln. Es gefiel ihr, in seinen Armen zu liegen. Sie fühlte sich sicher. Doch ihr Verstand wusste, dass dem nicht so war.

Richard würde sie an Konrad von Westerburg ausliefern und zu spät erkennen, welche Schuld er damit auf seine Seele lud. Selbst wenn er es wollte, konnte er Alida nicht vor der Rache des Komturs bewahren, ohne gleichzeitig alles aufzugeben, woran er glaubte.

Sie musste fort von ihm. Worms war nicht weit. Auf Corvus' Rücken könnte sie die Stadt in zwei Tagen erreichen, vielleicht in einem, wenn sie den Hengst nicht schonte. Doch zuvor musste sie Richard überrumpeln, ihn im Schlaf fesseln und zusätzlich knebeln. Denn solange es ihm möglich war zu pfeifen, konnte sie sein Pferd nicht stehlen.

Das schlechte Gewissen, dass sie bei diesen Überlegungen sofort überkam, schob sie energisch beiseite. Erst einmal musste sie sich aus der Umarmung befreien und darauf achten, dass er nicht erwachte.

Alida löste langsam ihre Hand von Richards und zog ihre Finger zwischen seinen hervor. Er gab im Schlaf ein unmutiges Geräusch von sich und drückte sie fester an seinen Körper.

Sie biss sich besorgt auf die Unterlippe, ehe sie sein Handgelenk ergriff und den Arm vorsichtig auf ihre Hüfte zog. Sofort fühlte sich ihr Bauch kühl an, weil ihm Richards Wärme entzogen wurde. Alida hielt kurz inne und unterdrückte das Gefühl des Bedauerns, ehe sie sich abstützte, um ihren Oberkörper aufzurichten.

Ohne Vorwarnung begann es in ihrem Kopf zu hämmern, als würden zwei Schmiede wechselseitig auf einen Amboss einschlagen. Sie fasste sich stöhnend an die Stirn. Übelkeit stieg in ihr auf und sie ließ sich ermattet auf die Decke zurücksinken. An Flucht war nicht zu denken.

Die Hand auf ihrer Hüfte wurde ruckartig zurückgezogen. Richard richtete sich auf und sah sie zutiefst verlegen an. Die kurzen, aber deutlich sichtbaren Bartstoppeln verliehen ihm ein noch verwegeneres Aussehen, als die Narbe es ohnehin schon tat. Alida verspürte den Drang, ihm über die Wange zu streicheln. Erschreckt darüber presste sie die Fingernägel in ihre Handteller.

»Wie fühlst du dich?«, fragte Richard sichtlich besorgt.

»Mein Schädel schmerzt und mir ist übel. Was ist geschehen?«

Während Richard ihr von der Flucht erzählte, zog er ein Fläschchen aus seiner Gürteltasche.

»Das ist Lavendelöl«, erklärte er. »Deine Schwester hat es mir für deinen Kopf gegeben. Darf ich dir Schläfen und Stirn damit einreiben, oder willst du es selbst versuchen?«

»Ich vertraue Euch«, antwortete Alida bloß.

Richard presste die Lippen zusammen und nickte kurz. Er gab einige Tropfen auf die Kuppen von Zeige- und Mittelfinger, bevor er sich zu Alida beugte. Behutsam begann er damit, das Öl auf ihre Stirn aufzutragen, und arbeitete sich langsam bis zu den Schläfen vor.

Die kreisenden Bewegungen waren so sanft, dass Alida beinahe den Eindruck gewann, Richard würde sie überhaupt nicht berühren. Und doch hatte sie das Gefühl in Flammen zu stehen. Ihr Blut pumpte schneller durch die Adern und ihr Atem wurde flacher.

Sein Gesicht war ihrem so nah. Alidas Blick saugte sich an seinem Mund fest. Sie verfolgte die Linie der fein geschwungenen Oberlippe und wäre sie am liebsten mit dem Finger nachgefahren. Wie mochte es sich wohl anfühlen, von Richard geküsst zu werden? Sie schloss die Augen und erzitterte bei dem Gedanken.

»Ist gleich vorbei«, sagte er leise, ihre Reaktion offenbar dahingehend deutend, dass seine Berührung ihr Schmerzen verursachte.

Richard zog seine Hand fort und verschloss das Fläschchen erneut. »Hast du Hunger?«

Alida schlug die Augen wieder auf. »Nein, aber vielleicht wäre es gut, etwas zu essen.« Sofort sprang er auf und kramte in der Satteltasche, die unweit der Decke, auf der Alida lag, auf dem Boden stand. Wenige Augenblicke später kniete sich Richard erneut neben sie und reichte ihr zwei Stücke Brot und Käse. Seine eigene Decke rollte er zusammen und schob sie ihr vorsichtig unter den Kopf, dann stand er noch einmal auf, schöpfte mit einem Becher Wasser aus dem Bach und brachte ihn ihr ebenfalls. Vorsichtig half er ihr, sich aufzusetzen.

Erst jetzt spürte sie, wie durstig sie war. Das kühle Nass belebte Alida und sie trank den Becher in einem Zug leer, bevor sie von Brot und Käse abbiss. Langsam kauend, um die leichte Übelkeit nicht stärker werden zu lassen, sah sie ihn aufmerksam an. Er hatte keine Scheu davor, den Becher erneut zu füllen und an seine Lippen zu setzen, obwohl sie gerade daraus getrunken hatte. Offenbar verachtete er sie nicht länger wegen ihres vermeintlich heidnischen Glaubens.

»Wie geht es nun weiter?«, fragte sie, die Antwort sehr wohl erahnend.

»Sobald ich sicher sein kann, dass du den Ritt gut überstehst, machen wir uns wieder auf den Weg.«

Ein bitterer Zug erschien um Alidas Mund. »Um die anderen einzuholen oder um direkt nach Erkenwald zu reiten?«

Richard atmete tief durch und betrachtete eingehend den Becher. »Wenn du einen Wunsch freihättest, wohin würdest du wollen?«

Alida hob überrascht die Augenbrauen. »Das wisst Ihr doch ganz genau, weshalb also fragt Ihr?«

»Weil du mir das Leben gerettet hast. Der Pfeil des Armbrustschützen hätte mich unweigerlich getroffen. Du hast für mich einen Mann getötet, Sara.« Er sah sie immer noch nicht an.

»Und Ihr habt mich hierhergebracht und kümmert Euch um meine Verletzung«, erwiderte sie.

»Die würde dich nicht umbringen«, widersprach er leise. »Nein, Sara, du hast meinetwegen viel gewagt und dein eigenes Leben für meines aufs Spiel gesetzt.«

In Alida stieg die Erinnerung an den Schützen hoch, wie er ungläubig zurückwich, durchbohrt von ihrer Schwertklinge.

Sie begann zu zittern, schlang die Arme um ihren Oberkörper und wiegte sich sacht hin und her. Sie hatte einen Menschen getötet und große Schuld auf ihre Seele geladen. Dankwart war ihretwegen verletzt und Salomon seiner Waren, wenn auch nicht seines Lebens beraubt worden.

Alida zwang sich, an Richards Worte zu denken, als er sie nach ihrem Wunsch gefragt hatte. Er hatte wissen wollen, wie er es ihr vergelten konnte. »Bedeutet das, ich darf mir von Euch etwas wünschen?«, fragte sie überrascht.

Richard hob den Kopf und nickte. Alida sah ihm die innere Zerrissenheit an. Er wusste natürlich, wohin sie wollte.

Doch auf ihn durfte sie keine Rücksicht nehmen. Es war nicht nur die Aussicht, ihren Vater zu retten, beim Kaiser war sie vor Konrads Zugriff sicher. Richard wusste es noch nicht, aber er würde seinen Auftrag niemals erfüllen können, wenn sich die Stadttore von Worms erst einmal hinter ihnen geschlossen hatten.

»Sobald die Kopfschmerzen nachlassen, bringt Ihr mich zum Kaiser und gebt mir das Siegel«, verlangte sie fest.

»Eins musst du mir aber versprechen«, antwortete er schwer.

Alida stand langsam auf und bekämpfte erfolgreich die kurz aufsteigende Übelkeit. »Was?«, fragte sie neugierig.

Richard erhob sich ebenfalls. »Sobald du mit dem Kaiser geredet hast, gibst du mir das Siegel wieder, kehrst umgehend mit mir nach Erkenwald zurück und unternimmst keine weiteren Fluchtversuche mehr.«

Alida schob die rechte Hand hinter den Rücken und kreuzte die Finger. »Ich verspreche es.«

Kapitel 18

Alida konnte ihr Glück kaum fassen. Sollte sie es geschafft haben? Musste sie wirklich nur noch den Kaiser von der Unschuld ihres Vaters überzeugen? Dann würde sie mit ihm heimkehren, um Konrad von Westerburg von Erkenwald zu vertreiben. Sie strahlte Richard an und wäre ihm beinahe vor Freude um den Hals gefallen.

Das musste ihr anzusehen sein, denn er wich zurück. Ernst blickte er auf sie herab. »Ich bitte dich nur um eins, Sara: Lass es mich nicht bereuen.«

Sie schluckte. »Ich werde alles tun, was Ihr mir sagt.«

Sein Mundwinkel zuckte kurz. »Das wage ich zu bezweifeln.«

Alida öffnete den Mund, schloss ihn jedoch wieder. Es hatte keinen Sinn, zu leugnen. Richard hatte recht, sie würde ganz bestimmt nicht mit ihm nach Erkenwald zurückkehren. Alida verdrängte die Gedanken an seine Wut und Enttäuschung über sie. Für sie gab es keinen anderen Weg.

Jetzt grinste er Alida offen an. »Wolltest du mir gerade widersprechen?«

»Hm.«

»Meinst du, du schaffst es, dich im Schritt auf dem Pferd zu halten?«

Er wollte aufbrechen und das war auch in ihrem Sinn.

Alida wollte so schnell wie möglich ihr Ziel erreichen. »Ich werde es versuchen.«

»Nichts anderes hätte ich von dir erwartet.«

Nun feixte sie auch. »Dann freut es mich, endlich einmal Eure Erwartungen zu erfüllen.«

Sofort verging ihm das Lachen und er begann damit, die Utensilien ihrer Schlafstatt in der Satteltasche zu verstauen und den Hengst aufzuzäumen.

Richards Verhalten machte Alida wahnsinnig. Sobald sie glaubte, sich ihm ein Stückchen zu nähern, zog er sich wieder in sein Schneckenhaus zurück. Aber wahrscheinlich war es besser so, sagte sie sich.

Ganz langsam machte sie einen ersten Schritt, doch schon diese schwache Anstrengung löste erneut höllisches Pochen in ihrem Kopf aus, sodass sie sich an die Stirn griff. Sofort war Richard neben ihr, ohne sie jedoch zu berühren.

Besorgt sah er sie an. »Geht es?«

Alida nickte und trat mit zusammengebissenen Zähnen auf Corvus zu. Richard half ihr vorsichtig in den Sattel und nahm die Zügel in die Hand. Er schnalzte mit der Zunge und führte Corvus von der Lichtung fort.

»Ihr wollt zu Fuß gehen?« Alida warf einen skeptischen Blick auf seine Reiterstiefel.

»Warum nicht? Es ist nicht nötig, meinem Pferd ein zusätzliches Gewicht aufzubürden.«

»Ihr werdet Euch Blasen laufen.«

»Ich werde die Schmerzen demütig ertragen.«

Alida verdrehte die Augen, bereute es aber sofort, denn die schnelle Augenbewegung befeuerte ihre Übelkeit.

»Das habe ich gesehen.«

»Solltet Ihr auch«, konterte sie dennoch etwas schwächer als geplant. Richard erwiderte nichts darauf, sondern folgte zügig dem Pfad in südlicher Richtung.

Ab und an warf er Alida einen prüfenden Blick zu, den sie mit einem tapferen Lächeln erwiderte, obwohl sie große Mühe hatte, die Übelkeit im Zaum zu halten. Immer wieder mussten sie kleinere Bachläufe überqueren, deren Wasser die Mosea speiste.

Gegen Mittag hielt Richard an einem von ihnen an. Behutsam hob er Alida von Corvus' Rücken und löste den Sattelgurt. Der Hengst trank etwas, ehe er das weiche Gras am Ufer abrupfte. Richard zog sich die Stiefel aus und streckte leise stöhnend beide Füße ins Wasser.

Alida verkniff sich eine Bemerkung und setzte sich neben ihn. Sie streifte die Schuhe ab und zog den Saum ihres Kleides bis fast zu den Knien hoch. Jetzt tauchte auch sie ihre Zehen in das kühle Nass. Amüsiert bemerkte sie seinen Blick, der ihre Knöchel streifte und über die Waden wanderte.

Richard hustete kurz und sah wieder geradeaus. »Wie geht es deinem Kopf?«

»Viel besser als heute Morgen. Es ist nur noch ein leichtes Pochen vorhanden.«

Richard öffnete seine Gürteltasche, holte das Fläschchen mit dem Lavendelöl heraus und hielt es ihr mit spitzen Fingern hin.

»Wollt Ihr mir helfen es aufzutragen?«

»Nein, dazu bist du selbst in der Lage.« Das klang abweisend, beinahe kalt. Natürlich wollte er sie nicht mehr als notwendig berühren. Ein wenig geknickt nahm sie das Öl entgegen und rieb sich selbst Stirn und Schläfen ein. Nachdem sie es wieder verschlossen hatte, ließ sie es in seine ausgestreckte Hand fallen.

»Lavendel hilft bei Schmerzen und Verbrennungen. Vielleicht nutzt es auch etwas bei Blasen.« Sie deutete auf seinen rechten Zeh, an dessen Außenseite sich eine ansehnliche Schwellung zeigte.

»Es ist nicht mehr viel von dem Öl übrig und du hast es nötiger als ich.«

»Wenn Ihr glaubt, mich mit Eurem selbstlosen Verzicht beeindrucken zu können, dann seid Ihr auf dem Holzweg.«

Richard wandte den Kopf und betrachtete sie eingehend. »Weshalb glaubst du, ich wollte dich beeindrucken?«

Alida zuckte ein wenig ratlos mit den Schultern. »Vielleicht weil euch Männern der Stolz in die Wiege gelegt wird?«

»Lass dir gesagt sein, auf mich trifft das nicht zu. Mich treiben keine niederen Beweggründe dazu an.«

Alida seufzte und sah auf den Bach. Sie hob ihre Füße ein wenig aus dem Wasser, spreizte die Zehen und begann mit den Beinen zu wippen.

»Los, sag es schon«, brummte Richard.

Alida blickte ihn verwirrt an. »Was denn?«

»Dass du recht hattest und ich besser geritten wäre.«

»Ihr wisst, dass es so ist. Weshalb also das Offensichtliche aussprechen und noch zusätzlich Salz in Eure Wunde streuen?«

»Da die Blase noch geschlossen ist, würde ich nicht unbedingt von einer Wunde sprechen.«

»Hat Euch schon mal jemand gesagt, dass Ihr nicht alles wörtlich nehmen solltet?« Alida schüttelte den Kopf. Der Schmerz ließ sie jedoch sogleich innehalten. Sie stöhnte leise.

»Hat dir schon mal jemand gesagt, dass du nicht so unbeherrscht sein solltest?«

»In meiner Kindheit ständig, als meine Tante Gerlinde noch lebte. Sie war die Schwester meines Vaters und hat ihm den Haushalt geführt.«

»Ist deine Mutter bei Mirjams Geburt gestorben?«

Alida zuckte zusammen. Einen Augenblick lang hatte sie vergessen, ihre Rolle zu spielen, war wieder das kleine Mädchen gewesen, das sich vor der immer ein wenig mürrischen Tante in Truhen oder dem Stall versteckt hatte.

»Kurz danach«, antwortete sie Richard fahrig, weil der sie immer noch abwartend ansah.

»Ich kann es mir nicht vorstellen, wie es gewesen sein muss, ohne Mutter aufzuwachsen. Es gibt Augenblicke, da erinnerst du mich stark an meine.«

»Schönen Dank auch.« Alida presste die Lippen zusammen.

»Aber es ist die Wahrheit.«

»Davon bin ich überzeugt. Dennoch solltet Ihr so etwas nicht sagen.«

Eine steile Falte bildete sich zwischen seinen Brauen. »Weshalb nicht?«

»Für ein Mädchen fühlt es sich merkwürdig an, wenn ein Mann der Meinung ist, sie wäre wie seine Mutter.«

»Wieso? Meine Mutter ist eine wundervolle Frau. Außerdem habe ich das so nicht gesagt.«

»Süßer Jesus!«, entfuhr es Alida aufgebracht und sie zuckte vor Schmerz zusammen.

»Sara«, gemahnte er drohend. »Lass das!«

»Weshalb rede ich auch mit einem Mönch über Frauen und Mütter?«, murmelte sie, froh, dass das dumpfe Pochen in ihrem Kopf wieder nachließ.

»Deine Tante hieß also Gerlinde? Nicht gerade ein jüdischer Name«, lenkte er abrupt ab.

Alida grub die Zähne in ihre Unterlippe. Sie musste vorsichtiger sein. Besser, sie antwortete nicht darauf. So kurz vor dem Ziel durfte er keinesfalls misstrauisch werden. »Lebt Eure Mutter noch?«, fragte sie stattdessen.

Richard begnügte sich mit einem Nicken.

»Sie und Eure Schwestern sind bestimmt sehr stolz auf Euch«, redete Alida weiter, nur um keine Stille zwischen ihnen entstehen zu lassen.

Jetzt zeigte sich ein Lächeln in seinen Mundwinkeln. »Das sind sie.«

»Habt Ihr noch mehr Geschwister?«

»Zwei Brüder.«

»Dann war es im Haus von Thurau bestimmt niemals langweilig.«

Sie lächelte ihn an, doch sein Gesicht wirkte verschlossen. »Wir sollten weiterreisen«, sagte er, zog seine Füße aus dem Wasser und griff nach seinen Stiefeln.

Als Alida wieder auf dem Pferd saß, zog sie fragend die Augenbrauen nach oben. »Habt Ihr es Euch nun überlegt und wollt hinter mir aufsitzen? Der Sattel ist außergewöhnlich groß und wir beide schlank. Das wird zwar etwas eng, schont aber Eure Füße.«

Richard zögerte.

»Ich verspreche auch, nicht zu beißen«, setzte sie hinzu.

»Davor habe ich keine Angst.«

»Sondern?« Natürlich war Alida sicher, dass es an ihr lag. Richard durfte sie nicht berühren und hatte es doch schon so oft getan. Bestimmt quälte ihn das schlechte Gewissen und er würde seinem Priesterbruder einiges zu beichten haben. Und nun war er auch noch mir ihr allein unterwegs. Alida beobachtete genau seine Mimik, las den inneren Kampf auf seinem Gesicht ab.

Schließlich schüttelte er den Kopf und wollte Corvus weiterführen.

»Halt«, rief sie. »Mag sein, dass Ihr Eure Schmerzen stumm ertragen wollt. Ich kann es nicht. Ihr steigt auf das Pferd und ich laufe.«

Alida machte Anstalten, abzusteigen.

»Auf gar keinen Fall«, hielt er sie auf. »Du bist angeschlagen und ich werde nicht zulassen, dass du Schaden nimmst.«

Bei seinen Worten fühlte sie eine unerklärliche Leichtigkeit. »Und ich werde nicht zulassen, dass Ihr Euch weiterhin Schmerzen zufügt. Was soll ich denn machen, wenn wir überfallen werden? Ihr könnt mich nicht verteidigen, wenn Ihr nicht laufen könnt.«

»Habe ich dich schon mal gefragt, ob du auf alles eine Antwort hast?«

»Habt Ihr. Und nun steigt auf – oder ich ab.«

Brummend schwang sich Richard hinter ihr in den Sattel. Er nahm die Zügel mit einer Hand auf und legte den anderen Arm um Alida.

Augenblicklich begannen in ihrem Bauch wieder die

Schmetterlinge zu flattern. Alida mochte es, so von ihm gehalten zu werden. Instinktiv lehnte sie sich etwas zurück und schmiegte sich an ihn.

Richard schnalzte mit der Zunge und Corvus setzte sich gemächlich in Bewegung.

Alida fühlte sich beschwingt, glücklich und beschützt zugleich. Sie würde ihren Vater retten und mit ihm nach Erkenwald zurückkehren. Vielleicht schloss sich Richard ihnen sogar an. Dann würde er endlich den wahren Charakter des Komturs erkennen. Einen Moment lang gab Alida sich den Tagträumen hin, ehe die Wirklichkeit wieder nach ihr griff.

Selbst wenn Richard endlich die Wahrheit über sie erfuhr, würde es nichts an ihrem Verhältnis zueinander ändern. Sie war Dankwart versprochen und Richard hatte ein Gelübde abgelegt, dass er sicher niemals brechen würde. Wahrscheinlich hatte er sich mittlerweile einfach an sie gewöhnt. Alida ging sogar so weit zu behaupten, er mochte sie ein wenig. Würde er sich sonst nicht weiterhin standhaft weigern, sie zu berühren? Sicher flogen in seinem Inneren keine Schmetterlinge auf, wenn er es tat – anders als bei Alida. Vielleicht vergaß er in manchen Augenblicken, dass sie Jüdin war, aber das bedeutete noch lange nicht, dass er Gefühle für sie entwickelt hatte.

Alidas Herz klopfte schneller, als ihr bewusst wurde, was ihre Gedanken bedeuteten: Sie selbst war auf dem besten Weg, sich in Richard zu verlieben. Das durfte sie nicht zulassen, musste sich mit aller Macht dagegen wehren. Sie würde nur unglücklich werden. Selbst wenn auch er etwas für sie fühlte, stand sie als Tochter eines Grafen weit über ihm. Außerdem glaubte sie nicht, dass Richard jemals in Erwägung ziehen würde, den Orden zu verlassen und damit alles aufzugeben, was er sich erkämpft hatte.

Leise stöhnend rieb sie sich über die Stirn.

»Geht es dir wieder schlechter?«, erkundigte er sich sofort. »Brauchst du noch eine Pause?«

»Nein, es geht schon«, antwortete sie so kühl sie es vermochte. Seine Fürsorge ließ sie noch besser von ihm denken, und das durfte sie nicht zulassen.

»Aber es wäre schön, wenn Ihr mich etwas ablenken würdet.« Alles war besser, als weiter über ihn zu grübeln.

»Und wie stellst du dir das vor?«

»Gestern auf dem Fest sagtet Ihr, es waren wohl die Schweinerippchen, die Eure Mutter zum rechten Glauben geführt haben. Was hat es damit auf sich?«

Sie spürte, wie Richard erstarrte. Natürlich wollte er nicht darüber sprechen, aber sie wollte es unbedingt wissen. Alida legte ihre Hand auf seine, die auf ihrem Bauch lag, und sie strich sanft über seinen Handrücken. Seine Finger versteiften sich kurz und sein Atem klang abgehackt.

»Ich werde Euch nicht verurteilen«, gelobte sie. Alida konnte sich nicht erklären, weshalb sie das sagte. Er glaubte doch ohnehin, dass sie weit unter ihm stand, und legte auf die Meinung einer Frau, noch dazu einer Jüdin, bestimmt keinen Wert. Dennoch schien sie die richtigen Worte gefunden zu haben, denn er begann zu sprechen.

»Meine Mutter stammt aus Okzitanien.«

Zum Glück hatte Bertram von Leiningen schon mal erwähnt, dass seine Mutter eine Katharerin gewesen war, sonst hätte Alida sich jetzt sicherlich erschrocken.

Aber so konnte sie ganz gelassen fragen: »Wart Ihr schon einmal dort? Es soll wunderschön sein.«

»Einmal, vor etlichen Jahren. An viel kann ich mich nicht erinnern, ich war damals einfach noch zu jung.«

Alida fühlte, wie sie erbleichte. »Ihr wart während der Kreuzfahrt gegen die Katharer dort und musstet als Kind die Kämpfe miterleben?«

»Nein, nicht direkt. Unser Ziel war das Umland von Tolosa, wo die Familie meiner Mutter lebte. Die Kreuzfahrer hat mein Vater geschickt umgangen.«

»Warum haben Eure Eltern sich und ihr Kind in Gefahr gebracht?«

»Ich war nicht ihr einziges Kind, meine beiden Brüder waren auch dabei. Meine Schwestern allerdings noch nicht geboren«, erklärte er freimütig und fuhr nach kurzem Zögern fort: »Meine Mutter wollte ihre Familie vor den herannahenden Kreuzfahrern warnen und sie zur Flucht bewegen. Natürlich war es vergeblich. Mein Großvater wollte nichts von uns wissen. Als meine Mutter damals die Familie verließ, um einem katholischen Christen zu folgen, hat mein Großvater mit ihr gebrochen. Ich glaube, meine Mutter hat gehofft, dass seine Enkelkinder das Herz ihres Vaters erweichen würden. Doch das war nicht der Fall.«

»Eure Mutter hat sich in der Fremde sicherlich oft sehr einsam gefühlt. Ich könnte mir ein Leben ohne meinen Vater gar nicht vorstellen.« Alida empfand Mitleid mit der Frau, die fern von Familie und Heimat lebte.

»Und wie ist es mit Euch, Herr von Thurau? Bertram erwähnte mal, Ihr kämet aus Brandenburg. Wollt Ihr dorthin zurück?«

Richard antwortete nicht sofort und Alida unterdrückte einen Seufzer. Der Gedanke, er könnte dorthin zurückkehren, erfüllte sie mit Traurigkeit.

»Nein, ich denke, nicht.«

Alida atmete erleichtert auf. Zu gerne hätte sie den Kopf nach hinten gewandt und ihm ins Gesicht geblickt.

»Was habt Ihr vor, nachdem Ihr Euren Auftrag erledigt habt?«

Sie spürte, wie er mit den Schultern zuckte. »Das wird sich zeigen. Vielleicht bleibe ich in Erkenwald und helfe Konrad von Westerburg beim Aufbau der Kommende, oder ich kehre zurück nach Ramersdorp. Dort habe ich bereits vorher einige Zeit verbracht. Aber in meine Heimat zieht mich nichts mehr.«

»Liegt es an der Vergangenheit Eurer Mutter?«

Richard brummte bloß.

»Ist es möglich, dass man in Euch nur den Sohn einer Ketzerin sieht?«

»Viele in Brandenburg und auch im Deutschen Orden sind der Ansicht, dass ich kein gläubiger Katholik sein kann, weil durch meine Adern das Blut einer Katharerin fließt.«

»Aber Eure Mutter hat doch dem falschen Glauben abgeschworen«, entrüstete sich Alida.

Überrascht hörte sie ein leises Lachen. »Dem falschen Glauben – das sagt ausgerechnet eine Jüdin.«

Alida kniff die Lippen zusammen. Sie durfte nicht einen solchen Anteil an seinem Schicksal nehmen oder es sich zumindest nicht anmerken lassen. Es stand ihr als Jüdin nicht zu und sie drohte schon wieder, sich zu verraten.

Richards Stimme klang ein wenig dunkler, als er sagte: »Aber es freut mich, dass du meine Mutter so vehement verteidigst.«

Es war vielmehr er, den Alida bei ihrem Ausbruch im Sinn gehabt hatte, aber das behielt sie lieber für sich.

»Wisst Ihr, wie Eure Eltern sich kennenlernten?«, fragte sie, um seine Gedanken in eine andere Richtung zu lenken.

»Mein Vater hat im Jahr 1203 einen Freund in einer Erbschaftsangelegenheit nach Okzitanien begleitet. Damals lebten die Katharer noch in Frieden mit den katholischen Christen, obwohl Papst Innozenz den damaligen Grafen von Tolosa nochmals dazu ermahnt hatte, gegen die Ketzer vorzugehen. Auch wenn Graf Raimund ein rechtgläubiger Anhänger der Kirche war, so hat er doch meistens seine schützende Hand über die Anhänger des katharischen Glaubens gehalten. Mein Vater ist meiner Mutter auf dem Markt in der Stadt begegnet, den sie mit ihrer Familie besuchte. Er hat sich vom Fleck weg in sie verliebt, wie er mir sagte.«

»Demnach ist Eure Mutter eine sehr schöne Frau«, schloss Alida.

»Woraus leitest du dir das nun schon wieder her?«

»Wenn sich jemand in einen anderen Menschen verliebt, kaum dass er ihn gesehen hat, dann muss sein Herz schon sehr von dem Äußeren des anderen angezogen werden. Den Charakter eines Menschen indes kann man allein von einem Blick in die Augen wohl kaum beurteilen.«

Richards Arm um ihre Taille zog sie ein wenig näher an ihn. »Das stimmt. Manchmal erlebt ein Mann eine Überraschung, wenn er eine schöne Frau kennenlernt.«

Alida rauschte das Blut in den Ohren. Sprach Richard gerade von seiner ersten Begegnung mit ihr? Doch sie hütete sich, ihn danach zu fragen. Belügen würde er sie nicht, aber sie wusste nicht, wie sie mit der Antwort umgehen würde, wenn er zugab, dabei an sie gedacht zu haben. Manche Dinge wurden erst zur Wahrheit, wenn sie ausgesprochen wurden. Ein unbedachtes Stöhnen entwich ihr.

»Schmerzt dein Kopf wieder?«

»Danke, es geht schon. Erzählt mir lieber, wie es Eurem Vater gelungen ist, Eure Mutter für sich zu gewinnen.«

»Nachher vielleicht«, wiegelte er ab. »Wir sollten eine kurze Rast einlegen.«

»Nicht nötig, mir geht es gut.« Alida wollte noch nicht auf das beglückende Gefühl verzichten, von seinen Armen gehalten zu werden.

Ihre Beteuerung ignorierend ließ Richard das Pferd im Schatten einiger Bäume am Rande einer Wiese anhalten.

»Ich bin müde«, behauptete er.

»Ihr? Niemals!«

»Musst du dauernd widersprechen?«

Alida verkniff sich eine Antwort. Sie hatte ohnehin den Eindruck, dass er keine erwartet hatte, denn er stieg bereits aus dem Sattel und streckte ihr die Arme entgegen.

Seufzend hob sie das rechte Bein über Corvus' Mähnenkamm hinweg auf die andere Seite und stützte ihre Hände auf Richards Schultern ab. Seine Finger ruhten fest auf ihrer Taille, als er sie zu sich herunterhob. Einen Augenblick lang sah er ihr tief in die Augen, ehe er sie losließ.

Nachdem er Corvus abgesattelt hatte, legte er die Satteltaschen in den Schatten und holte die Gurde hervor, die er mit Wasser aus dem Bach gefüllt hatte, außerdem zwei Äpfel. Dann ließ er sich ins Gras sinken und reichte Alida einen davon. Sie nahm ihn dankend an, setzte sich neben Richard und biss herzhaft in die Frucht. Dabei sah sie dem Hengst zu, der sich zunächst genüsslich wälzte, bevor er zu grasen begann.

»Erzählt Ihr mir nun von Euren Eltern?«, fragte sie zwischen zwei Bissen.

»Da gibt es nicht viel zu berichten. Mein Vater hat ein halbes Jahr gebraucht, bis meine Mutter bereit war, ihm zu folgen.«

»Wie hat er es geschafft, sie zum katholischen Glauben zu bekehren?«

Richard zuckte mit den Achseln. »Ich vermute, sie hat eingesehen, dass es der einzig wahre Weg zur Rettung ist. Außerdem war die Liebe zu meinem Vater so groß, dass sie den Rest ihres Lebens mit ihm verbringen wollte.«

»Die Schweinerippchen habt Ihr vergessen«, ergänzte Alida grinsend.

Richard brauchte einen Moment, bis er sich an seine Bemerkung auf dem Fest erinnerte. »Wir Christen dürfen alles essen, nur nicht in der Fastenzeit, das ist wohl wahr. Aber abgesehen davon birgt der katholische Glaube nichts, was einen Katharer reizen könnte.«

»Was ist mit dem Einzug in das Himmelreich?«, warf Alida ein.

»Um das Heil zu erlangen, reicht es für einen Katharer aus, das Consolamentum, die Geisttaufe, zu empfangen. Hat man sie erhalten, zählt man zu den Vollkommenen und hat ein entbehrungsreiches Leben zu führen.«

»Wie praktisch, dann würde es ja ausreichen, sich kurz vor dem Tod zu diesem Glauben zu bekennen«, schlussfolgerte Alida.

Richard schmunzelte. »Auf den Einfall sind auch schon viele andere gekommen. Schließlich muss ein Vollkommener strenge Speisevorschriften befolgen, darf nicht in einer ehelichen Beziehung leben oder sich dem fleischlichen Genuss hingeben.«

»Wir Frauen gelten also auch dort als die Versuchung in Person«, brummte Alida.

»Dem ist auch so«, sagte Richard bestimmt, was ihm einen bösen Blick von Alida einbrachte.

»Die katharische Glaubenslehre steht der Frau zwiespältig gegenüber. Einerseits wird sie verdammt, sollte nicht berührt werden, andererseits wird sie verehrt. Frauen dürfen sogar das Consolamentum empfangen, sofern sie nicht schwanger sind, und auch andere in die Gemeinschaft der Vollkommenen aufnehmen.«

»Was hat denn das ungeborene Kind damit zu tun?«, fragte Alida verwirrt.

»Alles, was von dieser Welt ist, also auch die Empfängnis eines Kindes, ist vergänglich. Weil unsere Welt dem katharischen Glauben nach vom Gott der Finsternis erschaffen wurde, ist sie schlecht und somit auch alles, was mit ihr zusammenhängt.«

»Unfug, Gott hat diese Welt in sieben Tagen erschaffen«, erregte sich Alida und erkannte noch während sie sprach, dass sie sich beinahe abermals verplappert hatte. Welch ein Glück, dass die Erschaffung der Welt aus dem Alten Testament stammte und somit auch Teil des jüdischen Glaubens war.

»Das glauben du und ich, nicht aber die Katharer. Gott ist unfehlbar und demnach erschafft er nur, was unveränderlich ist. Er hat eine bleibende Welt erschaffen, nicht unsere hier auf Erden.«

»Dann hat er demnach auch nicht Adam erschaffen?«

»Das Alte Testament und somit alles was darin steht ist Teufelswerk, ebenso wie die Sakramente und Gottesdienste der katholischen Kirche. Eine Kirche besteht für Katharer nicht aus Holz und Stein, sondern aus lebendigen Mitgliedern. Sie selbst bezeichnen sich deshalb als die Reinen.«

»Aber an Jesus Christus glauben sie doch, oder?«

Richard nickte. »Das schon, schließlich stützen sie sich auf das Neue Testament. Aber es gibt große Unterschiede zum katholischen Verständnis und auch Differenzen unter den einzelnen Gruppierungen. Die Heilsgeschichte von Jesus hat für alle mehr Bedeutung als sein Wesen.«

Alida schürzte die Lippen. »Er ist für sie also nicht der Mensch gewordene Sohn Gottes und der Erlöser?«

»Für dich als Jüdin doch auch nicht«, erwiderte Richard trocken.

Alida presste verärgert die Lippen aufeinander. Sie warf Corvus den halb aufgegessenen Apfel zu, der ihn sofort schmatzend verspeiste.

»Ich frage mich, wie es wirklich um Euren Glauben bestellt ist, Herr von Thurau, wenn Ihr von einer solchen Mutter erzogen wurdet und so genau in die Lehren des katharischen Glaubens eingeweiht seid.«

Alida sah deutlich, wie Richard erbleichte.

Kapitel 19

Das fehlte ihm gerade noch, dass nun eine Jüdin an seiner wahren Gesinnung zweifelte.

Richard knurrte: »Meiner Mutter war es wichtig, dass ich Anfeindungen wegen meiner Herkunft gelassen entgegentreten kann. Das gelingt nur, wenn mein Wissen über die Kartharer groß genug ist, um haltlose Anschuldigungen zu entkräften. Ich versichere dir, mein Glauben an Jesus Christus und die Kirche ist unerschütterlich.«

»Natürlich ist er das, verzeiht.« Sara schenkte ihm ein versöhnliches Lächeln, das ihn sogleich beruhigte.

»Die Herkunft meiner Mutter hat sich stets auf mein Ansehen in der katholischen Kirche ausgewirkt, Misstrauen unter meinen Brüdern geschürt und genau diese Frage ist es, die mich seit jeher verfolgt«, gab er zu.

»Glaubt Eure Mutter vollumfänglich an die Lehren der katholischen Kirche?«, hakte Sara nach. Richard zögerte mit der Antwort. Doch er konnte in ihrem Blick nur aufrichtiges Interesse erkennen.

Deshalb sagte er ehrlich: »Sie versteht bis heute nicht, weshalb wir das Kreuz verehren. Als ich sie als Kind danach fragte, nahm sie mich ganz fest in den Arm. Stell dir vor, sagte sie, du würdest ertrinken. Glaubst du wirklich, ich könnte danach Wasser gegenüber ehrerbietig sein? Ich würde es hassen, weil es mir meinen Sohn genommen hat.«

Sara runzelte die Stirn. »So habe ich das noch nie gesehen.«

Unwillkürlich musste er grinsen. Es freute ihn ungemein, dass sie sich so viele Gedanken machte. Vielleicht gelang es ihm, sie doch noch auf den Weg des rechten Glaubens zu führen.

Während er Corvus wieder reisefertig machte, gab Richard sich dem Traum hin, er könnte Sara zum Christentum bekehren. Nur so konnte ihre Seele vor der ewigen Verdammnis gerettet werden. Am besten löste Sara sich von allem Weltlichen und trat einer klösterlichen Gemeinschaft bei.

Beinahe hätte er laut aufgelacht. Im Habit konnte er sich dieses temperamentvolle Geschöpf keineswegs vorstellen.

Richard klopfte seinem Hengst den Hals. Er wollte heute möglichst noch bis nach Cruczennach kommen. Von dort aus würden sie Worms in einem guten halben Tagesritt erreichen. Sein Mund wurde trocken, wenn er daran dachte, gleich wieder gemeinsam mit Sara im Sattel zu sitzen.

Im Grunde seines Herzens war er ihr dankbar, dass sie so vehement darauf bestanden hatte, dass er nicht neben ihr herlief. Wenn er direkt auf sie gehört hätte, wäre ihm auch die lästige Blase erspart geblieben. Zudem war es viel schöner, sie im Arm zu halten, ihren warmen Körper nah dem seinen zu spüren.

Natürlich war das so, dachte er mit einem Anflug von Bitterkeit. Das Böse kam immer im Kleid der süßen Versuchung dahergeschlichen.

Eben jetzt trat Sara neben ihn und blickte zu ihm auf. »Wollt Ihr wieder versuchen zu laufen, oder steigt Ihr gleich mit aufs Pferd?«

Anstelle einer Antwort fasste er sie bei den Hüften und zog sie ein Stück näher. Zuerst erwiderte sie seinen Blick offen und neugierig. Doch je länger er in ihre braunen Augen sah, desto unruhiger wurde sie.

Richard spürte, wie Saras Fluchtinstinkt erwachte und ihr Blick hektisch umherirrte. Instinktiv packte er sie noch ein wenig fester. Jetzt hob sie die Hände und stemmte sie abwehrend gegen seine Brust. In ihrem Gesicht las er Verwirrung und auch ein wenig Angst.

»So wird das nichts«, sagte er rau. »Du wirst mir die Hände schon auf die Schultern legen müssen, um dich festzuhalten. Sonst kann ich dich nicht aufs Pferd heben.«

Die Erleichterung auf ihren Zügen bohrte sich wie ein Stachel in sein Fleisch. Jetzt war er es, der den Blick abwandte.

Ihre Fingerspitzen auf seinen Schultern übten keinen Druck aus, und doch hatte er das Gefühl, als würden ihm Felsbrocken daraufgelegt. Richard ging ein wenig in die Knie und hob Sara mit Schwung auf Corvus' Rücken. Dann setzte er seinen linken Fuß in den Steigbügel und stieg ebenfalls auf.

Entspannt lehnte sie sich an ihn, genau wie zuvor. Ihr Verhalten verwirrte Richard. Gerade eben hatte es noch so ausgesehen, als würde Sara am liebsten vor ihm davonlaufen und jetzt verwandelte sie sich in ein anschmiegsames Kätzchen. Eins, das jederzeit die Krallen ausfahren konnte, rief er sich in Erinnerung.

Es würde ihm nicht gelingen, sie zum christlichen Glauben zu bekehren. Sara vertraute ihm nicht. Das hatte ihm ihre abwehrende Haltung eben deutlich vor Augen geführt.

Und wie sollte er in ihr das Feuer für Jesus Christus entfachen, wenn sie Richard so argwöhnisch gegenüberstand?

Schweigend ritten sie eine ganze Weile weiter, vorbei an Wiesen, Äckern und durch Wälder, immer in südlicher Richtung. Das Klirren des Zaumzeugs und das Knarzen des Leders untermalten den Takt, den Corvus' Hufe auf den unterschiedlichen Böden schlugen.

Schließlich durchbrach Sara die Stille. »Wenn Ihr sagt, dass Katharer nicht an die Sakramente der Kirche glauben, schließt das dann auch die Eucharistie ein?«

Richard überlegte kurz. Wäre Sara eine Christin, würde er aus Furcht, sie könnte ihn als Ketzer denunzieren, nie so offen zu ihr sprechen, aber als Jüdin schien ihm das verzeihlich. »Die Wandlung des Brotes in den Leib Christi ist für sie nicht nachvollziehbar. Nach ihren Vorstellungen kann sich Brot nicht mit dem geistigen Leib Jesus verbinden.«

Sara wurde starr in seinen Armen. Offenbar wusste sie um die Bedeutung des Sakraments für seinen Glauben. Das freute ihn sehr und so fuhr er arglos fort: »Und zudem würde das Brot gegessen, verdaut und schließlich den Weg aller Nahrung gehen.«

Jetzt begann Sara zu zittern. »Hört auf, das ist widerlich. Es wundert mich nicht, dass der Papst gepredigt hat, das Kreuz zu nehmen und diese Glaubensfeinde zu bekämpfen.«

Richard legte die Stirn in Falten. Diese harte Reaktion überraschte ihn. »Viele sind dem Aufruf gefolgt. Sogar der ehemalige Erzbischof von Coellen, dieser Engelbert, hat mit seinem gräflichen Bruder daran teilgenommen. Wenn sich Männer im Blutrausch befinden, unterscheiden sie oft nicht mehr zwischen Häretikern und Christen. Zumal die Ketzer nach kirchlichem Verständnis ihre Besitzrechte verloren hatten und reiche Beute zu erwarten war.«

Sara erwiderte nichts.

»Ehrlich gesagt, hätte ich mehr Mitleid und vor allem Verständnis von dir erwartet. Dein Volk wird doch auch immer wieder von Pogromen heimgesucht und verachtet.«

»Ich bedaure die Unschuldigen und die Kinder«, antwortete sie nach einem kurzen Zögern.

»Das sind immer die Verlierer in diesem Spiel«, stimmte Richard ihr bei.

»Ja«, sagte sie bloß und versank erneut in Schweigen.

Ob sie gerade an ihr eigenes Schicksal dachte?

Im Grunde wusste er nichts von Sara. Sie schien immer auf sich allein gestellt gewesen zu sein. Ihr Vater hatte sie in einen christlichen Haushalt gegeben und volles Vertrauen in ihre Selbstständigkeit und ihr Selbstbewusstsein gesetzt. Mit Sicherheit hatte Sara niemals Schwäche gezeigt, obwohl es in ihrem Inneren häufig ganz anders aussehen musste.

Richard hatte ihre Verzweiflung, was den Grafen von Erkenwald anging, sehr wohl bemerkt. Sie hatte es zu ihrer Sache gemacht, für ihren Vater beim Kaiser um den Grafen zu bitten.

Salomon hingegen hatte sich, was Sara anging, Richard gegenüber nicht ein einziges Mal besorgt gezeigt. Ihm nicht widersprochen, als er ben Isaak und die anderen nach Coellen vorausgeschickt hatte. Der alte Mann sorgte sich mehr um Mirjam und wachte lieber über sie und Dankwart.

Zorn stieg in Richard auf. Ben Isaak konnte nicht ahnen, dass Richard Sara helfen wollte, zum Kaiser zu gelangen.

Ein anderer Mann als er würde womöglich die Gelegenheit der Zweisamkeit nutzen und Sara Gewalt antun. Offenbar nahm ben Isaak das billigend in Kauf. Oder wusste er, dass Richard sich niemals an seiner Tochter vergreifen würde?

Instinktiv hielt Richard Sara ein wenig fester. »Ich weiß kaum etwas über dich«, sagte er, um seinen eigenen Grübeleien zu entkommen.

»Aber alles, was nötig ist.«

Richard unterdrückte ein Seufzen. Im Grunde sollte es ihm recht sein, dass sie so verschlossen war. Je mehr er über sie erfuhr, desto näher kam er ihr. Und das war keinesfalls mit seinen Gelübden vereinbar. »Wohin willst du als Erstes, wenn wir Worms erreichen?«

»Zu Moishe ben Nevi, einem Geschäftsfreund meines Vaters. Er wird mich zum Kaiser bringen.«

»Ich werde dich zum Kaiser begleiten«, erwiderte er schärfer, als er es beabsichtigt hatte.

»Befürchtet Ihr, ich würde Euch entwischen?«

»Ganz gleich, wohin du dich auch wendest, ich würde dich finden«, drohte er, ehe er sich an ihr Versprechen erinnerte. »Aber du hast mir dein Wort gegeben, nicht zu fliehen. Auch wenn ich nur das Nötigste über dich weiß, so glaube ich, dass du es halten wirst.«

Weshalb antwortete sie nicht? Sein Vertrauen in sie musste sie doch freuen. Doch Sara sah stur nach vorne, drehte nur hin und wieder sanft den Kopf, um die Landschaft zu betrachten, durch die sie ritten.

Der Nachmittag ging langsam in den Abend über, dichtere Wolken zogen auf und es begann leicht zu regnen.

Richard erkannte, dass sie Cruczennach heute nicht mehr erreichen würden und hielt Ausschau nach einem Lagerplatz.

Sie passierten eine abschüssige Wiese, an deren Fuß sich ein Bach entlangschlängelte. Rechter Hand hatten sich Bäume zwischen auf dem Boden verstreut liegenden Felsbrocken angesiedelt.

Richard lenkte Corvus vom Weg und am Saum des Wäldchens entlang. Am Fuß des Abhangs entdeckte er eine Höhle im Gestein. Hier waren sie vor Wind und Regen geschützt. Zufrieden verhielt er den Hengst und stieg ab.

Er half Sara vom Pferd und freute sich insgeheim, dass sie es zuließ und nicht versuchte, selbst abzuspringen. Wortlos nahm sie die Decken entgegen, die Richard anschließend aus den Satteltaschen zog. Wie immer sattelte er Corvus ab und gab ihm einen Klaps auf die Kruppe. Sofort trottete das Tier zum Bach, um zu saufen und sich nach dem langen Ritt zu wälzen.

Richard griff nach den Gurden, um ebenfalls frisches Wasser zu holen. Er fragte sich, was mit Sara los war.

Seit er ihr von der Eucharistie und dem fehlenden Glauben der Katharer daran erzählt hatte, war sie schweigsam. Wenn sie eine Christin wäre, hätte er sich ihr Verhalten leicht erklären können. Dann würde sie sich Gedanken darüber machen, ob seine Mutter den ketzerischen Samen auch ihm eingepflanzt hatte. Die Befürchtung teilten alle, die von seiner Herkunft erfuhren. Aber Sara war Jüdin und als solche konnte es ihr gleich sein. Sie selbst verehrte das Kreuz ebenso wenig, wie sie an die Eucharistie glaubte.

Der Regen wurde stärker. Richard spülte die Gurden aus

und füllte sie neu. Als er zu ihrem Lager zurückkehrte, hatte Sara in der Höhle bereits beide Decken ausgebreitet. Mit einem Gefühl des Bedauerns starrte Richard auf die zwei Schritt breite Lücke dazwischen.

Es war ihm unendlich peinlich gewesen, als er am Morgen aufgewacht war und sie im Arm gehalten hatte, dabei hatte er im Grunde auch den ganzen Tag über nichts anderes gemacht. Nur hatte er da eine Rechtfertigung gehabt. Er musste sie halten, damit sie nicht vom Sattel rutschte.

Das Schlimmste war, dass es sich viel zu gut anfühlte. Richard spürte Sehnsucht in sich aufsteigen. Er wollte ihren Körper an sich drücken, seine Nase in ihrem Haar versenken und tief ihren Duft einatmen.

Erschreckt über sich selbst, legte er die Gurden ab und begann die Satteltaschen nach etwas Essbarem zu durchsuchen. Bertram war seinem Befehl gefolgt und hatte genügend Proviant eingepackt. So förderte er einen weiteren Kanten Brot, einen etwas zerdrückten weichen Käse und zwei Hühnerbeine zu Tage.

»Käse oder Fleisch?«, fragte er Sara und hielt ihr die Speisen hin.

»Sowohl als auch«, antwortete sie.

»Aber ...«, begann er, wurde jedoch von ihr unterbrochen.

»Werdet Ihr es für Euch behalten?«

»Selbstverständlich, doch dein Verstoß gegen die jüdischen Speisegesetze wird nicht gemildert, indem niemand davon erfährt.«

»Ist mir gleich«, behauptete sie und zuckte mit den Achseln.

»Aber ich werde nicht für dich lügen. Sollte ich je wieder auf deinen Vater treffen und er mich danach fragen, werde ich ihm die Wahrheit sagen.«

»Und was sage ich Eurem Komtur, wenn er mich fragen sollte, ob Ihr Euch immer züchtig benommen habt?«

Richard biss die Zähne zusammen. »Es war dein Einfall, dass wir zusammen auf dem Pferd reiten. Da blieb mir nichts anderes übrig, als dich zu berühren.«

»Das meine ich nicht. Ich dachte vielmehr an heute Morgen.«

»Ich wollte nur verhindern, dass du mir wegläufst«, erwiderte er.

»Ihr erstaunt mich, Richard von Thurau, Ihr könnt ja doch lügen. Oder merkt Ihr es nicht und belügt Euch selbst? Ihr wusstet, dass ich Euch in meinem Zustand nicht fortlaufen konnte. Zudem habt ihr eben geschworen, mich überall zu finden.«

Richard wurde wütend. »Denk doch von mir, was du willst. Du bist wie alle anderen. Ich hätte dir nichts über meine Mutter erzählen sollen.«

Sara sah ehrlich überrascht aus. »Was hat sie damit zu tun?«

»Gib es doch zu, auch du glaubst, der Samen der Ketzerei ist tief in mir verwurzelt, und sosehr ich mich auch bemühe, ich werde ihn niemals los.«

»Seid Ihr einer?«

»Natürlich nicht!«, brüllte er so laut, dass Corvus den Kopf hob und zu ihnen herübersah. Einen Augenblick stellte er das Kauen ein und die Grasbüschel hingen beidseitig aus dem Maul heraus.

»Dann wäre das ja geklärt.« Sara griff nach einem der Hühnerbeine, die er noch immer in der Hand hielt, und biss ein Stück des Fleisches ab.

Richard zückte sein Messer und teilte damit Brot und Käse. Danach erhob er sich und trat bis an den Eingang der Höhle, wo die Wiese begann. Corvus gab ein leises, kehliges Wiehern von sich, um ihn zu begrüßen.

»Ich wünschte, jemand anderer würde sich nur halb so freuen, mich zu sehen«, sagte er leise und wischte die Klinge seines Messers am nassen Gras ab.

Erst dann kehrte er zu Sara in die Höhle zurück. Schweigend verzehrten sie ihr Mahl. Nachdem Richard den Hühnerschenkel abgenagt hatte, warf er den Knochen hinter sich und wischte mit dem Handrücken über den Mund.

»Weshalb bist du so schweigsam?«, nahm er das Gespräch wieder auf. Ein wenig bereute er seinen Wutausbruch. Sie konnte nichts für all diejenigen, die ihn so viele Male geschmäht hatten.

Sara schluckte hinunter, woran sie gerade kaute und sah ihn nicht an, als sie antwortete: »Ihr seid anders, als ich erwartet hatte.«

»Da sind wir schon zwei«, versuchte er zu scherzen.

Sie reagierte nicht. Weshalb auch, er war kein witziger Mensch. Dennoch wollte er mehr wissen. »Spricht das für oder gegen mich?«, fragte er deshalb.

»Wenn ich das nur wüsste«, stöhnte sie leise.

Damit konnte Richard nichts anfangen. Weshalb nur mussten Frauen immer in Rätseln sprechen? Falsch, korrigierte er sich sofort. Sara hatte sich bisher immer sehr klar ausgedrückt. Wenn sie nun nicht wusste, was sie von ihm halten sollte, konnte das doch nur bedeuten, dass er sie ebenso verwirrte wie sie ihn.

»Versuch nun zu schlafen. Deine Verletzung ist noch nicht geheilt und du brauchst dringend Ruhe, damit du auch den morgigen Tag gut überstehst. Ich werde noch ein Gebet sprechen.«

Richard stand auf und entfernte sich einige Schritte. Der Sand unter seinen Stiefeln knirschte, als er tiefer in die Höhle trat und sich niederkniete. Wenn er mit seinen Ritterbrüdern auf langen Reisen war, führten sie immer einen kleinen Altar mit sich. Darüber verfügte er diesmal nicht. Nie hätte er damit gerechnet, dass die Erfüllung seines Auftrags so lange dauern würde. Abgesehen davon, dass Sara seine Gedanken viel zu sehr beschäftigte und er gerade im Begriff war, eine Dummheit zu begehen, weil er sie nach Worms brachte.

»Heilige Jungfrau Maria, stehe mir bei und führe mich wieder auf den rechten Pfad zurück«, betete er inbrünstig.

Richard verlor jegliches Zeitgefühl. Erst als ein Schatten unhörbar über ihn hinwegflog, wandte er den Kopf. Fledermäuse waren ein Zeichen dafür, dass der Regen aufgehört hatte. Sie flogen nur bei trockenem Wetter. Richard sah, dass Sara sich in ihre Decke gekuschelt hatte. Wahrscheinlich hatte sie ohnehin keine Angst vor den nächtlichen Flatterern, vermutete er. Jetzt sah er auch die schmale Mondsichel, die am nachtblauen Himmel erschienen war.

Seine Beine fühlten sich taub an, als er sich nach einigen weiteren Gebeten erhob und zu seinem Platz wankte. Sara schlief tief und ihr Brustkorb hob und senkte sich gleichmäßig. Corvus schnaubte leise, und instinktiv legte Richard den Zeigefinger über die Lippen, ehe er kopfschüttelnd die Sinnlosigkeit der Geste erkannte.

Auch er machte es sich auf seiner Decke bequem und drehte Sara den Rücken zu. Er schloss fest die Augen und versuchte nicht mehr an die Frau neben ihm zu denken. Stattdessen stellte er sich die Jungfrau Maria vor, wie sie ihn gütig anlächelte und die Arme ausbreitete. Bevor der Schlaf sich seiner bemächtigte, war sein letzter Gedanke, wie stark die Ähnlichkeit zwischen Maria und Sara war.

Eine Fliege brummte neben seinem Ohr und ließ sich auf seiner Nasenspitze nieder. Richard schlug nach ihr. Während sich der Störenfried entfernte, wurde Richard langsam wach. Er hob die Lider. Sein Blick fiel auf die verwaiste Decke neben sich und mit einem Schlag war er hellwach.

Er sprang auf und trat an den Höhleneingang. Erleichterung durchflutete ihn, als er Corvus friedlich im Sonnenschein auf der Wiese grasen sah. Weit konnte Sara demnach nicht sein. Hektisch sah er sich um. Jetzt glaubte er, weiter hinten am Bach ein rotes Stück Stoff zwischen den Büschen leuchten zu sehen. Da die Gurden fehlten, holte sie wohl frisches Wasser.

In Richards Augen blitzte es spitzbübisch auf. Für den Schrecken, den sie ihm eingejagt hatte, würde er sich rächen. Lautlos schlich er in einem Bogen auf die Stelle zu, an der er sie vermutete.

Als er näher kam, hörte er sie leise singen. Er versteckte sich hinter einer ausladenden Weide und reckte den Hals. Sara hatte den Saum ihres Gewandes in den Gürtel gesteckt und wusch ihre nackten Waden. Jetzt konnte er auch einzelne Worte des Liedes verstehen.

»... hoch auf und flog davon.«

Sara machte eine Pause und schüttelte den Kopf, als könne sie sich nicht mehr an die nächsten Zeilen erinnern. Sie watete zum Ufer zurück und setzte sich ins Gras, streifte das Wasser von den Schenkeln, bevor sie ein paar Halme abrupfte und sie in den Bach warf. Während sie zusah, wie sie davonwirbelten, begann sie wieder zu singen.

»Ich zog mir einen Falken, länger als ein Jahr.
Als ich ihn gezähmt hatte, wie ich ihn haben wollte,
und sein Gefieder mit Goldfäden umwunden hatte,
hob er sich hoch auf und flog davon.«

Erneut brach sie ab und schnaubte unmutig.

Richard in seinem Versteck wagte kaum zu atmen. Wie gebannt starrte er zu Sara. Er kannte dieses Lied und wusste, wie es weiterging. Noch einmal lauschte er verzückt ihrer klaren Stimme, als sie die erste Strophe wiederholte.

Richard sah ein, dass sein gestriges Gebet von Maria nicht erhört worden war. Sie hatte nicht die gewünschte Mauer um sein Herz errichtet, oder falls doch, war es Sara binnen weniger Augenblicke gelungen, sie wieder niederzureißen. Nichts hatte er dem Sturm der Gefühle entgegenzusetzen, die durch seinen Körper tobten.

Nichts hatte ihn jemals so entflammt wie Saras Gesang. Er wollte zu ihr, sie in seine Arme reißen, ihre Lippen küssen und sie niemals wieder loslassen.

Richard schloss die Augen und atmete tief durch. Sein Herz raste. Er hatte nie Verständnis für Verfehlungen seiner

Ritterbrüder aufbringen können, weil er selbst nie in Versuchung geführt worden war. War es das, was die Gottesmutter ihm zeigen wollte? Wollte sie ihm seinen Hochmut und seinen Stolz vor Augen halten?

Er sollte sich leise zurückziehen, noch hatte Sara ihn nicht bemerkt. Dennoch blieb er stehen, als hätte er ebenso wie die Weide neben ihm Wurzeln geschlagen. Richard war außerstande, sich abzuwenden. Als Sara am Ende der Strophe abermals abbrach, öffnete sich sein Mund wie von selbst und die Worte kamen über seine Lippen.

»Seither sah ich den Falken schön dahinfliegen:
er trug an seinem Fuß seidene Riemen,
und sein Gefieder war ganz rotgolden.
Gott sende sie zusammen, die sich lieb sein wollen.«

Schon beim ersten Ton war Sara erschreckt aufgesprungen. Sie stand nun mitten im Bach und starrte ihn mit weit aufgerissenen Augen an. Ihre Brust hob und senkte sich schnell. Sie verknotete ihre Finger ineinander und öffnete leicht den Mund. Doch sie fiel nicht in seinen Gesang ein.

Als er geendet hatte, dauerte es einen Moment, bis sie sich aus ihrer Erstarrung löste. Mit geröteten Wangen stieg sie ans Ufer.

»Ich wusste nicht, dass Ihr singen könnt. Und dann noch ein solches Lied«, murmelte sie.

Richard zuckte verlegen mit den Schultern. Er freute sich über ihre Anerkennung und schämte sich im selben Atemzug deshalb. »Wir singen oft zum Lobe Gottes.«

»Das hier war aber kein Kirchenlied.«

Offenbar hatte sie ihre Überraschung überwunden.

»Das stimmt allerdings. Und woher kennst du das Liebeslied? Ich denke aus Erkenwald, in einem jüdischen Haushalt hast du es bestimmt nicht gehört.«

Jetzt hob sie erstaunt die Augenbrauen. »Ich kenne es tatsächlich aus Erkenwald. Aber wieso Liebeslied? Es geht um einen Falkner, dem sein Vogel entflogen ist. Natürlich liebt der Mann sein Tier, schaut ihm traurig nach und hofft darauf, dass er eines Tages zu ihm zurückkehren wird.«

Richard konnte nicht anders, als er ihren ratlosen Gesichtsausdruck sah. Er lachte schallend und es dauerte eine Weile, ehe er sich beruhigt hatte. Immer noch grinsend wischte er sich eine Lachträne aus den Augenwinkeln.

Sara hatte mittlerweile ihre Beine bedeckt und die ledernen Schuhe wieder angezogen. In jeder Hand hielt sie eine der Gurden und betrachtete ihn zornig. Richard konnte sich des Eindrucks nicht erwehren, dass es besser war, sie vorsichtig aufzuklären, ehe sie ihm eine der Kürbisflaschen an den Kopf warf.

»Dieses Lied handelt von einer Frau«, begann er, während sie zurück zu ihrem Lager schritten. »Sie will ihren Geliebten an sich binden, doch er reißt sich los und verlässt sie. Wider aller Vernunft hofft sie, dass er zurückkehrt, aber das wird er nicht, weil sein Freiheitsdrang zu groß ist.«

»So habe ich das noch nie gesehen«, gab Sara zu.

Richard schmunzelte. »Es wird dich nie jemand über die wahre Bedeutung aufgeklärt haben. Das ist wohl kaum das richtige Liedgut für eine junge Frau.«

»Weshalb nicht? Vielleicht lernt sie daraus, dass Männer nicht treu sein können.«

»Wohl eher, dass es keinen Sinn macht, ihnen Fesseln anzulegen, denn dann reißen sie sich los.«

»Ihr habt Euch doch auch Fesseln anlegen lassen«, sagte sie und deutete auf den weißen Stoffzipfel seines Waffenrocks, der aus der Satteltasche hervorlugte.

»Das war mein freier Wille und ich empfinde es nicht als Einengung, Mitglied im Deutschen Orden zu sein.«

»Aber Ihr seid auch nicht frei, zu tun was Ihr wollt.«

»Darum ist es mir nie gegangen. Ich wollte immer nur Gott mit meinem Schwert dienen.«

»Dann müsst Ihr ja rundum glücklich sein.«

»Ich bin zufrieden, wenn ich meinen zugewiesenen Platz ausfülle und demütig meine Befehle befolge.« Glück war nicht das, was ein Ordensbruder anstrebte.

Sara warf den Kopf zurück und sah ihn spöttisch an. »Das erspart Euch gewiss das Denken.«

»Dir geht es bestimmt wieder gut, so frech wie du bist«, erwiderte er verärgert. »Vielleicht sollte ich es mir anders überlegen und dich nicht zum Kaiser bringen.«

Kurz sah er Erschrecken über ihre Züge gleiten, ehe sie ihm tief in die Augen sah. »So seid Ihr nicht. Wenn Ihr Euer Wort gegeben habt, dann ist darauf Verlass.«

Ihr Vertrauen in ihn wärmte sein Herz und das heftige Verlangen, Sara an sich zu ziehen, wurde in diesem Moment beinahe unerträglich.

Schwer atmend trat er einen Schritt zurück und wandte den Blick ab. »Wir sollten uns auf den Weg machen, wenn wir Worms heute noch erreichen wollen.«

Kapitel 20

Alida presste immer wieder ihre Fingernägel in die Innenflächen ihrer Hände, während Corvus gleichmäßig unter ihnen dahinschritt. Sie durfte nicht an Richards volltönende Stimme denken, als er die zweite Strophe des Falkenlieds gesungen hatte. Etwas hatte sich dadurch in ihr verändert.

Sie hatte das Gefühl gehabt, als würde sich ihr Herz selbstständig machen. Es hatte so heftig geschlagen, als wollte es sich von ihr losreißen. Seine Stimme hatte jede Zelle ihres Körpers durchdrungen und sie glaubte bei der Erinnerung daran erneut zu zittern.

Und erst sein herzhaftes Lachen! Gut, er hatte sie ausgelacht, dennoch war einen Moment lang die Steifheit von ihm abgefallen und sie hatte den wahren Richard gesehen. Und der hatte ihr Herz berührt.

Unwillkürlich stöhnte sie auf.

»Geht es dir nicht gut?«, fragte Richard sofort.

»Ich ... Ich habe bloß an den Kaiser gedacht. Was mache ich, wenn er mich nicht anhören wird?«, stammelte sie hastig eine Ausrede.

»Das wird er bestimmt.«

»Und was, wenn es mir nicht gelingt, ihn von der Unschuld des Grafen von Erkenwald zu überzeugen?«

Alida spürte, wie Richard mit den Schulten zuckte. »Auch

dann musst du dir keine Vorwürfe machen. Du hast dein Bestes gegeben.«

»Nett, dass Ihr mich aufmuntern wollt, aber ich werde es mir nie verzeihen, wenn ich versage.«

»Gräme dich nicht. Ich bin sicher, du wirst zum Kaiser vordringen und er wird ein offenes Ohr für dein Anliegen haben. Immerhin sollte er doch in guter Stimmung sein, wenn er sich bald mit der Schwester des englischen Königs vermählt. Außerdem ist der Hochmeister des Deutschen Ordens, Hermann von Salza, sicherlich in Worms. Er ist oft in der Nähe des Staufers zu finden. Sollte es mit der Audienz nicht gelingen, werde ich bei ihm ein gutes Wort einlegen, damit du empfangen wirst.«

Alida fühlte sich ein wenig zuversichtlicher, nickte zur Antwort und ließ das Schweigen wieder die Oberhand gewinnen.

Nach einer guten Stunde erreichten sie Cruczennach, eine aufstrebende Siedlung beidseitig der Nahe. Zwei Kirchen und ein Kloster sorgten für den geistlichen Trost der Hörigen und Freien, geschützt durch die wehrhafte Kauzenburg der Grafen von Sponheim, die sich westlich des Flusses erhob.

Es gab keine Brücke, sodass Richard Corvus durch eine Furt auf das andere Ufer lenkte. Ein etwa achtjähriger Junge, der einen Sack über der Schulter trug, kam ihnen entgegen. Die schmutzigen und zerrissenen Hosen schlotterten um seine mageren Beine. Er trat einen Schritt zur Seite auf einen Weißdornbusch zu, um sie passieren zu lassen. Zischend sog er die Luft ein und ließ den Sack fallen. Offenbar hatte sich ein Dorn in seine blanke Fußsohle gebohrt. Der Junge setzte sich ins Gras und hob den Knöchel auf das Knie des anderen Beins.

Alida sah den abgebrochenen Zweig, der an seiner Ferse hing, als er ihn vorsichtig herauszog. Seine Füße waren so dreckig, dass Alida keine Verletzung erkennen konnte. Doch der Junge litt offensichtlich Schmerzen. In seinem von Kohlenstaub verrußten Gesicht zierten helle Tränenspuren die Wangen.

Er stand auf und schniefte leise, wischte sich mit dem durchlöcherten Hemdsärmel über die Nase. Alida tat der kleine Köhlerjunge leid. Sie drehte den Kopf und fragte Richard, ob er noch einen Apfel in den Satteltaschen hätte.

Er hielt den Hengst an, zog kurz darauf einen aus der Tasche und reichte ihn Alida.

»He, Junge, komm mal her«, rief sie und hielt ihm die Frucht entgegen.

Der Knirps blickte sie erstaunt an, ehe er sich vorsichtig näherte. »Für mich?«, fragte er sicherheitshalber.

Alida nickte.

»Was muss ich dafür tun?«

»Nichts. Wir haben genug und du siehst hungrig aus.« Alidas Blicke wanderten über die magere Gestalt.

Der Kleine zögerte noch immer. Offenbar hatte er schlechte Erfahrungen gemacht und war Geschenken gegenüber misstrauisch.

»Kannst du uns sagen, ob das hier der richtige Weg nach Worms ist?«, fragte Richard.

Jetzt humpelte der Junge zwei Schritte näher. »Ja, Herr, immer der Nase nach. Wenn die Sonne Euch am späten Vormittag ins Gesicht scheint, dann seid Ihr richtig.«

Alida warf dem Jungen den Apfel zu, der ihn geschickt auffing und sofort gierig hineinbiss. Sie war Richard dankbar, dass er ihm das Gefühl gegeben hatte, keinen Almosen erhalten, sondern sich seine Gabe redlich verdient zu haben.

»Vielen Dank, dann werden wir in südöstlicher Richtung weiterziehen«, sagte Richard.

»Augenblick noch«, bat Alida, ehe sie sich an den Jungen wandte. »Hast du zufällig gehört, ob der Kaiser schon in Worms ist?«

»Ihr wollt bestimmt zur Hochzeit«, mutmaßte der Kleine. »Mein Vater und mein Oheim sprachen gestern davon. Der Kaiser ist in Worms. Er hat den König gefangen genommen und will ihn töten lassen.«

Alida erschrak. »Das hast du sicherlich falsch verstanden. Der Kaiser würde seinem Sohn niemals so etwas antun.«

»Jedenfalls ist der König kein König mehr«, beharrte der Junge und biss erneut in den Apfel.

»Diese Vermutungen führen zu nichts, lass uns lieber weiterreiten«, raunte Richard leise, rief dem Jungen einen Dank zu und trieb Corvus an.

Der Kleine zuckte mit den Schultern und war hinter der nächsten Wegbiegung Alidas Blicken entschwunden.

»Du verdrehst dir nur den Hals, wenn du noch weiter nach hinten starrst«, gemahnte Richard.

Alida hob den Blick. Sein Gesicht war nur wenige Fingerbreit von dem ihren entfernt. Sie starrte auf seinen Mund und schluckte unwillkürlich. Gedankenverloren fuhr sie sich mit der Zungenspitze über die Oberlippe.

Der Ausdruck seiner Augen veränderte sich. Die Pupillen wurden größer und Richard sah plötzlich hungrig aus.

Verwirrt wandte Alida sich nach vorne. Ihre Hände zitterten und sie griff in Corvus' Mähne. Sie ließ die schwarzen Strähnen durch ihre Finger gleiten und langsam beruhigte sich ihr trommelnder Herzschlag.

»Meinst du, dein Kopf hält eine schnellere Gangart aus?«, fragte Richard rau.

Alida brachte lediglich ein knappes Nicken zustande. Auch sie wollte so schnell wie möglich nach Worms, fort aus Richards Nähe, die sie so sehr genoss und gleichzeitig fürchtete.

Richard schnalzte mit der Zunge und der Hengst trabte an. Kurz darauf fiel er in einen gleichmäßigen Galopp. Sie hielt sich an der Mähne fest und war dankbar für Richards Arm, der ihre Taille fest umschlungen hielt.

Ein leichtes Schwindelgefühl erfasste sie. Übelkeit stieg in ihr auf und Alida presste die Lippen aufeinander. Sie zwang sich, tiefer zu atmen. Mit jedem Galoppsprung kamen sie ihrem Ziel näher, sie wollte unbedingt noch etwas durchhalten.

In diesem Moment trat Corvus' rechter Vorderhuf in ein Schlagloch. Der Hengst fing sich zwar sofort wieder, doch die ruckartige Bewegung ließ Alida aufstöhnen. Sie hielt sich die Hand vor den Mund.

Augenblicklich parierte Richard Corvus durch. Noch ehe er reagieren konnte, schwang sie das Bein über den Vorderzwiesel, sprang vom Rücken des Pferdes und stürzte auf ein Gebüsch zu.

Nachdem sie die verbliebenen Reste ihres Frühmahls von sich gegeben hatte, wischte sie sich mit einem Grasbüschel den Mund ab. Ermattet richtete sie sich auf. Richard war ebenfalls abgestiegen, stand neben dem Pferd und hielt ihr wortlos die Gurde hin.

Alida spülte sich mehrfach den Mund und trank zum Schluss einen großen Schluck. Mit einem dankbaren Lächeln reichte sie Richard die Kürbisflasche zurück.

Der verschloss sie wortlos und verstaute sie wieder in einer der Taschen, bevor er ihr zurück in den Sattel half. Im Schritt ritten sie weiter.

Erst nach einer ganzen Weile brummte Richard: »Warum hast du nichts gesagt?«

»Wir wollen doch schnell nach Worms und da es mir bisher gut ging, dachte ich, der Galopp würde mir nichts ausmachen.«

»Du hast dich geirrt«, stellte er lapidar fest.

Alida wusste darauf keine Antwort und schwieg.

»Weißt du, wo dieser Moishe ben Nevi wohnt?«, fragte Richard.

»Salomon …« Alida stockte und hoffte, dass er ihrem kurzen Zögern keine Bedeutung beimaß. »Mein Vater meinte, er lebe im jüdischen Viertel, das sich im Norden der Stadt befinden soll, ganz in der Nähe der Synagoge.«

»Weißt du, wie er aussieht?«

»Ich bin ihm noch nie begegnet«, gab sie zu.

»Nicht schlimm, ich habe dich gefunden, also werden wir auch ihn ausfindig machen. Zumal er nicht vor uns auf der Flucht ist.«

Schweigend ritten sie weiter.

Gegen Mittag konnte Alida erstmals in der Ferne die Türme des Wormser Doms erkennen. Ihr Weg führte sie vorbei an einigen kleineren Siedlungen, bevor sie sich am frühen Nachmittag der mächtigen Stadtmauer näherten, die mit Zinnen und Türmen bewehrt war. Der hohe Torturm, auf den sie jetzt zuritten, wirkte erdrückend auf Alida und doch verhieß er ihr, endlich am Ziel zu sein. Teils glaubte sie lateinische Inschriften in der Mauer zu entdecken. Es war keine Seltenheit, dass Grabplatten zum Bau verwendet wurden. Die Römer hatten überall am Rande des Rhins Siedlungen und Städte gegründet und waren demzufolge auch hier gestorben.

Hinter dem Tor führte eine Straße nach Süden durch die Stadt. Alida reckte den Hals, doch die Häuser versperrten ihr die Sicht auf den Dom. Allerdings entdeckte sie ein Stück weiter auf der rechten Seite eine dreischiffige Basilika.

»Das ist die Kirche des Heiligen Martin, dem Namensgeber des hiesigen Stadttors. Wollt Ihr dort beten?«, fragte der Mann, der es bewachte. Er schob den Helm ein Stück in den Nacken und wischte sich über die Stirn.

»Nein, wir wollen ins jüdische Viertel«, antwortete Alida, noch ehe Richard zu Wort kommen konnte.

Die Miene des Wächters verfinsterte sich. Er deutete mit dem Daumen über seine Schulter nach links. »Da lang und steigt vom Pferd, die Gassen sind eng.«

Richard sprang ab, half Alida aus dem Sattel und fasste Corvus' Zügel. Der Mann sah sie misstrauisch an und spuckte hinter ihnen in den Staub.

Alida bemerkte Richards Zorn und legte ihm beschwichtigend die Hand auf den Unterarm. »Beruhigt Euch, der Mann ist es nicht wert.«

»Er hält mich doch jetzt für einen Juden«, fuhr Richard auf.

»Ihr wisst, dass Ihr keiner seid. Und es ist unnötig, ihn darüber aufzuklären. Er glaubt Euch ohnehin nicht, und wenn doch, wird er vermuten, wir wollten Geschäfte mit ihnen abschließen.«

»Anhand meines Waffenrocks in der Tasche kann ich leicht beweisen, dass ich ein Christ bin«, widersprach Richard, führte Corvus aber nach links in eine bogenförmige Gasse mit eng zusammenstehenden mehrgeschossigen Häusern.

Alida ging neben ihm und verkniff es sich, ihn darauf hinzuweisen, dass er damit erst recht das Misstrauen des Wächters wecken würde.

Richard sah sich um. »Hast du eine ungefähre Ahnung, wo ben Nevi wohnt? Soll ich mal an die nächste Tür klopfen? Die Gasse ist ja wie ausgestorben.«

»Nein, lasst uns die Synagoge suchen. Da finden wir bestimmt jemanden.«

Wenige Schritte später fiel Richards Augenmerk auf die kleinen Behälter an den Türpfosten der Häuser.

»Was hat es mit diesen Kästchen auf sich?«

Alida war froh, ihm die Frage nach den Mesusot beantworten zu können. Sie hatte schon genug Fehler begangen, die ihn möglicherweise an ihrem jüdischen Glauben zweifeln ließen. Und solange sie noch nicht in Sicherheit war, musste sie ihre Tarnung aufrechterhalten.

»Und warum hängen die Behälter mal senkrecht, mal waagerecht und hin und wieder auch mal schräg?«, wunderte er sich.

Das wusste Alida nicht. In Salomons Haushalt waren sie alle schräg an den Türrahmen angebracht gewesen. So zuckte sie etwas hilflos mit den Schultern und antwortete: »Darüber habe ich mir nie Gedanken gemacht. Ich vermute mal, es gibt keine feste Regel.«

Richard grinste. »Als wenn dein Glaube so etwas nicht vorschreiben würde.«

Zu Alidas Erleichterung wurde die Häuserreihe rechter Hand unterbrochen und öffnete sich auf einen überschaubaren Platz. Sie blickten auf ein langgezogenes, viereckiges Gebäude aus Stein, verziert mit hebräischen Inschriften. Die Bauart mit ihren Rundbogenfenstern erinnerte Alida an die der christlichen Kirchen. Am südlichen Ende schloss sich unmittelbar ein weiteres, höheres und um etwa ein Drittel breiteres Gebäude an. Sie hatten die Synagoge gefunden.

Wie Alida gehofft hatte, waren hier etliche Männer und Frauen versammelt. Sie vermutete auch das Gemeindehaus in unmittelbarer Nähe, ebenso wie die Mikwe, das rituelle jüdische Bad, das sie von ihrem Standpunkt aus jedoch nicht sehen konnte. Vermutlich lag es hinter der Synagoge.

Das Stimmengewirr wurde leiser, als sie den Platz betraten. Viele Gesichter wandten sich ihnen zu. Neugierige und misstrauische Blicke trafen sie.

Richard näherte sich einem Mann mittleren Alters und fragte ihn nach Moishe ben Nevi. Der Jude fuhr mit der rechten Hand langsam über seinen langen schwarzen Bart.

»Was kann wohl ein christliches Pärchen von ihm wollen?«

»Wir sind kein Paar«, stellte Richard in entwaffnender Ehrlichkeit sofort richtig. »Sie ist die Tochter von Salomon ben Isaak aus Coellen. Ich sorge nur für ihr sicheres Geleit.«

Der Mann musterte Alidas Äußeres streng. Er fand das Gewand, das sie seit dem Fest auf Burg Kaltenstein immer noch trug, für eine Jüdin sichtlich unpassend.

»Wir sind überfallen worden und mein Vater musste nach Coellen zurückkehren. Zuvor gab er mir einen Brief für Moishe ben Nevi mit. Stört Euch bitte nicht an meinem Kleid, es diente lediglich der Tarnung.«

Der Blick des Juden wurde eine Nuance freundlicher, besonders als er nun Alida offen in das Gesicht sah. »Ich verstehe. Bitte folgt mir, ich führe Euch selbst zu meinem Neffen Moishe. Der wird Augen machen, wenn ich ihm so unverhofft seine Braut bringe.«

Der Mann drehte sich schwungvoll um und schritt auf die Ostseite der Synagoge zu, an der eine schmale Gasse entlangführte. Er hatte Alida nicht die Zeit gelassen, den Irrtum aufzuklären.

Sie wollte ihm hinterhereilen, als Richard bereits nach ihrem Oberarm griff und sie zurückhielt. Wütend starrte er auf sie herab. »Was für ein Spiel treibst du, Sara? Du bist mit diesem Moishe verlobt? Willst du etwa gar nicht zum Kaiser, sondern suchst Zuflucht bei deinem zukünftigen Gemahl? Hast du mich deshalb dazu gebracht, dich nach Worms zu begleiten?«

Alida legte ihm die Hand auf die Brust und sah ihn beschwörend an.

»Glaubt mir, hier liegt ein Missverständnis vor. Nicht ich soll Moishe ben Nevi heiraten, sondern Mirjam. Ich will ihm lediglich die Nachricht meines Vaters überbringen und dann zum Kaiser.«

Richard atmete tief durch, doch Alida konnte nach wie

vor Misstrauen in seinem Blick erkennen. »Weshalb gibt dein Vater zuerst seine jüngere Tochter aus dem Haus?«

»Weil er glaubt, einen guten Mann für meine Schwester gefunden zu haben. Wenn ich zu ben Nevi passen würde, hätte er sicherlich mich ausgewählt.«

Richard ließ ihren Oberarm los. Alida trat einen Schritt zurück und ihre Hand glitt von seiner Brust.

»Also schön.« Richard reckte den Hals. »Folgen wir dem Juden. Ich sehe ihn nämlich nicht mehr.«

Er packte Corvus dicht am Zaum und ließ Alida den Vortritt. Das Gässchen lief entlang der Synagoge, ehe es einen Knick nach links machte. Von dem Juden war nichts zu sehen. Nur zwei alte Frauen, jede den Henkel eines aus Schilf geflochtenen Korbes in der Hand, wollten gerade um die Ecke biegen, als beide mit einem spitzen Schrei zur Seite sprangen.

Einen Augenblick später sauste ein Schaf auf sie zu, gefolgt von einem aufgeregt meckernden Bock, dem wiederum ein Mann mit einem Seil hinterherlief.

Die Tiere rasten auf Alida zu, die sich hektisch umsah. Sie befand sich gerade an der engsten Stelle und würde unweigerlich über den Haufen gerannt. »Lauf, Corvus«, brüllte Richard.

Der Hengst warf sich herum. Gleichzeitig packte Richard Alida und drückte sie gegen die Wand der Synagoge. Er schützte sie mit seinem Körper, während die Tiere an ihnen vorbeirannten. Richard zuckte kurz zusammen, ehe er sich umsah und schwer atmend die Hände von ihren Schultern nahm.

»Hast du dir wehgetan?« Besorgt musterte er sie.

»Dank Euch ist mir nichts geschehen«, antwortete sie mit klopfendem Herzen. »Zum Glück habt Ihr so schnell reagiert und diese Delle in der Mauer entdeckt. Aber was ist mit Euch? Hat Euch der Bock erwischt?«

Richard fasste sich an den hinteren Oberschenkel. »Ist nicht dramatisch. Wird einen blauen Fleck geben, der bald in allen Farben schimmert, und das Reiten wird in den nächsten Tagen auch kein Vergnügen sein. Hauptsache, dir ist nichts zugestoßen.«

Alida hob die Hand und strich ihm lächelnd über die Wange. Sofort veränderte sich sein Blick. Der hungrige Ausdruck, den sie hin und wieder bei ihm beobachtet hatte, trat auch jetzt wieder in seine Augen. Verwirrt ließ sie die Hand sinken.

»Wo bleibt Ihr denn?« Moishes Onkel war erneut um die Ecke gebogen und kam auf sie zu. »Ich dachte, Ihr wärt direkt hinter mir. Hattet Ihr einen Zusammenstoß mit den Schafen?«

»Nein, die Nische in der Mauer war unser Glück«, sagte Richard.

Der Jude lachte leise. »Wusstet Ihr, dass sie genauso entstanden ist, weil die schwangere Mutter eines Rabbi hier einem Fuhrwerk ausweichen musste?«

»Unsinn, für ein Fuhrwerk ist die Gasse doch viel zu schmal«, widersprach Richard. »Bestimmt war der Maurer der Synagoge betrunken.«

Mit seinen dunklen Augen funkelte Moishes Onkel Richard zornig an. »Von einem schweinefressenden Goj kann man wohl auch nichts anderes erwarten.«

Für einen Moment sah es aus, als wollte sich Richard auf

den Juden stürzen. Schnell versperrte Alida ihm den Weg, indem sie den Arm ausstreckte. »Bitte nicht«, flüsterte sie so leise, dass nur Richard sie hören konnte.

Er hielt mitten in der Bewegung inne. Die Narbe am Kinn trat deutlicher hervor, doch er behielt seine Wut unter Kontrolle. Der Ritter pfiff nach seinem Pferd, das auf den Platz zurückgelaufen war, und kurz darauf folgten sie dem Juden im Gänsemarsch durch die Gasse.

Hinter der Biegung standen weitere Häuser eng nebeneinander. Ihr Führer steuerte auf ein Fachwerkhaus zu, das von einem hüfthohen, engmaschig geflochtenen Weidenzaun umgeben war und fast am Ende der Gasse lag.

Moishes Onkel klopfte an die eisenbeschlagene Tür. Es dauerte eine Weile, ehe ihm geöffnet wurde und ein leicht vornübergebeugter älterer Mann im Rahmen erschien. Es folgte ein Wortwechsel auf Hebräisch und der Mann verschwand wieder. Kurz darauf erschien ein schlanker junger Mann mit dunkelbraunen lockigen Haaren und offenen, fein geschnittenen Gesichtszügen. Er begrüßte seinen Onkel und lauschte mit wachsendem Erstaunen seiner Rede. Sein Blick folgte dem ausgestreckten Zeigefinger und blieb auf Alidas Gestalt haften.

Moishe verzog den Mund zu einem schüchternen Lächeln, das Alida sogleich für ihn einnahm. Sie lächelte aufmunternd zurück und bemerkte belustigt, dass Richard einen halben Schritt näher an sie herantrat.

Mirjams Bräutigam stieg nun die beiden Stufen hinab und blieb in gebührendem Abstand vor ihr stehen. Er legte die Hand auf die Brust und verneigte sich höflich.

»Schalom, Mirjam bat Salomon.«

Alida schüttelte den Kopf. »Schalom, Moishe ben Nevi. Aber ich bin nicht Mirjam, sondern ihre Schwester Sara.«

Überrascht musterte der junge Mann sie. »Ich wusste nicht, dass Salomon zwei Töchter hat.«

»Von mir redet mein Vater nicht oft. Aber ich habe für dich einen Brief von ihm. Der wird dir alles erklären.« Alida öffnete ihre Gürteltasche und überreichte ihm das zusammengerollte Pergament.

Moishe warf nur einen kurzen Blick darauf, ehe er sie aufforderte, ihm ins Haus zu folgen.

»Moment«, warf Richard dazwischen. »Sie geht nirgendwo allein mit dir hin.«

»Aber mit Euch war sie offenbar allein unterwegs«, stellte Moishe trocken fest.

Richard wurde blass. »Das ist etwas anderes. Ich bin ein Ritterbruder des Deutschen Ordens und würde mich ihr niemals in unzüchtiger Weise nähern.«

Moishe streckte sich zu seiner vollen Länge und war dennoch einen guten halben Kopf kleiner als Richard. »Und ich bin ein gläubiger Jude. Niemals würde ich eine Frau berühren, die nicht die meine ist.« Er sagte es ruhig, doch Alida spürte die versteckte Schärfe hinter seinen Worten.

Richard hingegen sah sichtlich zufrieden aus. »Wir wollen morgen den Kaiser aufsuchen. Sara will dort für das Leben des Grafen von Erkenwald bitten.«

»Das ist ein schlechter Zeitpunkt. Friedrichs Laune ist sicherlich nicht die beste, auch wenn der Konflikt mit seinem Sohn beigelegt ist.«

»Was ist geschehen?«, fragten Alida und Richard gleichzeitig.

»Heinrich hat sich seinem Vater in Wimpfen zu Füßen geworfen, doch der Kaiser hat ihn mit nach Warmaisa gebracht und ihn erst vorgestern angehört. Friedrich hat seinem Sohn sprichwörtlich die Königskrone vom Haupt gerissen und ihn im südwestlichen Eckturm der Stadtmauer eingesperrt.«

»Was, er hat ihn eingesperrt?«, rief Alida entsetzt. Wenn der Kaiser dies seinem Sohn angetan hatte, was musste dann erst mit ihrem Vater geschehen sein?

Sie trat näher an Moishe heran und unterdrückte den Impuls, ihm die Hand auf den Oberarm zu legen. »Weißt du etwas über den Verbleib des Grafen Eduard von Erkenwald?«

Moishe schüttelte den Kopf. »Den Namen habe ich noch nie gehört. Aber wenn er zu Heinrich gehörte, möge Gott ihn und seine Nachkommen verdorren lassen.«

»Wie kannst du es wagen?«, fuhr Alida auf. »Der Graf stand immer treu zum Kaiser.«

»Wenn das so ist, dann hat er ja nichts zu befürchten«, schlussfolgerte Moishe.

Das beruhigte Alida jedoch keineswegs. Sie knetete ihre Finger und warf Richard einen verzweifelten Blick zu.

»Mach dir keine Sorgen, bestimmt geht es ihm gut. Morgen erfahren wir mehr«, versuchte er sie mit einem schiefen Lächeln zu beruhigen.

Unwillkürlich stiegen Alida Tränen in die Augen. Richard hatte ›wir‹ gesagt. Sie war nicht allein, er war an ihrer Seite und würde es zumindest so lange bleiben, bis sie es zum Kaiser geschafft hatte.

»Gibt es hier einen Stall für mein Pferd?«, fragte der Ritterbruder nun an Moishe gewandt.

»Der Pferdestall befindet sich woanders. Hinter dem Haus haben wir nur einen für die Ziegen.«

»Ich werde Sara nicht bei dir alleine lassen.«

»Müsst Ihr nicht. Stellt Euer Pferd zu den Ziegen, für eine Nacht wird es gehen. Ich lasse Euch im Haus eine Kammer herrichten.«

Richard schnaubte. »Ich betrete das Haus eines Juden nicht.«

Moishe zuckte mit den Achseln. »Die Nacht wird mild und im Ziegenstall ist frisches Stroh. Macht es Euch mit Eurem Pferd bequem. Aber Ihr werdet Sara wohl kaum ein Bad und saubere Kleidung missgönnen.«

Grummelnd öffnete Richard das Gatter und führte Corvus hinter das Haus.

Moishe schritt neben Alida auf die Eingangstür zu, an der noch immer sein Onkel stand, und sagte zu ihr etwas auf Hebräisch. Verständnislos blickte sie ihn an.

»Wer bist du? Salomons Tochter jedenfalls nicht. Ich weiß durch meinen Vater genau, dass er nur eine hat«, wiederholte er seine Worte, sodass auch Alida sie verstand.

»Das steht alles in dem Brief, den ich dir gegeben habe.«

Alida hob den Saum ihres Gewands ein wenig an, um die Eingangsstufen zu erklimmen. »Bitte denke daran, Richard später etwas zu essen bringen zu lassen.«

Moishe sah sie durchdringend an. »Du magst ihn sehr, nicht wahr?«

Alida seufzte und schwieg.

Kapitel 21

Richard wurde durch eine feuchte Zunge geweckt, die über seine Wange leckte. Er schrak auf und sah in die dunklen Augen eines weiß-braun gefleckten Ziegenbocks. Angewidert wischte er sich mit dem Hemdsärmel über die feuchte Stelle und schob das Tier beiseite, was dieses mit einem empörten Meckern kommentierte.

Richard setzte sich auf seinem behelfsmäßigen Strohlager auf und fuhr sich mit beiden Händen über die kurzen Haare. Einige Hälmchen und Spelzen rieselten herab. Vorsichtig erhob er sich. Der Stall war so niedrig, dass er darin nicht aufrecht stehen konnte. Eine Tür gab es nicht, und so trat Richard ungehindert ins Freie und klopfte seine Kleidung ab.

Drei weitere Ziegen sprangen um Corvus herum, der mit hängendem Kopf neben dem Stall stand. Es sah aus, als würde er sich demütig seinem Schicksal ergeben. Richard musste unwillkürlich lächeln.

Die Hintertür des Hauses, die zum Garten führte, wurde geöffnet und Richards Herz machte unwillkürlich einen Satz, als er Sara erkannte. Sie war jetzt mit einer sauberen, aber schlichten dunkelgrünen Tunika bekleidet. In der einen Hand trug sie einen Korb, in der anderen eine Schüssel.

Ihr folgte eine alte gebeugte Frau, auf einen krummen Gehstock gestützt. Sie schlurfte zu einem breiten Stuhl, der direkt an der Hauswand neben einem Fass stand, in dem das Regenwasser aufgefangen wurde. Die Alte ließ sich ächzend darauf sinken.

Die Frau war offenbar dazu ausersehen, auf unsittliches Verhalten zwischen ihm und Sara zu achten, dachte Richard amüsiert. Er setzte sich auf ein kurzes Stück Stammholz vor einen größeren Holzklotz, der ihm schon am vergangenen Abend als Tisch gedient hatte.

»Guten Morgen, Herr von Thurau«, grüßte Sara fröhlich. »Ich hoffe, Ihr habt wohl geruht.«

Verspottete sie ihn etwa? Doch Richard konnte keine Anzeichen dafür erkennen. »Ging so«, antwortete er wachsam.

Sara stellte den Haferbrei mit dem frischen Obst auf den Holzklotz. Sie legte einen Kanten Brot und einen wunderschön gemaserten Löffel daneben.

»Er ist aus Olivenholz«, erklärte sie ungefragt.

»Wie geht es deinem Kopf?«, erkundigte er sich fürsorglich.

»Viel besser, ich habe letzte Nacht sehr gut geschlafen.«

Während Richard zu essen begann, beobachtete Sara ihn genau.

»Euer Bart ist schon wieder ein Stück nachgewachsen. Soll ich ihn Euch scheren, bevor wir zum Kaiser gehen?«

»Hast du das schon einmal gemacht?«, fragte er skeptisch.

Sara nickte. »Regelmäßig bei meinem Vater.«

»Nicht sehr erfolgreich, wie mir scheint, so lang wie sein Bart ist«, konnte Richard es nicht unterlassen, sie ein wenig aufzuziehen.

Sara blickte ihn für einen Moment verwirrt an, ehe sie lächelte. »Vertraut mir, ich kann es wirklich gut.«

Richard stimmte zögernd zu. Derweil Sara ins Haus zurückkehrte, verschlang er seinen Haferbrei, dem sogar ein wenig Zimt hinzugefügt worden war.

Die Juden hier lebten offenbar ganz gut. Sicherlich hatten sie weitreichende Handelsbeziehungen.

Richard wischte gerade mit dem Kanten Brot die Schüssel aus, als Sara zurück in den Garten trat. In einer Schale aus Schilfrohr trug sie ein Leinentuch, von dem Dampfschwaden aufstiegen.

Richard legte den Kopf in den Nacken und ließ sich von ihr das Gesicht damit bedecken.

Irritiert nahm er wahr, wie Corvus kurz darauf freudig schnaubte. Als Richard neugierig einen Zipfel des Tuchs anhob, um darunter hindurchzuschauen, sah er, wie Sara mit einem Apfel in der Hand auf den Hengst zutrat. Corvus nahm ihn von der flachen Hand und kaute genüsslich. Fruchtstücke und Schaumflocken tropften aus seinem Maul. Sara lächelte und kraulte den Rappen zwischen den Ohren.

Richard bemerkte verwundert den leichten Anflug von Neid, der ihn streifte. Er ließ den Zipfel verärgert los. Wie weit war er gesunken, dass er jetzt schon eifersüchtig auf sein Pferd wurde? Er durfte diese Gedanken nicht zulassen. Ein leises Stöhnen entwich ihm.

»Ist Euch das Tuch zu heiß?«

»Nein«, brummte er, irritiert, dass Sara jetzt offenbar dicht neben ihm stand. Er hatte nicht gehört, wie sie näher gekommen war.

Schwungvoll wurde das Tuch von seinem Gesicht entfernt. Richard blinzelte und zuckte zusammen, als Sara ihren Handrücken gegen seine Wange drückte.

»Eure Haut ist weich und das Messer scharf. Wir können mit der Rasur beginnen.«

Richard schluckte und nickte bloß. Er schloss die Augen und fragte sich, ob es ein guter Einfall gewesen war, ihr seinen Hals anzuvertrauen.

Sara umfasste sanft sein Kinn und zog seinen Kopf ein Stück nach hinten. Er spürte, wie sein Hinterhaupt gegen ihren Bauch gedrückt wurde, als sie sich nun vorbeugte.

Das Messer glitt so behutsam über seine Wange, dass es mehr einem Streicheln glich. Richard entspannte sich ein wenig. Sara wusste tatsächlich, was sie tat. Das Messer war offenbar frisch geschliffen und er spürte kaum das Ziepen und Schaben, an das er sich von Bertrams Rasur erinnerte. Doch je sanfter ihre Bewegungen wurden, desto mehr schien die Haut zu kribbeln, wo ihre Fingerspitzen ihn berührten.

Sara wechselte die Position, um seinen Hals zu rasieren. Dabei streifte ihr Oberschenkel seine Schulter. Richard presste die Zähne zusammen.

»Bitte nicht verkrampfen. Ich passe schon auf, dass ich Euch nicht den Hals abschneide.«

Er hörte das Lächeln in ihrer Stimme und stellte sich ihr Gesicht vor. Er glaubte zu sehen, wie sich eine steile Falte zwischen ihren Augenbrauen bildete, wenn sie sich darauf konzentrierte, die Stoppeln zu entfernen.

Für Richard wurde die Rasur zur Tortur.

Es war Saras Nähe, die ihn so durcheinanderbrachte. Ihre sanften Berührungen zerrten an seiner Selbstbeherrschung, ihr Duft überflutete seine Sinne und ihr Atem strich über seine Haut wie eine Liebkosung. Richard war so darauf bedacht sich nicht zu rühren, dass ihm ein Schweißtropfen über die Schläfe rann.

»Ihr habt wahrlich Angst um Euren Hals«, spöttelte Sara. Dann setzte sie traurig hinzu: »Glaubt Ihr wirklich, ich würde Euch nach all dem, was geschehen ist, ein Leid zufügen?«

Richard riss die Augen auf. Saras Gesicht befand sich unmittelbar vor dem seinen. In ihren ausdrucksvollen braunen Augen glaubte er den Schmerz der Zurückweisung zu erkennen.

»Nein, das ist es nicht«, antwortete er wahrheitsgemäß und ärgerte sich, weil seine Stimme heiser klang.

»Sondern?«

»Zu große Neugier kann gefährlich sein.«

Sara kniff erbost die Lippen zusammen. Sie warf Tuch und Messer in die Schüssel. »Ich bin ohnehin fertig mit Euch.«

Sie drehte sich um und ging auf die hintere Tür des Hauses zu. Richard sprang auf und eilte ihr nach. Instinktiv griff er nach ihrer freien Hand und hielt sie fest in der seinen.

Das scharfe Räuspern der alten Frau erinnerte ihn daran, dass sie nicht allein waren und er die Grenze des Schicklichen mal wieder überschritten hatte. Sofort ließ er Sara los und verflocht seine eigenen Hände ineinander, um nicht der Versuchung zu erliegen, sie erneut zu berühren.

»Verzeih mir bitte, Sara. Es war nicht meine Absicht dich zu beleidigen. Ich bin nur ein wenig aufgeregt wegen des Besuchs beim Kaiser. Hermann von Salza, der Hochmeister meines Ordens, ist Friedrichs enger Vertrauter. Ich bin ihm noch nie begegnet und die Aussicht, dass es heute geschehen könnte, lässt mich ein wenig unruhig werden.«

Das war immerhin nicht gelogen, wenn es auch nichts mit seiner augenblicklichen Verfassung zu tun hatte.

Saras Lippen umspielte ein kleines Lächeln, das Richard sofort beruhigte. Sie war ihm nicht gram.

Mit dem Kinn zeigte sie auf die gut gefüllte Regentonne, die neben der Bank stand, auf der die alte Jüdin saß. »Wenn Ihr einen guten Eindruck bei Eurem Hochmeister hinterlassen wollt, so empfehle ich Euch eine Wäsche. Ihr riecht ein wenig nach Ziegenbock.«

Richard spürte, wie er errötete.

***

Alida brachte die Schüssel zurück ins Haus. Sie ließ sich ein größeres Leinentuch und ein Stück Seife geben und kehrte in den Garten zurück.

Noch in der Türe blieb sie erstarrt stehen. Richard hatte das Hemd ausgezogen und beugte sich über die Regentonne. Mit den hohlen Händen schüttete er sich Wasser ins Gesicht und über seine kurzen Haare. Die Muskelstränge auf seinem Rücken bewegten sich im Takt seiner Schultern.

Es war nicht so, dass Richards der erste nackte Männeroberkörper war, den Alida sah. Schon oft hatte sie die Knechte auf Burg Erkenwald betrachtet. Doch bisher hatte der Anblick nie mehr als Neugierde in ihr geweckt. Jetzt allerdings erwachte in Alida der Wunsch, mit den Fingerspitzen über Richards Rücken zu streicheln.

Sie begann zu zittern und das Seifenstück entglitt ihren Fingern. Mit einem Plopp traf es auf die Steinstufe und ein Stück, so groß wie ein Kiesel, brach ab.

»Ist sie etwa schon feucht, dass sie dir durch die Finger geflutscht ist?«, grinste Richard.

Alida warf ihm einen verschämten Blick zu und bückte sich. Als sie auf ihn zutrat, sah Richard nicht mehr so belustigt aus. Er hielt sich sogar das Hemd vor die Brust, als wäre er sich plötzlich seiner Nacktheit bewusst geworden.

Alida verkniff sich eine Bemerkung, legte das Tuch und die beiden Seifenstücke neben ihm ab. »Beeilt Euch ein wenig. Ich möchte bald aufbrechen.«

Ohne eine Erwiderung abzuwarten, drehte sie sich um und ging ins Haus zurück. Sie schloss die Türe hinter sich und lehnte sich gegen das Holz. Ihr Herz schlug viel zu schnell und sie konnte es nicht auf die Aufregung vor der kommenden Unterredung mit dem Kaiser schieben.

Sie musste Richard vergessen. Er war ein Mönch und an seine Gelübde gebunden, die er bestimmt niemals aufgeben würde, auch nicht, wenn er erfuhr, dass sie gar keine Jüdin war. Zudem würde ihr Vater niemals den Sohn eines Ministerialen an ihrer Seite dulden. Alida stöhnte sacht und fuhr sich mit dem Handrücken über die Stirn.

»Vertraue auf Gott und darauf, dass er alles richten wird.« Moishes Stimme riss Alida aus ihren Grübeleien.

Sie hatten gestern Abend lange und offen miteinander gesprochen. Richards Weigerung, in einem jüdischen Haushalt zu nächtigen, hatte sich für Alida als Glücksfall erwiesen. So hatte sie Moishe ausführlich über die letzten Tage berichten können und was es mit ihrem falschen Spiel auf sich hatte.

Moishe hatte ihr Mut zugesprochen. Von einer Hinrichtung oder dergleichen hatte er nichts gehört. Wenn Alidas

Vater noch lebte, befand er sich sicher in demselben Turm, in dem Friedrich seinen ältesten Sohn gefangen hielt.

Jetzt nickte Moishe Alida aufmunternd zu. »Übermorgen heiratet der Kaiser im Dom Isabella von England. Heute ist der letzte Tag, an dem er den Bürgern von Warmaisa Gehör schenken möchte. Wir sollten daher bald aufbrechen. Ich bringe dich und den Deutschordensritter zum bischöflichen Palast. Denn wie ich den Herrn von Thurau einschätze, wird er dich nicht aus den Augen lassen wollen.«

»Das wird ihm nichts nutzen. Sobald der Kaiser die Wahrheit erfährt, wird er uns Erkenwald zurückgeben und Konrad von Westerburg seiner gerechten Strafe zuführen.«

Moishe wiegte bedächtig den Kopf. »Sofern deine Beweise überzeugend sind, wird er das sicherlich tun. Und du kannst deine Behauptungen doch beweisen, oder?«

Alida stutzte. »Ich kann beweisen, dass ich die Tochter des Grafen bin und der König, ich meine Prinz Heinrich, wird bestätigen können, dass mein Vater nicht gegen den Kaiser intrigiert hat.«

Der Jude sah nicht überzeugt aus, und Alida schluckte schwer. »Glaubst du, der Kaisersohn würde lügen?«, fragte sie niedergeschlagen.

»Heinrich hat das Vertrauen seines Vaters endgültig verspielt. Weshalb sollte Friedrich den Worten seines Sohnes Glauben schenken?«

Einem Messer gleich traf Moishes Frage Alidas Herz. Fröstelnd zog sie die Schultern hoch.

»Verliere jetzt nicht den Mut«, versuchte der junge Mann sie zu ermuntern. »Deine Geschichte ist so abenteuerlich, dass dir der Kaiser bestimmt alles glauben wird. Außerdem ist er erbarmungslos seinen Feinden gegenüber. Wenn er Betrug wittert, wird er alles daransetzen, den Schuldigen zu überführen.«

»Dann lass es uns nicht länger hinauszögern. Richard ist bestimmt schon mit seiner Wäsche fertig.«

Alida hatte richtig vermutet. Richard zog sich gerade den Waffenrock über die Cotte. Auf das Kettenhemd hatte er verzichtet, gürtete jedoch sein Schwert um.

Als er nach dem Zaumzeug greifen wollte, hielt Moishe ihn zurück. »Euer Pferd könnt Ihr hierlassen. In der Stadt behindert es Euch nur.«

Alida sah, wie Richard einen Moment lang überlegte, ehe er den Zaum zurücklegte und Corvus über den Hals strich.

»Pass mir gut auf die Ziegen auf«, murmelte er. Der Hengst schnaubte und schüttelte den Kopf.

Die Szene lenkte Alida einen Augenblick von ihren Sorgen ab. Sie lächelte sogar ein wenig, bevor Moishe sie erneut zum Aufbruch mahnte.

Gemeinsam machten sich die drei auf den Weg. Unterwegs fragte Richard, was es mit den unterschiedlich angebrachten Mesusot auf sich hatte. Er hatte seine Frage also nicht vergessen.

»Es ist ein Kompromiss«, gab Moishe unumwunden zu. »Nach Meinung des von uns hoch verehrten Rabbiners Schlomo ben Jizchak, den alle nur Raschi nennen und der einer der bedeutendsten jüdischen Gelehrten seiner Zeit war, ist die Mesusa senkrecht anzubringen. Sein Enkel hingegen war der Ansicht, sie sollte waagerecht angebracht werden.«

»Und diejenigen, die sie schräg anbringen, glauben, es beiden Gelehrten irgendwie recht zu machen?«, fragte Richard. Moishe grinste bloß.

Er führte sie quer durch die Stadt nach Süden. Die vier hohen Rundtürme des Doms tauchten zwischen den Häuserlücken immer wieder in ihrem Blickfeld auf. Alida reckte den Hals und versuchte mehr von dem Gebäude des Gotteshauses zu erhaschen.

Erschrocken quietschte sie auf, als Richard sie plötzlich zur Seite riss. Aus einer Fensteröffnung im oberen Stockwerk eines Hauses platschte der Inhalt eines Nachttopfs vor ihr auf die unebene Straße.

»Danke«, sagte sie zu Richard und rümpfte die Nase. »Von einer kurzen Warnung hat man hier wohl noch nichts gehört.«

»Zum Glück habe ich es kommen sehen«, schmunzelte er und ließ erst jetzt ihren Oberarm los.

Von nun an beäugte Alida misstrauisch immer wieder die oberen Geschosse.

Es herrschte bereits ein geschäftiges Treiben in den Gassen. Für die bevorstehende Hochzeit wurden die Gebäude zum Teil mit Zweigen oder bunten Bändern geschmückt, mit denen die Wormser Bürger dem Kaiser ihre Treue ausdrückten und ihm Glück für seine dritte Ehe wünschten, wie Moishe erklärte.

»Dabei hatten sie diese Treue bereits im April des Jahres eindrucksvoll unter Beweis gestellt, als sie der Belagerung durch König Heinrich trotzten. Der wollte mit der Stadt das Tal des Rhins vollständig gegen seinen Vater sichern. Sogar der Bischof von Warmaisa, Landolf von Hoheneck, hatte

Heinrich unterstützt. Aber das ist nun alles vorbei. König Heinrichs Auflehnung wurde vereitelt und sein Vater hat ihn gestürzt. Wer weiß schon, ob der Kaisersohn jemals wieder durch die Wälder reiten wird«, erklärte Moishe weiter.

Im Grunde war das für Alida nicht weiter wichtig. Für sie zählte nur, ob ihr Vater noch lebte und sie für ihn die Freiheit erstritt.

Der Weg stieg leicht an. Moishe zeigte mit ausgestrecktem Arm nach rechts.

»Ich muss dort entlang, zum Heiligen Sand, der letzten jüdischen Ruhestätte. Ihr haltet Euch links, dann könnt Ihr den bischöflichen Palast, der direkt an den Dom anschließt, nicht verfehlen.«

Alida und Richard verabschiedeten sich von ihm und erreichten kurz darauf ihr Ziel.

Der Palast des Bischofs entpuppte sich als langgezogenes Gebäude, das von einer Toreinfahrt unterbrochen wurde. Er befand sich an der nördlichen Seite des mächtigen romanischen Doms und war direkt mit ihm verbunden. Den Abschluss des Komplexes bildete eine weitere Kirche mit zwei Türmen.

Auf dem Vorplatz tummelten sich viele Menschen, die entweder ins Gespräch vertieft waren, aus dem Palast kamen oder über den Platz eilten. Ab und an blitzte der weiße Waffenrock eines Deutschordensritters auf.

Alida atmete tief durch und unterdrückte das Verlangen, nach Richards Hand zu greifen. Sie war froh, dass er voranschritt und sich den Weg durch die Menge bis zum Eingang bahnte. Dort wechselte er einige Worte mit der Wache und winkte Alida zu, ihm ins Innere zu folgen.

Kurz darauf betraten sie eine geräumige Halle, in der Männer und Frauen dicht gedrängt nebeneinanderstanden. Durch die hohen Rundbogenöffnungen fiel genügend Licht herein. Es traf auf die schlichteren Gewänder der Bürger und Händler sowie auf die teils mit edlen Steinen geschmückten Roben der Adeligen. Auch etliche Geistliche und Ritter des Deutschen Ordens waren anwesend.

Manche unterhielten sich leise miteinander, andere starrten angespannt an die gegenüberliegende Kopfseite. Alida stellte sich auf die Zehenspitzen und versuchte einen Blick auf den Kaiser zu erhaschen, der etwas erhöht auf einem Podest saß. Er trug eine purpurfarbene Tunika und hatte den Ellbogen auf der Armlehne des Stuhls abgestützt. Sein bartloses Kinn ruhte in der Handfläche, und er betrachtete gelangweilt den wild gestikulierenden Mann vor ihm.

Neben Friedrich standen auf der einen Seite einige Männer, in denen Alida sizilianische Edelleute und Geistliche vermutete. Hinter ihm hatten sich dunkelhäutigere Männer mit Turbanen auf dem Kopf, einem Krummsäbel am Gürtel und über der Brust verschränkten Armen postiert. Bei einigen ragten zwei Schwertgriffe über die Schultern. Offenbar die berühmte sarazenische Leibgarde des Kaisers.

Auf der anderen Seite des Kaisers stand ein weiterer Stuhl, auf dem mit langem Gesicht der Bischof von Worms saß, wie Alida aufgrund seiner Mitra vermutete. Sicherlich war er alles andere als entzückt, ausgerechnet dem Mann Unterkunft gewähren zu müssen, gegen den er sich mit dessen Sohn verbündet hatte. Sicherlich fürchtete Landolf nun um seine eigene Pfründe, wo König Heinrich ihn doch mit umfangreichen hoheitlichen Rechten ausgestattet hatte. Friedrich würde diesen Bischof vermutlich nicht lange an seiner Seite dulden.

Alida bemerkte, wie Richard einen Mann anstarrte, dessen Alter sie auf über 70 Jahre schätzte. Die grauen Haare waren im Nacken mit einem Lederband zusammengebunden und der schlohweiße Bart reichte ihm bis auf die Brust. Auf das schwarze Kreuz seines Waffenrocks war ein goldenes Stabkreuz aufgelegt. In der Mitte befand sich ein ebenfalls goldenes Herzschild, auf dem ein schwarzer Adler seine Flügel ausbreitete.

»Das ist der Hochmeister, Hermann von Salza«, flüsterte Richard ihr zu, als hätte er Alidas Gedanken erraten. »Kaiser Friedrich hat erlaubt, dass die Hochmeister den Reichsadler im Wappen tragen dürfen.«

Am liebsten hätte sie Richard geantwortet, dass dieses Privileg den Hochmeister noch nicht zu einem besseren Menschen machte, doch die Ehrfurcht in seiner Stimme hielt sie davon ab. Stattdessen wisperte sie: »Es kann ewig dauern, bis ich zum Kaiser vorgelassen werde. Und dann muss ich mein Anliegen in diesem großen Saal vortragen, wo alle mithören.«

»Hast du etwa mit einer Privataudienz gerechnet?«, grinste er.

»Nein, natürlich nicht. Aber ich habe mir auch nicht vorgestellt, dass so viele Menschen den Kaiser sprechen wollen. Ich befürchte, dass er mein Anliegen härter beurteilen wird, weil er seinen Untertanen beweisen muss, dass er Verräter und solche, die er dafür hält, streng bestraft.«

»Das hat er doch schon mit seinem Sohn bewiesen. Aber

ich kann deine Sorge verstehen. Ich werde sehen, was ich für dich tun kann. Rühr dich nicht vom Fleck.«

Er berührte sie sacht am Oberarm und steuerte auf den Hochmeister des Deutschen Ordens zu. Verwundert beobachtete Alida, wie Hermann von Salza ihm seine Aufmerksamkeit schenkte, kurz zu ihr hinüberblickte und dann auf den Kaiser zuschritt.

Es dauerte eine kleine Weile, bis der dicke Bittsteller, der Friedrich gerade sein Leid klagte, geendet hatte und entlassen wurde. Der Hochmeister nutzte den Augenblick, trat an den Kaiser heran und raunte ihm etwas ins Ohr, bevor er erneut zwei Schritte zurückging, um den gebührenden Abstand wiederherzustellen. Mit einem knappen Nicken signalisierte Friedrich seine Zustimmung.

Hermann von Salza kehrte zu Richard zurück, der kurz darauf mit einem siegesgewissen Lächeln auf Alida zutrat.

»Wir sollen hier warten, du bekommst deine eigene Audienz.«

Beinahe wäre sie ihm vor Dankbarkeit um den Hals gefallen. »Danke«, stieß sie ein wenig atemlos hervor. »Das bedeutet mir so viel.«

Richard senkte den Blick und zog aus seiner Gürteltasche das Reitersiegel hervor, das er ihr abgenommen hatte. »Nimm es. Es sähe nicht gut aus, wenn ich es wäre, der es dem Kaiser auf Verlangen vorzeigt. Ich will nicht den Eindruck erwecken, gegen meinen Komtur zu arbeiten.«

Ihre Fingerspitzen berührten die seinen, als sie nach dem Stempel griff. Schlagartig fühlte sich ihre Haut an, als hätte sie in einen Ameisenhaufen gegriffen und die Tierchen verbreiteten sich blitzschnell über ihren gesamten Körper. Fest umschloss sie das Holz des Siegels und versuchte das Kribbeln zu ignorieren, sich auf die bevorstehende Unterhaltung mit dem Kaiser zu konzentrieren.

Bald darauf kam eine ältere Frau in einer grasgrünen Tunika auf sie zu. Das Haar war zwar unter dem Gebände verborgen, doch schaute eine dunkelblonde Strähne keck darunter hervor.

»Sara bat Salomon, komm bitte mit mir«, sagte sie freundlich.

Doch als Richard Anstalten machte, ihr zu folgen, hielt die Hofdame ihn zurück. »Ihr nicht. Ich soll nur die Jüdin mitnehmen.«

Richard machte ein Gesicht, als hätte sie ihm einen Kübel mit Eiswasser über den Kopf gegossen.

Kapitel 22

Alida sah sich in der Kammer um, in welche die Hofdame sie geführt hatte. Sie verfügte über einen offenen Kamin, der jetzt im Sommer nicht beheizt war. Vier Faltstühle standen um einen kleinen runden Tisch herum, in dessen hölzerne Platte ockerfarbene Fliesen eingelegt waren, ähnlich denen, die den Boden bedeckten.

Die gekalkten Wände waren mit aufwendigen Blumenmustern verziert, die sich um verschiedene Heilige rankten. Die hintere Ecke des Raums nahm ein Himmelbett ein, dessen rote Vorhänge zugezogen waren.

Alida schluckte unwillkürlich. Der Kaiser war dafür bekannt kein Kostverächter zu sein, was Frauen anging. Die Früchte seiner Lenden stammten nicht nur von seinen Ehefrauen. Hitze stieg ihr in die Wangen. Hatte Friedrich sie deshalb hierherbringen lassen? Erwartete er eine Gegenleistung für seine Großmütigkeit, oder war seine Gunst gar von einem Liebesdienst abhängig?

Ihre Hände begannen zu zittern. Als Jüdin wäre sie vielleicht sicher vor seinen Nachstellungen, doch als Tochter eines verräterischen Grafen bestimmt nicht. Richards entsetzter Gesichtsausdruck bei ihrer Verabschiedung kam ihr wieder in Erinnerung. Plötzlich wusste sie, dass auch er befürchtete, der Kaiser könnte Gefallen an ihr finden.

Die Hofdame nahm sich eine Stickerei und setzte sich an

eines der Fenster. Schweigend nahm sie ihre Arbeit auf, und Alida war dankbar, dass sie blieb und sie nicht mit Fragen belästigte.

Eilig schien es der Kaiser jedenfalls nicht zu haben. Alida ging eine ganze Weile auf und ab, bevor sie sich schließlich auf einem der Stühle niederließ. Es erschien ihr wie eine Ewigkeit, in der sie schweigend mit der Frau in dem stillen Zimmer saß, ehe endlich die Tür geöffnet wurde. Herein kam ein Page im Alter von etwa zehn Jahren. Er trug ein Brett mit zwei Tonbechern und einer Karaffe. Diese stellte er auf den Tisch und zog sich dann mit einer angedeuteten Verbeugung zurück.

Alida wagte es nicht, sich von dem verdünnten Wein einzuschenken. Es verging wieder eine ganze Weile, ehe sie das Geräusch sich nähernder Schritte vernahm. Friedrich II. betrat den Raum, gefolgt von zwei weiteren Männern.

Sofort sprang Alida auf und versank in einem tiefen Knicks. Sie wagte nicht, den Blick zu heben, hörte, wie der Kaiser einen der Stühle zurechtrückte und sich schwer darauf fallen ließ.

»Steh auf und setze dich«, sagte er ein wenig schleppend.

Alida gehorchte und bemerkte erstaunt, dass er sie in ihrer Muttersprache angeredet hatte. Das erleichterte ihr zumindest die Verständigung. Sie warf ihm ein scheues Lächeln zu.

Friedrich sah müde aus. Das rötliche Haar, das fast alle Staufer auszeichnete, wirkte stumpf. Dunkle Ringe lagen unter seinen hellen Augen und um den energischen Mund waren tiefe Falten eingegraben. Sicherlich der Tribut der vergangenen Wochen, den der Ärger mit seinem Sohn verursacht hatte.

»Was wünscht die Tochter eines jüdischen Händlers von uns?«

»Verzeiht die Täuschung, Majestät. Mein Name ist nicht Sara bat Salomon, sondern Alida von Erkenwald.«

Die Brauen des Kaisers zogen sich verärgert zusammen. »Demnach seid Ihr die Tochter des verräterischen Grafen, der zusammen mit unserem Sohn im Turm eingesperrt ist.«

Erleichtert bemerkte Alida die förmliche Anrede. Der Kaiser schien ihre Herkunft zunächst zu glauben. »Gott sei Dank, mein Vater lebt.«

»Das können wir jederzeit ändern.« Friedrichs Stimme nahm an Schärfe zu.

»Ich weiß, mein Kaiser. Dennoch flehe ich Euch an, mich anzuhören.« Alida unterdrückte den Drang, vom Stuhl zu rutschen und sich vor ihn zu knien. Auch wenn sie als Bittstellerin auftrat, so wollte sie Friedrich gegenüber eine gewisse Haltung bewahren.

»Beeilt Euch und langweilt uns nicht. Wir haben uns für heute schon genug Klagen und Sorgen anhören müssen.« Der Staufer winkte einen der Männer herbei, der den Wein in die beiden Becher goss und sich anschließend wieder zurückzog.

Alida beugte sich ein wenig vor und senkte unwillkürlich die Stimme. »Mein Vater hat immer treu zu Euch gestanden. Es stimmt, er ist an die Seite des Königs geeilt. Aber nur, um Euren Sohn dazu zu bringen, den Zwist zu beenden und sich Eurem Willen zu unterwerfen.«

Sie sah Friedrich an, dass er ihr kein Wort glaubte.

»Wir sind uns noch nicht einmal sicher, ob Ihr überhaupt die Tochter des Grafen seid. Könnt Ihr es belegen?«

Alida holte das Siegel hervor und legte es auf den Tisch.

Friedrich griff mit spitzen Fingern danach und besah es sich eingehend, ehe er es Alida zurückgab. »Ihr könntet es gestohlen haben.«

Alida steckte es wieder in ihre Gürteltasche. »Genau das wird Konrad von Westerburg behaupten, dem Ihr so großzügig mein Zuhause überlassen habt.«

»Der Mann hat seine Loyalität und den Verrat Eures Vaters uns gegenüber bewiesen. Dennoch interessiert uns die Geschichte hinter Eurer Verkleidung.« Der Kaiser nahm den Becher vor ihm und trank einen Schluck. »Worauf wartet Ihr?«

Alida nippte ebenfalls an dem Wein, der für ihren Geschmack eine Spur zu viel Honig enthielt. Was für Beweise gegen ihren Vater meinte der Kaiser? Sie schob den Gedanken daran zunächst beiseite und begann mit dem Tag, an dem sie mit ihrer Magd Liese die Kleider getauscht hatte. Schonungslos berichtete sie, was bis zu ihrer Flucht von Kaltenstein geschehen war.

»Und doch sitzt Ihr nun mir gegenüber, und nicht auf Erkenwald vor Konrad von Westerburg«, sagte Friedrich, der bisher schweigend zugehört hatte.

»Ich rettete Richard von Thurau bei dem Überfall auf Kaltenstein das Leben. Zum Dank hat er mir einen Wunsch gewährt.«

»Wie ungewöhnlich.« In Friedrichs Augen flackerte erstmals Interesse auf. »Und er ist wirklich nach wie vor überzeugt, Ihr wärt eine Jüdin?«

Alida nickte.

»Ihr spielt ihm zwar etwas vor, aber uns scheint, er ist Euch wichtig geworden. Ist das umgekehrt genauso?«

Der lauernde Unterton behagte Alida nicht. Sie wollte nicht über Richard sprechen und zuckte deshalb mit den Schultern. »Ihr sagtet vorhin, Ihr hättet Beweise für den Verrat meines Vaters«, lenkte sie das Gespräch wieder auf den Grund dieser Unterredung.

»Allerdings. Konrad von Westerburg hat einen Brief abgefangen, in dem Euer Vater meinem Sohn seine Treue bis in den Tod versichert.«

»Unmöglich!«, rief Alida empört.

Sie starrte den Kaiser wütend an, der lediglich die Brauen hob. Alida sah, wie seine beiden Begleiter drohend näher kamen. Die Hofdame in der Ecke ließ ihre Stickarbeit sinken und keuchte entsetzt.

»Ich bitte untertänigst um Verzeihung für meinen Ausbruch, Majestät«, stammelte Alida. »Es ist unfassbar, dass mein Vater ein solches Schreiben aufgesetzt haben soll.«

»Und doch hat er es getan.« Friedrich wandte sich um und gab einem der Männer einen Wink. Der ging sofort zu einer Truhe, schlug den Deckel auf und hielt nach kurzer Zeit eine Rolle in der Hand, die er dem Kaiser reichte.

Alida erkannte den Abdruck in dem angehängten Siegel sofort. Ihr ungläubiges Staunen musste ihr vom Gesicht abzulesen sein, denn der Kaiser lächelte siegesgewiss, entrollte das Schriftstück und übergab es ihr.

»Das ist tatsächlich die Handschrift von Theobald, dem Schreiber meines Vaters«, sagte sie tonlos.

Neben der Unterzeichnung entdeckte Alida ein Datum. Zu dem Zeitpunkt weilte der Graf noch auf Burg Erkenwald.

Sollte ihr Vater doch ein Verräter sein? Die Vorstellung schien ihr unmöglich. Sie musste etwas übersehen haben.

In Friedrichs Stimme schwang ein winziger Hauch Mitleid. »Es ist hart, festzustellen, von einem Familienmitglied betrogen worden zu sein.«

Alida presste ihre Fingernägel in die Handflächen. Der Kaiser sprach von sich selbst und seinem Sohn, doch noch war sie nicht überzeugt. Plötzlich hatte sie einen Einfall. »Wann habt Ihr dieses Schreiben erhalten?«

»Erst kürzlich«, antwortete Friedrich. »Das lag daran, dass Konrad von Westerburg es nicht bei sich trug, als er bei uns war und uns von dem Verrat Eures Vaters in Kenntnis setzte.«

»Und das habt Ihr ihm geglaubt? Wo sollte er es aufbewahrt haben, wenn er es nicht bei sich trug?«

Eine tiefe Zornesfalte erschien auf der Stirn des Kaisers und sein Tonfall wurde bedrohlicher. »Seine Beweisführung war schlüssig und er wusste von dem Schreiben. Wann er es uns zukommen ließ, ist ohne Belang. Außerdem hat der Hochmeister des Deutschen Ordens für ihn gebürgt.«

»Ich habe Euch schon unterrichtet, dass der Komtur das Siegel meines Vaters an sich genommen hat. Er muss den Schreiber gezwungen haben, den Brief aufzusetzen. Ich wette, wenn Ihr Nachforschungen anstellt, werdet Ihr feststellen, dass Theobald nicht mehr unter den Lebenden weilt.« Alida wischte sich eine Träne aus dem Augenwinkel. »Außerdem ist es sehr ungewöhnlich, dass mein Vater an ein einfaches Schreiben ein Siegel angehängt haben soll. Das macht er sonst nur bei Urkunden und Rechtsgeschäften.«

Alida verstummte und beobachtete ihr Gegenüber aufmerksam. Sie bemerkte das Zucken eines Muskels unterhalb des linken Auges. Offenbar war es ihr gelungen, einen Funken des Misstrauens im Herz des Kaisers zu entzünden.

»Was haben der König und mein Vater zu den Anschuldigungen gesagt?«

»Euer Vater hat natürlich bestritten, das Schreiben jemals aufgesetzt oder gegen uns intrigiert zu haben. Und der König ...« Friedrich stockte kurz, ehe er neu ansetzte: »Mein Sohn hat sich ihm gegenüber loyal verhalten und behauptet, Eduard von Erkenwald habe immer treu zu mir gestanden und sogar versucht, Heinrich zum Einlenken zu bewegen.«

»Wenn beide Männer dasselbe aussagen, weshalb zögert Ihr dann noch und glaubt ihnen nicht?«

Mit einer ausholenden Handbewegung fegte Friedrich wütend die zwei Becher vom Tisch.

»Überall um uns herum nur Verrat, Heuchelei und Lügen«, brauste er auf. »Kaum jemand, der den Mut besitzt, ehrlich zu uns zu sein. Wie sollen wir so Gut und Böse voneinander unterscheiden?«

Alida schluckte die Bemerkung hinunter, dass das ungestüme Temperament des Kaisers wohl viele einschüchterte und sie bei einer falschen Antwort um ihren Kopf fürchteten. Das wog in der Regel schwerer als die Wahrheit.

Stattdessen antwortete sie schlicht: »Ich bin ehrlich zu Euch, Majestät.«

»Das sagt ausgerechnet Ihr? Ihr seid eine Ketzerin!«

Alida erschrak. »Ich? Niemals!«

»Und wie sollen wir jemanden nennen, der seinen christlichen Glauben verleugnet, wenn es ihm gerade passt und sich als Jüdin ausgibt?«

»Es ist aus der Not geboren, mein Kaiser. Ohne das falsche Spiel wäre es mir niemals gelungen, bis zu Euch vorzudringen. Konrad von Westerburg ist derjenige, der Euch getäuscht hat. Er will sich offenbar an meinem Vater rächen.«

»Die beiden kennen sich noch nicht einmal«, rief Friedrich und warf die Hände in die Luft.

»Welchen Grund sollte der Komtur sonst haben, ausgerechnet Erkenwald an sich zu reißen? Mein Vater muss ihm schon einmal begegnet sein«, stammelte Alida.

»Wir haben den Grafen dazu befragt. Er hat noch nie etwas von einem Konrad von Westerburg gehört.«

»Vielleicht kennt er ihn unter einem anderen Namen«, wagte Alida einzuwerfen. »Ich bitte Euch um die Erlaubnis, ihn sehen zu dürfen.«

Der Kaiser nickte. »Dagegen haben wir nichts einzuwenden.«

Es klopfte und nach Aufforderung betrat Hermann von Salza den Raum. Sein Blick aus den grauen, etwas trüben Augen erfasste Alida und Friedrich einander gegenübersitzend. Der Hochmeister verneigte sich.

»Wie ich sehe, ist die Jüdin noch bei Euch, Majestät. Mit Eurer Erlaubnis werde ich mich sofort zurückziehen.«

Der Kaiser winkte ihn jedoch heran. »Ihr wisst doch ganz genau, dass sie noch hier ist. Sagt uns, Meister Salza, kamt Ihr aus eigenem Verlangen uns zu sehen?«

Die Falten um die Augen des Ritters vertieften sich. Er lächelte. »Ihr habt mich durchschaut, Majestät. Der junge Deutschordensritter, der die Jüdin nach Worms begleitet hat, bat mich inständig darum. Er befürchtet, sie versuche ihm zu entkommen und seinen Auftrag zu vereiteln, sie wohlbehalten nach Erkenwald zu dem neuen Komtur zu bringen, den sie bestohlen hat.«

Friedrich antwortete zunächst nicht. Er tippte die Fingerspitzen aneinander und dachte nach. Seine Lippen verzogen sich zu einem Schmunzeln.

»Ob das tatsächlich seine wahren Beweggründe sind? Wir vermuten vielmehr, es ist der Ruf der Wirkung, die wir auf Frauen ausüben und sie auf uns, der uns vorauseilt.«

Der Kaiser wandte den Kopf und sah Alida an. »Zumal, wenn sie von so hübscher Gestalt sind.«

Alidas Herz setzte einen Schlag lang aus. Was hatte der Staufer vor?

»Aber das beantwortet zumindest unsere Frage, der Ihr vorhin so geschickt ausgewichen seid, Fräulein Alida. Wir glauben nicht, dass es nur der Auftrag ist, der den Ritter veranlasste, den guten Meister Salza hierher zu treiben. Dieser Mann sorgt sich offenbar um Euer Wohlergehen, das er in meiner Nähe gefährdet sieht.«

Der Hochmeister sah bestürzt aus.

»Richard lügt nicht«, verteidigte Alida ihn scharf. »Er hat wirklich nur seinen Auftrag im Sinn.« Gleichzeitig hoffte ein Teil von ihr, dass dem nicht so war.

Friedrich dehnte die Schultern. »Ihr behauptet also, Konrad von Westerburg sei ein Verräter und nur darauf aus, Burg Erkenwald an sich zu reißen. Wir geben zu, dass es tatsächlich so sein könnte.«

»Wenn Ihr mir einige Männer mitgebt, werde ich zurück nach Erkenwald reiten. Dort werden wir feststellen, dass der Schreiber ermordet wurde. Von Westerburg wird seine Verbrechen gestehen müssen.«

Bedächtig schüttelte der Kaiser den Kopf. »Wenn der Komtur auch nur annähernd so gerissen ist, wie Ihr vermutet, wird er so nicht zu überführen sein. Was wärt Ihr denn bereit zu tun, um seine Schuld zu beweisen?«

»Alles«, erwiderte Alida ohne zu zögern.

»Würdet Ihr auch Euer Leben riskieren, um den Ruf Eures Vaters zu retten?«

Alida richtete sich auf. »Ich tue alles, was nötig ist, damit Ihr mir glaubt.«

Ein verschlagener Zug zeigte sich auf dem Gesicht des Kaisers. Er beugte sich vor und flüsterte: »Wenn Ihr mutig genug seid, dann lasst uns überlegen, wie wir Konrad von Westerburg in eine Falle locken.«

Alida schluckte. »Ich wüsste schon, wie wir es anstellen können.«

Nachdem sie geendet hatte, schwieg Friedrich einen Augenblick, ehe er antwortete: »Das ist sehr gewagt.«

»Eine andere Möglichkeit sehe ich nicht.«

»Wir können auch einen passenden Mann für Euch finden. Euren Vater werden wir vielleicht irgendwann begnadigen, nur Euren Besitz werdet Ihr für immer verlieren.«

Alida verbarg ihre zitternden Hände im Schoß, als sie antwortete: »Das könnte mein Vater nicht ertragen. Nein, Majestät, ich werde mich Konrad von Westerburg ausliefern. Ihr wollt doch sicherlich wissen, ob er Euch tatsächlich hintergangen hat. Verräter lasst Ihr nicht ungestraft davonkommen.«

Der Kaiser wirkte sichtlich zufrieden. »Ihr werdet Euer falsches Spiel aufrechterhalten und den Komtur in dem Glauben lassen, er hätte sein Ziel erreicht. Nebenbei bemerkt: Sollte der junge Deutschordensritter mehr für Euch empfinden, als es schicklich ist, wird er Euren Tod mit allen Mitteln verhindern wollen.«

Alida presste die Lippen zusammen und sah zu Hermann von Salza hinüber. Der Hochmeister sah sichtlich verwirrt aus.

Friedrich hatte es ebenfalls bemerkt. Ein ungeniertes Grinsen breitete sich auf seinen Zügen aus und Alida konnte sich des Eindrucks nicht erwehren, dass dem Kaiser die Angelegenheit Vergnügen bereitete. Zornig ballte sie die Fäuste. Der hatte gut lachen, um seinen Kopf ging es schließlich nicht. Aber sie wusste, dass sie Konrad von Westerburg tatsächlich auf frischer Tat überführen musste, damit der Kaiser seine letzten Zweifel verlor.

Der Staufer deutete auf Alidas Stuhl. »Setzt Euch, Meister Salza. Wir müssen Euch in das Spiel einweihen, denn Ihr werdet der Richter sein.«

Alida sprang auf. Offenbar war sie jetzt entlassen. Etwas verloren blieb sie mitten in der Kammer stehen und blickte Friedrich an.

»Ihr dürft nun Euren Vater aufsuchen.« Er drehte sich um und sagte zu einem der Männer etwas auf Volgare, der Volkssprache, die im Reich südlich der Alpen vorherrschte.

»Er wird Euch zum Grafen geleiten. Danach werdet Ihr für die Rückreise ein Pferd erhalten. Lebt wohl, Alida von Erkenwald. Möge Gott seine schützende Hand über Euch halten.«

Alida sank in die Knie. »Ich wünsche Euch eine gesegnete Ehe, und möge Gott Eure schützende Hand sicher führen.«

Sie erhob sich. Der Kaiser betrachtete sie mit einem Schmunzeln, während der Hochmeister sie sichtlich entsetzt anstarrte. Alida hatte sogar den Eindruck, dass Hermann von Salza ein wenig nach Luft rang, bevor sie sich abwandte und dem Bediensteten des Kaisers folgte.

Er führte sie zurück in die Halle, die immer noch voller Menschen war. Richard stand vor einer der Fensteröffnungen und unterhielt sich mit zwei weiteren Rittern des Deutschen Ordens. Als er sie erblickte, legte sich ein Strahlen auf sein Gesicht, er nickte seinen Ordensbrüdern zum Abschied zu und kam mit raumgreifenden Schritten auf Alida zu.

»Sara!«

Erleichterung und Freude glaubte Alida in seinem Ausruf zu erkennen. Er musterte sie durchdringend.

»Ist alles in Ordnung? Du siehst ein wenig niedergeschlagen aus. Hat der Kaiser dir etwas angetan?« Die letzte Frage hatte er nur noch geflüstert.

Alida schüttelte den Kopf. »Was das angeht, braucht Ihr Euch nicht zu sorgen. Aber er glaubt mir nicht. Ich konnte ihn nicht von der Unschuld des Grafen überzeugen.«

Sie hatte flüchtig den Eindruck, Richard wollte sie tröstend an sich ziehen. Doch er ließ die bereits erhobenen Hände wieder sinken, räusperte sich verlegen und sah sie mitleidig an.

»Nimm es nicht zu schwer. Du hast wahrlich alles versucht. Der Graf wird dir dankbar sein, dass du den Mut dazu hattest, und dein Vater wird stolz auf dich sein. Du kannst nicht immer im Leben gewinnen.«

»Der Kaiser hat mir erlaubt, den Grafen von Erkenwald

aufzusuchen.« Alida deutete mit dem Kinn auf den Bediensteten, der in einigem Abstand neben ihr stehengeblieben war. »Er bringt uns hin.«

Sie entnahm ihrer Tasche das Reitersiegel und gab es Richard zurück. Wortlos steckte er es ein.

Den kurzen Weg zur südlichen Stadtbegrenzung legten sie schweigend zurück. Der hohe Wehrturm war Teil der wuchtigen Mauer und überragte sie wie ein mahnender Zeigefinger die Faust. Alida legte den Kopf in den Nacken. Der Gedanke an ihren Vater, den sie nicht befreien konnte, trieb ihr die Tränen in die Augen.

»Sara?«

Die sanfte Berührung ihrer Schulter gemahnte sie daran, dass sie nicht allein war.

»Bitte wartet hier auf mich. Es wird bestimmt nicht so lange dauern.«

Richard schloss kurz die Augen und nickte dann. »Es scheint wohl mein Schicksal zu sein, in deiner Nähe ständig auf etwas zu warten.«

Obwohl ihr nicht leicht ums Herz war, zwinkerte Alida Richard zu und folgte dem Mann des Kaisers die Stufen hinauf. Im vorletzten Geschoss entriegelte er eine schwere Eichentür und wies mit der Hand auf die Öffnung. Alida schlüpfte sofort an ihm vorbei und blieb stehen.

Ihr Vater lag auf dem schmalen Lager und hatte die Arme hinter dem Kopf verschränkt. Sein dunkles Haar, das nur von einer hellen Strähne an der linken Kopfseite unterbrochen wurde, wo ihn einst ein Hieb getroffen hatte, stand nach allen Richtungen ab, als hätte er es sich ununterbrochen gerauft. In seinem vollen Bart entdeckte Alida etliche weiße Stichelhaare, die vor seinem Aufbruch noch nicht dagewesen waren.

»Vater!«, rief sie und stürzte auf ihn zu.

Eduard von Erkenwald fuhr überrascht in die Höhe. Die Verwunderung in seinem Ausdruck wandelte sich in Freude. Er stand auf, breitete die Arme aus und zog seine heranstürmende Tochter fest an sich.

Jetzt konnte Alida die Tränen nicht mehr zurückhalten.

»Mein mutiger kleiner Wildfang«, murmelte er gegen ihren Scheitel, ehe er sie auf Armeslänge von sich schob und sie eingehend musterte. »Was bei allen Heiligen machst du hier?«

»Ich will Euch retten«, stieß Alida hervor und schniefte.

»Jetzt nimm erst einmal Platz und atme tief durch«, befahl der Graf und deutete auf einen Stuhl, der in der Nähe der Wand stand.

Alida sah kurz aus der Fensteröffnung. Sie zeigte nach Osten und erlaubte Alida einen Blick auf ein Flüsschen, das in einem Bogen den südöstlichen Teil der Stadt durchquerte. Dahinter breitete sich sumpfiges Land aus, durchschnitten von einem blaugrauen Band, in dem Alida den Rhin erkannte.

Der Bedienstete des Kaisers schloss die Tür und lehnte sich von innen dagegen. Alida war es gleich. Falls er etwas von dem Gespräch mit ihrem Vater verstand, so war ihr das nur recht.

Alida setzte sich und begann zu erzählen. Zu Anfang war ihr Vater wenig überrascht. »Friedrich ließ mir bereits ausrichten, dass er die Burg dem Deutschen Orden übergeben hat.«

»Ihr kennt wirklich niemanden, der Konrad von Westerburg heißt?«

»Nie von ihm gehört«, bestätigte Eduard von Erkenwald ohne zu zögern.

»Er ist ein hagerer Kerl mit Ziegenbart«, erklärte Alida und hob die Hand ein Stück über ihren Kopf.

»Vielleicht wenn ich ihm gegenüberstände, aber so kann ich mich nicht erinnern.«

Erst jetzt erzählte sie ihrem Vater von Lieses Ermordung, ihrer Flucht, dem erzwungenen Aufenthalt auf Burg Kaltenstein und wie sie letztendlich nach Worms gekommen war.

Einem Gefühl folgend, erwähnte sie Richard nur, wenn es zum Verständnis der Geschichte beitrug.

Eduard von Erkenwald hörte entgegen seiner Gewohnheit zu, ohne seine Tochter zu unterbrechen. Hin und wieder äußerte er seinen Unmut, indem er den Kopf schüttelte, die Hände zu Fäusten ballte oder Laute des Entsetzens ausstieß.

Doch als sie ihn von ihrem Plan erzählte, wie sie Konrad von Westerburg des Verrats überführen wollte, sprang er wütend auf.

»Das wirst du nicht tun. Ich verbiete es!«

»Versteht doch, ich habe keine Wahl, wenn ich Euch und Erkenwald retten will. Außerdem wird Richard nicht zulassen, dass Konrad mich umbringt.« Flehend sah sie zu ihrem Vater auf.

Die dunklen Augen des Grafen waren nun zu Schlitzen verengt, so sehr kniff er die buschigen Augenbrauen zusammen. »Ich glaube, du hast mir nicht alles über den Deutschordensritter erzählt.«

Kapitel 23

Alida hielt dem stechenden Blick ihres Vaters stand. »Richard von Thurau ist der anständigste Mensch, den ich kenne. Er lügt nicht und Intrigen sind ihm fremd. Wenn Konrad von Westerburg mir etwas antun will, so wird er das nicht zulassen.«

Eduard von Erkenwald schnaufte. »Du vergisst dabei zwei Dinge. Erstens wird der Komtur dafür sorgen, dass dieser Ritter dir gar nicht helfen kann, und zweitens wird Richard von Thurau dies auch nicht wollen, wenn er erfahren hat, wer du wirklich bist.«

»Das glaube ich nicht«, widersprach Alida heftig. »Richard wird mich nicht im Stich lassen.«

»Wenn er nur halb so prinzipientreu ist, wie du sagst, wird er dich wegen deines falschen Spiels verachten. Es würde mich nicht wundern, wenn er davon so angewidert ist, dass er sogar selbst die Klinge führt, die dein Leben beendet«, polterte der Graf.

Er beugte sich vor und packte seine Tochter an den Schultern. »Alida, begreife doch endlich, in welche Gefahr du dich begibst. Lieber verzichte ich auf all den Besitz, als dich zu verlieren!«

Alida befreite sich energisch aus seinem Griff und stand auf. »Ihr wollt kampflos aufgeben? Soll all das, was ich bisher durchgemacht habe, umsonst gewesen sein?«

»Ich habe schon deine Mutter verloren, ich will einen solchen Schmerz nie wieder erleben. Du wirst jetzt zu Dankwart gehen, ihn heiraten und glücklich werden.«

»Ich kann nicht, Vater.«

»Weshalb nicht?«

»Seine Eltern werden diese Verbindung nicht wollen, wenn wir ohne Hab und Gut dastehen und ich somit keine Mitgift vorweisen kann.«

Eduard von Erkenwald sah sie lange an, ehe er sich schwerfällig wieder auf das Lager sinken ließ. »Damit hast du allerdings recht. Aber glaubst du nicht, dass Dankwart zu dir steht?«

Alida setzte sich und schüttelte zaghaft den Kopf. »Dankwart hätte im Kampf mit Richard sein Leben für mich gegeben, aber sich gegen seine Eltern zu stellen, wagt er nicht.«

Eduard von Erkenwald fuhr sich resigniert mit beiden Händen über das Gesicht. »Ich verstehe das alles nicht. Noch nie bin ich mit einem Mitglied des Deutschen Ordens in Streit geraten. Weshalb bringt Konrad von Westerburg den Kaiser gegen mich auf und fälscht diesen Brief? Das ist doch vollkommen lächerlich. Ich bin zum König gereist, um ihn zum Einlenken zu bewegen. Doch der hat den sturen Stauferschädel seines Vaters geerbt und wollte nicht nachgeben. Schließlich sah ich die Zwecklosigkeit ein. Deshalb überlegte ich, mein Glück beim Kaiser zu versuchen. Ich wollte ihn dazu bewegen, Milde walten zu lassen. Noch einen Krieg, wie der zwischen den Staufern und den Welfen, der unser Land gespalten hat, musste ich mit aller Macht verhindern.«

»Aber Vater, damals ging es um zwei sich um den Thron streitende Familien. Heinrich zweifelt doch nicht die kaiserliche Macht seines Vaters an.«

»Mit seiner städtefreundlichen Politik, der Fehde gegen die Wittelsbacher und seinem Vorgehen bei ungerechten Ketzerverfolgungen hat er den Vater gegen sich aufgebracht. Und als Friedrich sein Kommen ankündigte, da probte der Sohn den offenen Aufstand.«

Eduard von Erkenwald wurde rot vor Wut, als er fortfuhr: »Bei der Schlacht im Swiggertal verloren seine Truppen jedoch.«

»Du hast gekämpft?«, rief Alida entsetzt.

»Dazu kam es nicht. Ich wollte den Kaiser warnen, und ritt ihm entgegen. Dabei wurde ich hinterrücks niedergeschlagen. Als ich wieder zu mir kam, war ich gefesselt und Friedrichs Gefangener. Er führte mich mit bis nach Wimpfen, wo Heinrich sich endlich seinem Vater unterwarf. Ebenso wie ihn, hörte er auch mich nicht an, brachte uns zusammen nach Worms. Ich habe schon vermutet, dass Friedrich überzeugt ist, ich wäre der letzte Verbündete, der seinem Sohn treu ergeben ist. Doch weshalb er sich dessen so sicher war, habe ich erst jetzt erfahren, nachdem er mir den Brief mit meinem Siegel zeigen ließ.«

»Du hast also nie selbst mit dem Kaiser gesprochen? Weißt du, dass auch König Heinrich zugegeben hat, dass du nie sein Getreuer warst?«

Der Graf nickte schwer. »Das wurde mir zugetragen, aber alles spricht gegen mich.«

»Mag sein, doch jetzt zweifelt der Kaiser an Konrads Aufrichtigkeit.« Alida griff nach den Händen ihres Vaters und drückte sie fest. »Vertraut mir, es wird alles gut werden. Wir bekommen unsere Burg zurück und der Komtur wird zur Rechenschaft gezogen werden.«

»Ach, Mädchen. Wenn ich nur dein Vertrauen in die Obrigkeit hätte. Niemals hätte ich vermutet, dass der Kaiser sein eigen Fleisch und Blut einsperren lässt. Manchmal höre ich Heinrich über mir auf und ab gehen, hin und wieder fluchen und beten.«

Ein sarkastisches Lächeln erschien auf seinen Lippen. »Immerhin ist die Aussicht von dort oben ein Stück besser.«

»Bestimmt lässt Friedrich den König nach einer gewissen Zeit wieder frei.«

Eduard von Erkenwald schüttelte den Kopf. »Nein, Alida. Wenn man seine Autorität infrage stellt, ist der Kaiser unerbittlich.«

»Das gilt nicht für Euch. Ihr habt nichts verbrochen.«

»Wir werden sehen. Wusstest du, dass auch Richard Löwenherz hier gefangen gehalten wurde? So hat man es mir jedenfalls erzählt.«

Alida ahnte, dass ihr Vater sie ein wenig aufmuntern wollte. »Und für den ist ja bekanntlich alles gut ausgegangen. Zumindest wurde das Lösegeld für ihn bezahlt und er durfte in sein geliebtes England zurückkehren. Es ist sogar so weit gekommen, dass seine Nichte Isabella nun unseren Kaiser Friedrich heiraten wird.«

Ein Räuspern von der Türe her, erinnerte Alida daran, dass sie nicht allein waren und Richard noch immer auf sie wartete. Sie umarmte und küsste ihren Vater, der sie abermals gemahnte, nur ja vorsichtig zu sein und vor allem ihr Temperament zu zügeln.

Alida hatte den Eindruck, als würde Eduard von Erkenwald sich sogar eine Träne aus dem Augenwinkel wischen, als er ihr nachsah, bis die Eichentür sich hinter ihr schloss.

**

Richard wartete im Schatten der Stadtmauer und beobachtete eine kleine Spinne, die zwischen den hellvioletten Blüten des Zimbelkrauts krabbelte, das sich in einer Mauerfuge festgesetzt hatte.

Er fand es nicht weiter verwunderlich, dass der Kaiser Sara nicht glaubte. Sie verfügte über eine sehr lebhafte Fantasie, wie er meinte beurteilen zu können. Sicher hatte sie sich alles falsch zusammengereimt. Sie war Hals über Kopf von Erkenwald geflohen, ohne dem Komtur die Gelegenheit zu geben, den Irrtum aufzuklären. Sie musste die Zeichen einfach falsch gedeutet haben.

Hermann von Salza hatte Konrad von Westerburgs Weitsicht und Tatendrang gelobt. Richard musste sich dem Urteilsvermögen seines Hochmeisters beugen. Wahrscheinlich stellte sich alles als ein Missverständnis heraus, sobald er mit Sara zur Burg zurückkehrte. Wenn er dem Komtur alles erklärte, würde er bestimmt Milde walten lassen und über Saras Diebstahl des Siegels großmütig hinwegsehen.

Richard nickte sich selbst zu. Er war zuversichtlich, dass sich alles zum Guten wenden würde. Sara machte sich umsonst Sorgen, aber er wusste auch, dass er sie ihr nicht nehmen konnte.

Doch was kam danach? Auf der Burg konnte Sara nicht mehr bleiben. Ihre Herrin war tot und eine Frau, noch dazu eine Jüdin, durfte der Komtur auf Erkenwald nicht dulden.

Richards Kehle wurde eng. Er musste Abschied von Sara nehmen, würde sie nie wiedersehen. Das war gut so, versuchte er sich einzureden. Sie brachte ihn zu sehr aus dem Gleichgewicht, beherrschte seine Gedanken. Es wurde Zeit, sich aus ihrem Bann zu lösen, den Blick wieder auf seine Ziele zu richten.

Richard verschränkte die Hände miteinander und dehnte sich. Die Unterredung mit dem Grafen dauerte länger, als er vermutet hätte. Andererseits erfuhr der Mann gerade vom Tod seiner Tochter. Sein Besitz war verloren, seine Familie erloschen. Richard fühlte Mitleid in sich aufsteigen, unterdrückte das Gefühl jedoch. Der Mann war ein Verräter, rief er sich in Erinnerung. Konrad von Westerburg war im Recht, auch Sara würde das erkennen.

Ein wenig niedergeschlagen trat er einen Kieselstein in hohem Bogen davon, der vor seiner Stiefelspitze lag.

»He, was soll denn das? Wollt Ihr mich etwa steinigen, weil ich Euch so lange warten ließ?« Sara kam geradewegs auf ihn zu. Der Bedienstete hatte sich abgewandt und war kurz darauf seinem Blick entschwunden.

Richard konnte nicht anders, als Sara ein wenig aufzuziehen. »Ich wollte schon mal üben, wer weiß, was der Komtur mit dir vorhat.«

Sie blieb entsetzt stehen und rang um Fassung.

Richard überwand die Distanz zwischen ihnen und griff nach ihren Händen. »Verzeih mir, Sara. Das sollte ein Scherz sein.«

»Tatsächlich?«, fragte sie zittrig. »Euer Wortwitz ist deutlich ausbaufähig.«

Er ließ ihre Hände nicht los, sah sie weiterhin entschuldigend an, bis sie den Schrecken überwunden hatte. Ihre Mundwinkel kräuselten sich zwar noch etwas zaghaft, aber Richard war mit sich zufrieden. Er nahm sich vor, auf der Rückreise mit Sara zu reden und ihr die Ängste vor Konrad von Westerburg zu nehmen.

Gedankenverloren strich sein Daumen über ihre Fingerknöchel. »Du kannst mir beibringen, wie man richtig scherzt.«

»Wenn ich 100 Jahre alt werde und wir täglich üben, könnte das womöglich etwas werden.«

Jetzt lachte er auf, bis ihm auffiel, dass er ihre Finger noch immer in den seinen hielt. Verlegen ließ er sie los und spürte sofort das Bedauern, das sich in ihm ausbreitete.

»Wollen wir aufbrechen?«, versuchte er sie abzulenken.

»Ich muss noch kurz hier warten. Danach sollten wir zurück zu Moishe gehen. Corvus ist bestimmt schon ganz unglücklich zwischen den Ziegen und denkt, Ihr hättet ihn im Stich gelassen.«

»Ich würde ihn niemals zurücklassen«, wies Richard den Vorwurf von sich.

»Das weiß ich, aber er ist nur ein Pferd. Ich glaube nicht, dass er so weit denkt.« Sie lächelte schon wieder, und Richard fühlte sich beschwingt, dass die trübe Stimmung für den Augenblick vertrieben war.

Umso überraschter war er, als der Bedienstete, der Sara in den Turm begleitet hatte, jetzt mit einem Fuchswallach zurückkehrte.

»Weshalb schenkt der Kaiser dir ein Pferd?« Plötzliches Misstrauen, dass Sara ihm nicht die volle Wahrheit gesagt hatte, durchflutete ihn.

»Ganz gleich, was Ihr jetzt denkt, es ist falsch«, sagte sie bestimmt. »Seine Majestät hat es mir lediglich zur Verfügung gestellt, damit wir Erkenwald zügiger erreichen. Der Komtur soll dafür sorgen, dass es zurückgebracht wird.«

Richard sah ihr fest in die Augen. Sie erwiderte offen seinen Blick. »Ich glaube dir, aber wir können unmöglich mit dem Pferd bei Konrad von Westerburg erscheinen. Er wird sofort merken, dass wir erst nach Worms geritten sind.«

»Wir könnten es unterwegs bekommen haben.« Doch dann schüttelte Sara heftig den Kopf. »Ich vergaß, dass mit Euch so etwas nicht zu machen ist. Eine konkrete Frage und Ihr würdet alles erzählen.«

»Ich erzähle nicht alles«, erwiderte er gekränkt. »Ich würde jedoch niemals lügen. Wir können den Wallach bei der Kommende in Ramersdorp unterstellen. Dann wird niemand Verdacht schöpfen.«

Sara schnalzte mit der Zunge. »Nicht alles sagen kommt der Lüge schon recht nah. Ich fürchte, ich habe einen schlechten Einfluss auf Euch.« Dabei sah sie ihn so schelmisch an, dass sein Herz aus dem Takt geriet. »Aber Euer Einfall ist gut. Durch das zweite Pferd gewinnen wir so viel Zeit, dass unser Umweg gar nicht auffallen wird. Ansonsten schieben wir es auf meine Verletzung.«

Richard nickte vorsichtig. »Das wäre zumindest eine plausible Erklärung.«

Er packte den Fuchs am Zaum. Es wurde Zeit, zum Haus des Juden zurückzukehren. Richard wollte nicht noch eine Nacht im Ziegenstall verbringen.

Moishe ben Nevi erwartete sie bereits. Wortlos lauschte er Saras Bericht und wurde blass, als er hörte, dass sie gemeinsam zurück nach Erkenwald wollten. Er blickte Sara so beschwörend an, dass Richard den Verdacht schöpfte, der Jude wisse mehr, als er zugab. Sein Misstrauen erhielt weitere Nahrung, als Moishe darauf bestand, dass Sara mit ins Haus kommen sollte, um den Frauen zu helfen den Reiseproviant zusammenzustellen.

Mit zusammengekniffenen Lidern beobachtete er, wie Sara Moishe folgte. Derweil striegelte er Corvus, der das andere Pferd mit angelegten Ohren beobachtete.

Lange hielt Sara sich nicht auf. Bald schon erschien sie mit zwei Leinenbeuteln, die Richard hinter dem Sattel festzurrte.

»Es wird höchste Zeit, wenn wir Bingen heute noch erreichen wollen.«

Moishe trat aus der Tür und schüttelte bei Richards Worten den Kopf. »Das ist zu weit weg, das schafft Ihr heute nicht mehr. Aber ich kann Euch jemanden empfehlen, der Euch für die Nacht aufnehmen wird.«

»Danke für das Angebot, aber wir werden heute bis nach Bingen reiten, egal wie lange es dauert«, brummte Richard.

Der Jude zuckte mit den Achseln. »Wie Ihr meint, ich wollte nur behilflich sein.«

»Das weiß ich zu schätzen«, antwortete er versöhnlicher. »Immerhin wirst du bald Saras Schwager sein und sorgst dich natürlich um ihr Wohlergehen. Doch ich versichere dir, dass ich gut auf sie aufpassen werde.«

Moishes Grinsen konnte Richard nur als verschlagen bezeichnen, als er antwortete: »Das habt Ihr Euch aber schön zurechtgelegt.«

Im ersten Moment wollte er aufbegehren, unterließ es jedoch. Es sollte ihn nicht kümmern, was der Jude von ihm und seinen Beweggründen dachte. So wandte er seine Aufmerksamkeit darauf, nochmals den Sitz des Sattelgurtes zu überprüfen.

Sara trat an ihn heran und nahm ihm die Zügel des Fuchses aus der Hand. Sie streichelte einmal über die schmale Blesse, ehe sie sich auf seinen Rücken schwang.

Erneut fielen Richard die Leichtigkeit und Selbstverständlichkeit auf, mit der sie ein Pferd bestieg. Eine schlechtere Reiterin als sie hätte mit Corvus nicht einen Schritt von ihm wegreiten können. Richard zwang seine Gedanken fort von dem Bild, das ihr schon so bald nach ihrer ersten Begegnung seine widerwillige Bewunderung eingebracht hatte.

Er nickte Moishe ben Nevi zum Abschied freundlich zu, ehe sie hintereinander gen Norden durch die Straßen ritten und bald darauf Worms verließen.

Sie folgten der Straße nach Meynce ein Stück, ehe sie sich nach Nordwesten wandten und den Rhin mit seinen vielen Bögen und Sumpfgebieten hinter sich ließen. Auf diese Weise hoffte Richard, die Reisezeit ein gutes Stück zu verkürzen. Einen Galopp wollte er Sara nicht zumuten, auch wenn sie bisher nicht geklagt und die Übelkeit offenbar überwunden hatte. Allerdings wurden abseits der Haupthandelsstrecke die Pfade schmaler und das Fortkommen langsamer, als er sich das wünschte. Nach einiger Zeit musste Richard sich eingestehen, dass Moishe recht gehabt hatte. Bingen würden sie heute nicht mehr erreichen. Und so beschloss er bei einbrechender Dämmerung wie auch die Nächte zuvor auf einer Lichtung im Wald zu übernachten.

Seit sie von den Pferden gestiegen waren, schien Sara ihm ungewöhnlich schweigsam. Sicherlich zürnte sie ihm, weil er nicht auf Moishe gehört hatte und ihr so ein bequemeres Nachtlager entgangen war. Das ärgerte ihn. Immerhin hatte sie in der letzten Nacht gut geschlafen, während er im Stroh zwischen den Ziegen genächtigt hatte.

So wünschten sie sich knapp eine angenehme Nacht und legten sich schlafen, bis sie in den frühen Morgenstunden von den ersten Sonnenstrahlen geweckt wurden.

Nach dem Frühmal ritten sie los und wechselten weiterhin kaum ein Wort miteinander. Richard hatte seinen Waffenrock in der Satteltasche verstaut. Es erschien ihm ratsamer, nicht von jedermann sofort als Deutschordensritter erkannt zu werden, wenn man ihn zusammen mit Sara sah.

Mit jedem Ort, den sie hinter sich ließen und sich Burg Erkenwald näherten, vertiefte sich Saras Schweigen und als er schließlich die Angst in ihrem Blick erkannte, traf ihn die plötzliche Erkenntnis wie ein Blitzschlag.

Nicht er war es, der schuld an ihrem Missmut war. Sie fürchtete ihre Ankunft auf Erkenwald. Beinahe hätte er sich gegen die Stirn geschlagen. In Worms hatte er sich doch vorgenommen, ihr die Bedenken bezüglich Konrad von Westerburg zu nehmen. Während er noch überlegte, wie er am besten beginnen sollte, verhielt Sara ihren Fuchs.

Erst jetzt bemerkte er die beiden Frauen, die am Waldrand standen und wilde Himbeeren pflückten.

Richard schüttelte über sich selbst den Kopf. Er war doch sonst nicht so unachtsam.

Sara beugte sich über den Hals ihres Pferdes und erkundigte sich nach dem Weg zum Rhin. Die ältere der beiden schob eine braune Haarsträhne zurück unter das Gebände, ehe sie antwortete: »Ihr seid auf dem richtigen Weg.«

Sie deutete schräg hinter sich. »Das ist die Basilika Sankt Martin von Bingen.«

Richard reckte den Hals, konnte aber durch die Bäume nichts erkennen.

Jetzt zeigte die Frau nach links. »Wenn Ihr dem Weg folgt, führt er Euch zur Drususbrücke über die Nahe. Ihr müsst Euch also keine Furt suchen.«

»Manchmal ist so eine Furt sicherer als eine Brücke«, behauptete Richard, nur um überhaupt etwas zu sagen.

»Diese ist aus Stein«, klärte ihn die Frau auf, und Stolz schwang in ihrer Stimme mit, als sie hinzufügte: »Sie ist eine der ersten ihrer Art im Reich.«

Richard schluckte die Bemerkung hinunter, dass er schon öfter eine Steinbrücke gesehen hätte. Stattdessen fragte er nach dem Verlauf des Wegs.

»Wendet Euch hinter der Brücke nach rechts, vorbei an dem Kloster, das die Äbtissin Hildegard vor über 80 Jahren zu Ehren des Heiligen Rupert errichtet hat.«

Richard prustete los. Er hatte plötzlich das Bild einer benediktinischen Nonne in ihrem schwarzen, mit Mörtelresten bekleckerten Habit vor Augen, ausgerüstet mit Maurerkelle und Lot, die Steine aufeinanderschichtete.

Drei Augenpaare sahen ihn entrüstet an. Ein braunes sogar ausgesprochen zornig. »Für Euch mag es unvorstellbar sein, aber auch wir Frauen sind durchaus in der Lage Großes zu vollbringen«, fauchte Sara.

Richard verschluckte sich an seinem Speichel. Er wollte seinen Heiterkeitsausbruch erklären, als Sara ihren Fuchs bereits antrieb. Corvus begann zu tänzeln und wollte ihr nach. Richard verkürzte den Zügel und sah entschuldigend auf die beiden Pflückerinnen hinab.

»Ich wollte nicht respektlos gegenüber der Äbtissin oder ihrem Werk erscheinen. Aber die Vorstellung, sie hätte selbst gemauert, hat mich amüsiert.«

Die jüngere Frau nahm eine der Himbeeren aus dem Korb und steckte sie sich in den Mund. »Ihr könntet Abbitte leisten. Hildegard liegt in der Krypta begraben, ebenso wie der Heilige Rupert und seine Mutter.«

Richard zwang sich zu einem Lächeln. »Gehabt euch wohl und danke für die Auskunft.«

Er lockerte die Zügel und Corvus preschte dem Fuchswallach nach. Kurz vor der Brücke, die auf sieben Pfeilern ruhte, hatten sie Sara eingeholt.

»Hör zu, ich wollte mich nicht über die Leistung von Frauen lustig machen. Ich weiß ja, was manche imstande sind zu vollbringen«, begann er, ehe er ihr von dem Bild in seinem Kopf berichtete.

Nun schmunzelte auch Sara zum ersten Mal seit ihrem Aufbruch und Richard fühlte sich sofort ein wenig leichter. Sie überquerten gemeinsam die Brücke, in deren ersten Pfeiler eine kleine Kapelle hineingebaut war.

Auf der anderen Flussseite wandten sie sich nach rechts und folgten der Straße, die sie an der Klosteranlage der Äbtissin vorbeiführte. Flankiert von zwei breiten Türmen stand in deren Mitte eine imposante dreischiffige Kirche. Doch Richard hegte nicht den Wunsch, dem Rat der Frau zu folgen und einen ihm unbekannten Heiligen oder die tote Erbauerin anzubeten. Wenn es nicht unbedingt notwendig war, wollte er keine weitere Zeit verlieren.

Bald darauf erreichten sie den Rhin. Auf der Straße entlang des Stroms herrschte so reges Treiben, dass Richard und Sara nicht nebeneinanderreiten konnten. Die Karren und Wagen, die Berittenen und das Fußvolk, deren Ziel oder Ausgangspunkt Bingen war, wirbelten so viel Staub auf, dass Richard husten musste. Als er hörte, wie Sara ihm eine knappe Aufforderung zum Halten zurief, drehte er sich zu ihr um. Sie hatte angehalten und zog gerade zwei Tücher aus der Satteltasche. Eines davon band sie sich nun über Mund und Nase und kam anschließend für einen Moment neben ihn geritten, um ihm das zweite zu reichen. Richard tat es ihr gleich, trieb Corvus erneut an, und sie setzten ihren Ritt fort.

Gegen Abend erreichten sie Weslia. Überragt wurde der Ort, an dessen Ummauerung zum Rhin hin gearbeitet wurde, von einer trutzigen Burg.

Am Aufgang zur Burg befand sich eine Kirche, in deren Nähe Richard eine Herberge mit angrenzendem Stall ausmachte und die ihnen für die Nacht gerade recht kam.

Zwar war das Nachtmahl aus den Resten eines Eintopfs, der mehr Wasser als Linsen enthielt, recht dürftig, doch die warme Mahlzeit tat nach dem langen Ritt dennoch gut. Sobald alle Gäste gespeist hatten, wurde der Gastraum in eine Schlafstätte verwandelt. Die Tafeln wurden entlang der Wände aufgestellt und für die fünf Übernachtungsgäste Stroh aus dem Stall aufgeschüttet.

Sara betrachtete sichtlich angewidert das Lager, ehe sie ihre eigenen Decken darüber ausbreitete. »Ein Mahl für arme Leute und ein Nachtlager voller Wanzen«, sagte sie verdrießlich.

»Glaubst du, nur weil du eine Audienz beim Kaiser bekommen hast, wärst du nun etwas Besseres?« Richard war gereizt. Die ständige Nähe zu ihr und die Gefühle, die sie in ihm auslöste, nagten an seiner Geduld. »Du bezahlst immerhin nichts für Essen und Obdach. Also sei zufrieden mit dem, was ich dir biete.«

Sara warf ihm einen mürrischen Blick zu, wickelte sich in ihre Decke ein und murmelte, sodass er es kaum verstand: »Eine Lichtung im Wald hätte es auch getan.« Beinahe im selben Moment drang von der anderen Raumecke bereits ein regelmäßiges Schnarchen zu ihnen herüber. Richard musste sich eingestehen, dass Sara mit ihrer letzten Bemerkung vielleicht recht hatte.

Der Wirt schlurfte zwischen ihnen hindurch, ein Talglicht in der Hand, und verriegelte die Tür. »Man kann nie wissen, welche Gestalten sich dort draußen herumtreiben«, murrte er, als er Richards Blick begegnete. »Wohin geht denn die Reise?«, fragte er weiter.

»Erst mal bis Coblenz«, antwortete Richard. »Weslia scheint ein aufstrebender Ort zu sein«, fügte er noch hinzu, um den Wirt von weiteren Nachfragen abzulenken.

Im Schein des Talglichtes sah Richard Stolz in den grauen Augen des Mannes aufblitzen. »Wir wollen einmal eine freie Reichsstadt werden. Der Kaiser hat uns endgültig aus den Fängen des Marburger Erzstiftes befreit, und das Vogteirecht werden wir den Herren von Schonenberg auch noch entreißen.« Dabei deutete er in die Richtung, in der Richard die Burg vermutete.

Der Wirt wurde zunehmend lauter. Sara bewegte sich unruhig und Richard hob beschwichtigend die Hände. »Sicherlich wird das gelingen. Ich wünsche eine angenehme Nachtruhe«, speiste er den Mann kurzerhand ab und legte sich nieder.

Trotz des ungewohnten Schlaflagers machten sie sich am nächsten Morgen ausgeruht wieder auf die Reise und erreichten ohne Zwischenfälle die Stadt Coblenz. Am Tag darauf setzten sie nachmittags bereits mit der Fähre bei Regomago über den Rhin und übernachteten kurz vor Hunefe.

Richard drehte sich auf die Seite und lauschte den Pferden, die ihren Hunger am Gras stillten, das entlang des Flussufers wuchs.

Sosehr er sich auch bemüht hatte, Sara die Angst vor der Strafe des Komturs zu nehmen, sie glaubte ihm nicht. Er war wütend geworden, weil sie ihm nicht vertraute, obwohl er Konrad besser kannte als sie. Er bemerkte, wie hin und wieder ihre Hände zitterten, besonders wenn sie sich unbeobachtet fühlte.

Richard seufzte unhörbar. Er hatte Dankwart von Heymberg versprochen, auf sie aufzupassen, und genau das würde er tun. Auch wenn er sich momentan nicht vorstellen konnte, wie das aussehen sollte.

Morgen würden sie bei der Kommende in Ramersdorp eintreffen, dort den Fuchswallach zurücklassen und Erkenwald am Nachmittag erreichen. Sara würde endlich ihren Irrtum erkennen und ihre Angst vor dem Komtur verlieren. Was sollte ihr auf der Burg schon geschehen?

Kapitel 24

Nur das Kratzen seines Daumennagels, mit dem Konrad von Westerburg über die Tischplatte fuhr, um einen Fleck zu entfernen, war im Raum zu hören.

Diese Ungewissheit zerrte an ihm wie ein ungezogenes Kind am Kittel seiner Mutter. Er war ohne Nachricht, seit er den Boten nach Kaltenstein zurückgeschickt hatte. Bruder Richard sollte Alida sofort hierherbringen und hätte längst eintreffen müssen, doch das war bisher nicht geschehen.

Verärgert griff Konrad nach dem Becher, nur um festzustellen, dass er ihn bereits geleert hatte. Mit einem dumpfen Knall setzte er ihn barsch wieder ab. Es nutzte nichts, er musste nochmals einen Boten nach Kaltenstein aussenden.

Er stand auf und trat an die Fensteröffnung. »Alfred!«, bellte er in den Hof hinunter.

Sein Compan hob den Blick und winkte kurz. Dann drehte er sich um und schritt auf den Eingang des Palas zu, wobei er einen der Knechte anrempelte, der nicht schnell genug zur Seite sprang.

Wenig später öffnete sich die Kammertür und Alfred trat ein.

»Ich will einen weiteren Boten nach Kaltenstein schicken«, begann Konrad, nachdem sein Gehilfe sich gesetzt hatte. »Ich muss wissen, was geschehen ist.«

»Für die Ankunft der Grafentochter ist alles vorbereitet.

Es liegt genügend Holz bereit, um sie brennen zu sehen. Die falsche Zeugin weiß, was sie zu sagen hat, und es ist sonst niemand mehr hier, der Fräulein Alida erkennen könnte, außer dem Truchsess natürlich. Aber der liegt mehr tot als lebendig im Kerker.«

»Um den kümmere ich mich, wenn die Grafentochter nicht mehr unter uns weilt. Im Augenblick kann er uns nicht gefährlich werden und wer weiß, was Bruder Richard aufgehalten hat. Getötet ist Volkmar von Alpach schnell, doch ich will mir noch die Möglichkeit offenhalten, ihn als Druckmittel einzusetzen, falls etwas schiefläuft.«

Draußen wurden Stimmen laut. Ein Pferd wieherte und andere antworteten. Alfred stand auf und sah kurz hinaus.

Grinsend wandte er sich zu Konrad um. »Gleich wissen wir mehr, Bertram ist eingetroffen.«

»Er allein?«, fragte Konrad verwundert. Er hoffte, dass der Sarjantbruder ihm die nötige Auskunft über den Verbleib der anderen geben konnte.

Doch Bertram schüttelte nur verwundert den Kopf, als er wenig später dem Komtur gegenübersaß und gierig einen Becher dünnen Wein geleert hatte.

»Wieso ist Bruder Richard noch nicht hier? Er ist doch mit der Jüdin vorausgeritten, glaube ich jedenfalls.«

»Was soll das heißen? Weshalb habt ihr euch getrennt? Hat meine Nachricht euch denn nicht erreicht?«

»Ihr habt einen Boten nach Kaltenstein geschickt?«, fragte Bertram verdutzt. »Vermutlich ist er erst nach dem Überfall auf der Burg eingetroffen, als wir sie bereits verlassen hatten.«

»Überfall?«, echote Konrad verständnislos.

Er hörte schweigend und mit wachsendem Unbehagen zu, wie Bertram von den Geschehnissen auf der Burg berichtete und wie Richard ihn dazu aufgefordert hatte, ihre Flucht vorzubereiten.

»Sara war ohne Besinnung und verletzt. Vielleicht war sie nicht sofort reisefertig, sofern sie überhaupt noch lebt«, beendete Bertram seine Ausführungen.

»Und dann?«, hakte Konrad nach.

»Wie Richard es wünschte, habe ich den Juden, seine jüngere Tochter und den verletzten Ritter nach Coellen gebracht. Die Jüdin wird Dankwart von Heymberg dort gesund pflegen.«

Der Komtur wickelte nachdenklich die Spitze seines Bartes um den Zeigefinger. Der Jude lebte also noch. Das war im Moment nicht zu ändern. Zunächst musste er sich darauf konzentrieren, Alida von Erkenwald aus dem Weg zu schaffen, sobald sie hier auftauchte.

»Und du bist sicher, dass Bruder Richard die Jüdin hierherbringt?«, fragte er vorsichtshalber nach.

Bertram nickte entschieden. »Auf jeden Fall. Sara mag ihn vielleicht ein wenig verzaubert haben, aber nicht so sehr, dass er seine Pflicht vernachlässigen würde.«

Der Stuhl knarzte, als Konrad sich abrupt vorbeugte. »Wiederhole das!«

»Ich habe den Eindruck bekommen, dass Richard der Jüdin sehr zugetan ist.«

Konrad presste die Lippen zusammen. Das war eine unerwartete Entwicklung. Er musste darüber nachdenken, wie er dies zu seinem Vorteil nutzen konnte.

»Lasst mich allein«, wies er die beiden Männer barsch an. Nachdem sie gegangen waren, fuhr er sich mit gespreizten Fingern durch das Haar.

Der Sarjantbruder behauptete, dass Richard dem Orden weiterhin treu ergeben war. Selbst wenn dem so sein sollte, so würde ihn Alidas Verurteilung zum Tode misstrauisch werden lassen. Richard könnte den Landkomtur oder gar den Hochmeister persönlich auf die Vorgänge hier aufmerksam machen. Hermann von Salza hielt sich derzeit im Reich auf.

Konrad hatte dem alten Mann nie Grund gegeben, an seiner Loyalität zu zweifeln. Der Hochmeister hatte ihm sogar geholfen, indem er dem Kaiser zugeredet hatte, Erkenwald in die Hände des Ordens zu übergeben. Aber Konrad wusste genau, dass Hermann von Salza ein Mann war, für den Gerechtigkeit und Ehrlichkeit über allem standen. Möglicherweise würde er Richards Anschuldigungen Gehör schenken.

Das durfte Konrad auf keinen Fall zulassen. Er musste dafür sorgen, dass Bruder Richard in einen Zwiespalt geriet zwischen der Loyalität zu seinem Orden und seinen Gefühlen für diese Frau.

Er musste Richard zwingen, sich zu entscheiden. Wählte Richard den Orden, würde er keine Verdächtigungen von sich geben, wählte er Alida von Erkenwald – dann hätte er die gesamte Ritterschaft gegen sich.

Ein boshaftes Lächeln verzerrte Konrads Züge, als ihm plötzlich die Lösung einfiel.

***

Alida rieb sich über die Augen und reckte die Arme. Es war noch sehr früh am Morgen, doch das Zwitschern der Vögel hatte sie geweckt. Spätestens heute Abend würde sie Konrad von Westerburg gegenüberstehen. Sogleich begann ihr Herz zu hämmern und Furcht stieg in ihr auf.

Sie fühlte sich wie ein Schaf, das sich willenlos zur Schlachtbank führen ließ. Falsch, widersprach sie sich sofort. Ein Schaf hatte keinen Plan, wie es dem Messer entkommen wollte – sie hingegen schon.

Richard war schon wach und beendete gerade sein morgendliches Gebet. Er holte den Rest des Brotes, Käse und zwei verschrumpelte Äpfel aus dem Proviantsack und teilte alles gerecht zwischen ihnen auf. Kauend sahen sie auf den Rhin, der ein Stück unterhalb ihres Nachtlagers in der Morgensonne glitzerte.

Alida deutete auf die beiden Inseln im Strom. »Seht Ihr das Kloster auf der hinteren?«

Richard nickte.

Jetzt wanderte ihr Zeigefinger höher. »Das dort ist die Rolandsburg. Dazu kann ich Euch eine Geschichte erzählen, falls Ihr mögt.«

»Lass hören«, antwortete er zu ihrer Freude. So konnte sie sich ein wenig von der bevorstehenden Bedrohung ablenken.

»Roland war ein Ritter Karls des Großen und unsterblich verliebt in die schöne Hiltrun von der Drachenburg. Die sehen wir später noch.«

»Wen? Die Frau oder die Burg?«

Alida zog die Mundwinkel nach unten. »Sehr witzig. Wollt Ihr die Geschichte nun erfahren oder nicht?«

»Sagte ich doch.«

»Roland ritt für den Kaiser in den Krieg und wurde schwer verwundet. Die Nachricht von seinem Tod erreichte auch Hiltrun. Sie war darüber so traurig, dass sie dem weltlichen Leben entsagte und in das Kloster auf der Insel eintrat. Roland war jedoch nicht tot, sondern erholte sich und kam hierher zurück. Doch seine Geliebte hatte bereits die ewigen Gelübde abgelegt. So erbaute er die Burg und verbrachte seine Tage damit, nach unten auf das Kloster zu starren. Hiltrun hingegen sah jeden Tag zur Burg hinauf. Als sie starb, lebte auch Roland nicht mehr lange.«

Richard sah sie zweifelnd an. »Du willst mir doch nicht erzählen, dass diese Burg da oben aus dem 9. Jahrhundert stammt.«

Alida seufzte. »Nein, die dort wurde 1122 vom damaligen Coellener Erzbischof Friedrich I. erbaut. Aber darum geht es doch gar nicht.«

»Sondern?«

»Um die traurige Geschichte.«

»Hiltrun hat den Weg zu Gott gefunden. Daran ist nichts Trauriges.«

»Wollt Ihr es nicht verstehen oder könnt Ihr es nicht? Es geht um die unerfüllte Liebe.«

»Die Liebe zu Gott ist niemals unerfüllt.«

»Was rede ich überhaupt darüber? Ihr seid halt ein Mönch und habt kein Herz.«

»Doch, Sara, ich habe eins. Wie du dich sicherlich erinnern kannst, hast du das selbst bei dem Fest auf Burg Kaltenstein herausgefunden.«

Alida schluckte, als sie daran dachte, dass sie ihre Hand

auf seine Brust gelegt hatte, um festzustellen, ob sein Herz ebenso schnell schlug wie das ihre. Sie warf den Apfelkitsch hinter sich ins Gebüsch, stand auf und klopfte sich die Tunika ab. »Wir sollten aufbrechen.«

Gemeinsam rollten sie die Decken zusammen und sattelten die Pferde. Richard zog seinen Waffenrock aus der Tasche, streifte ihn über und sie ritten los. Der Weg führte direkt am Rhin entlang vorbei an den Hunefer Weinbergen, deren Wein sowohl Adel als auch Geistlichkeit zu schätzen wusste.

Wenig später erreichten sie Wintere. Wie der Ort gehörten auch die Burg auf dem Drachenfels und die Wolkenburg zum Besitz des Coellener Erzbischofs. Hier waren die Hänge ebenfalls mit Weinstöcken überzogen.

»Ich habe noch nie so viele Burgen in meinem Leben gesehen wie im Tal des Rhins«, sagte Richard ehrfürchtig.

»Und es gibt noch weitere, die Ihr von hier aus nicht sehen könnt, wie die Lewinburg oder Burg Rosenouwe«, ergänzte Alida und zeigte nach Osten.

Richard trieb seinen Hengst an. »Beeilen wir uns lieber ein wenig.«

Alida unterdrückte ein Seufzen und wandte sich nochmals um. Sie hatte den Eindruck, als würde der Wehrturm von Burg Drachenfels ihr nachsehen und sie auffordern, ein wenig mehr Zuversicht zu zeigen.

Es war noch nicht Mittag, als sie in Ramersdorp einritten. Ein Portal aus dunklen Steinen mit einem großen und einem etwas kleineren Rundbogen schirmte die Kommende von der Außenwelt ab. Alida bewunderte die Kapitelle der Säulen, die die Bögen trugen.

»Bruder Richard?«, fragte der Mann an der Pforte erstaunt.

Richard erklärte kurz, was es mit seinem Besuch auf sich hatte. Der andere Deutschordensritter öffnete das Tor, sodass sie durch den großen Bogen hindurchreiten konnten.

Sie gelangten in einen kleinen Hof, an dessen Nordseite die Kapelle der Kommende stand. Der Turm an der Südostseite war noch nicht ganz fertiggestellt.

An den Längsseiten des kleinen Gotteshauses ließen drei Vierpassfenster und in den Apsiden rundbogige Fenster Licht und Luft hinein.

Östlich davon befand sich ein an die umlaufende Mauer angebautes schmales Wirtschaftsgebäude, während das langgezogene und zweigeschossige Haupthaus auf der gegenüberliegenden Seite stand.

Ein Bediensteter nahm ihnen die Pferde ab, derweil ein Priesterbruder, den Alida an der Tonsur erkannte, sie nach der Begrüßung nach links in das Hauptgebäude führte.

Die Ritterbrüder waren im Refektorium versammelt. Sie saßen sich an einer langen Tafel gegenüber und löffelten einen Eintopf. Zögernd blieb Alida stehen. Der Komtur, ein gemütlich aussehender Mann, dessen Bauch so dick war, dass er bestimmt nicht seine Füße sehen konnte, erhob sich vom Kopf der Tafel und breitete die Arme aus.

»Bruder Richard! Wie schön, Euch zu sehen. Und einen Gast habt Ihr uns auch mitgebracht.«

Sichtlich verwirrt betrachtete Alida das breite Gesicht, auf dem sich ein Grinsen zeigte, das von einem Ohrläppchen zum anderen zu reichen schien. Offenbar schien sich dieser Komtur nicht im Mindesten daran zu stören, dass eine Frau den Speisesaal betrat.

Richard hingegen sah reichlich verlegen aus, als er Alida bedeutete zu warten, während er auf den Leiter der Kommende zuschritt.

Er stellte sich dicht neben den Mann und sprach leise auf ihn ein. Das Grinsen rutschte dem Komtur aus dem Gesicht. Als Richard geendet hatte, bedeutete der Dicke den Ritterbrüdern mit einem Wink, ein wenig Platz zu machen. Sie rutschten auf der Bank auf, sodass Richard sich dazwischensetzen konnte. Für Alida wurde ein kleiner Tisch hereingetragen und am Ende der Tafel platziert, eine Manneslänge entfernt von den anderen. Sie wunderte sich, dass sie überhaupt hier sitzen durfte. Soweit sie wusste, wurde innerhalb des Ordens nach Rangfolge gespeist. Erst die Ritterbrüder, dann die Sarjantbrüder und zum Schluss die Knechte. Als ihr die dampfende Suppe in einer Holzschüssel serviert wurde, verspürte sie trotz ihrer Anspannung Hunger. Sie tauchte den Löffel in das Gemüse, während der Priesterbruder die Tischlesung wieder aufnahm, die er bei ihrem Eintritt unterbrochen hatte.

Nachdem das Mahl beendet und der Tischsegen gesprochen war, drängte Richard zum Aufbruch.

Corvus stand bereits wieder gesattelt und aufgezäumt im Hof, als sie heraustraten. Richard führte seinen Hengst am Zügel durch das Tor und Alida folgte ihm. Kaum hatten sie das Portal passiert, stieg Richard in den Sattel. Da er keine Anstalten machte, ihr ebenfalls aufs Pferd zu helfen, ging Alida ein paar Schritte hinter ihm.

Sie hatte den Kopf gesenkt und grübelte. In wenigen Stunden würde Richard den wahren Charakter Konrads von Westerburg erkennen. Was würde er tun?

Drei Tage, Alida brauchte drei Tage, wenn ihr Plan gelingen sollte. Wenn Konrad sie sofort tötete, wäre zwar seine Schändlichkeit bewiesen und ihr Vater würde die Burg zurückerhalten, doch gleichzeitig würde Eduard von Erkenwald jegliche Freude in seinem Leben verlieren.

In ihre Gedanken verloren prallte Alida plötzlich gegen Corvus' Hinterhand. Richard hatte den Hengst halten lassen und sah sie nun mit hochgezogenen Brauen an. »Ein Stück Hacksilber für deine Gedanken«, sagte er.

»Weshalb habt Ihr angehalten?«, fragte sie überrascht.

»Wir sind jetzt weit genug von Ramersdorp entfernt«, antwortete er zwinkernd. »Du willst doch sicherlich nicht bis nach Erkenwald laufen.«

Er schwang sich aus dem Sattel und wartete, bis sie aufgestiegen war, bevor er erneut hinter ihr Platz nahm.

Bei Alida kehrte sofort wieder das vertraute Gefühl von Geborgenheit zurück, als er die Zügel in die linke Hand nahm und den rechten Arm um sie legte. Sie biss sich fest auf die Unterlippe, damit ihr kein verräterischer Laut entschlüpfte. Alida ängstigte sich. Sie wollte sich am liebsten an Richard schmiegen und ihn anflehen, sie weit fort von hier zu bringen.

Dummes Mädchen, schalt sie sich. Richard würde niemals mit ihr fliehen. Nichts konnte ihn davon abbringen sein gegebenes Wort zu brechen.

Jetzt entwich ihr doch ein Seufzer. Sofort spürte sie, wie Richards Arm sie fester umschlang. Sein Atem glich einer sanften Berührung, als er über ihre Wange strich.

»Du zitterst ja vor Angst.«

»Ich habe auch allen Grund dazu.«

»Sara, ich sage dir nochmals, dass Konrad von Westerburg kein Interesse daran hat, dir etwas anzutun. Dir wird nichts Schlimmes widerfahren.«

Alida schwieg. Sie wusste, dass sie ihn nicht überzeugen konnte. Erst als sie die Biegung erreichten, hinter der Erkenwald zu sehen sein würde, legte sie sacht ihre Hand über seine.

»Ihr solltet hier anhalten, wenn Ihr nicht zusammen mit mir auf dem Pferd gesehen werden wollt.«

»Das wäre in der Tat nicht förderlich«, stimmte Richard ihr zu und sprang ab. Noch ehe Alida es ihm gleichtun konnte, fühlte sie bereits seine Hände um ihre Hüften.

Bereitwillig ließ sie sich vom Pferd helfen und stand plötzlich so nah vor ihm, dass kaum ein Pergament zwischen ihre Nasenspitzen gepasst hätte.

Alida schloss kurz die Augen, um seinem dunkler werdenden Blick zu entkommen. »Fessle mich«, presste sie hervor.

Verwirrt trat er einen Schritt zurück. »Nein, wenn der Komtur sieht, dass du freiwillig mit mir gekommen bist, überzeugt ihn das von deiner Reue.«

»Er wird die Ansicht vertreten, Ihr wärt mir gegenüber zu nachgiebig.«

»Milde ist nichts Schlechtes.«

»In seinen Augen schon.«

Eine Zornesfalte grub sich tief in Richards Stirn. »Hör auf dir anzumaßen, ihn besser zu kennen als ich.«

Sie legte sich die Hand auf die Brust. »Bitte!«

Richard stieß einen Fluch aus, holte aus der Satteltasche jedoch das Seil und band ihr ein Ende locker um die Handgelenke. Das andere verknotete er am Sattel.

»Ich habe noch eine Bitte. Bedeckt mein Haupt. Wenn wir gleich durch das Dorf kommen, das zu Erkenwald gehört, möchte ich nicht erkannt werden.«

»Wenn du befürchtest, mit faulem Gemüse beworfen zu werden, versichere ich dir, dass ich das niemals zulassen würde.«

»Die Menschen hier mochten mich nie und ich möchte nicht noch mehr Schande über mein Volk bringen.«

»In Gottes Namen«, gab Richard nach.

Er legte ihr ein Tuch um, verknotete es unter dem Kinn und zog es so weit in die Stirn, dass man ihr Gesicht selbst aus der Nähe nur schwer sehen konnte.

Richard stieg auf. In gemächlichem Schritt ritt er vorwärts, sodass Alida keine Mühe hatte, ihm auf dem unebenen Boden zu folgen.

Nachdem sie die Wegbiegung passiert hatten, endete der Wald und mündete in einer Ebene. Wenig später kamen sie an den ersten Hütten und Gehöften vorbei, die beidseitig des Pfades still in der Abendsonne lagen.

Alida wagte kaum den Blick zu heben. Hin und wieder drangen das Gebrüll einer Kuh oder das Grunzen eines Schweins an ihr Ohr. Dennoch wirkte das Dorf wie ausgestorben, als hätte jemand eine Decke des Schweigens darübergebreitet.

Das Kinderlachen fehlte, das Alida sonst immer begrüßt hatte, wenn sie an der Seite ihres Vaters hier entlanggeritten war. Es war, als hätte Konrad von Westerburg allen Menschen hier Frohsinn und Glück genommen.

Der Weg stieg nun bis zur Burg beständig an. Alida hob stolz den Kopf. Sie musste stark sein, für ihren Vater und für ihre Untertanen. Wenn Konrad über Alida triumphierte, waren ihm alle ausgeliefert. Das durfte nicht geschehen.

»Jesus Christus, gib mir die Kraft, Mut zu beweisen im Angesicht meines Feindes und schenke mir das Vertrauen, dass du mich erretten wirst aus allerhöchster Not«, flüsterte sie so leise, dass Richard sie nicht hören konnte.

Mit jedem Schritt, den sie sich der Burg näherten, schien das unsichtbare Joch auf ihren Schultern schwerer zu werden. Als sie das Tor passierten, wäre sie sogar beinahe gestolpert. Verwunderte Blicke begegneten ihr von den Sarjant- und Ritterbrüdern, die sich im Innenhof aufhielten.

Alida konnte kein bekanntes Gesicht ausmachen. Offenbar hatte sich Konrad aller Knechte und Mägde entledigt. Daraus schloss sie, dass er kein Interesse daran hatte, ihre wahre Identität zu offenbaren. Ob Volkmar, der Truchsess noch lebte? Alida konnte Richard nicht darum bitten, es in Erfahrung zu bringen oder sich gar von seinem Gesundheitszustand zu überzeugen. Der treue Volkmar würde sie sofort verraten. Für ihr Vorhaben war es von Vorteil, dass Konrad die Tarnung aufrechterhielt. Umso größer würde die Verachtung des Kaisers sein.

»Du hast die Jüdin also tatsächlich eingefangen«, sagte ein breitschultriger Ritterbruder und betrachtete sie aus zusammengekniffenen Augen. Er trat an Corvus heran und streichelte ihm über den Hals. »Bertram hat deine Rückkehr schon angekündigt.«

Alida schrak zusammen. Der Sarjantbruder war also vor ihnen eingetroffen. Hoffentlich wurde er nicht argwöhnisch und ließ sich davon überzeugen, dass die Verspätung ihrer Verletzung während der Flucht von Kaltenstein zuzuschreiben war. Ihr Ausflug nach Worms musste auf jeden Fall unentdeckt bleiben. Sie sah zu Richard, der blass vom Pferd stieg.

Heilige Maria, betete sie stumm. Lass Konrad von Westerburg nicht misstrauisch werden. Wenn er von meiner Unterredung mit dem Kaiser erfährt, wird mein Plan nicht gelingen.

Die Tür, die zum Palas führte, wurde aufgerissen und der Compan des Komturs trat heraus. In seinen Augen glitzerte Triumph, als er Alida musterte und ihr und Richard befahl, ihm zu folgen.

Zeit hatte von Westerburg jedenfalls nicht verschwendet, stellte Alida erbittert fest, als sie hinter Richard die Burg betrat. Sofort fiel ihr auf, dass nur noch zwei der Wandbehänge vorhanden waren, die seit ihrer Kindheit den Palas geschmückt hatten. Ausschließlich die Szenen, in denen das Leiden Christi dargestellt wurde, waren erhalten, während die, auf denen aufspielende Musikanten und badende Nymphen zu sehen gewesen waren, verschwunden waren.

Die Stellen, an denen sie gehangen hatten, waren stattdessen frisch gekalkt und mit den schwarzen Ordenskreuzen verziert worden. Diese Symbole der Inbesitznahme wären das Erste, was ihr Vater wieder übertünchen würde, schoss es Alida durch den Sinn.

Richard war stehengeblieben und Alida verhielt ein Stück hinter ihm. Konrad von Westerburg rollte ein Pergament zusammen und schob es beiseite. Er saß an dem einzigen Tisch, der derzeit im Palas stand und starrte sie an, wie ein Wolf ein verletztes Reh.

»Wollt Ihr die Gefangene nicht von ihren Fesseln befreien, Bruder Richard? Ich bin sicher, sie wird uns jetzt nicht mehr entkommen.«

Richard löste den Strick und Alida rieb sich die Handgelenke. Der Knoten war zwar so locker gebunden gewesen, dass er keine Male hinterlassen hatte, aber sie wollte Konrad keinen Anlass geben, an Richards Loyalität zu zweifeln. Der überraschte und zugleich besorgte Blick, den ihr Richard daraufhin zuwarf, wärmte und erschreckte sie zugleich. Konrad durfte nicht misstrauisch werden.

Der Komtur erhob sich und ging um den Tisch herum. Auf Armeslänge blieb er vor Alida stehen. »Wie heißt du?«

»Sara bat Salomon«, antwortete sie.

Die Antwort schien Konrad zu gefallen. »Gibst du zu, das Reitersiegel des Grafen von Erkenwald gestohlen zu haben?«

»Ja.«

»Ja, Herr«, wurde sie korrigiert.

Alida erinnerte sich noch gut an den Schlag ins Gesicht und wollte den Komtur nicht reizen. Sie hatte weniger Angst vor dem erneuten Schmerz als vor Richards unbedachter Reaktion, sollte der Komtur handgreiflich werden.

»Ja, Herr«, wiederholte sie deshalb gehorsam.

»Wo befindet sich das Siegel jetzt?«

»Ich habe es«, mischte sich Richard ein und holte es aus seiner Gürteltasche.

»So gehe ich recht in der Annahme, dass du damit keinen Schaden anrichten konntest?«, fragte Konrad lauernd.

»Euer Ordensbruder hat es mir bei unserer ersten Begegnung direkt abgenommen, Herr«, antwortete Alida zerknirscht.

»Das erleichtert mich. Dann werde ich in diesem Punkt Milde walten lassen.«

Richard begann siegesgewiss zu lächeln, als wollte er Alida damit zu verstehen geben, er hätte es ja gleich gewusst.

»Was habt Ihr nun mit mir vor, Herr?«, fragte sie weiterhin misstrauisch.

»Da die Kemenate der Grafentochter seit ihrem Tod unbenutzt ist, erlaube ich dir, heute dort zu übernachten. Morgen Vormittag werden wir uns alle hier versammeln und dich anhören. Danach werde ich ein Urteil fällen.«

»Was wird mir neben dem Diebstahl sonst noch zur Last gelegt?«, staunte Alida.

»Der Mord an Fräulein Alida von Erkenwald.«

»Das ist purer Unsinn, das wisst Ihr genau«, rief Alida erschrocken.

Konrad lächelte kalt. »Es gibt eine Zeugin für deine Tat.«

Kapitel 25

Konrad von Westerburg sah Alida nach, als sie von zwei Ritterbrüdern aus dem Palas geleitet wurde. Er war bemüht, sich sein Hochgefühl nicht anmerken zu lassen. Richard von Thurau stand immer noch an demselben Fleck und wirkte, als hätte er eine Erscheinung gesehen. Es verstimmte Konrad, dass er den Blick heben musste, um dem Ritterbruder in die Augen zu sehen.

»Bruder Richard, was hat Euch so lange aufgehalten, dass Bertram vor Euch eintraf?«

»Sara wurde bei dem Angriff auf die Burg von einem Felsbrocken am Kopf getroffen. Es hat eine Weile gedauert, bis sie wieder reisefähig war, Ehrwürdiger Bruder. Und Ihr habt wirklich eine vertrauenswürdige Zeugin, die den Mord beobachtet hat?«, fragte er.

Konrad nickte bedächtig, während er Richards Mienenspiel genau beobachtete. »Sie ist über jeden Zweifel erhaben, hat der Grafenfamilie lange und treu gedient.«

»Könnte es nicht sein, dass sie Sara schaden will und ihre Aussage eine bloße Behauptung ist?«

Der Komtur schnalzte missbilligend mit der Zunge. »Die Frau ist eine gute Christin. Wollt Ihr etwa dem Wort einer Jüdin mehr Glauben schenken? Ihr habt schon Saras Vater und ihre Schwester nach Coellen geschickt und damit gegen meine Anweisungen verstoßen. Habt Ihr Euch gar im Netz dieses Mädchens verfangen?«

Mit Genugtuung bemerkte er, wie Richard von Thurau die Lippen fest aufeinanderpresste.

»Ihr könnt gehen, ruht Euch aus«, entließ er ihn.

»Wir haben noch nichts gegessen«, wagte der Ritterbruder einzuwenden.

»Wir essen wie üblich gemeinsam nach der Komplet. Aber sorgt Euch nicht um die Jüdin. Ich werde ihr etwas bringen lassen.«

Mit einem knappen Nicken wandte sich Richard um und verließ den Palas.

»Was sagst du zu unserem prinzipientreuen Bruder Richard, Alfred?«, fragte Konrad seinen Compan, nachdem beide allein waren.

»Ich denke, er ist hin- und hergerissen zwischen seinen Gefühlen zu ihr und seinen Pflichten dem Orden gegenüber.«

»So ist es. Außerdem glaubt er offenbar in mir einen Narren vor sich zu haben.«

Alfred schüttelte verständnislos den Kopf.

»Zwei Dinge sind mir aufgefallen«, erklärte Konrad mit einem Anflug von Ungeduld. »Alida von Erkenwald hat sich zwar die Handgelenke gerieben, nachdem Richard von Thurau den Strick gelöst hatte, ich konnte aber keine Striemen auf ihrer Haut erkennen.«

»Dann hat Bruder Richard die Fessel eben nicht so fest angezogen. Hauptsache ist doch, dass das Vögelchen jetzt im Käfig sitzt. Wie gut, dass wir einen Riegel außen an ihrer Kemenate angebracht haben. Aber du sprachst von noch einer Sache, die dir ins Auge gefallen wäre.«

»Ihre Tunika war hinten ziemlich zerknittert.«

»Und was schließt du daraus?«

Konrad sah Alfred fest in die Augen. »Die Art der Falten zeigt eindeutig, dass sie geritten ist. Vom Laufen wäre lediglich der Saum verschmutzt.«

»Der Saum war verschmutzt.«

»Das geschieht schon nach wenigen Schritten. Nein, mein Freund, Bruder Richard hat sie nicht von Kaltenstein bis hierher am Strick geführt.«

»Aber wenn sie geritten sind, dann hätten sie doch früher hier eintreffen müssen.«

Konrad tippte mit dem ausgestreckten Zeigefinger gegen Alfreds Brust. »Genau das ist der Punkt, der mir zu denken gibt. Sowohl Bertram als auch Richard haben übereinstimmend von Alidas Verletzung berichtet. Vielleicht war sie tatsächlich nicht reisefähig, dennoch hege ich Zweifel.«

»Bruder Richard lügt nicht.«

»Vielleicht hat er es gelernt«, überlegte Konrad laut.

Alfred zuckte ratlos mit den Schultern. »Am meisten überrascht mich, dass Alida von Erkenwald sich weiterhin als Jüdin ausgibt.«

»Bedenke, hier ist niemand, der ihr glauben würde. Auf Richards Hilfe kann sie nur hoffen, solange er nicht die Wahrheit kennt. Anderenfalls würde er sich von ihr benutzt und hintergangen fühlen.«

Konrad verschränkte die Finger. »Wie dem auch sei, morgen verurteile ich Fräulein Alida zum Tode. Diese Ketzerin soll brennen.«

»Glaubst du, dass Bruder Richard dem tatenlos zusehen wird?«

»Nein, nicht nach dem, was ich heute gesehen habe. Deshalb bitte ich dich, mir Bertram zu schicken. Er soll Richard dazu bringen, morgen nach der Urteilsverkündung ein Gottesurteil im Schwertkampf zu fordern.« Konrad rieb sich die Hände. »Bestimmt wird er darauf eingehen, weil er glaubt, so das Mädchen retten zu können.«

Alfred erbleichte. »Bist du von Sinnen? Zum einen sind sie mittlerweile verboten, und zum anderen kenne ich kein Ordensmitglied, das es mit Bruder Richard im Kampf aufnehmen kann. Die Mühe kannst du dir sparen und die Grafentochter gleich freilassen.«

Konrad klopfte seinem Compan gönnerhaft auf die Schultern. »Manchmal bist du wirklich ein Kleingeist, Alfred. Und jetzt hole mir Bertram her.«

***

Richard folgte Bertram aus dem Dormitorium, das der Komtur im oberen Bereich des Hauptgebäudes hatte einrichten lassen, hinunter in den Hof.

Niemand war zu sehen, verständlich, hatten sich doch alle Brüder nach der Komplet zur Ruhe zu begeben. Richard war bewusst, dass er sich unerlaubt hinausschlich und zudem gegen das Schweigegebot verstieß, das von der Komplet bis zur Prim am frühen Morgen galt. Doch die Neugier, was Bertram ihm zu sagen hatte, überwog.

Eng an der Mauer stehend, wisperte Richard: »Was gibt es nun so Dringendes?«

»Konrad von Westerburg schickt mich, um deine Hilfe zu erbitten«, antwortete Bertram ebenso leise.

»Hilfe? Wobei?«, fuhr Richard auf, senkte jedoch sofort wieder die Stimme.

»Sara wird morgen des Mordes an ihrer Herrin beschuldigt. Auf die Zeugin ist Verlass, da sie sehr lange in den Diensten des Grafen stand. Es sieht schlecht für die Jüdin aus. Konrad würde Sara ja laufen lassen, wenn es nur um den Diebstahl ginge, aber bei Mord muss er hart durchgreifen.«

»Nur weil das Weib lange hier diente, ist das kein Beweis für ihre Aufrichtigkeit«, widersprach Richard heftig.

Bertram zuckte mit den Achseln. »Der Komtur vermutet, dass Sara Behauptungen aufstellen wird, die ihre Unschuld untermauern sollen. Es wird das Wort einer Jüdin gegen das einer Christin stehen. Doch Konrad will sichergehen, dass er kein falsches Urteil fällt.«

Richard war erleichtert. »Das ehrt ihn. Wie kann ich ihn dabei unterstützen?«

»Sollte es dazu kommen, dass Saras Schuld oder Unschuld nicht zweifelsfrei bewiesen werden kann, bittet er dich, ein Gottesurteil zu fordern.«

Richard glaubte sich verhört zu haben. »Aber die sind seit dem letzten Laterankonzil vor zwanzig Jahren für uns verboten.«

»Das weiß unser Komtur auch. Dennoch möchte er, dass du vorschlägst, dich für Sara im Schwertkampf zu schlagen. Machst du es?«

»Was für eine Frage, selbstverständlich!«

Bertram grinste. »Nichts anderes hat der Ehrwürdige Bruder von dir erwartet.«

»Und gegen wen soll ich kämpfen?«

»Dazu hat Konrad sich nicht geäußert. Gegen jemanden aus dem Orden nehme ich an.«

»Doch nicht etwa gegen dich?«

Bertram wurde blass und schluckte vernehmlich. »Konrad will sich für mich einsetzen, um die Ritterwürde zu erlangen. Ich hoffe nicht, dass er mich vorher dir als Gegner gegenüberstellt. Tot kann ich den Aufstieg zum Ritterbruder nicht vollziehen.«

»Sicherlich reicht es aus, dich zu besiegen. Ich kann mir nicht vorstellen, dass der Komtur das Leben eines Ordensbruders für den Ruf einer Jüdin aufs Spiel setzt. Davon mal abgesehen, wird er mir einen ebenbürtigen Ritter gegenüberstellen wollen, keinen Sarjantbruder. Nichts für ungut«, setzte Richard einen Wimpernschlag später hinzu.

Bertram nickte versöhnlich. »Mir soll es recht sein. Ich bin ohnehin lieber Zuschauer bei einem solchen Spektakel.«

Er wollte sich abwenden, doch Richard hielt ihn am Ärmel zurück. »Sag mir noch, wie es Saras Vater, ihrer Schwester und Dankwart von Heymberg geht.«

»Ich habe sie alle wohlbehalten in Coellen abgeliefert. Der Ritter hat die Reise recht gut überstanden, fühlt sich jedoch noch nicht kräftig genug, wieder nach Hause zu reiten. Saras Schwester wird ihn noch ein wenig pflegen. Also, wenn du mich fragst, von Heymberg empfindet auch mehr für die Jüdin, als er sollte.«

»Wie kommst du darauf?«, hakte Richard nach.

»Lass gut sein, Bruder«, grinste Bertram und knuffte ihn spielerisch gegen den Oberarm.

»Aber stell dir vor, der schmalbrüstige Jude ist aufgetaucht, der uns damals gesagt hat, wie wir Salomon und seine Töchter finden. Dieser David ben Meschugge.«

»Meschullam«, korrigierte Richard.

Bertram winkte ab. »Ist doch gleich, wie der heißt. Jedenfalls stand er in Begleitung eines alten Mannes in der Nähe der Synagoge, als wir daran vorbeikamen. Salomon und der Alte haben sich umarmt und dann ging ein heftiger Streit los. Ich habe natürlich nichts verstanden, aber Salomon deutete immer wieder erbost auf den Jungen. Offensichtlich weiß er nun, dass der ihn an uns verraten hat.«

»Dafür wird David ben Meschullam sich sicherlich verantworten müssen. Seine Rücksichtslosigkeit hat ihm nichts genutzt, weil Mirjam einem Juden aus Worms versprochen ist.« Beinahe hätte Richard sich auf die Zunge gebissen. Wie konnte ihm nur so eine unbedachte Äußerung herausrutschen.

»Und woher weißt du das?«

»Von Sara.« Das war immerhin die Wahrheit.

Zum Glück fragte Bertram nicht weiter nach. Etwas verlegen trat er von einem Fuß auf den anderen. »Richard, ich würde dir gerne eine sehr persönliche Frage stellen.«

»Die ich dir aber nur beantworten werde, wenn es mir passt.«

»Angenommen, morgen würde die Jüdin für unschuldig erklärt, ob durch ein Gottesurteil oder nicht, sei jetzt mal dahingestellt. Was geschieht dann?«

Richard runzelte die Stirn. »Sara wird sicherlich zu ihrem Vater zurückkehren. Hier auf Erkenwald kann sie nicht mehr bleiben.«

»Wirst du mit ihr gehen?«

»Ich? Bist du von Sinnen? Mein Platz ist hier bei meinen Brüdern«, fuhr Richard erbost auf. Dabei ignorierte er den feinen Stich in seiner Brust. Wenn Sara frei war und ein glückliches Leben führen konnte, sollte ihm das Lohn genug sein. Ab und an würde er gerne an sie zurückdenken und ihr Bild tief in seinem Herzen bewahren.

Aber bis es so weit war, musste sie erst einmal freigesprochen werden. Richard zweifelte nicht im Mindesten daran, dass er jeden Gegner besiegen würde, den der Komtur für ihn auswählte. Er lehnte sich an die Mauer, die noch die Hitze des Tages abstrahlte, und nickte Bertram zu, der sich verabschiedete und in das Hauptgebäude zurückkehrte.

Richard war überzeugt, dass Sara keine Schuld am Tod der Grafentochter trug. Sie konnte zornig werden, sogar aufbrausend und würde sich mit allem, dem sie habhaft werden konnte, im Notfall zur Wehr setzen. Aber kaltblütig einen Mord zu planen und auszuführen, traute er ihr einfach nicht zu. Welch einen Grund sollte sie auch dafür gehabt haben? Der Tod ihrer Herrin hatte ihr keinen Nutzen, sondern nur Mühsal gebracht. Die hatte sie mit Freuden auf sich genommen, nur um den Grafen persönlich vom Verlust seiner Tochter zu berichten. Insofern hatte Sara mehr erreicht, als Richard es je für möglich gehalten hätte.

Er lächelte unwillkürlich. Es wurde Zeit, in den Schlafsaal zurückzukehren. Aber es war sicherlich hilfreich, zuvor die Heilige Jungfrau um Hilfe zu bitten. Bestimmt würde Maria eine Unschuldige beschützen, auch wenn es sich dabei um eine Jüdin handelte.

**

Konrad sah auf, als Bertram sein Schlafgemach betrat. »Verzeiht die späte Störung, Ehrwürdiger Bruder. Ich wollte

Euch nur mitteilen, dass ich Bruder Richard Eure Nachricht überbracht habe.«

»Und, wird er es tun?«

Der Sarjantbruder nickte. »Er ist sehr davon angetan, dass Euch daran gelegen ist, ein gerechtes Urteil zu fällen. Deshalb wird er ein Gottesurteil vorschlagen, falls Zweifel an Saras Unschuld bestehen.«

Konrad war außerordentlich zufrieden. »Ich wusste, dass ich mich auf dich verlassen kann. Hat er sonst noch was gesagt?«

»Nur dass er selbstverständlich bereit ist, für Saras guten Ruf zu kämpfen.« Bertram räusperte sich und trat einen Schritt näher.

»Mit Verlaub, Ehrwürdiger Bruder, Ihr erwartet doch hoffentlich nicht, dass ich für den Orden kämpfen soll.«

Konrad musste sich zusammenreißen, um den Sarjantbruder seine Belustigung nicht spüren zu lassen. »Du glaubst demnach nicht an deinen Sieg?«

Amüsiert bemerkte er den Schweißtropfen, der sich auf Bertrams Stirn bildete. »Ich bin geschickt im Umgang mit der Armbrust und auch das Schwert liegt gut in meiner Hand, aber ich wurde Zeuge, wie Richard von Thurau sich mit Dankwart von Heymberg gemessen hat. Von Heymberg ist ein viel besserer Schwertkämpfer als ich und dennoch gewann ich den Eindruck, dass Richard nur mit ihm spielte.«

Bertram brach ab, doch da Konrad nicht antwortete, setzte er zögernd hinzu: »Außerdem ist Richards Ansporn zu siegen viel größer. Er kämpft um das Leben einer Frau, die ihm etwas bedeutet.«

Konrad hob eine Augenbraue. »Und dir bedeutet der Orden und der Aufstieg zum Ritterbruder nichts?«

»So habe ich das nicht gemeint«, stotterte Bertram und wischte sich mit dem Handrücken über die Stirn.

Der Komtur beschloss, dass er den Sarjantbruder genug gequält hatte. »Mach dir keine Sorgen. Du wirst nicht gegen Bruder Richard antreten. Ich habe dir versichert, mich für dich einzusetzen, wenn du Richard von Thurau dazu bringst, das Gottesurteil zu fordern. Ich halte mein Versprechen.«

Bertram atmete erleichtert auf. »Ich danke Euch, Ehrwürdiger Bruder. Richard vermutete schon, dass Ihr keinen Sarjantbruder gegen ihn antreten lasst. Darf ich fragen, wem die Ehre gebühren wird, für den Orden zu kämpfen?«

»Für dich sollte nur zählen, dass du es nicht bist.«

»Natürlich. Dennoch bin ich neugierig.«

»Ich weiß es wirklich nicht. Aber im Gegensatz zu dir vertraue ich auf unseren Herrgott. Er wird Richards Gegner auswählen und der Kampf wird nach seinem Willen entschieden werden.«

Bertram schluckte den Tadel hinunter und verabschiedete sich schnell. Nachdem er die Tür hinter sich geschlossen hatte, legte Konrad den Kopf in den Nacken und lachte schallend. Am besten gefiel ihm, dass er den Sarjantbruder noch nicht einmal belogen hatte.

***

Am frühen Vormittag versammelten sich alle Brüder in der Burgkapelle. Dicht nebeneinanderstehend folgten sie der

Messe, die Konrad anberaumt hatte, um Gottes Segen für die bevorstehende Urteilsfindung zu erbitten.

Richard wurde zunehmend ungeduldiger. Sara war noch immer in der Kemenate der Grafentochter eingesperrt und sollte erst zur Verhandlung in den Palas gebracht werden.

Von Bertram hatte er erfahren, dass sein Gegner noch nicht feststand. Richard vermutete deshalb, dass Konrad abwarten wollte, wer sich freiwillig meldete, um gegen ihn anzutreten.

Möglicherweise niemand, dachte er und verbot sich zu grinsen. Auch wenn er in der Kommende nicht sonderlich bekannt war, so hatten doch wohl schon alle von ihm und seiner Kampferfahrung gegen die Prußen gehört.

Er versuchte vergeblich, das aufkommende Gefühl von Stolz zu unterdrücken. Besseres konnte Sara und ihm nicht widerfahren. Mangels Herausforderer würde das Gottesurteil ebenso zu ihren Gunsten ausfallen, als wenn Richard seinen Gegner besiegte. Dennoch wollte er es endlich hinter sich bringen, denn er glaubte nicht, dass Sara die Glaubwürdigkeit der Zeugin so untergraben konnte, dass ihre Unschuld zweifelsfrei bewiesen wurde.

Nach einem letzten Vaterunser verließen die Brüder die Kapelle. Der Palas war durch die Knechte entsprechend vorbereitet worden. Am Kopfende stand eine kurze Tafel, hinter der Konrad und der Compan Platz nahmen. Für die Brüder waren an den Längsseiten Bänke aufgestellt worden. Links vom Komtur stand auf einem kleinen Podest ein Stuhl, der für Sara bestimmt war.

Richard wollte kein schlechtes Zeichen darin sehen, dass Konrad ausgerechnet die Unglücksseite gewählt hatte. Bestimmt gab es andere Gründe, als Sara von vornherein zu verunsichern.

Bis auf Bertram waren alle Brüder im Palas versammelt. Den Knechten war der Zutritt nicht gestattet, da dies als ordensinterne Angelegenheit behandelt wurde und Konrad als Komtur auch die Gerichtsbarkeit innehatte.

Andererseits hatte Sara mit dem Orden nichts zu schaffen. Insofern war Richard nicht recht sicher, ob Konrads Vollmachten auch die Jüdin betrafen. Aber da der Diebstahl und der angebliche Mord zu einer Zeit geschahen, als Konrad hier schon als Komtur eingesetzt war, vertraute er auf die Rechtmäßigkeit dieser Art der Rechtsprechung.

Die Tür öffnete sich und Bertram kam herein. Hinter ihm betrat Sara den Palas. Ihre Hände waren eng aneinandergefesselt. Richard konnte ihre Angst spüren, doch in ihrem Blick lag ein Trotz, den er nur jemandem zutraute, der tatsächlich unschuldig war. Mit erhobenem Kopf schritt sie auf den einzelnen Stuhl zu, während Bertram am Ende der Reihe Platz nahm.

Konrad von Westerburg erhob sich. Einem Raubvogel gleich glitt sein Blick wachsam über jeden Anwesenden, ehe er begann: »Meine lieben Brüder, wir haben uns heute hier zusammengefunden, um mit Gottes Hilfe Recht zu sprechen. Angeklagt ist diese Jüdin hier. Steh auf und sage uns deinen Namen und wer du bist.«

Sara erhob sich. »Mein Name lautet Sara bat Salomon. Ich bin die Tochter des Händlers Salomon ben Isaak aus Coellen. Bevor Erkenwald dem Deutschen Orden übergeben wurde, lebte ich hier als Dienerin der Grafentochter Alida von Erkenwald.«

»Dir wird vorgeworfen, das Fräulein ermordet und das Siegel ihres Vaters entwendet zu haben. Was sagst du dazu?«

Richard starrte gebannt auf Saras Lippen, die ein bitterer Zug umspielte. »Ihr wisst selbst am besten, dass ich meine Herrin nicht umgebracht habe. Den Diebstahl des Siegels gebe ich jedoch zu.«

»Du bist direkt danach geflohen.«

»Ich wollte den Grafen Eduard von Erkenwald aufsuchen, um ihn vom Tode seiner Tochter zu unterrichten. Mit dem Siegel wollte ich mich ausweisen, falls ich nicht zu ihm vorgelassen werden sollte.«

Konrad reckte das Kinn vor. »Du weißt also, wo der Graf sich befindet?«

»Ich habe lediglich gehört, dass er in der Gewalt des Kaisers sein soll. Deshalb habe ich mich schnellstmöglich auf den Weg gemacht. Doch leider hat Euer übereifriger Ritterbruder mich und meine Familie aufgespürt und mir sofort das Siegel abgenommen.«

Sara hob die gefesselten Hände und deutete auf Richard.

Konrad wandte sich an Bertram. »Kannst du das bestätigen?«

Der Sarjantbruder stand auf. »Ja, Ehrwürdiger Bruder. Richard von Thurau nahm das Siegel direkt an sich und hat es der Jüdin auch nicht mehr zurückgegeben.«

Richard stieß einen lautlosen Seufzer der Erleichterung aus, nachdem Bertram sich wieder gesetzt hatte. Es schien so, als würde ihr Ausflug nach Worms unbemerkt bleiben und der Diebstahl keine schlimmen Folgen nach sich ziehen.

»Nun gut, mit dem Diebstahl hast du keinen weiteren Schaden angerichtet. Was allerdings nur Bruder Richards

Umsicht zu verdanken ist. Eine schlechte Absicht hast du ohne Frage gehegt.«

»Ich wüsste nicht, worin die Schlechtigkeit der Absicht besteht, einen Vater vom Tod seiner Tochter zu unterrichten«, widersprach Sara.

Konrad von Westerburg lief rot an. Am liebsten hätte Richard Sara gepackt und kräftig durchgeschüttelt. Konnte sie nicht ein Mal ihr loses Mundwerk halten?

Der Komtur ließ einige Augenblicke verstreichen, in denen er sichtlich um Geduld rang, ehe er gelassen fortfuhr: »Dir wird außerdem der Mord an Alida von Erkenwald vorgeworfen. Dazu gibt es eine Zeugin, die wir nun hören werden.«

Konrad hob die Hand und winkte. Ein Bruder, der in der Nähe der Tür saß, erhob sich, verließ kurz den Raum, ehe er mit einer alten Frau zurückkehrte. Sie schlurfte vornübergebeugt bis in die Mitte des Palas. Ihr strähniges graues Haar fiel teils vor das Gesicht, teils hing es über den Rücken herab. Ihre braune Tunika war schmutzverkrustet und die Ränder unter ihren Fingernägeln waren schwarz.

»Sage uns deinen Namen und was du gesehen hast.«

Die Alte neigte den Kopf noch ein Stück weiter. »Herr, man nennt mich Gretlin, ich habe in der Küche ausgeholfen.«

Sara schnaubte verächtlich und Richard gewann den Eindruck, als würde nicht nur er sich bei dem Gedanken schütteln.

»Gut, Gretlin, berichte uns nun, was du gesehen hast«, forderte Konrad sie auf.

»Kurz nachdem Ihr die Grafentochter davon unterrichtet

habt, dass Ihr nun der Herr von Erkenwald seid, bin ich zur Kemenate gegangen, weil ich das Edelfräulein fragen wollte, was Euch zum Nachtmahl aufgetragen werden sollte. Die Tür war nur angelehnt. Als ich sie ein Stück öffnete, sah ich, wie Sara bat Salomon ein Messer in das Herz von Fräulein Alida stach. Ich bekam Angst und rannte fort.«

Konrad lächelte zufrieden. »Die gute Frau befürchtete, ebenfalls ein Opfer der Jüdin zu werden. Erst später kehrte sie hierher zurück. Sie musste ihr Gewissen erleichtern und mir von dem berichten, was sie gesehen hat.« Der Komtur kostete die eintretende Stille aus. Sein Blick wanderte durch die Runde der Ordensbrüder, bevor er auf Sara ruhte. »Sara bat Salomon, willst du nun den Mord an deiner Herrin gestehen?«

Richards Mund war so trocken, als hätte er einen Becher Sand geschluckt. Er sah, dass Sara sichtlich um Fassung rang, als sie sich erhob.

»Ich habe diese Frau noch nie in meinem Leben gesehen und ich kannte alle Bediensteten auf Erkenwald.«

»Sie sagt, sie hat dich beobachtet, du musst schon etwas Schwerwiegenderes vorbringen, wenn ich an der Aussage zweifeln soll«, verlangte Konrad.

Sara wandte sich direkt an Gretlin. »Du sagst, du hättest die Tür zur Kemenate ein Stück weit geöffnet, das musst du auch, da sie über kein Astloch oder Ähnliches verfügt, durch das du mich hättest beobachten können. Ist dir etwas dabei aufgefallen?«

Mit klopfendem Herzen bemerkte Richard, wie die Frau unsicher zu dem Komtur schaute, ehe sie zögernd den Kopf schüttelte.

»Wenn du die Tür so weit öffnen willst, dass du in die Kammer hineinsehen kannst, kannst du das Quietschen gar nicht überhören und alle, die sich in der Nähe befinden, ebenfalls.«

Gretlins Unterlippe begann zu zittern. »Sie war frisch geölt worden.«

»Wenn dem so wäre, müsste sie sich jetzt lautlos öffnen lassen. Tut sie aber nicht. Ich war letzte Nacht in der Kemenate eingesperrt und ich versichere, dass die Tür immer noch quietscht.«

Von der gegenüberliegenden Seite erhob sich ein Ritterbruder, dessen Namen Richard nicht kannte. »Die Jüdin spricht die Wahrheit, Ehrwürdiger Bruder. Ich habe es gestern Abend selbst gehört, als ich sie dort einschloss.«

Auch Bertram bestätigte, das Geräusch eben noch gehört zu haben.

Richard war nach Singen zumute. Die Alte log, weshalb auch immer. Deshalb stand er nun ebenfalls auf und fragte: »Welchen Grund sollte Sara denn gehabt haben, die Grafentochter zu ermorden?«

Konrads Lippen waren zu einem Strich zusammengekniffen. »Natürlich, weil sie selbst Herrin auf Erkenwald werden wollte.«

Beinahe hätte Richard laut gelacht.

Der Komtur zog die Brauen zusammen. »Ihr braucht gar nicht so belustigt dreinzuschauen, Bruder Richard. Sara bat Salomon ist eine Sirene. Nicht nur Ihr scheint Euch in ihrem Netz verfangen zu haben, auch der Graf ist ihr zärtlich zugetan, wie mir berichtet wurde. Sie tötete die Tochter, in der Absicht, den Orden des Verbrechens zu beschuldigen und später den trauernden Vater mit ihren Reizen zu trösten.«

»Sie ist immer noch eine Jüdin, nie würde ein Christ sie ehelichen«, polterte Richard sich vergessend.

»Es wäre nicht das erste Mal, dass eine Frau den Glauben wechselt, um dem Scheiterhaufen zu entkommen. Das solltet Ihr doch am besten wissen, Bruder Richard, wo Eure Mutter doch selbst eine Ketzerin war.«

Richard erbleichte.

Konrad hob gebieterisch die Hand. »Es steht die Aussage einer Christin gegen die einer Jüdin, die zumindest zugegeben hat, eine Diebin zu sein. Wahrscheinlich ist Sara bat Salomon auch eine Zauberin, der es gelungen ist, unserem Bruder hier den Kopf zu verdrehen.«

Nun war die Gelegenheit für ihn gekommen, Sara zu retten. Richard straffte die Schultern. »Da über ihre Schuld oder Unschuld nicht zweifelsfrei entschieden werden kann, schlage ich ein Gottesurteil im Schwertkampf vor. Selbstverständlich stehe ich dafür bereit.«

Konrad strahlte über das ganze Gesicht. »Was für ein ausgezeichneter Einfall, Bruder Richard. Ausnahmsweise werde ich das Recht beugen und ein solches Urteil zulassen. Zudem ist es für Euch die Gelegenheit, Euch von dem Verdacht einer ungebührlichen Verbindung zu der Jüdin reinzuwaschen, denn selbstverständlich werdet Ihr für den Orden antreten.«

Richards Herz setzte einen Schlag lang aus.

Kapitel 26

Alidas Knie wurden weich, als sie am ganzen Leib zu zittern begann und sich zurück auf den Stuhl fallen ließ. Für einen winzigen Moment hatte sie geglaubt, Richard hätte das Blatt zu ihren Gunsten gewendet. Doch sie hatte die Boshaftigkeit des Komturs unterschätzt.

Kurz bedauerte sie Richard mehr als sich selbst. Er stand ihr gegenüber, bleich und schwankend und schien immer noch nicht ganz erfasst zu haben, was gerade geschehen war.

Konrad von Westerburg lächelte in die Runde. »Meine lieben Brüder, sollte unser tapferer Mitbruder gegen den Kämpfer der Jüdin unterliegen, ist sie frei und kann ihrer Wege gehen. Obsiegt er jedoch, so soll Sara bat Salomon bei lebendigem Leibe brennen, wie es sich für eine mörderische Jüdin geziemt.«

Für die Dauer eines Wimpernschlags herrschte Stille im Palas, ehe ein Tumult unter den Rittern ausbrach. Sie sprangen auf, gestikulierten wild und riefen durcheinander. Alida erkannte aus ihren Äußerungen, dass sie über die Vorgehensweise des Komturs entsetzt waren. Konrad von Westerburg verurteilte als Geistlicher eine freie Frau zum Tode. Das war ungeheuerlich! Diese Anmaßung und Beugung des geltenden Rechts hätte ihm niemand zugetraut.

Der Komtur erkannte ebenfalls, dass die Stimmung zu kippen drohte. Begütigend hob er die Hände: »Brüder, so hört mich erst an. Natürlich mag mein Vorgehen befremdlich erscheinen, doch ich habe in der Angelegenheit sowohl dem Kaiser als auch unserem verehrten Hochmeister geschrieben. Für diesen besonderen Fall wurde ich ermächtigt, alles zu tun, was nötig ist, um die Sache aufzuklären. Bruder Alfred kann das bestätigen.«

Der Compan stützte sich auf dem Tisch ab und stand auf. »Das ist wahr. Bruder Konrad handelt im Namen des Kaisers, der ihm durch einen Eilboten die mündliche Erlaubnis sandte. Ich kann das bezeugen.«

Die Brüder murrten vereinzelt, setzten sich aber wieder. Alida gewann ihre Fassung langsam zurück. Das hatten die beiden sich geschickt zurechtgesponnen, aber sie konnte das gegen die Ritter verwenden – sofern sie lange genug lebte. Zeugen gab es nun viele. Alida musste Zeit schinden. Gerade, als sie sich eine Frage zurechtgelegt hatte, fiel ihr Blick auf Bertram.

Der Sarjantbruder räusperte sich vernehmlich und rückte seinen Gürtel zurecht, ehe er sich zu Wort meldete.

»Ehrwürdiger Bruder, wer von uns soll gegen Bruder Richard antreten?«

Konrads Mundwinkel zuckten kurz. »Ich werde keinen Ordensbruder dazu verpflichten, für eine Jüdin einzutreten. Wenn sich niemand aus unseren Reihen freiwillig für sie einsetzt, wird Gott schon einen Ritter für sie finden, sofern er es für richtig hält.«

»Aber wenn niemand für Sara bat Salomon antritt, ist das ihr Todesurteil.«

»Dann ist das vor allem eins: Gottes Wille!«, wies der Komtur ihn scharf zurecht.

Verärgert presste Bertram die Lippen aufeinander.

Alida hatte ihre Sprache wiedergefunden. Sie hob die Hand, und nachdem Konrad ihr zugenickt hatte, sagte sie: »Ich erbitte eine Frist von drei Tagen um einen Streiter für mich zu finden.«

Sie war ein wenig stolz, dass ihre Stimme kaum zitterte.

Zustimmendes Gemurmel erhob sich von Seiten der Brüder.

»Es ist nur gerecht, die Bitte zu gewähren«, mischte Richard sich ein.

Der Komtur wechselte einen Blick mit seinem Compan, ehe er die Achseln zuckte. »Meinetwegen, sie soll die Zeit bekommen.«

Auf seinen Wink hin trat Bertram auf Alida zu und führte sie zur Tür.

Im Hinausgehen schnappte sie noch auf, wie Gretlin nach einer Belohnung für ihre mutige Aussage fragte. Konrads Antwort konnte sie allerdings nicht mehr hören.

Das Quietschen der Tür zur Kemenate riss den Sarjantbruder aus seiner Schweigsamkeit. Sichtlich zerknirscht betrachtete er Alida, als er ihre Fesseln löste.

»Es tut mir außerordentlich leid. Weder Richard noch ich haben das kommen sehen, sonst hätte ich ihn niemals dazu gedrängt, ein Gottesurteil vorzuschlagen.«

»Das war Euer Einfall gewesen?«, fragte Alida überrascht.

Bertram schüttelte den Kopf. »Nein, Konrads. Natürlich hat er uns verschwiegen, dass er von Anfang an geplant hatte, Richard für den Orden kämpfen zu lassen.«

Der Sarjantbruder schlug mit der rechten Faust auf die geöffnete linke Handfläche. »Ich war so ein Narr. Ich fragte Konrad, ob er wünschte, dass ich für den Orden gegen Richard kämpfe. Der Ehrwürdige Bruder muss sich köstlich über meine Einfältigkeit amüsiert haben. Wenn ich dir doch nur helfen könnte.«

Alida hatte den Mann mit dem grauen Mantel nie sonderlich gemocht, doch jetzt verspürte sie zu ihrem Erstaunen einen Hauch von Mitleid. »Habt Ihr meine Familie und Dankwart von Heymberg zurück nach Coellen geleitet? Sind sie wohlauf?«

Bertram nickte, bevor ein kleiner Funke in seinen dunklen Augen Feuer fing. »Der Ritter, das ist es!«, rief er erfreut. »Mit deiner Erlaubnis reite ich gleich los und überzeuge ihn, für dich anzutreten. Er wollte dich schon einmal retten, das wäre seine zweite Gelegenheit!«

Erschreckt wiegelte Alida ab. »Auf gar keinen Fall. Dankwart ist noch viel zu geschwächt. Er hat schon in gesundem Zustand gegen Richard verloren. Wie will er ihn denn mit der Verletzung besiegen?«

»Das ist wohl wahr. Das kann er nur mit Gottes Hilfe.« Bertram seufzte ernüchtert. »Aber eine andere Möglichkeit sehe ich nicht.«

»Ihr habt Euren Komtur doch gehört: Vertraut auf Gott, er wird es schon richten. Ich jedenfalls tue es«, sagte Alida bestimmt.

Bertram schnaubte. »Meine Erfahrung hat mich gelehrt, dass es hilfreich ist, dem Vertrauen auch tatkräftige Unterstützung zur Seite zu stellen. Aber wie du willst. Es ist dein Leben.«

Alida atmete erleichtert auf, als der Sarjantbruder die Kemenate verließ und den Riegel wieder vorlegte.

So oft wie in den vergangenen Wochen war sie in ihrem ganzen Leben zuvor nicht eingesperrt gewesen.

Als Alida noch klein war, hatte ihre Tante ihr einst den Hosenboden versohlt, weil sie vor lauter Wut den Stickrahmen ins Feuer geworfen hatte. Danach hatte Tante Gerlinde sie für einen Nachmittag in den Stall zu den Schafen gesperrt. Alida hatte es nicht gestört, sie hatte freudig mit den Lämmern gespielt und genossen, das Stickzeug los zu sein. Wehmütig erinnerte sich Alida, wie ihr Vater zornig in den Stall gestürmt war, um seine Tochter zu befreien. Er war in Gelächter ausgebrochen, als er die idyllische Szene beobachtet hatte, bevor er sich zu ihr ins Stroh gesetzt und gemeinsam mit ihr die flauschigen Tierchen gestreichelt hatte.

Mit einem energischen Kopfschütteln wischte sie die Erinnerungen beiseite. Sie sollte lieber die Heilige Jungfrau um Beistand anflehen, anstatt hier tatenlos herumzusitzen.

So kniete sie sich vor die Statue aus Lindenholz. Ihr Vater hatte sie einst von einem Priester geschenkt bekommen, den er gegen einen allzu raffgierigen Vogt unterstützt hatte. Die Gottesmutter stand mit ausgebreiteten Händen in ihrer Mauernische. An manchen Stellen war die blaue Farbe von Marias Umhang schon arg dünn und ließ das Holz darunter durchscheinen, weil Alida in ihrer Kindheit vor und nach jedem ihrer Gebete über die Falten gestrichen hatte. Dieses Ritual hatte ihr immer eine besondere Zuversicht vermittelt.

Mit dieser Erinnerung erhob sich Alida kurz und strich mit bebenden Fingern über den Kopf der Statue und die fein herausgearbeiteten Mantelfalten.

Sie kniete sich erneut hin und legte die Hände zum Gebet aneinander. »Maria, Heilige Mutter Gottes, ich erflehe deinen Beistand. Hilf, dass mein Plan gelingt und genügend Zeit verbleibt, um alles zum Guten zu wenden. Konrad von Westerburg hat an Ansehen verloren. Auch wenn sie mich alle für eine Jüdin halten, so hat sein eigenmächtiges Vorgehen die Ordensbrüder entsetzt. Noch lehnen sie sich nicht offen gegen ihn auf, doch ich bin sicher, dass keiner mehr zu ihm halten wird, wenn es zur Entscheidung für oder gegen ihn kommt.«

Alida schloss die Augen und dachte an Richard. Auch ihn musste sie in ihre Bitten einschließen. »Maria, du bist die Schutzheilige des Deutschen Ordens. Bitte, halte deine Hände über Richard von Thurau. Er ist mir ans Herz gewachsen. Hilf ihm aus der Not. Er wollte mir beistehen und ist nun selbst in Bedrängnis. Niemand soll an meiner statt sein Leben geben. Die Welt braucht Menschen wie ihn, auf die man sich jederzeit verlassen kann. Wo würde es hinführen, wenn jeder, der Verantwortung trägt, nur nach seinem eigenen Vorteil trachtet?«

Das Bild des Kaisers tauchte vor ihrem inneren Auge auf. Alida seufzte. Sie war sich bewusst, dass auch Friedrich ihr letzten Endes nur deshalb helfen wollte, weil er selbst betrogen worden war. Die kleine Grafschaft Erkenwald und ihre Bewohner waren dem obersten Herrscher des Reiches im Grunde gleichgültig.

Alida vergaß während des inbrünstigen Betens vollkommen die Zeit. Sie schrak auf, als der Türriegel zurückgeschoben wurde. Ihre Beine versagten ihr nach dem langen Knien den Dienst. Mühsam ließ sie sich auf die Seite fallen. Es wäre fatal, wenn der Eintretende sie vor dem Altar erwischen würde. Zu ihrer Erleichterung war es Bertram, der die Kemenate betrat. Er trug ein Brett mit Brot, Käse und einem Krug Wasser herein und stellte es auf den Tisch.

»Was machst du denn da?«, fragte er und warf ihr einen erstaunten Blick zu.

Alida setzte sich auf und rieb über beide Waden. Ihre Füße kribbelten, als hätte sie die Zehen in einen Ameisenhaufen gesteckt. Schmerzhaft verzog sie den Mund. »Ich bin wohl auf dem Boden eingeschlafen.«

»Ich habe dir etwas zu essen gebracht. Für die Ordensbrüder ist gleich Zeit für das letzte Stundengebet und danach ist Nachtruhe. Für mich allerdings nicht. Ich wurde heute Abend zur Wache vor deiner Tür eingeteilt. Solltest du deine Entscheidung bezüglich Dankwart von Heymberg noch einmal überdenken wollen, so weißt du, wo du mich findest.«

»Weshalb seid Ihr plötzlich so besorgt um mich? Ist es nur Euer schlechtes Gewissen, weil Ihr mitschuldig an meinem Los seid?« Sich an der Wand festhaltend, kam Alida vorsichtig auf die Füße.

»Ich kann nicht den Finger darauflegen, aber ich spüre, dass der Komtur uns etwas verschweigt. Je länger ich darüber nachdenke, desto fester glaube ich daran, dass viel mehr hinter alldem steckt, als er uns glauben lässt. Den Mord hast du nicht begangen und die Zeugin wurde bestochen, das steht für mich fest. Der Ehrwürdige Bruder will deinen Tod – warum? Was verbirgst du vor uns?«

»Ihr habt viel zu vielen Schauergeschichten am Feuer gelauscht. Mein Gewissen ist rein. Dennoch danke ich Euch für Eure ehrliche Aussage und dafür, dass Ihr an mich glaubt.«

»Du willst also tatenlos hier abwarten und in den sicheren Tod gehen?«

Alida hob die Schultern und ließ sie wieder fallen. »Ja, wenn das Gottes Wille ist.«

»Nein, Mädchen, das glaube ich dir nicht. Du bist nicht die Sorte Mensch, die sich demütig dem Schicksal beugt. Du bezweckst etwas damit. Aber ich weiß auch, dass du es mir niemals verraten wirst.«

»Dann bleibt Euch wohl nur abzuwarten. In drei Tagen werdet Ihr es wissen.«

Bertram rückte seine graue Filzkappe zurecht und brummte missmutig, ehe er sich ohne ein weiteres Wort abwandte, die Kemenate verließ und Alida erneut darin einschloss.

Mit einem Grummeln erinnerte ihr Magen Alida daran, dass sie schon lange nicht mehr gegessen hatte. Auf wackeligen Beinen tappte sie zum Tisch, auf dem nun das Brett und ein sehr stumpfes Messer lagen. Mühselig trennte sie damit ein Stück von dem harten Käse ab. Das dunkle Brot war frisch und die Krume noch ein wenig warm. Gierig biss Alida hinein.

Kauend hörte sie den monotonen Wiederholungen der Gebetstexte zu, die aus der Burgkapelle zu ihr herüberdrangen. Nachdem sie verstummt waren, schob Alida sich den letzten Brotkrümel in den Mund. Satt erhob sie sich, trank noch einen Schluck aus dem Krug und legte sich auf die Bettstatt.

Ihre Lider wurden schwer, und sie begann gerade in einen traumlosen Schlaf abzutauchen, als sie von Stimmen vor der

Tür wieder in die Gegenwart gerissen wurde. Sofort war sie hellwach und richtete sich auf.

Wollte etwa noch jemand zu ihr?

Das Quietschen der Tür kündigte ihren Besucher an. Alidas Herz machte einen Satz, als Richard die Kemenate betrat. Im Licht des scheidenden Tages wirkte sein Gesicht grau.

Alida glättete mit den Händen hektisch ihre Tunika, unterdrückte aber den Impuls, sich über die Haare zu streichen.

Zu ihrer Überraschung trug Richard nicht seinen Konventsrock, sondern ein Hemd aus grün gefärbtem Leinen und dazu eine dunkelbraune Hose, deren Beine in den Reitstiefeln steckten.

»Ihr seht aus, als wolltet Ihr zu einer Reise aufbrechen«, begrüßte ihn Alida und ging zwei Schritte auf ihn zu.

»Könnte schon sein«, antwortete er fahrig.

»Wollt Ihr Euch etwa vor dem Kampf drücken?«

Da Richard sie stumm musterte, fuhr sie resolut fort: »Das könnt Ihr nicht tun, wenn Ihr nicht auf ewig Euer Ansehen verlieren wollt.«

»Sara, ich – es tut mir so leid«, stotterte er. »Verzeih mir, dass ich dir nicht geglaubt habe. Der Ehrwürdige Bruder trachtet nach deinem Leben und ich kann mir nicht erklären, warum.«

Alida presste kurz die Lippen aufeinander. »Das hat Bertram auch schon festgestellt. Er hat mir gestanden, dass es der Einfall des Komturs war, dass Ihr das Gottesurteil vorschlagt.«

Richards Finger bebten, als er sich mit den Händen über das Gesicht rieb. »Ich kann nicht zulassen, dass von Westerburg dieses hinterhältige Spiel gewinnt und dich den Flammen übergibt. Den ganzen Tag schon versuche ich eine Lösung zu finden. Doch ich sehe keinen anderen Ausweg als die Flucht. Lass uns nach Ramersdorp reiten, das Pferd holen und dann dorthin ziehen, wo uns niemand kennt.«

Alidas Knie gaben nach. Sie schwankte ein wenig. Richard umfasste sie und half ihr, sich auf einen Stuhl zu setzen. »Habe ich das gerade richtig verstanden? Du willst mit mir gemeinsam fliehen?« Vor lauter Aufregung vergaß sie die förmliche Anrede. Ihr Herz trommelte einen wilden Takt. »Aber du wirst alles verlieren, was dir wichtig ist. Wolltest du nicht deine Eltern stolz machen? Was sollen sie von dir denken, wenn du mit einer Jüdin ...« Alida versagte die Stimme.

Richard kniete sich vor sie und nahm ihre zitternden Hände in die seinen. Langsam senkte er den Kopf und schloss kurz die Augen. Als er wieder aufsah, lag Entschlossenheit in seinem Blick. »Sara, komm mit mir! Das Schicksal hat uns zusammengeführt und ich will dich nicht verlieren.«

Ein unvergleichliches Glücksgefühl durchströmte Alida wie ein Schluck heißer Wein im Winter. Richard von Thurau liebte sie – allen Umständen zum Trotz – und sie liebte ihn.

Die Wahrheit war so klar und einfach. Tränen rannen lautlos über ihre Wangen herab, und dennoch musste sie lächeln. Wie sehr wünschte sie sich, die Arme um seinen Hals zu werfen, ihn zu küssen und an seiner Seite die Burg zu verlassen.

Doch es ging nicht. Wenn sie ihm jetzt folgte, war alles vergebens gewesen. Konrads Verrat würde unentdeckt bleiben, ihr Vater weiterhin gefangen und Richard alles verlieren. Sie musste stark bleiben, um ihrer beider willen.

»Ich kann nicht mit dir gehen«, brachte sie erstickt hervor.

»Warum nicht?«, rief er verzweifelt. »Du hast genug für den Grafen getan. Niemals würde er erwarten, dass du dein Leben für ihn aufs Spiel setzt.«

»Er nicht – der Kaiser schon.«

Richard prallte zurück und ließ ihre Hände los. »Was hat der Staufer von dir verlangt? In was für ein perfides Spiel hat er dich hineingezogen?«

Alida schüttelte den Kopf. »Ich darf es dir nicht sagen.«

Richards Lippen glichen einem Strich. »Für dich mag dein Leben nichts zählen, doch ich werde nicht zulassen, dass Konrad dich verbrennt.«

»Dazu wird es nicht kommen«, behauptete Alida und legte so viel Zuversicht in ihre Worte, wie es ihr möglich war.

»Weshalb bist du dir da so sicher? Glaubst du, es meldet sich ein Kempe, der mich mit Leichtigkeit besiegen wird?«

Erneut schüttelte Alida den Kopf.

»Glaubst du etwa, der Kaiser wird dich retten?«

Alida sah ihn ausdruckslos an und antwortete nicht.

Richard schnaubte. »Darauf würde ich mich an deiner Stelle lieber nicht verlassen. Er hat die Burg dem Deutschen Orden zum Geschenk gemacht. Glaubst du wirklich, er lässt sich von einer Jüdin davon überzeugen, das rückgängig zu machen? Egal was Konrad auch verbrochen haben mag, für den Kaiser ist es bequemer, darüber Stillschweigen zu bewahren. Ganz gleich, was er dir versprochen hat, er wird es nicht halten. Die Wahrheit bringt ihm nur Ärger und Unruhe ein.«

Alida erbleichte und blickte instinktiv zur Statue der Heiligen Maria hinüber.

»Sieh mich an, Sara«, befahl Richard scharf.

Erstaunt über seinen harschen Tonfall, wandte sie sich ihm erneut zu.

»Ich sehe nur eine weitere Möglichkeit, das Spiel zu vereiteln, wenn du nicht mit mir gemeinsam fliehen willst. Jemand wird für dich kämpfen und ich muss den Kampf verlieren.«

»Nein!« Alida sprang auf.

»Anderenfalls endest du auf dem Scheiterhaufen, begreif das endlich.« Wütend drehte er sich um und ging zur Tür.

»Richard, warte!«

Abrupt blieb er stehen, wandte sich ihr jedoch nicht zu.

Alida atmete tief durch. Zum ersten Mal hatte sie ihn bei seinem Vornamen genannt, wie in Gedanken schon tausendfach zuvor. Sie trat auf ihn zu, berührte ihn sacht an der Schulter.

»Sieh mich an«, wiederholte sie seine Worte von vorhin.

Ganz langsam drehte er sich zu ihr, blickte sie aus dunklen Augen an.

Alida trat noch etwas näher, sodass sie die Hitze seines Körpers durch ihre Tunika spürte. Sie hob beide Hände und legte sie an seine Wangen. Feine Bartstoppeln kitzelten sie an den Fingern.

»Ich will nicht, dass dir meinetwegen etwas zustößt.«

Seine Augen begannen zu leuchten, und Alida schlug das Herz bis zum Hals. Mit der Zunge fuhr sie sich über die trockenen Lippen.

Richard neigte den Kopf. »Darf ich dich küssen, Sara?«, flüsterte er rau.

Nicht fähig zu antworten, nickte sie schwach.

Richard schlang einen Arm um ihre Taille und zog sie fest an sich. Die andere Hand vergrub er in ihrem Haar und bog leicht ihren Kopf zurück. Als er seine Lippen auf die ihren senkte, raste eine nie gekannte Hitze durch ihre Adern, brachte sie dazu, sich fest an seine Schultern zu klammern. Ihre Lippen teilten sich, ihre Zungenspitze kam der seinen entgegen, als Richard den Kuss vertiefte. Ein leises Stöhnen entwich ihr, das sich mit seinem mischte.

Eng an ihn gepresst spürte sie seinen heftigen Herzschlag, der ihrem in nichts nachstand. Jetzt umschlang sie seinen Hals mit beiden Armen, stellte sich sogar auf die Zehenspitzen. Er löste seine Hand aus ihrem Haar, ließ sie über den Rücken gleiten, bis sie auf ihrem Gesäß zu liegen kam, ohne den Kuss zu unterbrechen.

Alida glaubte plötzlich ein weit entferntes Quietschen zu hören, das ihr vertraut vorkam.

»Ich störe die traute Zweisamkeit nur ungern, aber ich werde gleich abgelöst. Es wäre besser, wenn niemand bemerkt, dass ich Richard zu dir gelassen habe.«

Leicht benommen löste sich Alida aus Richards Armen, der keine Eile damit hatte, sie loszulassen. Beinahe träge rutschte sein Arm von ihrer Taille ab, ehe er sich Bertram zuwandte.

»Ich habe noch etwas mit dir zu besprechen.«

»Warte«, fiel ihm Alida ins Wort und hielt ihn am Arm zurück. »Versprich mir bitte«, begann sie, nachdem sie wieder seine Aufmerksamkeit hatte, »dass du um dein Leben kämpfen wirst, sollte es dazu kommen.«

Richard lächelte sie offen an. »Ich verspreche dir gar nichts, Sara bat Salomon.«

Verzweifelt sah sie ihm nach, als er ohne ein weiteres Wort hinter Bertram die Kemenate verließ.

Kapitel 27

Vor der Kemenate atmete Richard zunächst tief durch, ehe er Bertram ein Stück in den Gang zog. Er traute Sara durchaus zu, dass sie ihr Ohr an das Türblatt presste, um ihn zu belauschen. Doch sein Plan ging sie nichts an.

»Ich danke dir nochmals, dass du mich zu ihr gelassen hast«, begann Richard.

Bertram feixte. »Du hast es ja weidlich ausgenutzt.«

»Das war nicht meine Absicht. Es hat sich so ergeben«, wehrte Richard ab. »Aber sie hat es vehement abgelehnt, mit mir zu fliehen. Sie vertraut darauf, dass alles gut werden wird.«

»Und was willst du jetzt tun?«

»Ich bitte dich um einen großen Gefallen. Reite nach Coellen, suche Dankwart von Heymberg auf und überzeuge ihn davon, in drei Tagen gegen mich anzutreten.«

»Sara will das nicht«, antwortete Bertram zu seinem Erstaunen. »Genau den Vorschlag habe ich ihr schon unterbreitet. Aber sie hat ihn vehement abgelehnt. Sie weiß, wenn Dankwart schon in gesundem Zustand nicht gegen dich bestehen konnte, wird er dich verletzt erst recht nicht besiegen.«

Richards Herz weitete sich bei Bertrams Worten. Verbotener Stolz durchflutete ihn, weil Sara wusste, dass er der bessere Kämpfer war. Sie wusste aber auch, dass er sein Leben geben würde, um sie zu retten. Noch wies Sara es weit von sich, aber eines Tages würde sie ihm sein Opfer hoch anrechnen.

Ruhig sagte er: »Richte Dankwart von mir aus, dass er den Kampf gewinnen wird.«

Bertram schnappte hörbar nach Luft. »Das wagst du nicht!«

»Mein Entschluss steht fest. Es gibt keine andere Möglichkeit.«

»Das darfst du nicht tun, Richard«, flehte sein Gegenüber eine Spur zu laut und ergriff Richards Hemdsärmel. »Das ist ein Akt der Selbsttötung. Ewige Verdammnis ist dir gewiss!«

»Das ist sie ohnehin«, antwortete Richard leise.

»Unsinn. Der Kuss bringt dir ein paar Jahre Fegefeuer ein – vielleicht auch ein paar Jahrzehnte, weil Sara eine Jüdin ist, aber bestimmt nicht die Hölle.«

»Wer weiß das schon?« Richard wischte Bertrams Hand fort, die seinen Oberarm noch immer umklammert hielt. »Was ist nun, wirst du meine Nachricht Dankwart von Heymberg überbringen?«

Bertram zögerte. »Damit mache ich mich mitschuldig an deinem Tod.«

Richard wurde wütend. »Das hast du bereits in dem Augenblick getan, als du mir in Konrads Auftrag vorgeschlagen hast, ein Gottesurteil zu fordern.«

»Da wusste ich noch nichts von seinem Plan. Aber wenn ich damit meine Schuld verringern kann, werde ich nach Coellen reiten.«

Erleichtert klopfte Richard Bertram auf die Schulter. »Danke, Bruder. Und sieh zu, dass du mit ihm erst kurz vor dem vereinbarten Zeitpunkt hier eintriffst. Ich möchte nicht, dass von Heymberg in der Nacht vor dem Kampf in diesem Gemäuer ein Unheil zustößt. Zumindest kann ich mich jetzt beruhigt in Klausur begeben.«

»Du willst dich zurückziehen?«

»Anordnung von Konrad. Ich soll über meine Gelübde und meine Pflichten dem Orden gegenüber nachdenken, und natürlich dem Priesterbruder meine Sünden beichten.«

»Ich sehe schon, du bist die nächsten Tage vollauf beschäftigt«, frotzelte Bertram. »Dann kannst du auch gleich mal einen Gedanken daran verschwenden, dass du mich zu verbotenen Tätigkeiten anstiftest, wie den Konvent heimlich zu verlassen und Nachrichten zu übermitteln, von denen der Komtur nichts weiß.«

»Ich darf ohne Erlaubnis des Komturs weder Briefe absenden noch empfangen. Aber ich schicke dich ja nicht mit einem Brief los.«

Bertram klappte der Unterkiefer herab. »Richard von Thurau ergeht sich in Spitzfindigkeiten! Das hätte ich vor Kurzem nicht für möglich gehalten. Sara bat Salomon hat dich verändert.«

»Mach einfach, worum ich dich gebeten habe und erspar mir deine Belehrungen.«

»Sprach der ehemalige Moralapostel«, konnte sich Bertram nicht verkneifen ihn aufzuziehen.

Richard nahm es klaglos hin, nickte zum Abschied und ging zügig davon.

Kurz darauf erreichte er die Kammer, die Konrad ihm zugewiesen hatte. Der Komtur hatte darauf geachtet, dass er von den anderen Ordensmitgliedern abgeschottet war. Dabei lag ihm aber wohl weniger daran, Richard gute Voraussetzungen zur inneren Einkehr zu geben, als ihn vielmehr der Möglichkeit zu berauben, Sara vor dem sicheren Tod zu bewahren.

In dieser Beziehung machte Richard sich nichts mehr vor. Sara hatte in allem recht gehabt, was Konrad betraf. Richard war tief enttäuscht. Er konnte es noch immer nicht glauben, wie vertrauensselig er gewesen war. Mit ein wenig mehr Misstrauen Konrad gegenüber hätte er den wahren Charakter des Mannes sicherlich früher durchschaut.

Richard schloss die Tür hinter sich. Der Raum war karg eingerichtet, lediglich ein Bett, eine Truhe für seine Kleidung und ein Stuhl befanden sich darin. Die Mauern waren nicht verputzt und der nackte Stein wurde von keinem schmückenden Stoff bedeckt. Rechts der schmalen Fensteröffnung, durch die der Ritter noch nicht einmal den Kopf herausstrecken konnte, war ein Holzbrett an der Wand befestigt, auf dem eine Kerze brannte. Auf der gegenüberliegenden Seite hing ein schlichtes Holzkreuz.

Leise stöhnend ließ Richard sich auf das Bett sinken und vergrub das Gesicht in den Händen.

Wenn er ehrlich war, hatte er nicht damit gerechnet, dass Sara mit ihm fliehen würde. Dennoch erstaunte ihn ihr Vertrauen in den Kaiser, war er doch gewiss, dass sie vergebens hoffte. Was immer sie mit Friedrich verabredet haben mochte, der Staufer würde sie im Stich lassen.

Sara würde für einen Grafen sterben, der seine Burg niemals zurückerhalten würde. Ihr Tod war sowohl unnötig als auch vergebens. Sollte er sich irren, würde es ihn freuen, doch darauf konnte Richard nicht bauen. Er hatte richtig gehandelt, Dankwart von Heymberg zum Kampf aufzufordern.

Die Erinnerung an Saras angsterfüllten Blick überflutete ihn, nachdem sie erkannt hatte, dass er bereit war, sein Leben für das ihre zu geben.

Richard schloss die Augen. Was bei allen Heiligen hatte ihn nur geritten, sie zu küssen? Es war nicht der erste Kuss gewesen, den Sara erhalten hatte. Das hatte er genau gespürt. Erneut überfiel ihn Eifersucht.

Er selbst konnte sich nur noch dunkel an die Zärtlichkeiten erinnern, die er einst mit der hübschen Magd auf dem elterlichen Anwesen geteilt hatte. Doch die Erfahrung hatte ihn weder davon abgehalten, den geistlichen Weg einzuschlagen, noch hatte er viel über das Mädchen nachgedacht.

Diesmal war es gänzlich anders gewesen. Und dennoch war Richard sicher, dass der Kuss Sara zwar gefallen, aber ihr nichts bedeutet hatte.

Richard biss sich auf die Fingerknöchel. Es war besser so. Sara würde seinen Tod schneller überwinden, wenn sie keine tieferen Gefühle für ihn hegte. Und er? Er würde in drei Tagen vor seinen Schöpfer treten, mit einer unerfüllten, verbotenen Liebe im Herzen.

Müde erhob er sich und blickte zu dem hölzernen Kreuz an der Wand. Für einen Moment war er dankbar, dass der Heiland nicht daran hing und strafend auf ihn herabsah.

Richard bekreuzigte sich und kniete nieder. »Herr, ich flehe dich an, stehe Sara bei. Was immer sie auch mit dem Kaiser besprochen hat, lass nicht zu, dass Friedrich sie enttäuscht. Und hilf auch mir. Ich habe meinen Weg verloren, bin von Finsternis umgeben und finde allein nicht mehr auf den Pfad des Lichts zurück. Ich habe das Vertrauen in meinen Komtur verloren, dem ich widerspruchslos gehorchen soll. Mehr noch, ich trachte danach seinen Plan zu hintertreiben, weil ich mich von ihm betrogen fühle. Dabei bist du es doch, der Konrad auf seinen Platz gestellt hat. Handle ich somit auch gegen deinen Willen?«

Er brach ab, rang um Fassung und fuhr flüsternd fort: »Ich weiß, dass ich durch meine Gefühle für Sara mein Gelübde nicht weiter erfüllen kann. Bitte, Herr, gib mir ein Zeichen. Eine Liebe, die so stark ist, kann doch nicht falsch sein.«

Ein Luftzug fegte durch die Fensteröffnung und die Flamme der Kerze erlosch. Richard spürte, wie ihm in der plötzlichen Dunkelheit eine Träne über die Wange rann.

***

Alida bekam bis zum Tag der Entscheidung keine Gelegenheit, ihre Kemenate zu verlassen. Sie sah Bertram nicht wieder und auch von Richard hörte sie nichts mehr. Das verwunderte sie nicht weiter. Sicherlich achtete der Komtur peinlich genau darauf, dass er nicht mit ihr sprechen konnte. Bestimmt war ihm die Gefahr zu groß, sie könnte Richard überreden, eine Dummheit zu begehen.

War sie kurz nach der Verhandlung noch von Zuversicht erfüllt gewesen, wurde Alida nun zunehmend von Zweifeln geplagt. Richards Überzeugung, der Kaiser werde ihr nicht helfen, war auf fruchtbaren Boden gefallen. Was sollte sie tun, wenn der Kaiser sein Versprechen tatsächlich nicht hielt und er in dem Possenspiel nur eine Möglichkeit sah, sie endgültig loszuwerden? Am ersten Tag war sie noch gelassen gewesen. Doch jetzt, am Abend des zweiten, nach Stunden der Einsamkeit und Stille, beobachtete sie durch das Fenster mit wachsender Beklemmung, wie die Ordensbrüder und Knechte Holz und Stroh herbeischafften und im Innenhof einen Scheiterhaufen errichteten. Ein Pfahl ragte aus der Mitte empor und Alida wusste, dass es für sie kein Entrinnen gab, wäre sie erst einmal daran gefesselt.

Es wunderte sie ein wenig, dass Konrad es tatsächlich wagte, ein solches Feuer im Burghof zu entzünden. Scheiterhaufen wurden gewöhnlich außerhalb der Städte, auf freiem Feld errichtet, um die Gefahr zu verringern, dass die Flammen auf die Gebäude übergriffen.

Das bestätigte Alida jedoch in ihrem Verdacht, dass der Komtur keine unliebsamen Zeugen bei ihrer Hinrichtung zulassen wollte. Gegenüber seinen Brüdern war er gezwungen, an ihr ein Exempel zu statuieren. Sein eigenmächtiges Handeln hatte unter ihnen Unmut hervorgerufen, und nun musste Konrad ihnen beweisen, dass er konsequent durchgreifen konnte und fähig war, getroffene Entscheidungen umzusetzen. Dorfbewohner konnte er dabei als Zuschauer nicht gebrauchen. Zudem er dann Gefahr lief, dass jemand sie als Tochter des Grafen erkannte. Und wenn das geschah, würde sein Lügengerüst in sich zusammenstürzen.

Alida reckte das Kinn. Genau das würde sie herbeiführen, sollte sie morgen auf den Platz geführt werden und keine kaiserliche Hilfe in Sicht sein. Sie würde den Brüdern sagen, dass sie selbst die Herrin von Erkenwald war und es sogar beweisen konnte.

Am Tag zuvor hatte sie ihren Bewacher nach Volkmar von Alpach gefragt und erfahren, dass der Truchsess im

Kerker eingesperrt war und noch lebte. Er würde für sie zeugen. Und wenn sie Richard frei heraus ihre Liebe gestand, würde er an ihre Seite eilen und Alida bis zu seinem letzten Atemzug verteidigen. Dessen war sie sich gewiss.

Niemals würde sie Konrad von Westerburg kampflos den Sieg überlassen. Mit diesem festen Vorsatz legte sie sich zu ihrer letzten Nacht in Gefangenschaft nieder.

Am nächsten Morgen geriet ihr Vorsatz jedoch ins Wanken. Sie hatte geträumt, dass Richard sich voll Verachtung von ihr abwandte, nachdem er die Wahrheit über sie erfahren hatte. Da sie ihm von Beginn an etwas vorgespielt hatte, sei sie seiner Liebe nicht wert, hatte er gesagt, sich abgewandt, auf seinen Hengst geschwungen und war mit Corvus aus dem Burghof galoppiert. Alida hatte nach ihm gerufen, bis der Qualm des auflodernden Feuers ihr die Sicht genommen hatte.

Schreiend war sie erwacht und saß nun schwer atmend auf ihrer Bettstatt.

Verschwitzt stand sie auf und trat an die Fensteröffnung. Die Sonne war bereits aufgegangen und es versprach ein warmer Tag zu werden. Von Westen her zogen jedoch dichtere Wolken auf.

Die Ironie der Situation entging Alida nicht und sie spürte einen bitteren Geschmack im Mund. Ihr Blick fiel auf den Scheiterhaufen. Es wurde letzte Hand an ihn gelegt und der Hof blank gefegt. Sehnsuchtsvoll blickte Alida zum Burgtor, das fest verschlossen war. Offenbar war bisher niemand eingetroffen.

Sie presste ihre Fingernägel fest in die Handinnenflächen. Ihr Nacken wurde heiß. Wut und Verzweiflung drohten sie zu überwältigen. Am ganzen Leib zitternd, lehnte sie sich an die Wand. Alida musste sich der Wahrheit stellen: Der Kaiser hatte sie verraten und niemand würde ihr helfen!

Sie schrak zusammen, als die Tür geöffnet wurde und ein Ritterbruder eintrat. Wortlos stellte er eine Schüssel mit Getreidebrei und einen Becher Wasser auf den Tisch und verschwand wieder. Alida wankte hinüber. Am liebsten hätte sie den Brei nach draußen gekippt, doch sie musste bei Kräften bleiben.

Tausend Gedanken wirbelten durch Alidas Kopf, aber sie konnte keinen fassen, während sie sich zwang, den Brei zu löffeln, der nach nichts schmeckte.

Gerade hatte sie den letzten Bissen hinuntergewürgt, als Alida die Tritte mehrerer Paar Stiefel auf den Stufen vor ihrer Tür vernahm. Nun war es so weit! Sie sollte ihren letzten Gang antreten. Der Komtur wartete noch nicht einmal die volle Frist ab. Doch auch ein paar weitere Stunden würden sie wohl nicht retten. Mit erhobenem Haupt erwartete sie die Ordensbrüder und erflehte stumm Gottes Beistand.

※※※

Konrad von Westerburg wollte es sich nicht nehmen lassen, die Grafentochter höchstpersönlich zum Scheiterhaufen zu begleiten, der schon bald in Flammen stehen würde. Alfred und ein weiterer Bruder begleiteten ihn.

Schneid hatte das Weib, das musste selbst er anerkennen, als Alida von Erkenwald ihm herausfordernd entgegensah. »Es ist Zeit«, sagte er überflüssigerweise und konnte sich ein hämisches Grinsen nicht verkneifen, weil er eben diese um fast einen ganzen Tag verkürzt hatte. »Wir haben dir ein Büßergewand mitgebracht, also zieh deine Tunika aus.«

Mit Genugtuung betrachtete er Alidas Gesicht, auf dem sich nun Abscheu zeigte, als sie mit spitzen Fingern das aus Ross- und Ziegenhaar gewebte Hemd entgegennahm.

Konrad bedeutete den beiden anderen, sich umzudrehen, während die Grafentochter es überzog. Es wurmte ihn ein wenig, dass sie so gar keinen Widerstand leistete. Seiner Sache wäre mehr gedient, wenn sie sich wehren würde. Die Brüder verhielten sich im Moment zwar abwartend, aber die Ruhe zwischen ihnen war fragil.

Besondere Sorgen bereitete Konrad, dass Bertram seit zwei Tagen verschwunden war. Er hatte ihm den Aufstieg zum Ritterbruder in der Hoffnung in Aussicht gestellt, ihn auf seine Seite zu ziehen. Zunächst schien seine Taktik aufgegangen zu sein und er hatte Richard von Thurau genau dorthin bekommen, wo er ihn haben wollte: zwischen die Fronten. Doch jetzt hatte sich herausgestellt, dass Bertrams Ehrgeiz offenbar geringer war, als Konrad angenommen hatte.

Sein unerlaubtes Verlassen der Kommende deutete darauf hin, dass er in Richards Auftrag unterwegs war. Deshalb war es wichtig, dass die Grafentochter schnellstmöglich den Tod fand. Konrad zuckte unbewusst mit den Achseln. Er hatte ohnehin nicht vorgehabt, sein Versprechen gegenüber Bertram einzulösen. Das würde zu viele Fragen in der Bruderschaft aufwerfen.

Er nickte dem Ritterbruder zu, der nun mit einem kurzen Strick in der Hand auf Alida zutrat, um ihre Hände zu fesseln.

»Ist das wirklich nötig?«, fragte sie, sichtlich darum bemüht, ihre Emotionen nicht durchbrechen zu lassen.

»Ja«, antwortete Konrad schlicht und hoffte, sie würde die Beherrschung verlieren.

Doch zu seiner Enttäuschung streckte sie dem Bruder ihre Handgelenke entgegen, damit er sie fesseln konnte.

»Alfred, nun bist du an der Reihe.«

Jetzt kam Bewegung in Alida, als ihr Blick auf den schmalen Tuchstreifen fiel, den sein Compan in der Hand hielt. Sie wich zurück und sah ihn drohend an. »Wehe, Ihr wagt es, mir die Augen zu verbinden!«

»Habe ich nicht vor – Mund auf!«

Die Tochter des Grafen biss die Zähne zusammen. »Niemals«, presste sie undeutlich hervor.

Konrad triumphierte. »Los, hilf ihm«, befahl er dem zweiten Ritterbruder.

Der umrundete Alida, während Alfred sich ihr gleichzeitig von vorne näherte. Der Ritterbruder packte das um sich tretende Mädchen von hinten und schlang seine Arme fest um ihren Oberkörper.

Alfred versuchte derweil vergeblich, ihr den Mund zu öffnen. Plötzlich schnappte das Weib zu und biss Alfred in den Finger. Rot vor Zorn gab er dem Mädchen einen Kinnhaken.

»Alfred, lass das«, bellte Konrad wütend. Er begrüßte Alidas Widerstand lediglich, um seine Glaubwürdigkeit gegenüber dem Orden zu untermauern. Wenn sie jedoch sichtbare Spuren einer Misshandlung trug, wäre das seiner Sache nicht dienlich.

»Muss ich denn alles selbst machen?«, fauchte er. Er trat auf sie zu und drückte mit Daumen und Zeigefinger ihre Nasenflügel zusammen. Sie versuchte, ihm ihren Kopf zu entziehen, doch Konrad packte mit der Linken ihr Hinterhaupt.

Alida lief rot an, ehe sie den Mund ein wenig öffnete. Alfred reagierte schnell und schob das Tuch zwischen ihre Zähne, bevor er es hinter dem Kopf verknotete.

»Das ist nur eine Vorsichtsmaßnahme, falls du dich entscheiden solltest, Dinge zu erzählen, die ich lieber nicht hören möchte«, grinste Konrad sie breit an.

Vergnügt erwiderte er ihren brennenden Blick, der ihm verriet, dass sie ihn auf der Stelle umbringen würde, sollte sie je die Gelegenheit dazu bekommen. Aber die würde er ihr niemals verschaffen.

Hochzufrieden ging Konrad voran und betrat den Hof, auf dem sich die Bruderschaft bereits versammelt hatte.

***

Richard stand in voller Rüstung seitlich des Richtplatzes und hatte seinen Topfhelm unter den Arm geklemmt.

Bei Saras Anblick stockte ihm der Atem, und sein Herz zog sich schmerzhaft zusammen. Mit nackten Füßen, in ein härenes Hemd gekleidet, das ihre Knie gerade bedeckte, schritt sie hoch erhobenen Hauptes hinter Konrad her.

Das Tuch, das als ihr Knebel diente, entfachte Richards Zorn. War sie gegenüber dem Ehrwürdigen Bruder frech geworden? Wollte er verhindern, dass sie Schmähungen ausstieß, oder gab es noch einen weiteren Grund?

Verbittert erkannte er, dass er noch vor wenigen Wochen nicht einmal einen Gedanken daran verschwendet hätte. Er hätte die Handlungen des Komturs niemals hinterfragt, doch jetzt war ihm, als hätte er vom Baum der Erkenntnis gegessen. Das Paradies, in dem er bisher zu leben geglaubt hatte, stellte sich als Wüste heraus. Richard dürstete nach Wahrheit und Gerechtigkeit.

Mit zusammengezogenen Augenbrauen beobachtete er, wie Saras Hände hinter ihrem Rücken um den Pfahl gebunden wurden. Zusätzlich wurde ihr noch ein Strick um den Leib gewunden. Das kam in Richards Augen einer Folter schon sehr nahe. Die borstigen Haare des Gewands mussten in ihre zarte Haut stechen und ihr große Pein bereiten.

Er selbst hatte kurz nach seiner Aufnahme in den Orden gelegentlich einen Bußgürtel aus Schweineborsten um den Oberschenkel angelegt. Sein Priesterbruder hatte ihm diese Form der Selbstkasteiung nahegelegt. Die körperlichen Schmerzen sollten ihn an das Leiden Christi erinnern und dadurch vor häretischen Versuchungen bewahren, die durch das Blut seiner Mutter Besitz von ihm ergreifen könnten. Richard hatte die Leiden demütig auf sich genommen, genau wie es von ihm erwartet worden war.

Heute würde er jedoch die Dinge nicht einfach geschehen lassen, sondern handeln. Zu seiner großen Erleichterung hatte er vorhin Bertram unter den Sarjantbrüdern entdeckt, die in einer kleinen Gruppe neben den Ritterbrüdern standen. Bertram hatte ihm verschwörerisch zugenickt. Also musste Dankwart von Heymberg irgendwo in der Nähe sein. Gegebenenfalls müsste sich Richard schnell etwas anderes überlegen, um Sara zu befreien.

Konrad von Westerburg setzte sich auf den rechten der beiden Stühle, die auf dem notdürftig zusammengezimmerten Podest bereitstanden. Auf dem anderen nahm Alfred von Bernau Platz.

Die dunklen Wolken am Himmel waren mittlerweile herangezogen und Nieselregen setzte ein.

Einem Raubvogel gleich glitten die Blicke des Komturs über die Anwesenden. Seine Stimme klang so kalt, dass Richard ein eisiger Schauer über den Rücken lief, als er zu sprechen begann: »Wir haben uns hier versammelt, um Gottes Urteil über die Jüdin Sara bat Salomon zu bezeugen. Bruder Richard hier hat sich mit Freuden bereit erklärt, für den Orden zu kämpfen.«

Das war eine Lüge, alle wussten es und doch schwiegen sie dazu.

»Deshalb frage ich nun, ist einer unter Euch, der nicht dem Orden angehört und bereit ist, für die Jüdin zu kämpfen?«

»Ich werde für sie eintreten!«, drang es aus dem Schatten des Stalls zu ihnen herüber.

Richard sah, wie der Komtur erbleichte.

Konrad erhob sich und winkte den Mann heran. Dankwart von Heymberg trat aus dem Eingang heraus auf den Platz. Er trug einen roten Waffenrock über dem Kettenhemd, auf dessen Brust ein Berg mit einer aufgehenden Sonne zu sehen war. Seinen Bewegungen war nicht anzusehen, dass er vor Kurzem verletzt worden war. Sicherlich hatte Mirjam ihn fest genug verbunden, damit die Wunde nicht so schnell wieder aufbrach.

»Wer seid Ihr?«, fragte Konrad sichtlich erzürnt.

»Dankwart von Heymberg.«

»Und Ihr seid bereit, gegen Richard von Thurau zu kämpfen, obwohl ich weiß, dass er Euch schon einmal besiegt hat?«

»Dieses Mal wird ihm das nicht gelingen.«

Richard blickte zu Sara hinüber, die wild unverständliche Laute ausstieß und vehement den Kopf schüttelte.

»Offenbar akzeptiert die Jüdin Euren Beistand nicht«, sagte Konrad.

»Ich kann nichts hören. Wahrscheinlich schwirrt bloß eine Fliege um ihr Ohr herum«, erwiderte Dankwart geistesgegenwärtig.

»So sei es. Es wird gekämpft, bis einer von Euch tot auf dem Boden liegt.«

»Tot?«, fragte Dankwart nach. »Gewöhnlich reicht es aus, wenn der Unterlegene aufgibt.«

»Heute nicht«, antwortete Konrad scharf. »Wollt Ihr es Euch nochmals überlegen?«

»Nein!«

»Dann lasst den Kampf beginnen.« Konrad gab Richard einen Wink und setzte sich wieder.

Richard schritt durch die Gasse der Brüder, die sich nun dem Schauplatz zuwandten. Er überquerte mehr als die Hälfte der Fläche, ehe er stehenblieb. So konnte niemand die Worte hören, die er an Dankwart richten wollte.

Der blonde Ritter trat vor ihn und wollte gerade seinen Helm aufsetzen, als Konrad herüberbrüllte: »Die Helme bleiben fort. Ich will, dass einer von Euch den anderen durchbohrt und nicht vorzeitig einem Hitzschlag erliegt.«

Der Komtur deutete auf den hellen Flecken am Himmel, der das baldige Ende des feinen Regens ankündigte, der ohnehin keine Abkühlung brachte, sondern die warme Luft zusätzlich mit Feuchtigkeit anreicherte.

»Dann können wir auch die Kettenhauben ablegen«, brummte Dankwart, unter dessen Bundhaube sich eine blonde Strähne hervorgewagt hatte und ihm in die Stirn fiel. Beide trugen ihre Helme bis zur Stallwand, damit sie beim Kampf nicht im Weg waren.

»Danke, dass Ihr gekommen seid«, flüsterte Richard schnell. »Wir werden ein paar Schlagkombinationen ausführen müssen, ehe ich mir eine Blöße gebe und Ihr mich tötet.«

»Warum macht Ihr das?«

»Ich habe Euch doch versprochen, Sara wenn nötig mit meinem Leben zu beschützen.«

»Das ist alles?«

»Reicht Euch das etwa nicht?«, fragte Richard verärgert.

Als sie auf dem Hof erneut gegeneinander Stellung bezogen hatten, zog Dankwart blank.

»Eure Beweggründe sind mir letztendlich gleich«, rief er, während er zum Schlag auf Richards Kopf ausholte.

Der reagierte mit einer waagerechten Parade, ehe er seinerseits Dankwart mit einer schnellen Schlagfolge gegen Schulter und Knie bedrängte.

Dankwart gelang es mit Leichtigkeit, Richards Klinge abzuwehren, zumal der Deutschordensritter die Schläge nur mit halber Kraft ausführte.

Konrad hatte sich auf seinem Stuhl vorgebeugt und verfolgte gespannt den Kampf, während Sara bewegungslos herüberstarrte.

Richard blockte Dankwarts nächsten Schlag, drehte sich dabei und stieß mit dem Knauf versehentlich gegen dessen verletzte Schulter.

Dankwart von Heymberg taumelte stöhnend zurück und fiel auf den Rücken. Sein Waffenrock verfärbte sich dunkel. Die Wunde musste wieder aufgebrochen sein. Lange würde Dankwart das Schauspiel nicht mehr durchstehen.

Richard setzte nach, hob sehr langsam beide Arme, darauf bedacht, dass es nicht zu auffällig aussah. Er tat, als wollte er einen Kopfschlag ausführen und bot Dankwart seine Brust dar. Doch der erkannte die Gelegenheit nicht, ihm aus unterlegener Position sein Schwert ins Herz zu rammen, sondern rollte sich stattdessen zur Seite.

Richard blieb nichts anderes übrig, als seinen Schlag durchzuziehen. Er rammte die Schwertspitze knapp neben Dankwart in den Boden.

Richard gab vor, einige Mühe damit zu haben, das Schwert aus dem festgestampften Lehmboden des Hofes herauszuziehen. Dies verschaffte Dankwart ausreichend Zeit, um wieder schwankend auf die Beine zu kommen. Sofort versetzte er Richard einen Tritt in die Seite. Der stolperte einen Schritt zurück, hielt das Schwert dabei locker in der Hand.

Kurz nickte er Dankwart zu, der mit letzter Kraft brüllend auf ihn losstürmte und ihn mit schnellen harten Schlägen bedrängte. Richard ließ sich zu Boden fallen. Das Heft entglitt seinen Fingern. Dankwart setzte die Spitze seines Schwertes auf Richards Herz. Richard schloss seine Augen. Er war bereit.

Ein gedämpfter Schrei unterbrach den kurzen Moment der Stille und ließ die Köpfe der beiden Kämpfer herumfahren.

Sara zerrte an ihren Fesseln, schüttelte wie eine Wahnsinnige den Kopf.

Richard legte seine Hände fest um Dankwarts Klinge. Die scharfe Schneide grub sich tief in sein Fleisch. Sein Blut rann das Eisen hinab und tropfte auf den weißen Waffenrock.

»Beende es«, zischte er.

Dankwart starrte ihn fassungslos an. »Aber sie liebt dich!«

»Das weiß ich jetzt.« Richard lächelte glückselig. Er dankte Gott für diese Erkenntnis, die seinen Tod versüßte.

»Töte mich und rette Sara.«

Dankwart zog das Schwert aus Richards Händen. Er holte aus, schenkte Richard einen letzten, um Vergebung bittenden Blick und stieß zu.

Kapitel 28

Alida schrie nicht mehr. Blind vor Tränen starrte sie zu Dankwart hinüber, der gerade die Klinge aus Richards Leib zog und am Saum des Waffenrocks abwischte. Der Ritter schlug das Kreuz und murmelte ein kurzes Gebet.

Sie hatte das Gefühl, ihr Herz würde in unzählige Stücke zerspringen. Richard hatte sich für sie geopfert, obwohl er annehmen musste, dass sie seine Liebe nicht erwiderte.

Alida lehnte den Hinterkopf gegen den Pfahl und versuchte gegen den Schwindel anzukämpfen, der sie erfasste. Sie musste stark bleiben. Richard hatte sie nicht gerettet, damit sie jetzt aufgab, sonst wäre sein Tod vergebens gewesen.

Unaufhörlich rannen die Tränen über ihr Gesicht. Das Tuch in ihrem Mund wurde zunehmend feuchter.

Dankwart näherte sich mit schleppenden Schritten. Er hatte sein Schwert zurück in die Scheide gesteckt und die Hand auf den Knauf gelegt. Die Wunde an seiner Schulter blutete erneut und es war ihm anzusehen, dass er unter starken Schmerzen litt. Niemals hätte er in dem Zustand Richard aus eigener Kraft besiegen können!

Alida drehte den Kopf und sah zu Konrad hinüber. Er und sein Compan waren aufgestanden und musterten Dankwart mit stechenden Blicken.

Der richtete sich so gerade auf, wie es ihm möglich war. »Gott hat sein Urteil gefällt. Nun lasst das Mädchen frei!«

Konrad hob den Arm und deutete mit ausgestrecktem Finger auf Dankwart. »Meine Brüder«, begann er so leise, dass Alida sich anstrengen musste, ihn zu verstehen. Doch mit jedem Satz schwoll seine Stimme stärker an.

»Ihr wurdet ebenso wie ich Zeuge des Kampfes. Und ich sage Euch, es war nicht Gott, der hier gesprochen hat. Seht Euch diesen Mann an. Er hat Mühe, aufrecht zu stehen. Richard von Thurau und Dankwart von Heymberg haben heute nicht zum ersten Mal die Klingen gekreuzt. Die Verletzung an der Schulter des Ritters brachte Bruder Richard ihm bei, als von Heymberg der Jüdin schon einmal zu Hilfe eilen wollte. Doch dieser Metze ist es gelungen, unseren Bruder ebenfalls einzuspinnen. Niemals hätte Richard von Thurau gegen seinen Herausforderer verloren, wenn er es nicht selbst gewollt hätte. Ich wiederhole: Es war nicht Gottes Wille, sondern Bruder Richards, der unter dem Zauber dieser Jüdin stand.«

In diesem Moment verstand Alida, dass der Komtur niemals die Absicht gehabt hatte, sie entkommen zu lassen. Er hatte einen eleganten Weg gesucht, sich sowohl Richards als auch ihrer zu entledigen – und er würde auch Dankwart töten. Ihre einzige Hoffnung war, dass die Ordensritter sich seinen Befehlen widersetzten. Doch das war nahezu aussichtslos, wenn die Männer glaubten, sie wäre eine Jüdin mit Zauberkräften.

Alida kämpfte erneut gegen ihre Fesseln und lenkte Dankwarts Aufmerksamkeit auf sich. Verzweifelt sah sie ihn an und hoffte, er könnte ihre Gedanken erraten.

»Die Wahrheit?«, fragte er.

So heftig sie konnte, nickte sie ihm zu.

»Verehrte Ritter des Deutschen Ordens, Ihr seid tapfere Männer und Eurem Komtur treu ergeben. Doch dieses Mädchen hier ist nicht Sara bat Salomon, sondern die Tochter ...«

»Bringt ihn zum Schweigen!«, donnerte Konrad.

Dankwart zog blank, als zwei Brüder auf ihn zutraten. In diesem Moment löste sich Bertram aus der Menge und trat an Dankwarts Seite. Die Ritterbrüder zögerten. Sie wussten die Dreistigkeit des Sarjantbruders nicht einzuordnen.

»Sprecht weiter«, zischte Bertram, deren Verwirrung nutzend. »Ich will hören, wen wir da wirklich an den Pfahl gebunden haben.«

»Das ist Alida von Erkenwald, die Tochter des Grafen, und Ihr, Konrad von Westerburg, habt das von Anfang an gewusst. Ihr habt Richard von Thurau Lügengeschichten erzählt, weil Ihr ahntet, dass er niemals die wahre Grafentochter jagen würde.«

Für einen winzigen Moment war Alida dankbar, dass Richard die Wahrheit erspart geblieben war. Alle hingen gebannt an Dankwarts Lippen, keiner achtete mehr auf die Proteste des Komturs, der mit schlangengleichen Worten versuchte, sich herauszuwinden und Beweise für die ungeheuerliche Behauptung verlangte.

Alida wandte den Kopf und sah zu Richard hinüber. Zuerst glaubte sie, ihre tränenverschleierten Augen würden ihr einen Streich spielen. Er lag nicht mehr dort!

Ihr Herz begann vor Glück heftig zu schlagen. Kurz kniff sie die Lider zusammen, um sie sogleich wieder zu öffnen. Der Platz, auf dem Richard eben noch gelegen hatte, blieb leer. Jetzt gab es für Alida keinen Zweifel mehr – er lebte!

Wie war das möglich? Richard waren derartige Täuschungsmanöver bislang fremd gewesen. Was hatte Dankwart zu ihm gesagt, als er sich bekreuzigte? Alidas Blicke huschten suchend über den Hof. Die Ritterbrüder sahen sichtlich verwirrt zwischen Konrad und Dankwart hin und her, die sich ein heftiges Wortgefecht lieferten, in dem Konrad vehement alles abstritt, was Dankwart ihm vorwarf.

Plötzlich erschien ein weißer Waffenrock hinter dem Komtur und seinem Compan. Alfred von Bernau bemerkte Richard zuerst. Er flog herum und wollte gerade sein Schwert ziehen, als Richards Dolch ihm tief in die Kehle fuhr.

Alfred fasste sich an den Hals. Gurgelnd und Blut spuckend taumelte er zurück. Während die anderen wie gelähmt vor Schreck zusahen, packte Richard den Komtur von hinten und hielt ihm die Klingenspitze an die Kehle.

Der Compan stürzte derweil vom Podest und blieb mit dem Gesicht nach unten im Dreck liegen.

Konrad stand wie versteinert mit dem Rücken zu Richard und wagte nicht, nach seinem Messer zu greifen.

»Dankwart von Heymberg sagt die Wahrheit.« Richards Stimme war seine maßlose Wut anzuhören. »Unser Ehrwürdiger Bruder hat mich ausgesandt, eine Jüdin zurückzubringen, die das gräfliche Siegel entwendet hatte. Ihr alle habt gehört, wie er sie des Mordes an der Grafentochter bezichtigte und sogar eine angebliche Zeugin dafür herbeigeschafft hat. Gerade eben habe ich erfahren, dass Sara nicht die ist, für die ich sie die ganze Zeit gehalten habe.«

Alida erschrak vor Richards verachtendem Blick. Er musste denken, dass sie ihn nur für ihre Zwecke ausgenutzt hatte. Dennoch kämpfte er weiter um ihr Leben.

In diesem Augenblick erkannte sie, dass sie niemals einen Mann mehr lieben würde als ihn. Doch es war aussichtslos. Niemals würde er seinen Orden für sie verlassen. Er liebte sie, doch es war für ihn eine unerfüllbare Liebe, wie sie in den Liedern der Minnesänger beschrieben wurde – zu einer Frau, die unerreichbar für ihn war und außerdem im Rang höher stand als er. Ihr Herz, das eben noch so leicht gewesen war, weil Richard lebte, wurde erneut bleischwer.

»Es gibt keine Beweise, dass diese Frau dort Alida von Erkenwald ist«, wiederholte Konrad bissig, trotz der Messerspitze, die noch immer auf seinen Hals gerichtet war. »Das Wort des Ritters zählt nicht, weil er nur darauf aus ist, seine Metze zu retten. Brüder, allein die Tatsache, dass Richard von Thurau sich mit Dankwart von Heymberg verbündet hat, zeigt doch, wie fehlgeleitet er ist. Aus eigenem Antrieb hätte er niemals seinen Tod vorgetäuscht. Auch Ihr seid genarrt worden, Bruder Richard, seht es doch endlich ein.«

Einige der Ritterbrüder begannen zaghaft zu nicken. Konrad bemerkte, dass die Stimmung zu seinen Gunsten umschlug. Er berührte beschwichtigend Richards Arm, der ihn von hinten festhielt. »Richard von Thurau, Ihr habt Euren Bruder Alfred ermordet. Eine Tat, die Ihr bei klarem Verstand niemals begangen hättet. Diese Frau hat Eure Sinne vernebelt!«

Genial, dachte Alida mit Schaudern. Er stellte Richard als unschuldiges Opfer der Umstände hin, bot damit allen Mitgliedern des Konvents einen einfachen Ausweg, Richard zu vergeben und alle anderen zu verdammen. Natürlich würde Konrad später einen anderen Weg finden, Richard zu töten.

Im Dorf gab es viele Menschen, die wussten, wer sie wirklich war. Konrad konnte sie nicht alle verjagt haben. Auch Volkmar von Alpach konnte es bezeugen. Aber Richard und Dankwart wussten nichts von dem Truchsess im Kerker. Alida musste unbedingt den Knebel loswerden.

Sie gab dumpfe Töne von sich. Dankwart wandte sich ihr zu und machte Anstalten, sie loszuschneiden.

»Haltet ihn auf«, rief Konrad. »Wenn die Schlange den Mund öffnet, wird sie euch alle mit süßen Worten ins Verderben führen.«

Richard drückte die Messerspitze tiefer gegen Konrads Hals. »Wenn einer Dankwart anrührt, werde ich den unehrenhaften Bruder in die Hölle schicken.«

Die beiden Brüder, die sich auf Dankwart zubewegt hatten, blieben stehen und blickten ihren Komtur fragend an.

In diesem Moment vernahm Alida eine Schar herangaloppierender Hufe, vereinzeltes Wiehern und das Geräusch klirrenden Eisens.

Bitte, Maria, flehte sie stumm. Lass es die Abordnung aus Worms sein, die ich so sehnsüchtig erwarte.

Ein Hornstoß ertönte und eine Stimme, die Alidas Herz höherschlagen ließ, donnerte: »Öffnet sofort das Tor!«

Richard nickte Bertram zu, der mit einem weiteren Sarjantbruder dem Befehl umgehend gehorchte.

Als die beiden Torflügel den Weg freigaben, ritt Alidas Vater an der Seite des Kaisers und Hermann von Salzas samt Gefolge in den Hof.

Überrascht blickte Alida den Staufer an. Sie hatten verabredet, dass er einen seiner Vertrauten schicken würde. Doch offenbar wollte er sich selbst von dem Verrat des Komturs überzeugen. Die Tatsache, dass er Graf Eduard mitgebracht hatte, bestärkte Alida in der Annahme, dass der Kaiser ihre Geschichte tatsächlich geglaubt hatte und nun wissen wollte, ob den Komtur etwas mit ihrem Vater verband.

Konrad von Westerburg erbleichte, während die Blicke des Grafen von Erkenwald hektisch zwischen ihr und dem Komtur hin und her huschten. Vor Zorn war er hochrot im Gesicht

»Konrad von Achera! Was für ein Schurkenstück habt Ihr Euch für Eure Rache ausgedacht? Meinen Besitz und meine Tochter für Euren verletzten Stolz?«

Demnach kannte ihr Vater Konrad sehr wohl, nur unter einem anderen Namen.

Ohne eine Antwort abzuwarten oder auf die anderen zu achten, sprang Graf Eduard vom Pferd, zückte sein Messer und lief zu Alida hinüber. Er durchschnitt die Fesseln, befreite sie von dem Knebel und riss sie in seine Arme.

»Ich sollte dich übers Knie legen, du eigenwillige Kröte. Das wäre beinahe schiefgegangen«, murmelte er gegen ihr Haar und drückte sie noch ein wenig fester an sich. »Und das nur, weil das Pferd des Kaisers ein Eisen verloren hat und er auf keinen Fall auf einem anderen Tier weiterreiten wollte.«

Alida vergrub ihren Kopf in der Schulterbeuge ihres Vaters und schielte zu Richard hinüber. Er hielt noch immer die Klinge an Konrads Hals gedrückt. Die Deutschordensritter bildeten eine Gasse, durch die nun der Kaiser und der Hochmeister schritten. Sie erklommen das Podest und Richard zog den Komtur beiseite, sodass die beiden Adeligen

Platz nehmen konnten. Jetzt senkte er die Faust mit dem Messer und löste seinen Griff um Konrads Brust, blieb jedoch wachsam hinter ihm stehen.

Eduard von Erkenwald legte den Arm um Alidas Schultern. Er führte sie bis an den Fuß des Podiums. Dankwart schloss sich ihnen an und trat an ihre andere Seite. Alida griff nach seiner Hand und drückte sie kurz. »Danke für alles«, flüsterte sie, doch ihr Blick lag auf Richard, der stur auf den Kaiser starrte.

Friedrich hob die Hand und augenblicklich verstummte das Gemurmel der Ritterbrüder.

»Uns wurde der ungeheuerliche Verdacht mitgeteilt, dass Konrad von Westerburg sich mittels Verleumdung unser kaiserliches Vertrauen erschlichen habe. Er war darauf aus, Burg Erkenwald zu seinem eigenen Ruhm dem Orden zuzuführen. Ferner wurde uns berichtet, die Grafentochter sei nur aufgrund einer Verwechslung mit ihrer Magd dem Mordversuch des Komturs entkommen. Als er seinen Irrtum bemerkte, habe er einen Ritterbruder ausgesandt, ihrer wieder habhaft zu werden. Der Mann wurde in dem Glauben gelassen, er jage eine diebische Jüdin.«

Friedrich deutete mit dem Zeigefinger auf Alida. »Diese junge Frau war bei uns und erzählte die abenteuerliche Geschichte, die wir zunächst nicht glauben wollten. Obwohl wir ihr Unterschlupf und Sicherheit angeboten haben, entschloss sie sich hierher zurückzukehren, um den Namen ihres Vaters reinzuwaschen.«

Die Ritterbrüder sahen betreten zu Boden. Richard hingegen blickte geradeaus und fixierte einen Punkt in weiter Ferne.

»Konrad von Westerburg, wir fordern Euch auf, uns die Gründe für Euren Verrat zu nennen.«

Der Komtur schwieg und starrte den Kaiser trotzig an. Sicherlich suchte er nach einer Möglichkeit, sich noch aus der Schlinge zu winden, die sich unaufhaltsam zuzog.

»Ich kann zur Aufklärung beitragen, Majestät«, erhob Alidas Vater die Stimme.

Friedrich nickte knapp.

»Es ist bald zwanzig Jahre her. Wir lagerten vor Damiette im Mündungsdelta des Nils in der Hoffnung, das Heilige Kreuz für die Christenheit zurückzuerobern. Hunger und Seuchen machten uns zu schaffen. Konrad von Achera hatte sich im Gefolge des Grafen Adolf von Berg auf die Kreuzfahrt begeben. Eines Tages beobachtete ich, wie er sich mit drei weiteren Männern vom Lager entfernte. Ich wollte wissen, was er im Schilde führte und folgte ihm mit zwei meiner Ritter. Konrad ritt zu einem in der Nähe gelegenen Handelsweg. Dort überfielen sie eine Gruppe jüdischer Händler. Als einer von ihnen sich widersetzte, schlug Konrad von Achera ihn halb tot. Ich kam gerade noch rechtzeitig, um das Schlimmste zu verhindern. Es stellte sich heraus, dass es sich bei dem Verletzten um Salomon ben Isaak handelte, einem Juden aus Coellen.«

Konrad zog angewidert einen Mundwinkel nach unten.

Eduard fuhr fort: »Salomon versicherte mir, er würde auf ewig in meiner Schuld stehen und hoffen, mir meine Güte eines Tages vergelten zu können. Ich maß seinem Versprechen keine große Bedeutung bei. Wie hätte ein Jude mir schon helfen können? Immerhin schenkten uns die Händler einen guten Anteil ihrer mitgeführten Vorräte. Wir kehrten anschließend ins Lager zurück, und ich klagte Konrad beim Grafen von Berg an. Als Adolf erfuhr, dass der Jude aus Coellen stammte, der Stadt, in der sein Bruder das Amt des Erzbischofs innehatte und seine schützende Hand über die jüdischen Händler hielt, wurde er zornig. Er entzog Konrad seine Gunst und jagte ihn mittellos davon.«

»Mein Pech war, dass der Jude aus Coellen stammte«, sagte Konrad verbittert. »Ansonsten hätte Graf Adolf den Vorfall bestimmt abgetan. Was ist das Leben eines Juden schon wert?«

»Für mich mehr als das Eure«, rief Eduard von Erkenwald aufgebracht. »Und weil Ihr mich für Euer Schicksal verantwortlich macht, wolltet Ihr Euch an mir rächen. Ihr habt mich in der Nähe des Königs gesehen, den ich zum Einlenken gegenüber seinem Vater bewegen wollte. Als ich zum Kaiser ritt, habt Ihr mich hinterrücks niederschlagen lassen, Lügen über mich verbreitet und später selbst das Schreiben verfasst, in dem ich Heinrich lebenslange Treue schwöre.«

Konrad zuckte mit den Achseln.

»Holt uns den Schreiber her«, befahl Friedrich scharf.

Der Komtur schüttelte den Kopf. »Leider weilt er nicht mehr unter den Lebenden. Eine plötzliche Krankheit riss ihn von unserer Seite.«

»Gebt Ihr zu, die Absicht gehegt zu haben, die Grafentochter zu töten und stattdessen ihre Magd ermordet zu haben?«

Konrad schüttelte vehement den Kopf. »Eine solche Freveltat würde ich niemals begehen. Es war Alfred von Bernau, der das Messer führte.«

Alida, die sich bisher zurückgehalten hatte, übermannte der Zorn. »Ihr selbst hattet das Messer noch in der Hand, als ich in die Kemenate stürzte«, rief sie.

Konrad verzog nicht eine Miene, als er gelassen antwortete: »Das ist eine Lüge.«

Alida blickte zu Friedrich. »Er hält unseren Truchsess Volkmar von Alpach im Kerker gefangen. Volkmar wird meine Aussage bestätigen. Er hat gesehen, dass Konrad von Westerburg das Messer hielt.«

»Ich habe es Alfred kurz zuvor abgenommen«, behauptete Konrad honigsüß.

»Wir haben genug davon!«, empörte sich der Kaiser. Er wandte sich an Hermann von Salza und sprach leise auf ihn ein.

Kurz darauf erhob sich der Hochmeister und heftete seinen Blick fest auf den Komtur. »Konrad von Westerburg, Ihr werdet der Ermordung einer gräflichen Magd bezichtigt sowie der niederträchtigen Verleumdung an Graf Eduard von Erkenwald, um in den Besitz seiner Burg zu gelangen.«

Hermann von Salza verzog das Gesicht vor Abscheu. »Ihr werdet Euch für Eure Taten verantworten müssen, jedoch nicht jetzt und hier. Bis zu unserer Abreise werdet Ihr im Kerker ausharren, denn alle Brüder müssen die Burg verlassen, die Ihr Euch widerrechtlich angeeignet habt.«

Alida stieß einen kleinen Freudenschrei aus und umarmte ihren Vater.

Richard steckte das Messer ein, als zwei Ritterbrüder auf den Wink von Salzas Konrad bei den Armen packten und Richtung Kerker schleiften. Er stand ein wenig verloren auf dem Podest und sah aus, als wollte er am liebsten die Flucht ergreifen.

Der Regen hatte aufgehört und die Sonne brannte zunehmend heißer auf den Innenhof hinab. Der Kaiser befahl, den Palas aufzusuchen. Ihn verlangte nach dem anstrengenden Ritt nach Speis und Trank. Außerdem ordnete er an, Alfreds Leichnam in der Kapelle aufzubahren.

Die Deutschordensritter eilten geschäftig umher, um den Befehlen Folge zu leisten. Der Compan wurde auf ein Brett gelegt und fortgeschafft.

Aus den Augenwinkeln bemerkte Alida gerade noch, wie der Komtur und die beiden Ritterbrüder statt in Richtung Kerker in der Burg, durch die Stalltür verschwanden. In der um sie herum herrschenden Betriebsamkeit hatte niemand außer ihr den heimlichen Richtungswechsel bemerkt.

Ihr Blick fiel auf die offenen Torflügel. Auch das Fallgitter der Vorburg war nicht mehr herabgelassen worden, nachdem der Kaiser es passiert hatte.

»Schließt sofort die Tore!«, rief sie aufgebracht. »Sie haben Konrad nicht zum Kerker, sondern in den Stall geführt.«

Die anderen hatten sich bereits abgewandt und blieben nun verwirrt stehen.

Richard sprang mit einem Satz vom Podest. »Sie hat recht, Konrad will fliehen.«

In diesem Augenblick flog die Tür des Stalls auf und krachte gegen die Wand. Konrad von Westerburg sprengte auf Corvus nach draußen, gefolgt von den beiden Ritterbrüdern, die ebenfalls ihre Pferde aufgezäumt hatten. Alida beobachtete, wie sich Richards Körperhaltung sofort entspannte, als er seinen Rappen erkannte.

Während Bertram mit zwei weiteren Brüdern zum Tor rannte, um es zu schließen, steckte Richard die Spitzen der Zeige- und Mittelfinger zwischen die Lippen und stieß einen gellenden Pfiff aus.

Corvus blieb abrupt stehen, verlagerte sein Gewicht auf die Hinterbeine und stieg. Doch Konrad war ein guter Reiter und nicht leicht abzuschütteln. Corvus begann zu bocken.

Konrad zog an den Zügeln und bohrte dem Hengst die Sporen in die Seite. Die anderen Pferde wichen unruhig tänzelnd zurück.

Der Tumult gab Bertram und seinen Brüdern genug Zeit, um das Tor endgültig zu schließen, sodass die beiden Ritterbrüder die Aussichtslosigkeit des Fluchtversuchs einsahen und mit hängenden Köpfen von den Rössern stiegen.

Konrad von Westerburg nahm das nicht wahr. Er bemühte sich weiterhin, nicht vom Pferd zu fallen, denn wäre er erst aus dem Sattel gerutscht, würde Corvus ihn ohne Frage sofort mit seinen Hufen zermalmen – das war es, wozu er ausgebildet war.

Richard hob die Hände, um den Hengst zu beruhigen. Während Konrad ein weiteres Mal mit den Sporen zustieß. Alida sog erschreckt die Luft ein, als sie die blutende Wunde an Corvus' Seite entdeckte, die der Stachelsporn hinterlassen hatte.

Der Hengst stieg erneut, noch steiler als zuvor.

»Satansvieh«, brüllte Konrad und klammerte sich an Corvus' Hals fest. Richard rannte auf ihn zu, doch noch ehe er das Pferd erreichte, verlor der Hengst das Gleichgewicht und fiel hinten über.

Konrads wütender Schrei brach abrupt ab, als er unter Corvus' Rücken begraben wurde. Der Hengst rollte sich auf die Seite und kam nach zwei Anläufen wieder auf die Beine.

Richard griff nach den Zügeln und streichelte besänftigend Corvus' Hals.

»Der Sattel ist hin«, bemerkte Bertram trocken mit Blick auf die zerbrochenen hölzernen Zwiesel.

Alida trat näher und warf einen Blick auf Konrad, der wie eine übergroße Lumpenpuppe im Hof lag. Das bleiche Gesicht war zu einer dämonenhaften Fratze verzogen. Ein dünner Faden blutigen Speichels sickerte aus einem Mundwinkel. Eine Rippe des eingedrückten Brustkorbs musste sich durch die Lunge gebohrt haben. Der Komtur schenkte ihr einen letzten hasserfüllten Blick, ehe die Augen brachen. Schaudernd wandte Alida sich ab.

Richard hatte den Hengst inzwischen von dem Sattel befreit und tastete Rücken und Beine des Tieres ab und führte Corvus herum. Sein Gang war klar wie immer. Zu Alidas Erleichterung hatte der Hengst sich keine ernsthafte Verletzung zugezogen. Während Richard ihn zurück in den Stall brachte, ohne Konrad mehr als einen flüchtigen Blick geschenkt zu haben, starrten die anderen bestürzt auf den Komtur.

Hermann von Salza trat auf die beiden Ritterbrüder zu, die Konrad geholfen hatten. »Was hat er Euch für Euren Verrat versprochen?«

Die Männer blickten sich betreten an und schwiegen.

»Ihr werdet dafür zur Rechenschaft gezogen«, drohte er zornig, ehe er auf zwei Ordensritter aus seinem Gefolge zeigte.

»Ihr bringt die beiden fehlgeleiteten Brüder in den Kerker und befreit den Truchsess. Konrad von Westerburg wird neben seinem Compan in der Burgkapelle aufgebahrt. Ich danke dem Allmächtigen und der Heiligen Jungfrau, dass ihm die Flucht misslungen ist und er sein Ende gefunden hat. Nun steht er vor dem höchsten aller Richter.«

Während die beiden abgeführt und die Pferde in den Stall gebracht wurden, suchten alle anderen das Innere der Burg auf.

Im Palas wurden zwei gegenüberliegende Tafeln aufgestellt sowie eine weitere an das Kopfende der Halle, wo Kaiser, Hochmeister und Graf Platz nahmen.

Alida und Dankwart setzten sich nebeneinander an die linke Tafel. Eduard von Erkenwald betrachtete derweil angewidert die Wände und Alida sah ihm an, dass er im Geiste die Ordenskreuze bereits übermalen ließ.

Ihre Gedanken wurden unterbrochen, als Richard bald darauf die Halle betrat. Er setzte sich auf der gegenüberliegenden Seite zu den Ritterbrüdern ziemlich ans Ende der Tafel neben Bertram.

Er mied konsequent Alidas Blick, sosehr sie auch versuchte, seine Aufmerksamkeit zu erlangen. Richard war immer noch wütend auf sie, erkannte sie tief bekümmert.

Erneut öffnete sich die Tür und Volkmar von Alpach wurde in den Palas geleitet.

Der Anblick des Truchsesses schnürte Alidas Kehle zu. Sein Gesicht war aschfahl. Kleiner Finger und Ringfinger der rechten Hand standen in einem unnatürlichen Winkel vom Gelenk ab, und beim Gehen zog Volkmar das linke Bein nach. Das linke Auge war geschlossen und schwarzblau angelaufen. Aus dem rechten blickte er sie jedoch freudestrahlend an.

Tränen stiegen Alida in die Augen. Sie sprang auf, eilte auf ihn zu und umarmte ihn vorsichtig. Doch selbst diese sanfte Berührung ließ den tapferen Mann schmerzvoll zusammenzucken. Er musste noch mehr Verletzungen haben als die sichtbaren.

»Fräulein Alida«, krächzte er. »Wie ich sehe, habt Ihr uns alle gerettet.«

»Das war ich nicht allein, ich hatte tatkräftige Unterstützung.« Sie sah zu Richard hinüber, der schnell den Blick abwandte.

Nachdem Volkmar sich etwas unbeholfen vor den hohen Gästen verneigt hatte, begrüßte ihn Graf Eduard sichtlich erschüttert.

Trotz der Schmerzen, die der Truchsess empfinden musste, nahm er an der Tafel Platz.

Hermann von Salza wies beinahe entschuldigend auf den Gemüseeintopf, das dunkle Brot und das Obst, die hereingebracht worden waren. Er erklärte, dass die Kommende natürlich nicht auf hohen Besuch eingerichtet gewesen war und demzufolge nur eine einfache Speise aufgetischt werden könne.

Als von Salza geendet hatte, erhob sich Eduard und hob die Stimme: »Jetzt bin ich wieder Herr auf Erkenwald. Bei Eurem nächsten Besuch wird es geben, was mein Wald und meine Flüsse zu bieten haben.«

Friedrich begnügte sich mit einem huldvollen Nicken und brach ein Stück Brot ab. »Doch nun würden wir gerne erfahren, was sich hier vor unserem Eintreffen abgespielt hat.«

Der Priesterbruder, der schon die Heilige Schrift aufgeschlagen hatte, um das Essen mit einer Lesung zu begleiten, klappte die Bibel hörbar zu.

Auf Graf Eduards Wunsch hin bestätigte Volkmar zunächst, dass es tatsächlich Konrad gewesen war, der das blutige Messer in der Hand gehalten hatte, mit dem Lieses Leben beendet worden war.

Der Kaiser ergriff das Wort: »Wir hatten arge Zweifel, als Fräulein Alida bei uns erschien und uns von Konrads Verrat unterrichtete. Zum Beweis wollte sie sich in Konrads Gewalt begeben und ihn überführen. Beinahe wären wir zu spät gekommen, doch die beiden tapferen Männer haben das Schlimmste verhindert.«

Friedrichs Blick wanderte von Dankwart zu Richard. Während der Blonde mit sichtlichem Stolz die Brust vorstreckte, betrachtete Richard eingehend den Griff seines Löffels.

Hermann von Salza räusperte sich. »Wir dürfen allerdings nicht vergessen, dass Richard von Thurau einen Bruder getötet hat. Wie auch immer die Umstände waren, die dazu führten, er hat verwerflich gehandelt.«

Bei mehr als einem Anwesenden blieb der Mund offen und der Suppenlöffel in der Hand schwebte davor, ohne hineinzugelangen.

»Ich sehe keine Möglichkeit, dass er Mitglied des Deutschen Ordens bleiben kann«, stellte der Hochmeister fest.

Alida holte Luft, doch Dankwart zischte ihr zu: »Sag jetzt lieber nichts. Du schadest Richard nur.«

Das wollte sie nicht, aber in ihr brodelte es. Sie empfand diese Strafe als höchst ungerecht.

»Wir stimmen Euch zu, Meister Salza«, sagte Friedrich in diesem Moment und blickte Alida in die Augen. »Für den Orden ist er untragbar geworden, aber wir dürfen nicht vergessen, dass er uns damit auch einen großen Dienst erwiesen hat.«

Alidas Blick flog erneut zu Richard, der stoisch auf die Tischplatte starrte und so tat, als betreffe ihn das Gesagte nicht. Demut und Gehorsam, Eckpfeiler seines Gelübdes, erinnerte sich Alida. Er würde seine Strafe stillschweigend annehmen und ihr die Schuld daran geben.

»Eduard von Erkenwald«, begann der Kaiser. »Ihr habt es nur Eurer Tochter und Richard von Thurau zu verdanken, dass Ihr Eure Grafschaft wiedererlangt habt. Deshalb schlage ich Euch vor, die beiden miteinander zu vermählen.«

Alidas Herz machte vor Freude einen Satz und begann wild zu trommeln. Die Suppenlöffel der Ritterbrüder fielen in ihre Schüsseln zurück. Keiner dachte mehr ans Essen. Richard riss den Kopf hoch und Graf Eduard lief so rot an, als hätte er sein Gesicht zu lange in die Sonne gehalten.

»Niemals!«, polterte er los, völlig vergessend von wem der Vorschlag gekommen war. »Meine Tochter wird keinesfalls diesen Habenichts heiraten, sondern Dankwart von Heymberg.«

Kapitel 29

In der nun folgenden Stille blickten alle auf den Kaiser, der die Augenbrauen zusammengekniffen hatte und mächtig zornig aussah.

»Wir könnten die Vermählung auch befehlen und Ihr werdet gehorchen müssen.«

Die Kettenglieder von Richards Hemd klirrten leise, als er aufstand. »Majestät, ich danke Euch vielmals für Eure Fürsorge und ich bitte mir demütigst meinen Stolz zu verzeihen, aber ich will Alida von Erkenwald nicht heiraten.«

»Nicht?«, fragte Friedrich verwirrt. »Aber wir dachten, Ihr wärt ihr nähergekommen. Und Eure Tat hat bewiesen, dass Ihr viel für sie empfindet.«

»Ich kann keine Frau ehelichen, die mich so schamlos belogen und ausgenutzt hat«, erwiderte er ruhig.

Alida überkam das Gefühl, einen Umhang aus Blei zu tragen, dessen Gewicht sie niederdrückte.

»Was soll das heißen?«, brüllte ihr Vater zornig. »Wie kann ein Kerl wie du es wagen, meine Tochter als Lügnerin zu bezeichnen?«

»Weil es wahr ist.« Kaum jemand bemerkte das Zittern in Alidas Stimme.

»Das ist doch kein Grund, dich zurückzuweisen.«

»Ich weiß nicht, weshalb Ihr Euch so aufregt, Vater. Ihr wollt ihn doch ohnehin nicht an meiner Seite sehen.«

»Du etwa?«

»Ich könnte mir keinen besseren Mann wünschen.«

Eduard von Erkenwald verschlug es für einen Moment die Sprache, ehe er sich an Dankwart wandte. »Dankwart, mein Sohn, was hast du dazu beizutragen?«

»Ich gebe zu, dass ich überrascht bin, dass Alida sich in Richard von Thurau verliebt hat. Bis heute Morgen hatte ich noch geglaubt, sie selbst zum Altar zu führen, aber jetzt ist mir einiges klar geworden. Es war Richards Einfall, dass ich heute hier stehe. Er hat mir ausrichten lassen, dass er sein Leben geben wird, um Alida zu retten. Ich hätte ihn mit meiner Verletzung niemals besiegen können, was nicht heißen soll, dass ich es nicht dennoch versucht hätte.«

Dankwart sah kurz in die Runde, ehe er fortfuhr: »Während wir die Schwerter kreuzten, ließ Richard sich zu Boden fallen und die Waffe aus der Hand schlagen. Er selbst war es, der sich die Klingenspitze meines Schwerts auf die Brust setzte und mich aufforderte, zuzustoßen. Alida hat in diesem Moment wie wild an den Stricken gezerrt, den Kopf geschüttelt und versucht zu schreien. Da wurde mir klar, dass sie Richard ebenso liebt wie er sie. Deshalb habe ich sein Leben verschont und die Klinge nicht in sein Herz, sondern zwischen Oberarm und Brustkorb in den Boden gerammt. In der Hoffnung, dass die Täuschung unbemerkt blieb, habe ich Richard zugezischt, er solle sich totstellen. Ich war mir sicher, dass sein Tod vergeblich gewesen wäre und der Komtur einen anderen Weg gefunden hätte, Alida zu ermorden. Zum Glück, denn sonst wärt Ihr wirklich zu spät gekommen.«

Eduard von Erkenwald brummte mürrisch und lehnte sich vor. »Willst du damit sagen, auch du verschmähst meine Tochter?«

»Ach, Onkel Eduard«, antwortete Dankwart und Alida wusste, dass er die vertrauliche Anrede aus Kindertagen bewusst gewählt hatte. »Wir lieben uns wie Geschwister. Das passiert nun mal, wenn man sich von Kindesbeinen an kennt.«

Graf Eduard warf die Hände in die Luft. »Und was ist mit dem Besitz? Der zählt doch wohl mehr als ein wenig Herzeleid.«

»Das ist richtig«, ergriff Friedrich das Wort. »Aber in diesem Fall ist es so, dass Ihr ohne Richard von Thurau gänzlich ohne Besitz in meinem Gefängnisturm säßet. Es ist also mein Befehl, dass Ihr Eure Tochter ...«

»Majestät!« Alida erhob sich und hoffte, sich mit ihrer Einmischung nicht den Zorn des Kaisers zuzuziehen.

Friedrich hüstelte. »Wir wissen nun, von wem Ihr Euer Temperament geerbt habt, Fräulein Alida. Also bitte, wenn es der Beilegung des Streits dient, fahrt fort. Wir würden gerne das Mahl beenden.«

»Danke, Eure Majestät«, erwiderte sie erleichtert und verneigte sich. »Ich bitte Euch inständig, Richard von Thurau nicht zu einer Vermählung mit mir zu zwingen, wenn es nicht das ist, was er will. Auf ewig würde er mir den Verlust seiner Freiheit und das Zuwiderhandeln gegen seine Gelübde vorhalten. Außerdem müsste ich stets mit dem Gefühl leben, mit einem Mann verheiratet zu sein, dem schlicht keine andere Wahl gelassen wurde als mich zur Frau zu nehmen.«

Der Kaiser schürzte die Lippen und dachte nach. »Wie ich Euch einschätze, werdet Ihr dennoch nicht kampflos aufgeben und Euch dem Willen Eures Vaters beugen, richtig?«

Alida unterdrückte ein Schmunzeln. »Ich bitte Euch lediglich darum, mir einen Moment der Unterredung mit Richard von Thurau zu gewähren – unter vier Augen.«

»Du wirst dich nicht erniedrigen und ihn anbetteln, dich zu heiraten«, polterte der Graf. »Ich verbiete dir ...«

»Geht jetzt, Fräulein Alida«, ging Friedrich dazwischen. »Unser Magen knurrt vernehmlich und wir wollen endlich in Ruhe essen.«

Alida knickste und sah zu Richard hinüber, der bereits mit verschränkten Armen und grimmigem Blick an der Tür wartete. Sie folgte ihm nach draußen.

Es erstaunte sie, dass er den Hof überquerte und den Pferdestall betrat. Wollte er nochmals nach Corvus sehen oder etwa die Gelegenheit nutzen mit ihm davonzureiten?

Nein, beruhigte sie sich selbst. Das Pferd gehörte dem Orden. Richard würde es nicht stehlen, ganz gleich, wie sehr er an ihm hing.

Alida schloss die Stalltür hinter sich. Der Staub der Einstreu wirbelte in den durch die Maueröffnungen hereinfallenden Sonnenstrahlen umher. Hier drin war es bedeutend kühler als auf dem sonnendurchfluteten Hof.

Richard kraulte Corvus' Mähnenkamm und holte einen Apfel hervor, den er vom Tisch hatte mitgehen lassen. Der Hengst nahm ihn vorsichtig von der Hand und zerbiss ihn. Die Wunden von Konrads Sporen waren bereits mit einer Salbe bestrichen worden. Sie würden gut verheilen.

Richard trat zur Seite und lehnte sich an einen der Pfosten, die das Stalldach stützten. Er musterte Alida mit zusammengezogenen Brauen. »Ihr wollt doch nicht wirklich, dass ich Euch heirate, Fräulein Alida.«

Sie hatte geahnt, dass er es ihr nicht leicht machen würde, aber die förmliche Anrede bedrückte sie sehr.

»Richard, ich bitte dich nur, mir zuzuhören.«

»Wozu? Damit Ihr mich mit süßen Worten einwickelt? Was wollt Ihr von mir?«

»Zunächst einmal möchte ich dich um Verzeihung bitten, dass ich dich hintergangen habe. Für mich gab es keinen anderen Weg. Bitte versuch doch, mich zu verstehen. Ich wusste wenig über das Schicksal meines Vaters und war nur knapp dem Tod entronnen, als ich Burg Erkenwald verließ. Ich wusste nicht, wem ich neben Salomon und Mirjam noch trauen konnte oder was der Komtur dir erzählt hatte. Was hättest du an meiner Stelle getan?«

Richard antwortete nicht, doch seine Gesichtszüge wurden ein wenig milder.

Das gab Alida Hoffnung. »Ich wusste natürlich, dass Konrad von Westerburg mir einen Verfolger hinterherschicken würde, sobald er entdeckte, dass er die falsche Frau getötet hatte. Aber ich konnte doch nicht ahnen, dass dieser Verfolger mir eines Tages so viel bedeuten würde.«

»Dennoch hast du mir nicht vertraut und mich weiterhin im Unklaren über deine wahre Herkunft gelassen«, platzte es aus ihm heraus.

Alida bemerkte erleichtert, dass er sie wieder duzte und trat einen Schritt auf ihn zu. »Richard«, sagte sie sanft. »Du bist der ehrlichste Mensch, den ich kenne. Nun bitte ich dich aus tiefstem Herzen, ehrlich zu dir selbst zu sein. Hättest du mir geglaubt, wenn ich dir die Wahrheit erzählt hätte?«

Zuerst erwiderte er offen ihren Blick, doch dann wandte er den Kopf beiseite. Seine Mundwinkel zuckten und er presste die Lippen zusammen. Er betrachtete eingehend Corvus' Kruppe, ehe er leise zugab: »Wahrscheinlich nicht.«

Alida trat noch ein Stückchen näher. »Wahrscheinlich?«, hakte sie nach.

Richard fuhr sich mit beiden Händen über die Stirn und stöhnte. »Du hast recht, ich hätte dir niemals geglaubt, sondern vermutet, dass du dir nur eine abenteuerliche Geschichte ausdenkst, um mein Mitleid zu erregen. Um ehrlich zu sein, hat Konrad von Westerburg sogar vorausgesagt, dass du leugnen würdest, die Tochter des Juden zu sein und dich als Alida von Erkenwald ausgeben, um beim Kaiser Unwahrheiten über ihn zu verkünden.«

Alida war bereits im Begriff, nach seinem Arm zu fassen, als er sich umdrehte und mit der Faust gegen den Pfosten schlug. Die Pferde schnaubten erschrocken.

»Ich war so blind«, zischte er. »Dabei waren die Zeichen doch klar und deutlich vor meiner Nase. Welcher christliche Ritter eilt schon einer Jüdin zu Hilfe? Du kannst zudem reiten und bist ziemlich locker mit den jüdischen Sitten und Gebräuchen umgegangen. Ich habe mir alles falsch zusammengereimt, weil ich Konrad vorbehaltlos geglaubt habe.«

Alida streckte die Hand aus und berührte ihn an der Schulter. Richard wehrte ihre Annäherung nicht ab, was sie als gutes Zeichen nahm.

»Ich kenne einen christlichen Ritter, der einer vermeintlichen Jüdin geholfen hat«, sagte sie leise.

Richard drehte sich zu ihr um und sah auf sie hinab.

»Wirf dir nichts vor, Richard. Es wurde von dir erwartet, dass du Konrad vertraust und seine Befehle nicht hinterfragst. Aus diesem Grund hat er dich ausgewählt, weil er genau wusste, dass du deine Versprechen einhältst, was auch immer geschieht.«

Alida hielt den Atem an, als er ihr in die Augen blickte und sie den Schmerz darin erkannte.

»Dein Vater sieht in mir einen dahergelaufenen Bauernlümmel aus Brandenburg. Niemals wird er mich als Gemahl seiner Tochter akzeptieren.«

»Doch, das wird er, wenn er sieht, wie sehr ich dich liebe. Außerdem bist du kein Bauernsohn.«

»Aber von niederem Adel, und wenn er erst die Geschichte meiner Mutter hört ...«

Alida legte ihren Finger an Richards Lippen. »Mehr Sorgen macht mir, ob dir ein Leben an meiner Seite gefallen könnte. Immerhin kannst du nun nicht mehr innerhalb des Ordens zu Ruhm und Ehre gelangen.«

»Eine Grafschaft wie Erkenwald ist aber auch nicht zu verachten.«

Überrascht trat Alida einen Schritt zurück und blickte ihn aufmerksam an. Spielerisch drohte sie ihm mit dem Zeigefinger. »Du scherzt. Ich weiß genau, dass es dir nicht um Besitz geht. Schließlich hast du dem längst abgeschworen.«

Richard lächelte. »Du durchschaust mich viel besser als ich dich.« Doch plötzlich erschien erneut ein trauriger Zug auf seinem Gesicht. »Das Einzige, was mich wirklich quält, ist, Corvus aufgeben zu müssen.«

Heftig schüttelte Alida den Kopf. »Vertraue mir, meinem Vater wird es gelingen, dass du ihn behalten darfst. Es kommt ohnehin niemand anders mit ihm zurecht, wie der Vorfall mit Konrad von Westerburg bewiesen hat. Vater kann Corvus gut für seine Zucht gebrauchen. Er wird prächtige Fohlen zeugen.« Amüsiert bemerkte sie, wie Richard errötete.

»Wir müssen zurück«, gemahnte Alida. »Aber zuvor hätte die künftige Braut gerne noch einen Kuss.«

Richard zögerte diesmal nicht und zog sie liebevoll in seine Arme.

Im Palas war das Mahl beinahe beendet, als Alida und Richard so dicht Seite an Seite zurückkehrten, dass die Arme sich berührten.

Auf Dankwarts Gesicht erschien ein trauriges Lächeln, während Eduard von Erkenwald erneut rot anlief.

Der Kaiser nickte ihnen wohlwollend zu. »Wie wir erfreut feststellen, habt Ihr zueinandergefunden.«

Richard straffte die Schultern und blickte den Grafen ernst an. »Graf Eduard von Erkenwald, ich bitte Euch um die Hand Eurer Tochter.«

»Was hast du ihm versprochen, damit er seine Meinung ändert und dich doch zur Frau will?«, rief Alidas Vater empört, ohne auf die Frage des Ritters zu antworten.

»Dass Ihr alles daransetzen werdet, dass er sein Pferd behalten kann, der Hengst, der Konrad von Westerburg getötet hat«, erwiderte sie keck.

Richard schnappte hörbar nach Luft, während sich auf dem Gesicht des Kaisers ein breites Grinsen ausbreitete.

Eduard von Erkenwald sprang auf und donnerte die Faust auf die Tafel, sodass Becher und Schüssel vor ihm ein wenig hochhüpften. »Dieser verkappte Mönch wagt es, Forderungen zu stellen?«, tobte er.

»Übertreibe es nicht«, murmelte Richard Alida zu.

»Vertrau mir, ich weiß, wie ich mit ihm umzugehen habe«, wisperte sie zurück.

Sie erhob ihre Stimme. »Richard bezweifelt nämlich, dass Ihr dazu willens oder in der Lage seid, Vater. Ich hingegen behaupte, dass es Euch gelingen wird. Und ein wenig Dankbarkeit gegenüber dem Retter Eurer Tochter und Eures Besitzes stünde Euch gut zu Gesicht, will ich meinen.« Sie wusste, dass sie den Bogen überspannt hatte und zog instinktiv den Kopf ein.

Ihr Vater brüllte und spie dabei feine Speicheltropfen aus. »Was maßt du dir an? Anstatt dich immer in Schutz zu nehmen, hätte ich dir lieber eine Tracht Prügel verabreichen sollen. Aber ich kann dich immer noch über das Knie legen.«

»Das werdet Ihr unterlassen«, sagte Richard kühl und sah dem tobenden Grafen fest in die Augen. »Wenn jemand meiner Frau den Widerspruchsgeist austreibt, dann bin ich das.«

Alida reckte für alle sichtbar das Kinn vor und blitzte ihn an. »Das werden wir ja sehen.«

Richard zwinkerte ihr heimlich zu, ehe er polterte: »Es reicht jetzt, Weib. Setz dich auf deinen Platz und schweig.«

Alida drückte nochmals zärtlich seine Hand, ehe sie gehorchte.

Graf Eduard sah mit weit aufgerissenen Augen ungläubig

zu, wie sich seine Tochter ohne weiteren Widerspruch neben Dankwart niederließ.

»Da soll mich doch der Teufel holen«, schnaufte er. »Ich hätte nicht gedacht, dass ausgerechnet ein Mann wie Ihr Alida Benehmen beibringen kann.«

Schwer ließ er sich wieder auf die Bank fallen. »Also gut, meinetwegen heiratet sie, aber ich will keine Klagen hören, wenn ihre Erziehung nicht gelingt.«

Richard nickte, ehe sich seine Mundwinkel amüsiert kräuselten.

»Da wäre noch etwas«, wandte sich der Graf an den Hochmeister und sah auch den Kaiser um Beistand bittend an. »Ich würde dem Orden gerne ein Pferd abkaufen.«

Friedrich brach in schallendes Gelächter aus.

Die Dämmerung war längst hereingebrochen, als Alida an die Tür zu Dankwarts Kammer klopfte.

»Herein«, wurde sie aufgefordert.

Dankwart sah auf und legte die Gänsefeder beiseite. Er saß an einem kleinen Tisch, auf dem eine Kerze brannte, und rollte nun bedächtig den Pergamentbogen vor ihm zusammen.

»Ich habe mich schon gefragt, wann du kommst.«

Alida umarmte ihn fest und drückte ihm einen Kuss auf die Wange. »Danke, dass du Richard verschont und meinem Vater die Wahrheit gesagt hast. Ohne dich wäre ich jetzt nicht so glücklich.«

»Sei vorsichtig mit deinen Dankbarkeitsbezeugungen. Wenn Richard dich in meinen Armen findet, bringt er mich doch noch um.«

Alida löste sich von Dankwart, zog sich einen weiteren Stuhl heran und setzte sich ihm gegenüber. »Wie geht es dir?«

»Meine Wunde ist frisch verbunden und kann nun hoffentlich in Ruhe ausheilen. Der Kampf heute Vormittag war dem nicht unbedingt zuträglich. Ich schreibe gerade eine Nachricht an meine Eltern, dass es mir gut geht und du einen anderen heiraten wirst. Meine Mutter wird in die Luft springen vor Freude.« Er grinste schief.

»Du weißt, dass ich das nicht gemeint habe, nicht wahr?«, fragte Alida vorsichtig.

Dankwart schloss kurz die Augen. »Du willst wissen, was mit mir und Mirjam ist.«

»Wie ist es dir in Coellen ergangen?«

»Kurz vor Salomons Haus trafen wir auf einen hageren Juden. Der Sarjantbruder kannte ihn offenbar, denn er sagte zu ihm, dass Richard von Thurau immer seine Versprechen hält und Bertram deshalb Salomon und Mirjam zurückgebracht hätte.«

»David ben Meschullam«, erinnerte sich Alida. »Dachte ich es mir doch gleich, dass er den beiden gesagt hatte, wo sie uns finden konnten. Ein widerlicher Kerl. Er will Mirjam zur Frau, doch ihr Vater ist dagegen.«

Dankwart hob den Kopf. »Hätte ich mir eigentlich denken können. Salomon und er lieferten sich ein heftiges Wortgefecht auf Hebräisch, sodass ich kein Wort verstanden habe. Auf meine Nachfrage hin bekam ich keine Antwort, aber ich war auch viel zu erschöpft von dem langen Ritt und froh, endlich wieder liegen zu können.«

»Wirst du Mirjam wiedersehen?«

Dankwart presste die Lippen aufeinander und schüttelte den Kopf. »Ich habe dir doch schon auf Kaltenstein gesagt, dass es aussichtslos ist. Weder meine Eltern noch Mirjams Vater würden einer Verbindung zwischen uns zustimmen.«

»Du könntest mit ihr woanders neu anfangen«, warf Alida ein. »Ich lasse euch bestimmt nicht im Stich und Richard auch nicht.«

Dankwart schnaubte. »Mirjam ist nicht wie du. Sie würde sich niemals ihrem Vater widersetzen und Schande über ihre Familie bringen.«

»Und wenn sie doch dazu bereit gewesen wäre? Wärst du mit ihr fortgegangen?«

»Alida, ich bin das einzige überlebende Kind meiner Eltern. Ich weiß wo mein Platz ist.«

»Unsinn. Vielleicht ist deine Liebe zu Mirjam nicht stark genug.«

»Du machst es dir verdammt einfach, weißt du das?«, fuhr er auf. »Du hast gut reden. Richard bekommt die Hand einer Grafentochter und wird dereinst Herr von Erkenwald sein.«

»Das hat er aber nicht gewusst«, verteidigte Alida ihren künftigen Gemahl sofort. »Im Gegensatz zu dir, Dankwart, war Richard bereit, alles für mich aufzugeben. Er hätte seine Familie beschämt, den Orden verlassen und mit nichts dagestanden als einer mittellosen Jüdin an seiner Seite. Es lag an mir, dass wir nicht zusammen fortgegangen sind.«

Dankwart legte den Kopf schief. »Vielleicht hast du recht. Den Mut würden weder Mirjam noch ich aufbringen. Sag mal, du warst doch in Worms. Wie hast du Richard überzeugen können, dich dort hinzubringen?«

Alida berichtete ihm nun in allen Einzelheiten, was seit ihrer Trennung geschehen war. Als sie geendet hatte, pfiff Dankwart anerkennend durch die Zähne. »Den letzten Teil, dass Konrad von Westerburg Richard mit dem Zweikampf in eine Falle gelockt hat, wusste ich natürlich schon von Bertram. Zuerst habe ich geglaubt, Richard wolle dich nur retten, um das mir gegebene Versprechen einzulösen, dass er dich mit seinem Leben verteidigen würde, falls Konrad nach deinem trachten sollte. Aber während des Kampfes wurde mir klar, dass ihr beide bereit gewesen seid, für den anderen zu sterben. Eine größere Liebe gibt es wohl nicht.«

Alida strahlte. »Ich bin wirklich glücklich und ich wünsche mir das auch für dich.«

Der Ritter zuckte mit den Achseln. »Du hast mir eben erzählt, Mirjams Bräutigam in Worms getroffen zu haben. Was für ein Mensch ist er? Ist er so wie dieser David aus Coellen?«

»Nein, da kann ich dich beruhigen. Moishe ben Nevi ist ein sehr netter und anständiger Mann. Bei ihm wird es Mirjam gut gehen.«

Dankwart rang sich ein trauriges Lächeln ab. »Das beruhigt mich.«

Epilog

Drei Monate später

Richard und Alida ritten Seite an Seite durch das Martinstor nach Worms ein. Anders als beim letzten Mal wurden sie heute von Bertram und drei weiteren Bediensteten begleitet.

Richard lenkte Corvus nach links, in Richtung des Judenviertels. Ihr Ziel war die Synagoge, vor der Mirjam und Moishe heute vermählt werden sollten – im Freien, wie es bei einer jüdischen Hochzeit üblich war. Sie waren schon ein wenig spät dran, hätten eigentlich am Tag zuvor eintreffen sollen, aber Alidas hin und wieder auftretendes Unwohlsein hatte sie zu zusätzlichen Pausen gezwungen.

Alida bedauerte, dass sie die Übergabe des Brautgeschenks verpasst hatte, die traditionell am Tag vor der Hochzeit stattfand. Zu Alidas Vermählung vor zwei Monaten war Mirjam nicht gekommen. Die Familie von Heymberg zählte zu den geladenen Gästen und Mirjam wollte Dankwart nicht wiedersehen.

Alida verstand das gut. Zudem war sie während des Festes und den Tagen der Vorbereitungen ohnehin viel zu aufgeregt gewesen, um auf die Sorgen ihrer Freundin einzugehen. Zumal sie darum bemüht war, einen guten Eindruck auf Richards Eltern und Geschwister zu machen, wobei nur seine jüngeren Schwestern die Eltern begleitet hatten. Mit Richards Mutter hatte sie sich zu ihrer großen Erleichterung auf Anhieb verstanden und auch seinen Vater und seine Schwestern sofort ins Herz geschlossen.

Mirjam und Salomon waren erst eine Woche nach der Hochzeit auf Erkenwald erschienen und ein paar Tage geblieben. Alida war es gelungen, Mirjams Bedenken in Bezug auf Moishe ben Nevi zu zerstreuen. War die Jüdin einst zuversichtlich bei der Wahl ihres Vaters gewesen, so fürchtete sie nun, Moishe nicht vorbehaltlos lieben zu können, weil sie zärtliche Gefühle für Dankwart entwickelt hatte.

Sie war beruhigt, als Alida Moishe in den höchsten Tönen gelobt hatte und ihre Gewissheit versichert hatte, dass Mirjam mit ihm sehr glücklich werden würde.

Mirjam hatte sie daraufhin nach Worms eingeladen und ihr den Ablauf der jüdischen Hochzeitszeremonie erklärt, damit sie an dem Tag nicht völlig unwissend dabeistand.

Kurz bevor sie die Synagoge erreichten, verhielt Richard seinen Hengst und stieg ab. Alida und Bertram folgten seinem Beispiel und drückten ihre Zügel den Bediensteten in die Hände, die die Pferde in einem Stall unterbringen würden.

Bertram ging einige Schritte hinter ihnen. Er hatte den Orden sofort verlassen, nachdem Richard ihm angeboten hatte, bei ihm auf Erkenwald zu bleiben und war ihnen inzwischen ein guter Freund geworden, der stets auf sie Acht gab.

Als sie auf den Vorplatz der Synagoge einbogen, war zu Alidas Enttäuschung die Zeremonie bereits im Gange. Viele Menschen drängten sich um den roten, bestickten Baldachin, der vor dem Portal der Synagoge aufgebaut worden war. Das war die sogenannte Chuppa, wie Mirjam ihr erklärt hatte. Wie ein Dach wurde der Stoffhimmel von vier Stangen getragen, sodass sich ein nach allen Seiten offener Raum darunter bildete. Dort stand der Rabbiner vor Moishe und Mirjam und überreichte den beiden einen Becher Wein, den sie gemeinsam leerten.

Alida stellte sich auf die Zehenspitzen und lugte zwischen den vor ihr Stehenden hindurch. Moishes Kleidung wurde von einem weiten, weißen Umhang verdeckt. Mirjam trug ein weißes Kleid und hatte das Gesicht verschleiert. Sie würde ihr Haar niemals mehr offen zeigen.

Alida zupfte unwillkürlich an ihrem Gebände, das sie nun als verheiratete Frau trug. Sie konnte sich nur schwer an den einengenden Leinenstreifen unter dem Kinn gewöhnen.

Mirjam streckte den rechten Zeigefinger aus. Moishe streifte ihr einen goldenen Ring über und sagte etwas, das Alida nicht verstand. Die Braut hingegen schwieg.

»Bekommt er keinen Ring? Legt sie kein Gelübde ab?«, wisperte Richard Alida ins Ohr.

»Nicht üblich«, flüsterte sie zurück. »Es reicht, wenn er sie mit dem Hochzeitsring nach dem Gesetz von Moses und Israel als angeheiligt betrachtet.«

Richard wollte etwas erwidern, doch in diesem Augenblick entrollte der Rabbiner ein reich verziertes Pergament und begann es vorzulesen.

Mirjam hatte Alida die Zeremonie ausführlich erläutert, und so konnte sie Richard aufklären, dass es sich hierbei um die Ketuba, den Ehevertrag handelte, der der Absicherung der Frau diente. Da er auf Aramäisch verfasst war, konnte Alida zwar kein Wort verstehen, aber sie wusste, dass Moishe sich darin verpflichtete, Mirjam zu ehren, für ihre Kleidung zu sorgen, sie zu ernähren, aber auch ihre ehelichen Bedürfnisse zu beachten und zu befriedigen.

Richard zog eine Augenbraue nach oben. »Er muss ihr per Vertrag regelmäßig beiliegen?«

Alida schmunzelte. »Die Regelung gefällt dir wohl.«

Ein zartes Rot kroch über Richards Wangen. »Dafür brauche ich kein Pergament.«

»Eine Jüdin kann dies von ihrem Mann einfordern, und wenn er dem nicht nachkommt, ist das ein Scheidungsgrund. Die finanzielle Versorgung der Frau wird ebenfalls darin geregelt, es sei denn, sie verursacht die Scheidung schuldhaft.«

»Wusste ich es doch, dass es da eine Hintertüre gibt«, grinste Richard.

Der Mann vor ihnen drehte sich um und blickte sie missmutig an, als der Rabbiner gerade seinen Vortrag beendete. Jetzt folgte die eigentliche Eheschließung, für die er sieben Segenswünsche aussprach und dem Brautpaar einen zweiten Becher Wein reichte.

Nachdem beide daraus getrunken hatten, warf Moishe ihn an die Wand der Synagoge, wo er mit einem Klirren zerschellte. Während die Gäste in Hochrufe ausbrachen und »Masel tov!« riefen, fragte Richard nach der Bedeutung des Rituals.

»Die Scherben sollen an die Zerstörung des Jerusalemer Tempels durch die Römer erinnern und daran, dass Glück zerbrechlich ist.«

»Ich habe langsam Hunger«, raunte Bertram hinter ihnen.

»Wie glaubst du, ergeht es Moishe und Mirjam? Die beiden haben seit heute Morgen nichts mehr gegessen«, schmunzelte Alida.

Die Hochzeitsfeier fand in einem der angrenzenden Häuser statt. Salomon ben Isaak begrüßte Alida herzlich und betonte nochmals, wie sehr er sich für sie freue. Es dauerte ein wenig, bis das Brautpaar nachkam. Der Tradition folgend, hielten sie sich zuvor zum ersten Mal allein in einem Raum auf und aßen gemeinsam etwas.

Alida zwinkerte Mirjam zu, als sie später neben dem ebenfalls in Weiß gekleideten Moishe stand und von den Gästen in einem Reigen umtanzt wurde. Mirjam lächelte zurück.

»Sie sieht glücklich aus«, murmelte Richard Alida ins Ohr. »Hoffentlich gelingt es ihr, Dankwart zu vergessen.«

»Vergessen wohl nicht, aber ich bin zuversichtlich, dass sie über ihn hinwegkommt.«

»Versprichst du mir etwas?«, fragte sie einen Augenblick später und hob ihre Stimme, damit Richard sie trotz der anschwellenden Musik hören konnte.

»Und das wäre?«

»Mich bis zum Ende deines Lebens zu lieben und mich nie zu verlassen.« Ungeachtet der Gäste zog Richard sie in seine Arme und küsste sie leidenschaftlich. »Versprichst du es?«, wiederholte sie wenig später, nachdem sie wieder zu Atem gekommen war.

Richard lehnte seine Stirn an ihre. »Natürlich«, antwortete er ohne zu zögern. »Aber habe ich dir mein Wort nicht schon bei unserer Trauung gegeben?«

»Ja, das hast du«, gab sie zu. »Aber nicht in diesen Worten.«

»Aber weshalb dieses zusätzliche Versprechen?« Richard wirkte irritiert.

Alida sah ihn feierlich an. »Weil du immer hältst, was du versprichst.«